Jürgen Mann · Zeit der Verzweiflung

JÜRGEN MANN, 1951 in Sondershausen/Thüringen geboren, lebt seit 1961 in Westdeutschland. Er studierte Elektrotechnik und war danach im Management mehrerer internationaler Firmen tätig, die auch einen jahrelangen Aufenthalt in den USA notwendig machten. Er ist verheiratet und lebt heute in Bayern.

Jürgen Mann

Zeit der Verzweiflung

Die Geschichte einer Flucht aus der DDR

*Dieses Buch ist meinen Eltern gewidmet, denen ich hiermit Dank sage
für ihren Mut, ihre Durchsetzungskraft und ihre Courage,
die groß genug war, ihnen selbst und ihren Kindern
eine bessere Zukunft zu ermöglichen.*

Dafür werde ich euch immer dankbar sein.

© 2012 Jürgen Mann
Satz und Layout: Buch&media GmbH, München
Umschlaggestaltung: Kay Fretwurst, Freienbrink
Herstellung u. Verlag: BoD - Books on Demand, Norderstedt
Printed in Germany · ISBN 978-3-7412-8369-7

1.

Kein Zweifel, wir alle waren total begeistert: mein Bruder Roland, die anderen Kinder in unseren Klassen und ich selbst. Roland war zehn Jahre alt, ich gerade sieben. Er war schon in der vierten Klasse, ich in der ersten. Ich kann mir vorstellen, daß dieser Nachmittag nicht nur einer ganzen Menge der älteren Mitschüler gefallen hätte – sondern auch unseren Vätern! Du mußtest diese Rotarmisten einfach in dein Herz schließen, weil sie uns eine solche unvergeßliche Erfahrung bescherten.

Unsere Familie lebte in einer schmalen Straße in der oberen Stadt von Sondershausen in Thüringen. Sondershausen liegt ungefähr fünfundvierzig Kilometer nördlich von Erfurt, der Hauptstadt von Thüringen, und ungefähr gleich weit entfernt vom Harz, eines der schönsten Mittelgebirge in Deutschland. Die höchste Erhebung ist der berühmte Brocken. Das Plateau war überfüllt mit Radaranlagen, die nichts anderes machten, als westlichen Funkverkehr abzuhören. Der Brocken war komplett abgeriegelt und ein sicheres Zeichen für die Präsenz der Russen. Solcherlei Merkmale waren darüber hinaus überall zu beobachten.

Eine weitere berühmte Sehenswürdigkeit in der Nähe war das Denkmal des Kaisers Barbarossa am Kyffhäuser: Man sieht den mächtigen Körper des Kaisers sitzend auf einem Thron, alles aus rotem Sandstein gehauen. Er lebte im 12. Jahrhundert und ist berühmt geworden durch seine Kreuzzüge ins Heilige Land.

Drei Monate nach dem Ende des Zweiten Weltkrieges wurde – basierend auf dem Ergebnis des Potsdamer Abkommens – dieser mittlere Teil von Deutschland, der von der Ostsee im Norden bis zur damals tschechoslowakischen Grenze reichte, eine sowjetische Besatzungszone (SBZ) unter der Führung der Sowjetunion. Der östliche Teil von Gesamtdeutschland, der bei Frankfurt an der Oder begann, wurde von der Oder-Neiße-Grenze ab Polen zugerechnet – ebenfalls basierend auf diesem Abkommen vom August 1945. Dieser östliche Teil reichte von den baltischen Staaten im Nordosten bis nach Schlesien im Südosten und sah fast aus wie eine abnehmende Mondsichel. Zu dieser Zeit wurde der neue Teil von Mitteldeutschland mit den Ländern Sachsen, Sachsen-Anhalt, Brandenburg, Mecklenburg-Vorpommern und Thüringen gebildet. Hauptstadt des neuen

Ostdeutschlands wurde Ostberlin. Westberlin war somit eine Insel, umgeben von Ostdeutschland, und wurde von den Alliierten Frankreich, USA und Großbritannien kontrolliert, während Ostberlin unter der Aufsicht der Sowjetunion stand. Viele Leute bezeichnen bis heute dieses neue Ostdeutschland als Mitteldeutschland und beziehen sich dabei auf die Grenzen Deutschlands vor dem Zweiten Weltkrieg.

Thüringen war ein Land an der Grenze zu Westdeutschland, dem »freien Westen«, und wurde – und wird bis heute – das »grüne Herz Deutschlands« genannt: Es ist tatsächlich grün – aber auch hügelig, und einige Gegenden sind sogar bergig. Ich würde Thüringen ein wenig mit dem US-Staat Oregon vergleichen oder auch teilweise mit den englischen Midlands. Es ist ein bisschen von beiden und sicherlich nicht so »überfüllt« wie andere Landesteile.

Eine Straße von fünfhundert Metern Länge, der Possenweg, führte von der Stadtmitte hinauf zu unserem Viertel und von dort weiter bis in den Wald und zu einem dort lokalisierten Ausflugsziel: dem Possen. Der Belag der Straße war zunächst Asphalt, dann Kopfsteinpflaster und schließlich erdiger Schotter. Es dauerte eine gute Stunde, den ganzen Weg durch den Wald zu laufen. Die Leute liebten diesen Spaziergang am Wochenende und genossen es, danach im Possen Mittag zu essen oder sich bei Kaffee und Kuchen auszuruhen. Bevor der Possenweg von der Stadt kommend in den etwas steileren Anstieg in den Wald mündete, teilte er sich in einem kleinen runden Platz in zwei weitere Straßen, einer nach links, unsere kleine Straße, und einer nach rechts.

Wenn ich sage »obere Stadt«, dann gilt das in Bezug auf die geographische Lage wie auf die Bevölkerung: Geographisch lagen wir etwa hundert Meter oberhalb der Stadtmitte. Wenn man in der Mitte des Possenweges stand und zur Stadt sah, konnte man den Kirchturm sehen. In diesen Zeiten konnte man ohne Gefahr beruhigt in der Mitte der Straße stehen, da nur ganz wenige Autos oder andere Fahrzeuge fuhren.

»Obere Stadt« auch im Sinne der Leute und deren Status: Die meisten hatten wichtige Funktionen oder Positionen bei der Stadt oder in der Partei, der SED, und waren gut situiert. Die SED – die Sozialistische Einheitspartei Deutschlands. Nichts anderes eigentlich als die neuen Kommunisten.

Das Schönste an dem kleinen runden Platz, von dem sich die beiden Straßen links und rechts abzweigen, waren die mächtigen alten Kastanienbäume, die den Weg bis zum Wald säumten. Ihre Kastanien waren oft die Basis für das Basteln von kleinen Schiffchen oder Skulpturen während der Wintermonate. Folgte man dem Weg nach rechts, konnte man eines der politischen Zentren der Stadt erreichen, das Gebäude des Freien Deutschen Gewerkschaftsbundes (FDGB). Meine Eltern verbrachten viele Abende dort, um sich die Informationen anzuhören, die die SED für wichtig hielt für ihre Mitglieder und die Arbeiterklasse. Weiter oben in dieser Straße war auch das öffentliche Bad »Sonnenblick«.

Wir wohnten in der Edmund-König-Straße Nummer vier. Auf beiden Seiten der Straße reihten sich wunderschöne alte Villen und Häuser aneinander. Die meisten waren in ganz gutem Zustand, wenn man berücksichtigt, daß es Nachkriegszeit war.

Nummer vier war auch eine alte Villa, die einmal von einer einzigen Familie bewohnt worden war. Ich nenne es hier unser Haus, obwohl wir nur das große Erdgeschoß gemietet hatten. Auf ungefähr siebzig Quadratmetern befanden sich ein Wohnzimmer mit angrenzender Veranda, zwei Schlafzimmer, eine Küche und eine Toilette. Zwei Kellerräume gehörten dazu und ein Waschraum im Keller. Aber wir hatten auch einen kleinen Garten, den wir von der Veranda aus begehen konnten. Der Garten war besonders schön zum Spielen für uns Kinder. Zwei alte Bäume standen in den Ecken, eine Trauerweide und ein Kirschbaum, die im Sommer Schatten spendeten.

Es gab kein Bad, das war Teil der Wohnung in der ersten Etage. Diese Wohnung war von einem Paar mittleren Alters gemietet, den Pantels. Es war keine innige Nachbarschaft, trotzdem hatte Mutti vielleicht einmal die Woche eine kleine Unterhaltung mit Frau Pantel im Flur, um die wichtigsten Neuigkeiten auszutauschen. Herr Pantel spielte Cello im Stadtorchester. Das einzig Störende daran waren die stundenlangen Übungen für sein nächstes Konzert – und das war nicht zu selten.

Über ihnen in der zweiten Etage, unter dem Dach sozusagen, lebte ein älteres Ehepaar um die sechzig, das wir sehr mochten. Wir nannten sie Tante Rosa und Onkel Walter. Ihnen gehörte der Garten, der hinter unserem Haus lag. Einige Hühner gackerten dort und manchmal bekamen wir ein paar frische Eier. Diese waren selten in dieser Zeit, selten wie Schokolade, Bananen, Orangen, Gemüse, Butter und fast jede Art von Fleischwaren.

Ausgenommen Pferdefleisch. Ich kann mich erinnern, daß ich mit Mutti einkaufen gegangen bin. Mutti nannten wir meine Mutter; sie akzeptierte nur diesen Kosenamen, bis heute, und würde niemals einen anderen Namen, wie zum Beispiel »Mutter«, hören wollen. Manchmal haben wir Mutti damit geärgert, sie Mutter zu rufen.

Wir standen stundenlang in der Reihe mit vielen anderen Kunden und warteten geduldig, um die genannten Lebensmittel zu kaufen. Wenn man Pech hatte, kaufte die Person vor einem gerade die letzten Eier oder Würstchen weg.

Verbindungen zum Westen, zu Verwandten, die Päckchen mit Kaffee, Süßigkeiten oder Medikamenten schickten, waren Gold wert. Unglücklicherweise wurden alle Päckchen von den Grenz- und Zollbehörden kontrolliert beziehungsweise geöffnet – und was die brauchen konnten, fehlte dann, und wir bekamen nur den Rest. Unsere Großeltern und andere Verwandte lebten in Westdeutschland. Die hatten die SBZ gleich nach dem Zweiten Weltkrieg unter meist abenteuerlichen und gefährlichen Umständen verlassen. Viele Leute flohen bei Nacht über die – so hofften sie – von der Polizei nicht beobachtete Grenze in den Westen.

Wir blieben aus gutem Grund im Osten: Für den Aufbau des neuen Staates DDR nach dem Krieg brauchte man eine Menge Beamte und Polizisten und dazu alle möglichen gut ausgebildeten und arbeitswilligen Arbeiter. Die Polizei machte eine Menge Propaganda, um neue Mitarbeiter anzuwerben. Mein Vater – wir sagten Papa zu ihm – hatte sich für eine solche Anstellung beworben und wurde im Jahr 1947 auch angenommen. Später wurde er sogar Chef der Kriminalpolizei in Sondershausen. Der Rang war dem eines Leutnants bei der Armee ähnlich. Nebenbei gesagt, das ist auch der Grund, warum unsere Familie eines der wenigen Telefone der Stadt hatte.

Nach unserem Haus mit der Nummer vier reihten sich noch fünf weitere Häuser auf. Der Bürgermeister wohnte gleich neben uns in Nummer sechs. Auf der linken Seite stand das Haus mit der Nummer eins, eine Villa, die als Heim für kleine Kinder und Waisen diente. Heute würde man das wahrscheinlich einen Kinderhort nennen oder einfach eine Kindertagesstätte. Daneben stand ebenfalls eine alte Villa, in der zwei unserer Schulkameraden lebten. Beide Villen standen auf großen Grundstücken, wahrscheinlich drei- oder viertausend Quadratmeter groß und mit vielen Obstbäumen bepflanzt. Danach schloß sich ein Blumenfeld an, das zu einer mächtigen Gärtnerei gehörte. Dann kamen noch zwei andere Häuser. Natürlich waren alle Häuser solide aus Stein oder mit Ziegeln gebaut und zwei oder drei Etagen hoch. In den meisten Häusern lebten ein bis zwei Familien.

Die Edmund-König-Straße war nicht gepflastert, sie war ein Gemisch von Sand, Steinen und Geröll und hatte eine paar schöne Löcher und Mulden. Nichtsdestotrotz hatten wir Gehsteige links und rechts! Die Straße endete nach etwa sechshundert Metern an einer kleinen Kreuzung, wo sich der Blick in ein weites Tal mit Feldern voll von Weizen, Gemüse und Kartoffeln öffnete. Wir erfreuten uns oft an diesem Blick, der für Kilometer von keinerlei Gebäuden oder Hindernissen eingeschränkt wurde. In weiter Entfernung konnte man die vagen Silhouetten von zwei Städtchen sehen. Eine davon war Jecha. Besonders in der Sommerzeit, wenn die Sonne hoch am Himmel stand und einige Kumuluswolken ihre Schatten über die Felder bewegten, war es ein wunderschöner Anblick.

Wandte man sich nach rechts und passierte eine große Hecke und eine hängende Wiese, erreichte man über einen einfachen Feldweg den Wald. Auf dieser Wiese liefen wir im Winter Ski oder rodelten, Papa, Roland und ich. Die Wiese war steil genug und deshalb rasant genug für unser Alter. Es war nicht selten, daß wir mit Skiern oder Schlitten Unfälle hatten. Einmal schossen Roland und ich zusammen ziemlich schnell über einige eisige Huckel und wir brachen die Kufen und landeten im Zaun des angrenzenden Feldes. Außer den üblichen blauen Flecken war uns aber nichts passiert.

Von der kleinen Kreuzung schlängelte sich ein Schotterweg an dem angrenzenden Kartoffelfeld entlang. Mit den Bäumen an beiden Seiten machte der Weg den Eindruck einer Allee. Im Herbst – nach der offiziellen Ernte – durfte man die restlichen Kartoffeln auflesen beziehungsweise das zurückgelassene Gemüse auf anderen Feldern ernten. Wir taten das jedes Jahr, wann immer wir Zeit hatten. Ich bin sicher, daß es nicht wegen des Geldes war, sondern weil wir es schwer hatten, Kartoffeln und Gemüse zu kaufen. Aber es machte auch Spaß! Manchmal gingen wir auch vor der Ernte aufs Feld – das war natürlich gefährlich. Wenn es irgendjemand gesehen hätte, es wäre vermutlich teuer geworden. Mutti hat sicherlich öfter gewisse Risiken in Kauf genommen, um für die Familie etwas mehr als nur Brot und eine Wassersuppe auf dem Essenstisch zu haben.

Wenn man nach links ging, verwandelte sich der Schotterweg in eine gute asphaltierte Straße. Sie führte über eine stählerne Eisenbahnbrücke zurück zur Stadt. Es war nur ein Gleis, aber ich werde nie das Gefühl vergessen, wenn wir auf der Brücke standen und ein Zug, gezogen von einer Dampflokomotive, unter ihr durchfuhr! Die Dampflokomotive hüllte uns in eine große weiße Wolke. Der Nebeneffekt war allerdings nicht sehr glücklich, denn der schwarze Ruß des Feuerrosses hinterließ seine Spuren – etwas, das Mutti wirklich nicht sehr gerne sah! Wenn sich die Wolke verzogen hatte, sah man, wohin die Straße weiterführte. Häuser auf der linken Seite und eine lange, fünf Meter hohe Ziegelmauer auf der rechten Seite, die sich entlang der Bahnlinie fortsetzte, fast wie die Wände eines Gefängnisses. Diese Wände versteckten die großen Kasernen der sowjetischen Armee, die dort stationiert war; ungefähr dreihundert Soldaten waren es.

Unseres Wissens hatten diese Mauern nur eine Öffnung: das mächtige Stahltor mit seinen wachhabenden Soldaten. Das Tor war ungefähr zehn Meter von der Straße zurückversetzt, so daß sich eine weite Einfahrt bildete, notwendig, um besonders mit den übergroßen Militärfahrzeugen in die Kasernen zu gelangen.

Die Soldaten trugen ihre typischen dunkelgrünen Uniformen mit Stiefeln und der unvergleichlichen Art, ihre Gürtel über den Uniformjacken zu tragen. Das läßt die kurzen Jacken fast wie ein Minirock abstehen, der gerade mal die Hüften bedeckt. Natürlich waren sie mit Maschinengewehren bewaffnet: Kalaschnikovs, benannt nach dem berühmten russischen Soldaten, der als deren Erfinder gilt.

Die Soldaten mußten das Tor von Hand öffnen, wenn ihre Fahrzeuge passieren wollten. Es war allerdings eher selten, daß die schweren Panzer in die schmalen Straßen von Sondershausen ausrollten. Andererseits war es nicht ungewöhnlich, sie auf unseren Straßen zu sehen, begleitet von diesem typischen metallischen Klicken der schweren Ketten und den brüllenden Motoren; sie hinterließen viel ruinierten Asphalt. Bei Dunkelheit war das Tor immer hell erleuchtet von vier grellen Scheinwerfern.

Neben dem Tor, in der Ecke des Eingangs, hatte man einen etwa achtzig Quadratmeter großen und zwei Meter hohen Block aus Beton gebaut. Darauf stand majestätisch ein militärgrüner Panzer. Es war ein T-34, ein sowjetisches Modell aus dem Zweiten Weltkrieg. Diese wurden während des Krieges in Werken im Uralgebirge hergestellt. Man sagt, daß sie trotz der dreißig Tonnen Gewicht sehr wendig und schnell waren. Er hatte eine 76-Millimeter-Kanone an seinem mächtigen Turm, und zwei beindruckende 16-Millimeter-Maschinengewehre schauten aus jeder der zwei vorderen Luken. Für uns war der Panzer nicht nur als Monument äußerst beeindruckend, sondern auch ein Symbol für die Präsenz »unserer Freunde« und der deutschen Niederlage im Zweiten Weltkrieg.

Ich bin oft an diesem Panzer vorbeigegangen auf dem Weg von oder zur Schule. Er stand bis vor einigen Jahren immer noch auf seinem Platz.

2.

Die Schule war sicherlich nützlich und nahm auf uns großen Einfluß. Das meine ich nicht nur im politischen Sinn; wir lernten nicht nur viele allgemein nützliche Dinge, auch der generelle Unterricht war sehr gut. Es war schon verblüffend, wie viel Stoff wir in kurzer Zeit lernten oder lernen mußten. Das bemerkte ich später in meinem Leben. Unsere Zeit mit Lehrern und anderen Autoritäten diente vor allem auch dazu, uns auf den richtigen politischen Weg zu bringen: Die Information über den neuen Staat DDR, seine Grundsteine und Ziele, sollte uns überzeugen, daß dieser Staat der bessere der zwei deutschen war. Der Staat und seine Politik waren sowieso allgegenwärtig: in der Schule, bei der Arbeit und sogar in der Freizeit.

Es war normal und galt als notwendig, viel Zeit mit dem »System« zu verbringen. Ich erinnere mich, daß wir jeden Schultag mit einem Appell zur Flagge der Pioniere begannen, die sehr einflußreiche Jugendorganisation in der DDR. Wir hatten ein Bild des Präsidenten Wilhelm Pieck in unserem Klassenzimmer hängen. Mädchen und Jungen wurden »Pioniere« genannt und trugen weiße Hemden mit dem Symbol der Organisation und darüber ein blaues Tuch, gebunden mit einem speziellen Knoten. Diese ganze Bewegung könnte man ein wenig mit den Pfadfindern vergleichen. Natürlich, der Unterschied hier war der Einfluß der SED und der Regierung auf die Organisation. Man könnte auch sagen der Sowjets. Jungen und Mädchen waren automatisch Mitglieder der Pioniere. Später, als Jugendlicher, wurde man Mitglied der FDJ, der »Freien Deutschen Jugend«.

Die Pioniere waren sehr gut organisiert. Spezielle Ausflüge oder Zusammenkünfte wurden normalerweise einmal die Woche veranstaltet: Sport, Besuche von Gedenkstätten oder Monumenten, Industrieunternehmen und deren Fabriken und anderes. Wir unternahmen auch Wanderungen durch die Natur und lernten eine Menge darüber. Ein Höhepunkt war immer der Besuch der Sowjetarmee, wenigstens für die Jungen – wahrscheinlich eher nicht für die Mädchen.

Ich erinnere mich an diesen besonderen Morgen in der Schule, als wir unseren nächsten Pioniernachmittag besprachen. Es müßte etwa zwei Monate vor den großen Sommerferien gewesen sein, die sieben Wochen Freizeit bescherten. Sie begannen Mitte Juli und endeten mit Schulbeginn am ersten September.

Unsere Schule lag etwa zwei Kilometer von unserem Haus entfernt und wir liefen jeden Tag hin und zurück: Sommer wie Winter, bei Sonnenschein, Regen oder Sturm. Wir hatten keine Fahrräder, so etwas war selten in diesen Tagen. Und wenn es denn eines gab, benutzten es wahrscheinlich die Eltern, um zur Arbeit zu fahren oder Besorgungen zu machen. Wir mußten den Possenweg runterlaufen, ungefähr 300 Meter, über die Bahnschienen und dann ein paar kleine Straßen entlang. Wir passierten den sowjetischen Militärfriedhof, da das Schulgebäude direkt daran anschloß. Auf dem Friedhof stand in der Mitte ein Monolith aus Stein mit einem großen Sowjetstern am oberen Ende. Umgeben von einem Park mit hohen, alten Eichen, war es ein wirklich angemessen ruhiger Ort. Wir liefen durch diesen Park, um die massiven, hölzernen Eingangstüren der Schule zu erreichen. Unsere Schule hatte den Namen »Käthe-Kollwitz-Mittelschule«. Käthe Kollwitz war eine Widerstandskämpferin während des Dritten Reiches und politisch den Sozialisten zugehörig. Sie wurde auch berühmt als Künstlerin und Bildhauerin.

Die Schule hatte ein Walmdach, war aus Sandstein gebaut und formte ein großes L mit vier Etagen. Zwei größere Türen führten in den Schulhof, den wir für unsere Pausen nutzten.

Unsere Klassenlehrerin Frau Rosenstiel war mit dem Schuldirektor verheiratet. Wir empfanden sie als eine sehr gute Lehrerin und mochten sie alle gern. Die meisten Fächer wurden von ihr unterrichtet: Lesen und Schreiben, Grammatik, Mathematik, Sport und Musik. Ich habe immer noch meine Zeugnisse, die von ihr unterschrieben sind. Ich war ein Jahr älter als die meisten meiner Mitschüler, da ich mit fünf, sechs immer etwas kränklich war. Meine Eltern entschieden deshalb, mich erst im Alter von sieben einzuschulen.

An diesem Donnerstagmorgen hatte Frau Rosenstiel den Führer der lokalen Pionierorganisation eingeladen. Er war um die dreißig, an seinen Namen kann ich mich nicht mehr erinnern. Nach einer kurzen Erläuterung von möglichen Plänen für unsere Pioniernachmittage setzte er seine Ausführungen mit etwas fort, das uns alle begeistern sollte:

»Meine lieben jungen Pioniere! Ich habe einen sehr speziellen Nachmittag mit unseren Freunden der Roten Armee geplant. Ich bin sehr erfreut, euch sagen zu können, daß wir einen Nachmittag mit den Soldaten draußen im Manövergebiet verbringen werden. Sie werden uns nicht nur das Gebiet und das schwere Gerät zeigen, sondern uns auch mit ihren Panzern mitfahren lassen.«

Zunächst war es still, aber dann gab es ein lautes Gebrüll der Klasse, wobei ich sagen sollte, daß die Jungen am lautesten schrien. Das waren wirklich außergewöhnlich gute Neuigkeiten, und wir konnten wochenlang gar nicht aufhören, darüber zu reden. Es war Frühling, Mai, um genau zu sein, und die Zeit war gut gewählt für ein solches Abenteuer. Es war kaum zu glauben, daß wir so etwas erleben würden!

Später an diesem Tag erzählte mir mein Bruder Roland, daß wir nicht die einzige Klasse seien, die eingeladen sei. Auch seine Klasse und ein paar andere würden mit den Panzern fahren. Ich konnte es nicht erwarten! Wir erzählten es natürlich gleich Mutti und Papa – wir erzählten ihnen immer, was in der Schule passierte. Sie waren allerdings nicht so begeistert darüber, vielleicht nur, weil sie sich immer Sorgen um uns machten. Früher oder später habe ich dann die Bedenken verstanden.

Die Tage vergingen, ohne daß wir aufhörten, daran zu denken und uns vorzustellen, wie es denn sein mag, in einem dieser Panzer zu fahren.

3.

Es war sonnig, der Himmel war strahlend blau und das Thermometer zeigte um die fünfundzwanzig Grad. Wetter, das man für Juni erwarten konnte. Aber wie wir alle wissen, es ist nicht notwendigerweise gegeben, daß man so ein Wetter hat zu dieser Jahreszeit. Wir hatten eben Glück. Ein wirklich herrlicher Tag für unseren Pioniernachmittag. Es war ein bißchen windig, und hier und da stieben ein paar Staubwolken auf.

Es war Mittwoch, und wir waren noch in der Schule – das war der große Tag! Am frühen Nachmittag, nach dem Mittagessen, hatten wir uns endlich auf dem Schulhof versammelt, in einer Formation, die Soldaten vor einem Marsch einnehmen: also in Reih und Glied. Unser Jugendleiter gab uns noch ein paar Instruktionen zum Ablauf und zu den bevorstehenden Ereignissen. Wir verließen auf Kommando den Schulhof und marschierten zur Straße. Ich sollte hier erwähnen, daß wie zu erwarten nur wenige Mädchen gekommen waren, wirklich keine Überraschung. Mädchen haben eben andere Interessen!

Wir brauchten ungefähr zehn Minuten bis zum großen Eisentor vor der Kaserne. Es waren nur etwa vierhundert Meter dorthin. Einige Formalitäten waren mit den Wachmännern zu erledigen. Da einige von ihnen Deutsch sprachen, gab es keine Probleme mit der Verständigung. Und natürlich wurden wir erwartet!

Man ließ uns alsbald durch das Tor. Es war allerdings nicht das erste Mal für die meisten von uns, daß sie innerhalb der Mauern waren. Jedes Jahr gab es einen Tag der offenen Tür, an dem die Besucher die Kasernen und alle Einrichtungen der Soldaten besichtigen konnten. Spezielle Tafeln mit Information für die Besucher wurden dann aufgestellt, und jeder konnte eine Schüssel mit Suppe aus einer Gulaschkanone genießen, wie wir die fahrenden Küchen liebevoll bezeichneten.

Wir marschierten weiter über den großen Exerzierhof, der von Kasernen mit je drei Etagen und Garagen eingerahmt war. Vor den übergroßen Garagen machten wir Halt. Dort warteten einige der offenen Militär-Lkws. Diese hatten Frontkabinen und boten für drei Soldaten Platz, den Fahrer und zwei Beifahrer. Dahinter waren Holzplanken auf einer Stahlkonstruktion montiert, auf denen man allerlei Material hätte aufladen können. Oder man montierte Holzbänke, um Soldaten zu transportieren. Armee-Lkws sind wirklich nicht komfortabel: Wenn man auf diesen harten Holzbänken sitzt, konnte man nun wirklich keine Luxusfahrt erwarten!

Ich drehte mich um und sah meinen Bruder Roland ein paar Meter entfernt von mir. Ich konnte die Begeisterung in seinem Gesicht sehen; er konnte es nicht erwarten, raus ins Manöverfeld zu kommen und einen dieser Panzer zu besteigen.

Wir Jungen waren alle in kurzen Hosen, weißen Hemden und hatten auch unsere blauen Halstücher umgebunden. Die wenigen Mädchen hatten Sommerkleider an und ebenfalls ihre blauen Halstücher umgebunden. Ich war mir nicht sicher, wie passend die Sommerkleider waren an diesem Nachmittag. Vielleicht waren die Mädchen ja auch nur interessiert daran, die Panzer zu sehen und uns Jungen zu beobachten, wie wir unseren Spaß hatten.

Eines der Mädchen war Rolands Klassenkameradin Bärbel. Sie war die Tochter des Bürgermeisters und lebte neben uns in der Nummer sechs. Ich denke noch heute, daß Roland sie sehr mochte, sogar Jahre später: Er hielt lange Kontakt mit ihr. Sie war hübsch und ziemlich groß, hatte blonde Haare und große, blaue Augen. Auch sie trug ein Sommerkleid.

Jetzt war es an der Zeit, auf die Lkws zu klettern. Da wir noch nicht so groß waren, brauchten wir die Hilfe der Soldaten und unserer Jugendleiter, um auf die Plattform zu steigen. Jeder der Lkws hatte sechzehn Sitze, Platz sollte also genug sein. Manchmal blies der Wind, und wir Jungen lachten, wenn die Sommerkleider etwas mehr enthüllten, als den Mädchen lieb war.

Nachdem wir alle Platz genommen hatten, wurden wir angewiesen, uns gut an den Metallstangen festzuhalten, an denen normalerweise die Planen befestigt wurden, denn wir würden uns bald auf die Fahrt machen – und was das für eine Fahrt werden sollte!

Die Felder und Manöverreviere waren nur ein paar Kilometer entfernt. Sie fuhren uns über alte, schmutzige und holperige Straßen und Felder, die aus gutem Grund nicht gerade eben oder flach waren. Auf und nieder, steile Rampen und Hügel, flache Teilstücke, Löcher und Hänge aller nur denkbarer Größen. Mutter Natur hatte die richtige Umgebung bereitgestellt, und durch die Manöver waren diese Gebiete erst recht verunstaltet worden. Integriert waren auch Bunkeranlagen und Grabengänge, also genau das Richtige für die Soldaten, um Krieg zu spielen.

Die Fahrt auf diesen spartanischen Militär-Lkws war schon allein ein Abenteuer. Wir flogen fast von Huckel zu Huckel, wurden von den Bänken in die Luft geworfen, um danach gleich wieder auf dem harten Holz zu landen. Ich hörte einige der Mädchen schreien – aber auch ein paar Jungen. Ich bin ganz sicher, daß jeder von uns am Abend seine blauen Flecke zählte beziehungsweise am nächsten Morgen. Ich war einer von ihnen. Ich denke, daß wir so begeistert waren, daß wir die Schmerzen erleiden konnten; aber wir waren auch heilfroh, als die Lkws endlich das Feld erreichten, wo wir abrupt stoppten. Staubwolken hüllten uns und die Umgebung ein. Aber war das wirklich wichtig? Nein, natürlich nicht!

Ich habe vergessen zu erwähnen, daß die sowjetischen Soldaten, die uns begleiteten, unglücklicherweise kaum Deutsch sprachen. Allerdings sprach unser Pionierleiter Russisch, was uns bei der wichtigsten Kommunikation half. Russisch war die erste Fremdsprache, die wir ab der dritten Klasse lernen mußten. Um weiterzukommen und eventuell Englisch zu lernen, bedurfte es zunächst einer sehr guten Russischnote. Das Erlernen des Englischen war aber auch nicht gewünscht, immerhin repräsentierte die englische Sprache in gewisser Weise die westliche kapitalistische Kultur.

Einer nach dem anderen stieg mit etwas Hilfe der Soldaten vom Lkw. Unsere Kleidung zeigte ganz deutlich, daß es eine schmutzige Fahrt war. Mutti würde diese waschen müssen. Und ohne Waschmaschine wie im Westen war das wirklich ein Stück harte Arbeit. Gott segne Mutti! Natürlich war uns das nicht so sehr bewußt, und wir nahmen es als selbstverständlich an, immer saubere Wäsche zu haben, wann immer wir sie brauchten.

Wir sahen uns um und bemerkten, daß da nirgendwo irgendein Panzer zu sehen war. Kein Lärm, der angezeigt hätte, daß ein solches Monster um die Ecke käme oder von den Hügeln hinter uns anrollen würde. Auch keiner vor uns oder auf der steilen Erdrampe rechts von uns, ein paar hundert

Meter entfernt. Aber wir erkannten die Spuren von großen Reifen und Profile der Ketten, die überall sichtbar waren auf diesem erdigen Untergrund. Wir mußten also an der richtigen Stelle sein!

Wir gingen ein bisschen umher und erkundeten unsere Umgebung: Mit jedem Schritt wirbelte ein bisschen Staub auf, und bald darauf waren unsere Schuhe und Strümpfe von einer grau-braunen Schicht bedeckt. Trotz des relativ offenen Feldes waren nicht alle Teile des Manövergebietes zu überblicken. Auch war auf der rechten Seite ein kleines Waldstück, etwa zweihundert Meter weg. Die Bäume und Büsche davor behinderten den Blick nach rechts. In weiter Entfernung konnte man Sondershausen sehen, ein bißchen höher gelegen, als wir jetzt waren. Vor uns sah es kilometerweit aus wie eine Mondlandschaft, wahrscheinlich von der Größe einiger Quadratkilometer – wenn nicht noch größer.

Ich ging zu meinem Bruder und fragte: »Wann, denkst du, kommen die Panzer?«

Er war nun mal mein großer Bruder und ich schaute immer zu ihm auf. Er zuckte mit den Schultern. »Ich weiß nicht, aber ich hoffe, die kommen bald!« Das zeigte deutlich, daß er mindestens so ungeduldig war wie ich.

Erst dachte ich, daß eine Biene oder Hummel um meinen Kopf schwirrte; dann bemerkte ich, daß das Geräusch, welches an mein Ohr drang, viel zu sehr ein Rumpeln war, als daß es von einer Biene stammen könnte. Der ständig steigende Lärm von mächtigen Dieselmotoren, verbunden mit dem kreischenden Geklirr von metallenen Ketten. Die Panzer waren auf dem Weg zu uns! Wir konnten sie noch nicht sehen, aber unser Adrenalinspiegel stieg mit jeder Sekunde. Unsere Herzen schlugen schneller und jeder von uns versuchte, den ersten Blick auf sie zu erhaschen. Die Luft vibrierte.

Plötzlich erschien, am Ende des kleinen Waldes rechts von uns, einer der Panzer, zuerst nur das lange Kanonenrohr am Turm, dann die massive Front aus Metallplatten. Sekunden später konnten wir den kompletten Panzer erkennen. Wir beobachteten, wie die Ketten auf der linken Seite über die Stahlräder ratterten. Der Panzer hinterließ eine ganz schöne Staubwolke. Als er näher kam, sah ich mehr und mehr der Details, wie zum Beispiel die offene Luke des Fahrers, das Maschinengewehr, das drohend neben ihm herausschaute, die metallischen Aufbauten für Geräte und Werkzeuge oben hinter dem Turm. Und natürlich schaute der Kommandeur aus der offenen Luke zu uns herüber. Der Panzer steuerte direkt auf uns zu – mit einer ziemlichen Geschwindigkeit. Ich hätte auf etwa fünfzig Stundenkilometer getippt.

Der Panzer hüpfte ein wenig beim Überqueren der Huckel und Löcher. Er hatte natürlich keine Schwierigkeiten, die Rampe herunterzufahren. Wir mußten uns jetzt schon die Ohren zuhalten wegen des ansteigenden Lärmes.

Im gleichen Moment kurvte ein zweiter Panzer um das Ende des Waldstückes und fuhr in nicht weniger furchterregender Weise auf uns zu. Wir sprangen vorsichtshalber zur Seite, um genügend Platz zu machen für die Ungetüme. Einer der sowjetischen Soldaten winkte dem Kommandeur zu, um ihm zu zeigen, wo er halten sollte. Nur ein paar Schritte von uns entfernt stoppte der erste T-34 mit einem lauten Gequietsche; der Motor brummte noch. Jetzt kam der zweite näher und machte eine kleine Richtungsänderung, indem er die linke Kette für zwei Sekunden anhielt. Auf diesem Weg bewegte er sich parallel zu dem ersten und stoppte etwa drei Meter von ihm entfernt. All das verursachte noch mehr Staubwolken, und ein paar von uns mußten husten. Einige Kommandos wurden gerufen, und dann wurden auch die Motoren abgestellt.

Wir staunten. Direkt vor uns standen zwei dieser massiven Kriegspanzer, von denen wir soviel gehört hatten. Dreißig Tonnen gepanzerter Stahl mit einem so großen Kanonenrohr, daß ich wahrscheinlich meinen Arm hineinstecken konnte, und einem Maschinengewehr, das erhebliche Mengen von Kugeln in die Luft feuern konnte. Die Ketten waren wenigstens einen Meter breit und mußten allein schon Tonnen wiegen. Beide Türme waren nach vorne und genau auf uns gerichtet.

Der Kommandeur des ersten Panzers kletterte aus seinem Turm, sprang auf die Kettenverkleidung und dann auf den Boden. Er ging zu den Soldaten hinüber und diskutierte mit ihnen über das, was – so vermuteten wir – die nächsten Schritte an diesem abenteuerlichen Nachmittag sein würden. In der Zwischenzeit erschien auch der zweite Kommandeur auf seinem Panzer. Wir schauten zu unserem Leiter mit offensichtlich fragenden Blicken, denn er antwortete, bevor wir unsere Frage formuliert hatten:

»Soweit ich die Vorgehensweise verstanden habe, werden wir maximal zu viert auf einen Panzer gehen. Einer wird vorne beim Fahrer sitzen; einer wird auf dem Sitz des Kommandeurs Platz nehmen unterhalb des Turmes. Ein weiterer wird im Turm stehen mit dem Kommandeur. Eventuell werden da auch zwei stehen, es gibt nicht allzu viel Platz innen drin. Ihr solltet mir nun sagen, wer wirklich mitfahren will und wer nicht. Am besten treten die einen Schritt nach vorne, die fahren wollen, damit wir sehen können, wie viele Touren wir machen müssen.«

Wir schauten uns alle an und bewegten uns vorwärts, allerdings nicht alle. Ich denke, daß dieses fast angsteinflößende Erscheinen der Panzer in manchen der Kameraden Fragezeichen hinterlassen hatte. Überraschenderweise gab es zwei Mädchen, die mitfahren wollten. Mehr als zwei Drittel der Jungen wollte natürlich mitfahren. Das machte wahrscheinlich vier Fahrten mit den beiden Panzern notwendig. Wir hatten Zeit genug, und natürlich interessierte es uns überhaupt nicht, wie spät es heute Nachmittag werden würde. Unser Pionierleiter hatte ähnlich gerechnet: Er plante etwa fünfundzwanzig bis dreißig Minuten für jede Fahrt ein. Wir bildeten Gruppen und konnten es einfach nicht erwarten, auf und in die Panzer zu klettern.

Roland und ich waren in der gleichen Gruppe mit zwei anderen Jungen. Es würde etwas ganz Besonders sein, mit meinem Bruder zu fahren, ich wußte das.

Die meisten Kinder in unserer Straße gingen zur selben Schule wie Roland und ich. Wir kannten uns gut und spielten sehr viel zusammen. Besonders die Ferienzeit hat uns begeistert, und unsere landschaftliche Umgebung mit Wäldern, Wiesen und Feldern brachte uns zu allerlei gemeinsamen Spielen und Aktivitäten.

Die ersten beiden Gruppen erklommen nun die Panzer. Die kleineren Kinder brauchten schon Hilfe, um auf die Panzer zu steigen, und allen wurde genau gesagt, wo sie stehen oder sitzen sollten. Ich sah nur einen Jungen in jedem Turm stehen, also mußte da irgendwo innen ein zusätzlicher Sitz sein. Aber was wußte ich schon. Und es war eigentlich auch egal. Bald würde ich es selbst erkunden. Ich fühlte, wie mich das alles mehr und mehr begeisterte. Noch eine halbe Stunde und ich würde selbst auf den Panzer klettern. Wo würde ich sitzen? Im Inneren? Im Turm? Oder vielleicht vorne, unten, neben dem Fahrer?

Meine Gedanken wurden plötzlich unterbrochen, als man die brummenden Motoren hörte. Dicker schwarzer Qualm kam jetzt aus den beiden Auspuffrohren hinten. Ganz automatisch sprangen wir zur Seite, um den Panzern genügend Raum zu lassen auszurollen. Der erste wendete nach rechts, indem er die rechte Kette stoppte und nur die linke laufen ließ, mit diesem typischen Gequietsche, wenn Metall auf Metall kommt. Es war schon verblüffend zu sehen, wie einfach es war, den T-34 zu lenken. Er machte langsam und vorsichtig eine halbe Drehung und fuhr dann von uns weg.

Der Fahrer trat auf das Gaspedal; eigentlich war da gar keines, wie wir später herausfanden. Er hatte einige Hebel zum Lenken und auch zum Beschleunigen. Wir mußten uns die Ohren zuhalten. Das Brummen war überaus laut. Der Panzer fuhr davon, nicht ohne ein paar kleine Hügel und Löcher zu durchkreuzen und dabei wieder Staub aufzuwirbeln. Nun wendete auch der zweite, indem er nicht nur die eine Kette stehen ließ, sondern sie dazu noch rückwärts drehte. Dann folgte er dem anderen. Wir sahen ihnen nach und verfolgten, wie sie Kurven fuhren und eine ganz gute Geschwindigkeit erreichten. Sie fuhren auf die Hügel, um dann gleich wieder in kleinere Täler abzutauchen. Der zweite Panzer sprang einmal fast vom Boden, als er über einen Hügel fuhr, wobei er vorne für eine Sekunde halbwegs in die Luft ragte. Ich bedauere immer noch, daß niemand irgendwelche Fotos gemacht hat an diesem Nachmittag. Nichts als gute Erinnerungen sind geblieben.

In der gleichen eindrucksvollen Weise, wie sie an diesem Nachmittag erschienen waren, kamen die Panzer zurück. Nun war es an uns, eine solche Fahrt zu erleben! Die Panzer standen wieder an der gleichen Stelle und nachdem die anderen diese verlassen hatten, kletterten wir hinauf, um unsere Plätze einzunehmen. Na klar, Roland war der Erste, er hatte das Glück und saß rechts neben dem Fahrer. Während des Krieges war das der Platz des Soldaten, der das Maschinengewehr bediente. Es gab zwei weitere Sitze: einer etwas hinter dem Fahrer und einer genau unter dem Turm. Das wurde mein Sitz. Es war eine Halbschale aus Metall, und ich kann mich erinnern, daß ich mit den Füßen nicht auf den Boden kam. Zuerst war das in Ordnung. Ich sah Roland unten, wie er versuchte, mit dem Fahrer zu sprechen. Wenn ich mich umsah, konnte ich noch mehr Ausrüstung erkennen, die ich aber nicht einordnen konnte. Es könnten auch Munitions- oder Werkzeugkisten gewesen sein. Und da war auch ein Radargerät. Die Antenne dafür war auf dem Turm installiert. Während des Zweiten Weltkrieges hatte der T-34 eine vierköpfige Mannschaft: Kommandeur, Fahrer, Soldat für das Maschinengewehr und Funker.

Die obere Luke blieb während der Fahrt offen. Wir starteten, und da ich nicht stand, konnte ich nur durch die Frontluke sehen. Nur wenn der Panzer abwärts fuhr, hatte ich einen Blick nach draußen. Die Fahrt über die Hügel war so schlimm, daß mir mein Hintern richtig weh tat. Kein Kissen auf dem Sitz und kaum eine Art von Federung. Egal, es hat riesig Spaß gemacht. Wir machten einige Wendungen, fuhren Hügel rauf und runter, manchmal ziemlich steile. Einmal blieben wir stehen. Ich versuchte herauszufinden, was vorne im dunklen Panzer los war: Roland und der Fahrer sprachen mit Händen und Füßen. Roland kannte ein paar russische Worte, ich bin nicht sicher, ob die geholfen haben. Nichtsdestotrotz sah ich ihn kurz darauf, wie er einen der Hebel mit beiden Händen hielt und daran zog. Der Panzer rollte vorwärts! Nach ein paar hundert Metern stoppte er wieder. Später hat mir Roland erzählt, daß er tatsächlich den Panzer ins Rollen gebracht hatte. Nicht weit, aber immerhin hat er es geschafft!

Am Ende unserer Fahrt sprangen wir mit Hilfe der Soldaten aus dem Panzer und wieder auf sicheren Grund. Meine Knie waren etwas zitterig, mein Hintern und meine Beine schmerzten, aber das war nicht wichtig! Wir gingen zu den anderen und tauschten unsere Erfahrungen aus. Roland war richtig stolz darauf, daß er den Panzer gefahren hatte.

Die anderen Kinder hatten ein paar Gräben und Bunker besucht. Es war sicherlich nicht uninteressant zu sehen, wie Soldaten während eines Manövers leben, aber natürlich kein Vergleich mit unserer Abenteuerfahrt auf den Panzern.

In diesen Tagen, Jahrzehnte nach diesem Nachmittag, sprechen Roland und ich immer noch von diesem Ereignis. Es gibt heute sogar Möglichkeiten, solche Panzer zu fahren oder sogar zu besitzen – man braucht sie einfach nur kaufen.

4.

Zu dieser Zeit, im Jahr 1958, war Mutti gerade einmal Anfang dreißig, Papa fünf Jahre älter. Papa war jetzt Chef der städtischen Kriminalpolizei. In einer solchen Position mußte man Mitglied der SED sein, keine Frage. Und Mutti auch. Man mußte politisch »sauber« sein, also das politische System in allen Belangen unterstützen, in öffentlicher und auch privater Umgebung. Konsequenterweise waren Beziehungen und Kontakte zum Westen, auch zu Verwandten, zu unterbinden. Kein Hören von West-Radio, keine westlichen Zeitungen oder Magazine. Die offiziellen Stellen wollten das nicht sehen, mußten aber doch realisieren, daß der Kontakt zu Familienangehörigen nicht ganz zu unterbinden war. Wenn sie nur die leiseste Information bekamen über solche Kontakte, mußte man diese bekanntgeben und wurde gleichzeitig dazu aufgefordert, diese abzubrechen. Einmal verwarnt, stand man unter ständiger Beobachtung, und alle Aktivitäten der gesamten Familie würden untersucht. Diese Untersuchungen wurden dann fast ausschließlich von der Stasi geführt, dem Staatssicherheitsdienst. Man könnte diese Organisation ohne Weiteres mit dem CIA oder dem KGB vergleichen – auch wenn jede Organisation natürlich ihre eigenen Regeln und Prinzipien hat.

Es war an einem Dienstagnachmittag. Roland und ich kamen fast zur gleichen Zeit von der Schule nach Hause. Mutti hatte ein Päckchen von meiner Oma in Nürnberg bekommen. Sie war Papas Mutter und lebte im Haus seines Bruders und seiner Schwägerin. Es war immer ein großes Ereignis, wenn wir ein Päckchen aus Westdeutschland bekamen. Diesmal war es sogar noch besser, weil das Päckchen ungeöffnet und unversehrt war, nicht mit den üblichen Löchern, die die Grenzpolizei mit ihren dicken Nadeln beim Durchstoßen verursachten. Das war ihre Art, den Inhalt zu überprüfen. Das Paket war ziemlich groß, etwa dreißig mal dreißig mal sechzig Zentimeter. Mutti öffnete es und Roland und ich beobachteten sie ungeduldig. Warum? Wir hofften inständig, daß Schokolade und andere Süßigkeiten darin waren, an denen wir uns hier selten erfreuen konnten, weil es sie einfach nicht gab. Und wenn, schmeckten sie furchtbar. Auch Apfelsinen oder Bananen gab es nicht zu kaufen.

Wir hatten eine große Küche, gemessen an dem kleinen Apartment von etwa siebzig Quadratmetern: eine große, keramische Doppelspüle, ein Küchenschrank, ein Herd, der mit Gas gefeuert wurde, und ein kleiner Abstellraum. Und natürlich ein Küchentisch mit vier Stühlen. Um warmes Wasser zu machen, hatten wir einen Gasboiler, den man jedes Mal anzünden mußte. Ich erinnere mich sehr gut an den Besuch meiner Oma aus Nürnberg. Sie mußte den Boiler anzünden, hatte aber die Streichhölzer vergessen. Und bis sie zurück war mit den Hölzern, hatte sich schon eine Menge Gas im Raum verteilt. Wir hörten nur einen großen Knall. Gott sei Dank war es gar nicht so schlimm. Sie hat das niemals wieder getan – und wir hätten sie auch daran gehindert.

Mutti nahm die Schere, legte das Päckchen auf den Küchentisch und begann es zu öffnen. Es war ein Ritual. Solche Ereignisse waren vergleichbar mit Weihnachten oder Ostern oder Geburtstag; du konntest es einfach nicht erwarten, deine Geschenke aufzumachen! Das Päckchen war wirklich unberührt, und wir brannten darauf zu sehen, was drin war. Nach dem Aufklappen des Kartons und dem Entfernen des ersten Papieres sahen wir zwei Tafeln Schokolade, ein paar Päckchen Kaugummi, drei Orangen und irgendeine Medizin. Wir waren letztlich nicht krank. Es war allerdings nicht selten, daß wir um Medizin aus dem Westen baten, weil auch in dieser Hinsicht hier wenig verfügbar war. Besonders wenn es eine spezielle Krankheit war, mußten wir uns gänzlich auf unsere Verwandten verlassen. Mutti war nicht sonderlich überrascht, sie hatte offensichtlich danach gefragt.

Ich kann mich noch an das Scharlachfieber erinnern, das ich mit fünf hatte. Mutti ging zu unserem Hausarzt, der in einer großen alten weißen Villa am Ende der Karl-Marx-Allee praktizierte. Sein Name war Dr. Dönitz. Wir mochten ihn, er war hilfreich und ein guter Arzt. Mutti ging zu ihm, wann immer wir etwas Schlimmeres als die übliche Erkältung hatten. Ich war mehrmals sehr krank gewesen in meinen ersten Lebensjahren, hatte Masern, Scharlach und anderes.

Es war jedes Mal ein Albtraum, uns die richtige Medizin zu besorgen. Fast immer war die einzige Antwort: »Ich kann Ihnen nicht helfen, da wir die entsprechende Medizin nicht haben, Frau Mann. Es wäre gut, wenn Sie ein paar Verwandte im Westen hätten. Sagen Sie denen, was Sie brauchen, ich werde es Ihnen aufschreiben.« Mutti schrieb dann einen Brief, der eine Woche brauchte oder mehr, und dann mußten unsere Verwandten die Medizin senden, was wieder wenigstens eine Woche dauerte. Und immer mußten wir bangen, daß es ohne Weiteres durch die Zollkontrollen kam!

Nachdem wir also die Süßigkeiten herausgenommen hatten, entdeckten wir etwas Stoffartiges. Bei näherer Betrachtung stellte sich heraus, daß es Hosen waren! Drei Paar, eine größere für Papa und zwei etwas kleinere für Roland und für mich. Sie waren dunkelgrün und aus diesem Samt, der nach der Stadt Manchester benannt war, die zu dieser Zeit im letzten Jahrhundert das Textilindustriezentrum Europas war. Irgendwie wußten wir das.

Wir zogen sie raus und betrachteten sie. Sie hatten einen Gürtel und zwei Taschen vorn und Aufschläge. Sie sahen sehr klassisch aus und würden mit Sicherheit Blicke auf sich ziehen. Wir verliebten uns gleich in sie und zogen sie an. Wir sahen wie richtige Männer aus, stolzierten durch die Wohnung und zeigten sie Mutti. Sie war sehr glücklich mit uns. Man muß sagen, daß Mutti immer sehr glücklich war, wenn uns Kindern Gutes widerfuhr. Sie war und ist einfach, was du von einer Mutti erwartest oder was du dir von einer fabelhaften Mutter erträumst. Wir konnten es kaum erwarten, die Hosen bei unserem nächsten Sonntagsspaziergang zu tragen. Und wir waren auch sicher, daß Papa ganz genau derselben Meinung war.

Am Boden des Päckchens war ein Brief von Oma mit Grüßen und besten Wünschen für uns. Sie hoffte natürlich, daß uns die Hosen gefallen würden und daß sie paßten. Mutti gab uns ein Stückchen Schokolade und rettete den Rest – wir hätten sonst wahrscheinlich alles auf einmal gegessen. Sie behielt auch die Orangen und die Medizin.

Alsbald wechselten wir unsere neuen Hosen gegen unsere Straßensachen. Es war ein wunderschöner Dienstagnachmittag und unsere Nachbarkinder waren schon draußen und hatten Spaß.

Muttis Regel war, daß wir an jedem Nachmittag beim Läuten der Kirchturmglocken um achtzehn Uhr nach Hause kommen mußten. Wir mochten das natürlich nicht, besonders nicht im Sommer, wenn es noch so hell war und die Sonne immer noch schien. Und die Mütter der anderen Kinder waren dahingehend etwas toleranter.

Wie auch immer, wir taten auch an diesem Tag, was von uns erwartet wurde. Gerade als wir in unsere kleine Straße einbogen, hörten wir ein Auto hinter uns, das von der Stadt kam. Der Zweitaktmotor machte einen knatternden Höllenlärm. Das Auto war grün: ein Polizeiauto. Die sahen alle wie Militärfahrzeuge aus, ein bißchen wie ein Jeep, aber nicht so robust gebaut und aussehend. Die Polizisten nannten diese Fahrzeuge »Kübel«. Das Auto bog in unsere Straße ein, und wir wußten sogleich, daß es Papa war. Er kam eigentlich selten so früh von der Arbeit nach Hause, aber das hing eben von seiner Arbeit ab. Es passierten immer ein paar überraschende Dinge in unserer Stadt oder im Bezirk. Manchmal riefen sie Papa mitten in der Nacht an und holten ihn ab, um zu einem Tatort zu fahren. Andere Male kam er die ganze Nacht gar nicht nach Hause, und wir sahen ihn zwei oder drei Tage überhaupt nicht. Papa fuhr nicht selbst, er hatte immer einen Chauffeur, der ihn von zu Hause abholte und wieder zurückbrachte.

Das Auto hielt vor dem Haus und Papa stieg aus. Wir rannten zu ihm und begrüßten ihn. Mutti hatte das Auto offensichtlich auch gehört und stand oben auf der Steintreppe, die zur Haustür führte. Wir rannten die Treppe rauf und Mutti schickte uns erst einmal weg, uns sauber zu machen, während sie Papa küßte. Mutti glühte förmlich. Vielleicht war es das Päckchen, das wir heute von Oma bekommen hatten. Nachdem er seine Aktentasche hingestellt und seine Hausschuhe angezogen hatte, zeigte Mutti ihm die Geschenke und seine neue Hose. Er mochte sie auch – auch wenn er nicht so begeistert war wie wir Kinder.

Ich fragte mich: Warum?

5.

Der Grund, warum Papa an diesem Tag so früh nach Hause gekommen war, lag eigentlich auf der Hand. Normalerweise arbeitete er sehr lange, hatte Besprechungen oder mußte mal wieder zu einem Tatort. Aber heute mußten er und Mutti zu einem Parteiabend der SED. Beide fühlten sich niemals wohl bei diesen Abenden, was daran lag, daß sie mit der Regierung der DDR und dem kommunistischen Führungsstil nicht einverstanden waren. Die Regierung bezeichnete die DDR als eine sozialistische Republik, wobei in der Realität eher eine Diktatur der SED herrschte, unterstützt von den Sowjets. Der politische Druck auf jeden war enorm und besonders auf zwei Erwachsene, die in der Gesellschaft bestens bekannt waren wie unsere Eltern.

Nach dem Zweiten Weltkrieg waren sie in Thüringen geblieben, nachdem sie in den letzten Kriegstagen ihre Heimat verlassen mußten. Sie kamen aus dem Sudetenland, einem schmalen Landstrich im Norden der damals tschechoslowakischen Republik, die heute in zwei autonome Länder geteilt ist.

Reichenberg war durch seine floriende Textilindustrie wahrscheinlich die reichste Stadt im Sudetenland. Meine Großeltern besaßen dort ein paar Fabriken. Ferdinand Porsche, der Mann, der den ersten Volkswagen für Hitler gebaut hat, wurde in dieser Gegend geboren. Später gründete er die Porsche-Fabrik und fing an, die berühmten Sportwagen zu bauen.

Nach dem verlorenen Krieg wurden meine Eltern vertrieben mit nichts außer den Sachen, die sie trugen, und ein paar Habseligkeiten. Dieser Teil ist sicher einer der traurigsten und tragischen in der deutschen Geschichte. Alle unsere Verwandten mußten ihr Heimatland zusammen mit Mutti und Papa verlassen und kamen letztendlich nach Thüringen, einer der Staaten, der zu Mitteldeutschland gehörte und – wie bereits erwähnt – nach der Übernahme der Sowjets Ostdeutschland war.

Meine Eltern entschieden sich damals, nicht nach Westdeutschland zu gehen, und versuchten, Fuß zu fassen, ein Zuhause und Arbeit zu finden. Papa ging zur Polizei und ihm wurde auch bei der Suche nach einer kleinen Wohnung geholfen. Trotz allem waren meine Eltern immer gegen das Regime und seine Politik. Sie fühlten immer, daß der praktizierte Sozialismus eher ein verkleideter Kommunismus war. Freie Rede und freier Wille wurden unterdrückt. Man durfte die Regierung nicht kritisieren oder irgendetwas Kritisches über die Lebensbedingungen oder das Versagen der Behörden bei der Beschaffung von Lebensmittel sagen. Die geringste Bemerkung konnte wenigstens zu einem strengen Verhör führen oder im Ernstfall zu einem vorrübergehenden Gefängnisaufenthalt.

Mutti und Papa vermieden es meistens, irgendetwas vor uns Kindern oder ihren Freunden kritisch zu diskutieren. Freunde waren schwer zu finden und jeder war sehr vorsichtig mit Bemerkungen über die Regierung oder die Befriedigung der täglichen Bedürfnisse. Jede noch so kleine Information konnte von anderen Leuten zu ihrem eigenen Vorteil genutzt werden, beispielsweise um vorwärtszukommen. Oder sie konnten dich einfach nur nicht leiden. Gerade in der Öffentlichkeit mußte man immer extravorsichtig sein.

Wegen der unzureichenden Versorgungslage mußten Mutti und ich oft lange anstehen, um Butter Eier, Gemüse, Fleisch und sogar das berühmte Sauerkraut zu bekommen. Die Versorgung war mangelhaft, besonders wenn man in einer kleinen Stadt wie Sondershausen lebte. Wichtige und gut beobachtete Städte wie Ostberlin oder Leipzig hatten es da besser, da die Regierung sie als Aushängeschild benutzten für die westliche Welt: Seht, wie gut es uns geht und wie gut wir für unsere Bürger sorgen. Im Grunde aber machten die Sowjets die Regeln und gaben die Instruktionen; sie bestimmten, wohin die Waren gingen.

Einmal warteten wir vor einem Lebensmittelladen, von dem wir gehört hatten, daß es dort Eier und Butter zu kaufen gab. Butter war nur begrenzt vorhanden und nur gegen Lebensmittelmarken zu erhalten. Wir zogen uns schnell an und eilten den langen Possenweg in Richtung Stadt. Einige Leute wußten immer früher als andere, wenn es etwas Besonderes gab, und erzählten es dann den Nachbarn und Freunden, damit diese davon profitieren konnten. Ziemlich häufig war es allerdings so, daß man nichts bekam, weil alles schon ausverkauft war, bevor man am Laden ankam. Das war immer sehr enttäuschend, und die Leute waren ärgerlich. Eine Stunde oder länger in der Schlange zu stehen und dann nicht zu bekommen, wofür man gekommen war, konnte schon unbeschreiblich hart sein. Man war sehr frustriert, und einige konnten ihren Mund einfach nicht halten.

Als wir endlich an diesem bestimmten Lebensmittelladen ankamen, erzählte man sich, daß Eier und auch Bananen geliefert worden waren. Es hatte sich bereits eine lange Schlange gebildet von Müttern mit Kindern und Hausfrauen, die sich nach diesem speziellen Angebot sehnten und sich wahrscheinlich bereits ein besonderes Abendessen ausmalten.

Man stand da, ruhig und darauf hoffend, daß man eine der glücklichen Personen sein würde, die etwas bekamen. Mutti erinnerte mich dann, still zu sein und nichts zu sagen.

Ich konnte nicht viel von dem beobachten, was vorne passierte, nur daß wir uns langsam vorwärtsbewegten. Mutti observierte immer die anderen Leute um uns herum; sie war sehr vorsichtig und auf alles bedacht. Vielleicht war es die Tatsache, daß sie mit einem Polizisten verheiratet war, die diese zusätzliche Aufmerksamkeit in ihr aufkommen ließ. Besonders aufmerksam war Mutti, wenn Männer in der Reihe standen. Ich folgte ihren Blicken, so gut ich konnte, und sah ebenfalls den Mann etwa drei Schritte vor uns. Er war ungefähr einen Meter achtzig groß und trug ein weißes Hemd, ein braunes Jackett und schwarze Hosen. Er war niemand, dem man in irgendeiner Weise Aufmerksamkeit geschenkt hätte. Nur ein Mann, der die gleichen Dinge einkaufen wollte wie wir alle: Bananen oder Eier oder beides.

Die Schlange wurde kürzer. Schon bald würden wir an der Reihe sein und das Vergnügen haben, zumindest Eier zum Abendbrot zu haben. Bananen waren sowieso immer zuerst ausverkauft. Einige Leute hatten Hühner und deshalb selbst Eier. Mutti machte immer weiche Eier für uns, indem sie sie einige Minuten im kochenden Wasser kochte.

Wir hatten immer Spaß daran, die Eierschale aufzuklopfen und das Ei dann mit einem kleinen Löffel zu öffnen. Es mit einem Butterbrot und etwas Salz zu essen war schon etwas Außergewöhnliches für uns. Mir lief schon das Wasser im Mund zusammen.

Ich hörte, wie sich ein paar Frauen unterhielten; einige Worte wurden ausgetauscht. Plötzlich wurde es laut. Irgendetwas mußte passiert sein. Ich wollte aus der Reihe gehen, um zu sehen, was los war, aber Mutti hielt meine Hand fest in ihrer und hielt mich an ihrer Seite. Vorne gab es Bewegung und das Einzige, was ich sehen konnte, war, daß ein paar Leute gegen die Tür des Ladens drückten. »Ich warte jetzt schon über eine Stunde hier!«, schrie eine Frau, »ich will meine Eier haben!«

»Gibt es noch Bananen?«, fragte eine andere Frau lautstark die Verkäuferinnen. »Wir haben das gleiche Recht wie die in Berlin, welche zu bekommen. Warum habt ihr nicht genug? Wahrscheinlich habt ihr sie wieder alle dorthin geschickt!«

Andere verhielten sich ruhig und sagten lieber nichts; sie waren enttäuscht und niedergeschlagen, daß ihr Versuch nicht erfolgreich gewesen war. Es sah so aus, als ob gerade die letzten Eier und Bananen verkauft worden waren.

Während einige Frauen schon weggegangen waren, trat der Mann im braunen Jackett aus der Reihe nach vorne und sprach sehr ernst die Person an, die den Kommentar über Berlin gemacht hatte: »Bitte kommen Sie mit mir auf die Wache!« Die Frau wich erschrocken zurück. Die Angst war ihr ins Gesicht geschrieben. Sie antwortete nicht, sondern folgte dem Mann stillschweigend.

Der Mann war von der Geheimen Staatspolizei, der Stasi. Diese haßte kritische Kommentare.

6.

Mutti und Papa zogen sich um. Mutti trug meistens Röcke oder Kostüme mit Blusen und Papa Hosen, Jacketts und weiße Hemden. Sie brauchten eigentlich nur drei Minuten für die zweihundert Meter bis zum FDGB-Gebäude.

Die SED-Versammlungen begannen immer um zwanzig Uhr. Alle Teilnehmer wurden pünktlich erwartet oder besser: früher als pünktlich. Die Teilnahme war ein Muß. Man wollte wirklich nicht auf die schwarze Liste der offiziellen Stellen und der Stasi. Sie registrierten alles über dich. Sie wußten, wie du aufgewachsen warst, sie kannten deinen Lebenslauf, deine Familie, deine Arbeit, deine Hobbies, deine speziellen Verhaltensmerkmale, einfach alles. Sie kannten die Adressen der Familienmitglieder im Westen. Wenn man nicht Mitglied der SED war, wurde man von vornherein als Angehöriger der unteren Klasse, als Außenseiter gesehen, nicht als wertvolles Mitglied der Gesellschaft. Es wurde zu jederzeit unter allen Umständen die bedingungslose Unterstützung des Systems verlangt. Auch nur die leisesten Zweifel zu zeigen oder zu äußern, war absolut nicht akzeptiert. Solcherlei Verfehlungen bei der Unterstützung der Regierung wurden natürlich auch publiziert. Die Stasi zögerte keinen Moment, solche Informationen an die Öffentlichkeit zu geben, um sie als warnendes Beispiel zu präsentieren, manchmal während einer dieser Zusammenkünfte, zu denen auch Mutti und Papa immer gingen.

Es waren immer etwa um die fünfzig Teilnehmer anwesend, gewissermaßen eine Auslese der »Wer-ist-wer« von Sondershausen. Noch einmal, man mußte nicht unbedingt ein SED-Mitglied sein, auch nicht als Lehrer oder wenn man in anderer exponierter Position war, aber es war ein

»empfohlenes« Muß. Die Abende – so hat man mir später erzählt – waren gefüllt von Präsentationen und Diskussionen über die praktizierte Politik und die Köpfe von Sozialismus und Kommunismus: Marx, Engels und Lenin.

Die SED mußte eben sicherstellen, daß ihre wichtigen Mitglieder in die richtige Richtung »segelten«, um es einmal so auszudrücken. Die Doktrinen mußten immer wieder eingetrichtert werden, damit sie im täglichen Leben halfen und angewendet wurden.

Mutti und Papa fühlten sich immer unwohl an diesen Abenden. Sie hatten ihre eigenen grausamen Erlebnisse mit den Russen während der Flucht aus dem Sudetenland und fanden sich ungewollt wieder mitten unter ihnen und unter ihrem Einfluß. Aber sie mußten das Spiel mitspielen.

Sie kamen nicht zu spät nach Hause an diesem Abend. Ich war noch wach. Wir schliefen in einem Zimmer, das durch eine Schiebetür vom Wohnzimmer abgetrennt war. Diese war geschlossen, hatte aber eine milchige Glasscheibe, die etwas Licht hindurch ließ. Unser Zimmer hatte schönes Holzparkett und war ziemlich groß, so daß wir darin bei schlechtem Wetter schön spielen konnten. Unsere Betten standen in den Ecken und sich diagonal gegenüber. Wir hatten zwei Fenster, zum Schlafzimmer unserer Eltern gab es eine größere Verbindungstür, ebenfalls zum Schieben und mit Milchglasscheiben versehen.

Der Gedanke an diese Fenster in unserem Zimmer bringt Erinnerungen zurück: Der Nikolaus kam durch diese Fenster und schüttete seine Geschenke auf den Fußboden. Natürlich nachdem er uns gefragt hatte, ob wir denn auch artige Jungen gewesen sein. Wir antworteten immer mit einem etwas leisen und etwas ängstlichen: »Ja.«

Die andere besondere Erinnerung an das Fenster ist die mit dem Zukker. Mutti und Papa hatten uns gefragt, ob wir ein kleines Schwesterchen haben wollten, und die Antwort war keineswegs zögerlich, weder von Roland noch von mir. Diesmal gab es ein lautes und einstimmiges: »Ja!« Sie erzählten uns, daß ein Stückchen Würfelzucker auf dem Fensterims für den Storch helfen könnte, unserem Wunsch nach einem Schwesterchen ein wenig Nachdruck zu verleihen. Das war Ende Oktober, und ein paar Tage, nachdem wir den Zucker auf den Fenstersims gelegt hatten, war er auf wundersame Weise verschwunden!

Ich hörte, wie Mutti und Papa ins Wohnzimmer gingen und flüsterten, aber ich konnte nicht wirklich verstehen, worüber sie sprachen. Ich hörte nur, daß das Radio eingeschaltet wurde. Nach etwa einer Minute – so lange brauchten die Röhren, bis sie warm waren – kamen irgendwelche Geräusche aus dem Lautsprecher. Das Radio stand auf einer kleinen Anrichte in einer Ecke des Wohnzimmers. Wir hatten einen runden Eßtisch mit vier Stühlen in der Mitte des Raumes stehen und eine Sitzgruppe in einer quadratischen Nische des Zimmers: Eine Couch, zwei Sessel und ein kleiner Tisch füllten die Nische fast vollkommen aus. Abends hielten wir die Fenster geschlossen, und die Rollos waren unten. Mutti und Papa mußten vorsichtig sein, denn jeder hätte unbemerkt hineinsehen und zuhören können.

Wir hatten keinen Fernseher. Nur ganz wenige Leute besaßen einen, denn die Geräte waren schwer zu bekommen und sehr teuer. Der Preis dafür war ungefähr so hoch wie das Durchschnittsgehalt für ein halbes Jahr, außerdem kam man auf eine Warteliste. Papa und Mutti waren mit einem Ehepaar befreundet, die einen hatten. Er arbeitete mit Papa in derselben Abteilung bei der Polizei und seine Frau bei der HO. Das war die Abkürzung für Handelsorganisation und die Lebensmittelkette des Staates. Die Freunde hießen Bohne.

Mutti war nicht besonders beeindruckt von Herrn Bohne, da er zwei Probleme hatte: Er trank zu viel und zu häufig und blieb oft bis spät im Ratskeller, das bekannteste und beste Restaurant der Stadt, gleich neben dem Markt. Wie ich später erfahren habe, war die Bedienung sehr nett und gutaussehend und mehr als nur freundlich zu Herrn Bohne: Sie hatten mehrere Jahre eine Affäre, und viele Leute wußten das, auch seine Frau – und Mutti.

Ich war wahrscheinlich schon sechs Jahre alt. Um Bohnes zu besuchen, mußten wir ungefähr vier Kilometer durch die ganze Stadt laufen: von unserer Seite runter, am Zentrum vorbei und wieder hoch auf die andere Seite. Das war ganz schön anstrengend. Jedes Mal, wenn wir Bohnes besuchten, konnten wir es nicht erwarten, etwas fernzusehen.

Ich erinnere mich an das erste Mal, als ich dieses kleine, etwas flackernde, schwarzweiße Bild sah, das aus dieser Röhre von etwa vierzig Zentimeter Durchmesser kam. Das Gehäuse des Fernsehers war aus Holz und poliert wie ein Möbelstück. Die Programme in diesen Tagen waren zwar unterhaltsam, aber beinhalteten eben viele zensierte Berichte und Nachrichten. Warum, fragte ich mich später im Bett, hatten Bohnes einen Fernseher und wir nicht? Über diesen Gedanken schlief ich endlich ein.

7.

Mutti weckte uns auf. Es war schon sieben Uhr und höchste Zeit aufzustehen. Ich merkte, daß Mutti langsam ging und sich offensichtlich nicht wohl fühlte. Sie hatte wahrscheinlich auch schlecht geschlafen. Nachdem wir uns fertig gemacht hatten, aßen wir unser kleines Frühstück am Küchentisch, bestehend aus Milch und einer Scheibe Brot. Ich sah die Medizin auf dem Tisch, dieselbe, die am Tag zuvor mit dem Päckchen von Oma gekommen war.
»Bist du krank, Mutti?«, fragte ich sie.
Sie schaute Roland und mich an und antwortete: »Nein, nicht wirklich. Mein Bauch tut weh, aber ich habe ja gestern die Vitamine von Oma bekommen, und die helfen.«
»Wie lange mußt du die nehmen, Mutti?«, wollte ich wissen, denn jetzt war ich ein bißchen besorgt.
»Nur ein paar Tropfen jeden Tag für vier bis fünf Wochen. Macht euch keine Sorgen. Ich werde heute auch zum Doktor gehen.«
Wir waren fertig mit Frühstücken. Mutti schaute auf die Küchenuhr: »Jetzt müßt ihr euch aber beeilen, damit ihr rechtzeitig in der Schule seid! Ich sehe euch am Nachmittag. Paßt auf euch auf und lernt etwas!«
Sie umarmte uns wie immer, und wir verließen das Haus. Sie mußte sich hinsetzen, denn sie war einfach müde und ein bißchen schwach in diesen Tagen. Später würde sie sich auf die Couch im Wohnzimmer legen und sich ein wenig ausruhen.

Es war zehn Minuten nach neun Uhr, als jemand an die Tür klopfte. Es war Tante Rosa aus dem dritten Stock. Sie brachte Mutti vier Eier. Das war sehr aufmerksam von ihr, und die Eier waren natürlich immer sehr willkommen bei Mutti.
Es gab noch einen anderen Grund für Tante Rosas Kommen: Mutti brauchte Hilfe, um zum Doktor zu gehen, und Tante Rosa würde sie begleiten und ihr helfen. Der Termin war um zehn Uhr. Die Praxis von Dr. Helldorf war nur ein wenig weiter unten am Possenweg, aber angesichts von Muttis Zustand würde es schon ein paar Minuten dauern, dorthin zu gelangen. Sie war nun schon öfter dort gewesen, zweimal allein im Juni.
Es war ein Frauenarzt.

8.

Dienstag, 17. Juni 1959. Es war mein achter Geburtstag. Wie jedes Kind liebte ich meinen Geburtstag. Wann immer ich ihn erwähnte, bemerkte ich, daß es ein besonderer Tag war im Kalender. Ein Tag, an dem ein historisches Ereignis stattgefunden hatte. Allerdings sollte ich nicht den gleichen Namen verwenden, dem ihm die Westdeutschen gegeben hatten: Tag der deutschen Einheit. In der DDR war es verboten, den Tag so zu benennen, und falls man es doch tat, würde es Probleme bereiten – wenigstens meinen Eltern.

Es passierte an meinem zweiten Geburtstag, dem 17. Juni 1953. Die ostdeutschen Arbeiter und Bauern und die oppositionellen Politiker begannen eine kleine Revolution. In allen großen Städten, speziell in Ostberlin, demonstrierten Leute gegen das Regime, das System im Allgemeinen, die Versorgungssituation, die sowjetische Besatzung und andere Dinge. In späteren Jahren gab es ähnliche solcher Aufstände, wie 1956 in Ungarn oder 1968 in Prag.

Papa wurde sofort zum Dienst gerufen, und wir sahen ihn für drei Tage nicht wieder.

Mutti gestaltete meine Geburtstage ganz besonders – und nicht allein für mich, auch für Roland und Papa. Mein Wunschessen waren meistens Buchteln, ein traditionelles böhmisches Gericht. Hefeteigstückchen werden in einer Pfanne mit hohem Rand gebacken und mit einer heißen Schokoladensauce übergossen serviert. Hm! Ich bekam sie zu jedem Geburtstag! Geschenke waren eher rar, vielleicht gab es zuweilen ein kleines Spielzeugauto. Es gab in diesen Tagen eben nicht viel, genau wie bei den Lebensmitteln.

Am Abend meines achten Geburtstags saßen wir alle zusammen beim Abendbrot an unserem großen runden Tisch. Es gab Nudelsuppe und die vier weichgekochten Eier, die Mutti gestern von Tante Rosa bekommen hatte. Mit Brot und Butter, das war köstlich! Wir tranken üblicherweise Huflattichtee zum Abendbrot. Wir sammelten die Blüten auf den umliegenden Wiesen, und Mutti kochte sie.

Wir waren eine glückliche Familie, auch wenn die Umstände nicht so angenehm waren, wie sie vielleicht hätten sein können. Als kleiner Junge von acht Jahren verstand ich nicht, welche Probleme meine Eltern zu bewältigen hatten, und werde meine Kindheit immer als wunderbar bezeichnen.

Papa hatte sein Abendbrot gerade beendet und schien ein wenig nervös zu sein. Er schaute erst auf uns und dann zu Mutti. Nach ein paar Sekunden sagte er: »Also, meine Jungs, an diesem speziellen Tag möchte ich euch gerne eine aufregende Neuigkeit erzählen.« Er machte eine kleine Pause und beobachte uns. »Erinnert ihr euch an das letzte Jahr, als ihr ein paar Zuckerwürfel auf die Fensterbank gelegt habt, die der Storch dann einen Tag später abgeholt hat?«

Stille, wir dachten nach. Hatten wir das schon vergessen? Papa fuhr fort: »Ich kann euch sagen, daß ihr schon bald ein kleines Schwesterchen bekommt!«

Wir waren zunächst sprachlos und mußten die Nachricht erst einmal verarbeiten, bevor wir genauso begeistert waren wie Papa. Eine kleine Schwester! Großartig. Wir hatten so gehofft, daß es irgendwann passiert – wir wußten nur nicht genau, wie man das machte. Mutti sah Papa an und lächelte. Es war ein sehr glückliches Lächeln.

Später konnte ich nicht einschlafen und lag eine ganze Weile wach, Roland auch. Wir sprachen über die Neuigkeit und überlegten, wie wir uns mit unserer Schwester beschäftigen könnten; und natürlich würden wir für sie wie zwei richtige große Brüder sein. Und dann dachten wir nach über mögliche Namen für sie – nur für den Fall, daß Mutti und Papa uns danach fragten.

9.

Der Sommer hatte nun wirklich begonnen. Schon an meinem Geburtstag Mitte Juni hatten wir großartiges Wetter gehabt. Das Thermometer zeigte zwanzig Grad und mehr, manchmal sogar bis an die dreißig – dazu blauer Himmel mit ein paar Haufenwolken. Den ganzen Juni und Juli wollte es kaum regnen – und wenn, dann war es dieser wundervoll weiche Sommerregen, durch den man spazieren konnte, ohne sich zu sorgen, naß zu werden.

An den meisten Nachmittagen spielten wir draußen mit den Nachbarkindern oder machten kleine Abenteuertouren mit ein paar Jungen durch den Wald. Wir untersuchten geheime Wege, kleine Schluchten, den alten Aussichtsturm, genannt Bismarck-Turm, oder eine Aussichtsplattform, die wir Rondell nannten und auf der ein Denkmal für gefallene Soldaten der beiden Weltkriege stand. Das Rondell lag ziemlich hoch über der Stadt, und man konnte kilometerweit sehen, auch unsere Straße und unser Haus. Sonntags wanderte meine Familie häufig zum Possen, um dort zu Mittag zu essen und später Kaffee und Kuchen zu genießen. Das hat immer viel Spaß gemacht, und Papa machte immer eine ganze Menge Fotos mit seiner kleinen Rollei, die er gleich nach dem Krieg gegen einen halben Laib Brot getauscht hatte. Die Bilder waren alle schwarzweiß und er entwickelte sie meistens selbst, entweder zu Hause oder im Polizeilabor. Wir haben immer noch jede Menge dieser Fotos.

Papa hatte ein Segelflugzeug gebaut: ein Flugmodel mit etwa eineinhalb Meter Spannweite. Er war Mitglied im Klub für Sport und Technik, eine Gruppe von enthusiastischen Leuten, die alle möglichen Modelle bauten: Schiffe, Flugzeuge, Boote, zum Teil mit Elektromotoren. Sie trafen sich abends in einem Seitengebäude des Schlosses in Sondershausen. Es war tatsächlich so, daß die Prinzessin Rudolphine von Schwarzenburg-Sondershausen noch im Schloß lebte. Papa hatte sie einmal kennengelernt.

Das Segelflugzeug bestand aus leichtem Balsaholz. Alle Teile wurden liebevoll per Hand geschnitten und dann perfekt zusammengeklebt. Der Rumpf wurde mit einem speziellen Papier überklebt und mit einem Klarlack gestrichen. Während der Lack trocknete, spannte sich das Papier und bildete eine glatte Oberfläche. Der Nachteil war, daß selbst bei einer nur leicht holprigen Landung das Papier reißen konnte. Das wiederum verursachte zum Teil erhebliche Reparaturarbeiten.

Es brauchte gehörige Anstrengungen, den Gleiter zu trimmen; die Nase war auch aus diesem leichten Balsa geschnitzt und wurde mit kleinen Bleikugeln gefüllt. Man mußte das unzählige Male wiederholen, bis die richtige Balance gefunden war. Das machten wir normalerweise auf einem der Felder, nicht zu weit weg von unserem Haus. Papa trug das Segelflugzeug, wir trugen die Flügel und ein bisschen Papier und Kleber. Wir hatten auch immer unser Fernglas dabei für den Fall, daß das Flugzeug wirklich ein paar hundert Meter weit fliegen würde. Papa hatte eins von der Polizei.

Wir hatten die östliche Ecke des Feldes erreicht. Es war sozusagen die Basisstation für unsere kleinen Flugexperimente. Der Grund fiel ein paar Meter ab, wodurch eine Mulde entstand. Wir standen wie auf einem kleinen Hügel; von hier aus würden wir das Flugzeug hochhalten in die Luft und ihm dann einen kleinen Schub geben wie beim Speerwurf. Unter perfekten Bedingungen – mit gutem Aufwind und der richtigen Trimmung – würde es zunächst ein bißchen nach unten und dann mit dem Wind und seiner Nase nach oben bis zum nächsten Feld fliegen. Dort würde es dann hoffentlich ohne Schaden landen. Wir verfolgten es mit den Augen und versuchten zu analysieren, ob die Trimmung stimmte. Einer von uns mußte es dann holen, um es wieder neu zu justieren und es erneut zu versuchen. Ich glaube, daß unser weitester Flug um die dreihundert Meter war. Unglücklicherweise endete dieser Flug mit einer furchtbaren Landung. Den daraus resultierenden Schaden konnten wir erst im Klub wieder reparieren.

Im Laufe des Jahres konnte Papa es organisieren, daß wir den Klub für Sport und Technik beitreten konnten. Roland fing gleich mit dem Bau eines Zerstörers an nach Originalplänen, ich selbst bastelte ein Kanonenboot zusammen, das zwei Türme hatte, ähnlich denen des T-34-Panzers. Wir waren mit großem Eifer dabei und mochten besonders die Atmosphäre im Klub.

10.

Ich erinnere mich auch gut an die große weiße Villa, die hinter dem Südbahnhof lag, eine kleine Bahnstation nahe dem Possenweg. Die Villa diente kulturellen und anderen speziellen Veranstaltungen. Wenn man den Possenweg etwa zweihundert Meter hinunterging, kam man über den eingleisigen Bahnübergang. Das Gleis führte weiter zu der Brücke östlich von unserem Haus, wo die sowjetischen Kasernen waren. Es war Teil der Verbindung von unserem Hauptbahnhof zu kleineren Städten wie Jecha und Göllingen und weiter zu den größeren wie Leipzig und Halle. Wenn man den Zug in die westliche Richtung nahm, kam man wie gesagt zuerst zum Hauptbahnhof und dann nach Nordhausen oder mit einem anderen Zug nach Erfurt.

Nicht alle Züge hielten hier am Südbahnhof. Wenigstens hatten wir eine Wartehalle, einen Fahrkartenschalter und einen zementierten Bahnsteig. Wann immer sich ein Zug näherte, schlossen sich die Schranken mit lauten Glockenschlägen auf beiden Seiten des Possenweges. Wir Kinder standen oft da und beobachteten die Züge mit ihren Lokomotiven, die fünf oder sechs Waggons zogen oder manchmal zwanzig oder mehr Güterwaggons, beladen mit Kohlen oder anderen Gütern. Manchmal legten wir vorher Pfennige auf die Gleise, nur um sie danach flachgewalzt, als briefmarkendünne Metallplättchen wieder einzusammeln.

Jeder erste Sonntag im Monat war aufregend für mich: Papa spielte Schachturniere in der großen Villa. Schach war sein Lieblingsspiel. Er spielte auch Fernschach mit Spielern in anderen Städten oder in fremden Ländern. Er schickte kleine Postkarten mit dem nächsten Zug zu seinen Gegnern, und die sendeten nach ein paar Tagen ihren nächsten Zug zurück. Jedes Mal, wenn die Postkarte ankam, war Papa sehr neugierig zu erfahren, wie »er« gezogen hatte. Auf einem kleinen Tisch im Wohnzimmer stand ein Schachbrett mit der aktuellen Spielsituation. Papa war so neugierig, daß er manchmal seinen Mantel anließ und sofort mit der Karte in der Hand zum Schachbrett ging. Er murmelte dann so etwas wie: »Ich wußte es, ich wußte es!« oder: »Toll, er hat einen Fehler gemacht!« in sich hinein.

Fernschach, wie man es nannte, wurde meistens in Gruppen von sechs Spielern gleichzeitig begonnen. Es konnte ein halbes Jahr dauern, bis ein solches Turnier entschieden war. Papa war ein sehr guter Spieler.

Einmal fand die Weltmeisterschaft in Leipzig statt, ich glaube, es war 1958. Papa besuchte sie und sah all die großen Spieler wie Tal und Botwinnik. Er mochte das. Er brachte Ersttagsbriefe mit nach Hause mit Briefmarken und Autogrammen von Spielern.

An diesen ersten Sonntagen ging ich mit ihm zu diesen Schachturnieren in große weiße Villa hinter dem Bahnhof. Die Villa hatte eine große Versammlungshalle mit genügend Platz, um sechzehn Schachbretter aufzustellen. Papa kannte eine ganze Menge Leute; auf der einen Seite, weil er gegen sie gespielt hatte, auf der anderen wegen seiner Position bei der Polizei.

Ich hatte die Grundzüge und Regeln gelernt, genug, um die Spiele wenigstens verfolgen zu können. Mich in den anderen Spieler hineindenken oder taktieren konnte ich zu dieser Zeit aber nicht. Ich war ein wirklicher Anfänger. Alles, was ich wußte, hatte ich von Papa gelernt: wie man ein Spiel eröffnete, eine Strategie entwickelte und so weit als möglich vorausdachte.

Man ging von Brett zu Brett und beobachtete die Spiele. Natürlich war absolute Ruhe angeordnet. Ich hätte Papa gerne Fragen gestellt, denn er wußte ja so viel mehr über Schach als ich. Wenn immer er mir einen Zug erklären wollte, gingen wir in die Halle hinaus, und er erklärte mir leise, was ich mir als nächstes ansehen sollte. Es war sehr interessant für mich. Ich mag das Spiel heute immer noch sehr.

Zur Mittagszeit waren die Spiele entschieden und damit auch das Turnier. Papa und ich gingen nach Hause, wo wir gerade noch rechtzeitig zum Mittagessen waren.

11.

Die Arbeit eines Chefs der Kriminalpolizei war hart. Das Einzige, was mir diesen Eindruck vermittelte, war die Tatsache, daß Papa oft weg war und manchmal auch nachts nicht nach Hause kam. Er arbeitete wirklich sehr viel. Die Verbrechensrate war niedrig und ein Mord absolut selten. Die häufigsten Delikte waren Betrug, Einbruch und Trunkenheit. Meistens waren die Ermittlungen nach einigen Stunden abgeschlossen, und sie dauerten selten länger als ein paar Tage. Papa hatte den Rang eines Leutnants, er war also so etwas wie ein höherer Polizeibeamter.

Diese Aufgabe erforderte kontinuierliche Ausbildung und ständiges Training – physisches und politisches. Die oberen Polizeibeamten der Behörde planten solcherlei Ausbildungsmaßnahmen. Diese fanden in Erfurt statt bis zum heutigen Tag die Hauptstadt von Thüringen. Papa fuhr manchmal dorthin für Besprechungen oder Diskussionen.

Es war wahrscheinlich während der ersten Tage im Juli. Die Schule war noch nicht aus. Muttis Schwangerschaft wurde zunehmend beschwerlich. Es war unter diesen Umständen schwierig für sie, den Haushalt in Gang zu halten. Wir halfen ihr so gut wir konnten: Wir lernten, einkaufen zu gehen und die Sachen zu besorgen, die auf ihrer Liste standen – oder wenigstens versuchten wir, diese Dinge zu kaufen.

Gleich hinter dem Bahnübergang auf dem Possenweg war ein kleiner Lebensmittelladen. Für die kleinen alltäglichen Dinge gingen wir dorthin. Besonders jetzt, wo Mutti Probleme hatte, das Haus zu verlassen.

Einmal schickte Mutti Roland los, um Milch und ein paar andere Dinge zu kaufen, viel gab es ja nicht. Für die Milch hatten wir eine Aluminiumkanne. Eigentlich hatte sie auch einmal einen Deckel gehabt, doch wir hatten ihn bei einer unserer »Erforschungen« verloren. Nun gut, die Kanne konnten wir immer noch gut verwenden, auch ohne Deckel. Roland nahm sie und ein Einkaufsnetz; letzteres ersetzte eine richtige Einkaufstasche. Der Vorteil war, daß so ein Netz viel mehr Artikel aufnahm als eine Tasche, der Nachteil war, daß manche Produkte einfach zu klein waren und einfach herausfallen konnten.

Ich war diesmal nicht dabei. Nachdem Roland zurück war, hörte ich Mutti mit ihm reden, etwas lauter als normal, ungewöhnlich für sie. Später habe ich von ihm erfahren, was passiert war: Er hatte die Gravitationsgesetze ausprobiert. Die Milchkanne war bis ziemlich unter den Rand gefüllt, und Roland mußte irgendwo gehört haben, dass, wenn man einen offenen Behälter schnell genug rotiert, Inhalte – selbst Flüssigkeiten – nicht herausfallen. Also hat er das mit unserer gut gefüllten Milchkanne ausprobiert. Offensichtlich war sein Experiment nicht von Erfolg gekrönt, denn etwa die Hälfte der Milch war über seinem Hemd und seiner Hose verteilt. Mutti ärgerte sich wohl ein bischen darüber. Milch war eben kostbar in diesen Tagen.

Das sollte kein guter Abend werden für Roland. Papa kam nach Hause und las ihm die Leviten. Diesmal war er es, das nächste Mal würde es wahrscheinlich ich sein, der etwas Dummes anstellte.

Papa hatte spezielle Neuigkeiten: Seine Polizei-Abteilung mußte drei Wochen zum Training in eine Stadt namens Aschersleben, nicht zu weit weg von uns. Einige seiner Kollegen mußten ebenfalls teilnehmen. Solche Trainings waren ein bißchen wie die Ausbildung an einer Militärschule: Unterricht am Tag und ein bißchen Freizeit am Abend. Einer der Teilnehmer mußte dann die Nachtwache übernehmen. Dazu kamen Sport und Waffenkunde und nicht zu vergessen die Ermittlungstechniken. Also das ganze Spektrum der Polizeiarbeit. Dabei sollte ich nicht vergessen zu erwähnen, daß natürlich auch politisch geschult wurde, was mehr einer Gehirnwäsche gleichkam.

Aschersleben war nur etwa eineinhalb Stunden mit der Bahn entfernt, nicht so schlecht. Obwohl drei Wochen nicht so lang sind, gefiel Mutti der Zeitpunkt des Trainings überhaupt nicht.

Es hieß auch, daß Papa weg war, wenn wir unsere Zeugnisse bekamen. Und er würde auch zu Muttis Geburtstag nicht zu Hause sein. »Oh nein«, sagten wir alle fast gleichzeitig. Allerdings gab es da keinen Ausweg, und wir wußten das alle: Papa mußte da hin. Die Schule würde am zwölften Juli aus sein, einem Samstag. Zu diesem Zeitpunkt würde Papa dann schon eine Woche weg sein.

Anfang Juli gab es nicht allzu viele Dinge in der Schule, über die man sich Sorgen machen mußte. Alle Tests waren vorbei, und die Unterrichtsstunden wurden für spezielle Themen verwandt: Manchmal durften wir uns wünschen, was wir machen wollten. Frau Rosenstiel akzeptierte das.

Eines dieser Dinge waren mathematische Tricks. Frau Rosenstiel kannte ein paar und zeigte uns Kombinationen von Nummern und Zahlen, die erstaunliche Ergebnisse hatten. Oder wir mußten uns Zahlen merken, addieren und multiplizieren, abziehen und teilen – und sie wußte plötzlich tatsächlich, an welche Zahlen wir dachten. Das versetzte uns jedes Mal in Erstaunen.

Einmal nahm sie uns auf einen Spaziergang durch den Park gleich neben der Schule mit, in dem das sowjetische Denkmal für die gefallenen Soldaten stand. Sie erzählte uns eine ganze Menge über den Krieg und dessen Geschichte. Es war natürlich klar, daß sich die DDR von der geschichtlichen Verantwortung für den Beginn des Zweiten Weltkrieges distanzierte. Trotzdem war es interessant für uns, darüber zu hören. Der politische Hintergrund war sicherlich etwas schwer zu verstehen.

Wir genossen diese Tage. Nur die Aussicht auf schlechte Noten konnte sie trüben. Ich erinnere mich, daß Roland ziemlich gut war. Ich auch – nur für »Singen und Musik« hatte ich anscheinend kein Talent. Im Singen hatte ich eine Drei, in Fächern wie Schreiben und Lesen, Grammatik und Mathematik nur Einsen und Zweien.

12.

Rolf Bohne, Papas alter Freund und Kollege, wurde aus dem Polizeidienst entlassen. Zu viel Alkohol und zu viele Frauen – die Polizei konnte das einfach nicht tolerieren beziehungsweise vertuschen. Er mußte gehen. Glücklicherweise fand er gleich Arbeit – im Schlachthof. Ich erinnere mich daran, daß ich in meinem späteren Leben als Telefonmechaniker in einen gehen mußte, um ein Telefon zu reparieren. Furchtbar. Aber wie so oft: Es gab auch einen Vorteil durch Rolfs neue Anstellung.

Mutti ging es schlechter. Sie war im fünften Monat, und die Schwangerschaft verlief nicht sehr gut. Ich hatte keine Ahnung, was los war, wusste nur, daß sie sich schlecht fühlte. Roland wußte vielleicht ein bißchen mehr über die Bedeutung der Schwangerschaft, aber wahrscheinlich nicht viel.

Als Mutti eines Tages von Dr. Helldorf kam, war eigentlich alles in Ordnung. Nicht alles: Ihr Blut veränderte wohl seine Konsistenz. Ich weiß nicht genau, was es war – das Einzige, das ich erfuhr, war, daß sie Kalbsleber brauchte, dringendst. Ungefähr hundert Gramm am Tag. Es gab nur eine Möglichkeit, das zu bekommen: Rolf! Und es funktionierte: Jeden zweiten Tag kam er mit einem halben Pfund frischer Kalbsleber – er hatte sie »organisiert«. Sie half Muttis Blut über die restliche Zeit der Schwangerschaft!

Der Arzt hatte ihr auch erzählt, daß er einen Herzton hört. Toll! Hoffentlich gehörte dieser unserer kleinen Schwester. Wahrscheinlich war es ihr

Gewicht, das Mutti Probleme beim Aufstehen oder Umherzulaufen verursachte. Sie nahm immer noch die Medizin von Oma und aß die Kalbsleber. Die Tropfen waren Vitamine.

So wenig ich etwas davon verstand, so wußte ich doch: Mutti sah dem Tag mit Freude entgegen, an dem die Schule aus war und ihre Söhne ihr den ganzen Tag helfen konnten.

13.

Nur sechs Tage waren es noch bis zu den Ferien, das war die gute Nachricht. Die schlechte war: Papa mußte uns für das Training an der Polizei-Akademie in Aschersleben verlassen. Traurig sagten wir ihm am Sonntagabend auf Wiedersehen, da er den Zug am frühen Montagmorgen nehmen mußte. Besonders für Mutti war das hart, ihn für drei Wochen nicht zu sehen. Schlechter Zeitpunkt! Die Kommunikation mit ihm in irgendeiner Form würde schwierig sein – aber nicht unmöglich: Wir hatten ja ein Telefon, Nummer 576. Es war eine Nebenstelle des Polizeinetzes, und Papa würde es möglich sein, uns nach dem täglichen Unterricht anzurufen. Vielleicht nicht jeden Tag, aber vielleicht ein- oder zweimal die Woche.

Die Tage verstrichen schnell. Der folgende Samstag war unser großer Tag: Wir bekamen Zeugnisse. Wir waren mit unseren einverstanden – würden es Mutti und Papa auch sein? Ich denke, daß ist eine immer wiederkehrende Frage.

Mutti lag auf der Couch, als wir nach Hause kamen. Tanta Rosa saß bei ihr. Ich bin sicher, daß sie wissen wollte, wie es Mutti ging und ob sie ihr helfen könne. Sie war eben sehr hilfreich, genau wie ihr Mann, Onkel Walter. Die Hühner waren leider nicht gerade produktiv gewesen während der letzten Tage, deshalb gab es diesmal nur zwei Eier. Mutti allerdings war dankbar für alles in diesen Tagen; wir bekamen die Eier gekocht am selben Abend.

Nachdem Tante Rosa gegangen war, zeigten wir Mutti unsere Zeugnisse. Sie war zufrieden mit beiden und sah sogar über meine Drei im Singen hinweg: »Mach dir darüber keine Sorgen. Ich war auch nicht gut darin. Das hast du von mir geerbt.«

Papa hatte allerdings ein musikalisches Gehör: Als Junge ging er zum Violinen-Unterricht. Sein Lehrer sagte, daß er sehr gut sei, er hatte einfach das richtige Gefühl dafür. Leider konnten sich das seine Eltern nicht lange leisten.

Nachdem Mutti mit unseren Leistungen zufrieden war, würde uns das auch gegenüber Papa helfen; er nahm das alles immer ein bißchen ernster. Er wollte immer, daß wir unser Bestes gaben und Einser in allen Fächern hatten.

Na gut, das war natürlich Wunschdenken.

Roland und ich gingen in den Garten und spielten den ganzen Nachmittag. Meine Großeltern brachten uns manchmal Spielzeug aus dem Westen. Ich hatte eine gelbe Postkutsche mit vier Pferden aus Plastik, Roland hatte ein kleines Auto.

Es war ziemlich warm, und der Nachmittag verging schnell. Mutti schlief auf der Couch.

Es war fast Abend, als das Telefon klingelte. Wir wollten gerade Abendbrot essen, es war also etwa achtzehn Uhr. Roland nahm den Hörer ab, da Mutti ein bißchen Zeit brauchte. Das Telefon stand gleich neben der Schiebetür zu unserem Schlafzimmer auf der Marmorplatte über dem Heizkörper. Roland hielt den Hörer ans Ohr:

»Hallo, Mann, wer ist da?«

»Hier ist dein Papa! Wie geht's es dir und wie sehen eure Zeugnisse aus?«

»Sehr gut, Papa – hat Mutti gesagt«, antwortete Roland.

Ich glaube, daß sowohl Roland als auch ich in diesem Moment das gleiche Gefühl hatten: Mutti fand sie sehr gut und sehr akzeptabel, aber was Papa darüber dachte, würden wir erst später erfahren.

Mutti kam und nahm den Hörer: »Hallo Liebling, gut, dich zu hören! Wie geht es dir?«

Papa sagte wahrscheinlich, daß es ihm gut ginge. Er muß wohl auch etwas von einer Reise gesagt haben, denn Mutti antwortete: »Das wäre wunderbar! Ich hoffe, ich bin dazu in der Lage, aber die Jungs werden mir ja helfen. Wann wäre das?« Nach ein paar weiteren Sekunden sagte sie: »Gut, wir machen das! Ich liebe dich, paß auf dich auf! Ruf mich an, wann immer du kannst.«

Sie legte den Hörer auf und sah uns an. Wir waren natürlich unendlich neugierig zu erfahren, worüber sie diskutiert hatten. War etwas geplant?

Mutti ging zurück zur Couch und setzte sich langsam. Wir setzten uns in den Sessel neben sie, ohne sie aus den Augen zu lassen. Was würde sie uns erzählen?

»Also Jungs, wir werden eine kleine Reise machen!« Sie machte eine Pause, um unsere Reaktion abzuwarten.

»Wohin fahren wir?« Ich mochte es zu reisen und neue Dinge zu sehen.
»Wir werden mit dem Zug nach Aschersleben fahren, die Stadt, wo Papa sein Training hat. Es wird nicht einfach sein für mich, deshalb brauche ich eure volle Aufmerksamkeit und Hilfe. Und wir werden an meinem Geburtstag fahren.«
Muttis Geburtstag war am 25. Juli, einem Samstag. Heute in einer Woche. Es lagen ein paar geschäftige Tage vor uns.

14.

Die Schiebetür zum Schlafzimmer unserer Eltern ratterte ein wenig. Ich wachte auf, Roland auch.
»Wie spät ist es?«, waren meine ersten Worte.
Muttis Antwort war nicht gerade beruhigend: »Es ist schon sieben und wir haben noch eine Menge zu tun, bevor wir gehen können!«
Wir hatten keine andere Chance als aufzustehen. Es war ihr Geburtstag und wir gratulierten ihr mit ein paar Blumen, die wir von einem Feld gebracht hatten, und mit einer Geburtstagskarte, die wir mit unseren guten Wünschen beschrieben hatten. Mutti freute sich immer über alles, was ihre Kinder ihr gaben, egal, wie einfach oder wertvoll es war. Es machte für sie keinen Unterschied, solange es von Herzen kam. Das war es – wir beteten sie an und tun es noch heute!
Nach der üblichen Routine hatten wir ein kleines Frühstück. Das nächste, an das ich mich erinnere, war, daß wir ein paar Taschen mit dem Notwendigsten für eine Übernachtung packten. Mutti hatte uns erzählt, daß wir ungefähr um zehn Uhr mit dem Zug von unserem kleinen Südbahnhof nach Aschersleben abfahren würden. Wir würden dann die Nacht zum Sonntag in einem Hotel bleiben. Papa würde die ganze Zeit mit uns verbringen. Wie wunderbar – und dann noch an Muttis Geburtstag, noch besser!
Wir packten eine größere Tasche mit zwei Henkeln; Roland und ich würde diese gemeinsam tragen, jeder einen Henkel haltend. Mutti konnte nichts anderes als ihre Handtasche tragen. Es brauchte seine Zeit zu packen, aber mit Muttis Hilfe ging alles besser. Wir mußten gehen, es war schon halb zehn. Da wir langsam vorankamen, würden wir fünfzehn bis zwanzig Minuten brauchen.

Der Mann hinter der Glasscheibe verkaufte uns Karten für Hin- und Rückfahrt. Ich bin nicht sicher, was sie kosteten, wahrscheinlich nicht mehr als fünf Mark für alle. Das Verhältnis von Ost- zu Westmark war ungefähr eins zu zehn. Geprägt in Aluminium gab es Ein-, Fünf-, Zehn- und Fünfzig-Pfennig-Stücke und eine und zwei Mark. Alle anderen Werte gab es nur als Papiergeld.

Wir warteten ungeduldig, während sich Mutti in der kühlen Wartehalle auf eine Bank setzte. Die Bänke waren aus Holzlatten, die auf ein metallenes Gestell geschraubt waren. Nicht gerade komfortabel. Man fühlte immer die Räume zwischen den Latten. Die Sitze und Bänke in den Waggons waren ähnlich gebaut.

Die Station hatte eine Plattform, und wir stellten unsere Taschen ab. Es gab nur ein Gleis. Wir würden Richtung Osten fahren. Der Zug sollte in etwa zwei Minuten einrollen. Man würde ganz sicher die Dampflokomotive hören mit ihrem rhythmischen Fauchen.

Dann hörten wir sie! Und nicht nur die Lokomotive war zu hören, auch das Quietschen, das die Räder aus Stahl auf dem Gleis erzeugten. Wir traten an das äußerste Ende der Plattform und sahen nach rechts. Der Lärm wurde lauter, und Sekunden später sahen wir den Zug, wie er um die letzte Kurve kam, die uns bis dahin die Sicht versperrte.

»Kommt zurück von der Bahnsteigkante!«, rief Mutti.

Wir gingen zwei Schritte zurück und fielen fast über unsere Tasche. Wir sahen, wie der Zug einfuhr, allmählich langsamer wurde und schließlich anhielt. Mutti stand auf und kam langsam aus der Wartehalle auf uns zu. Drei Türen öffneten sich, und ein paar Leute stiegen aus. Wir warteten und halfen Mutti, die eisernen Stufen hinaufzusteigen in den ersten Waggon. Es gab nur drei Waggons hinter der Lokomotive und dem Tenderwagen. Der letzte war der Gepäckwaggon für größere Pakete und die Post.

Wir schoben eine der Schiebetüren auf und betraten ein offenes Abteil mit den beschriebenen Holzbänken links und rechts vom Gang. Sie waren Rücken an Rücken montiert, so daß sich immer vier Leute gegenübersaßen. Roland und ich wählten eine Bank in der Mitte. Mutti nahm uns gegenüber Platz. Ein älterer Mann half uns, die Tasche in das Gepäcknetz zu heben.

»Setzt euch bitte hin und öffnet nicht das Fenster wegen der Zugluft«, riet uns Mutti.

Schade – es machte so viel Spaß, den Kopf aus dem fahrenden Zug zu stecken, sobald dieser seine siebzig oder achtzig Stundenkilometer erreicht hatte. Roland und ich setzten uns. Gerade noch rechtzeitig, bevor die Lokomotive schrill pfiff und der Zug mit dem typischen Ruck anrollte. In diesem

Moment wurden alle Waggons hinter der Lokomotive ausgerichtet. Es hätte uns sicherlich auf die Bank geworfen.

»Wie lange dauert die Fahrt?«, wollte ich wissen. »Müssen wir umsteigen, Mutti?«

»Wir brauchen ungefähr eine Stunde und fünfundvierzig Minuten, und wir brauchen nicht umzusteigen«, informierte uns Mutti.

Das Erste, was wir sahen, war die kleine Brücke, auf der wir manchmal standen und eingenebelt wurden vom Dampf der Lokomotiven. Wir passierten die lange Mauer auf der linken Seite, welche die russischen Kasernen einschloß. Dann wurden die Felder sichtbar, von denen wir uns oft Kartoffeln holten, und weit voraus auf der rechten Seite die Manövergebiete. Mehr Felder, einige Bahnübergänge und ein paar Häuser und Gehöfte flogen vorbei. Fast wie in einem Film. Roland und ich konnten nicht still sitzen; wir stolperten von unserem Fenster zum gegenüberliegenden und zurück. Als ob wir etwas verpassen würden, von dem wir noch nicht einmal wußten!

Die Zeit verflog, fast sprichwörtlich. Wir stoppten nur in Sangerhausen für ungefähr fünf Minuten. Das war auf halbem Weg nach Aschersleben. Es dauerte nicht viel länger, und unser Zug näherte sich unserem Zielbahnhof. Papa würde auf dem Bahnsteig warten, um uns zu begrüßen. Der Zug verlangsamte seine Fahrt und kam schließlich mit einem leisen Quietschen der Bremsen vollständig zum Stillstand. Wir waren angekommen. Wir mußten Mutti von der Bank helfen, und Roland rannte gleich los, um die Waggontür mit dem Hebel aufzumachen. Die schwang auf – und Papa stand genau vor uns auf dem Bahnsteig! Er mußte uns schon gesehen haben, als der Zug in den Bahnhof einfuhr.

Papa umarmte Roland und zog ihn einfach aus dem Waggon, um ihn auf dem Bahnsteig herunterzulassen. Dann nahm er die Tasche, die Roland nicht getragen, aber hinter sich her zur Tür gezogen hatte. Ich war der nächste und bekam auch eine große Umarmung. Mutti erschien in der Tür und lächelte. Papa stieg auf die erste Stufe und gab ihr seinen Arm zum Festhalten. Sie umarmten sich mehrmals innig, und man konnte sehen, wie glücklich sie waren, sich zu sehen. Wir waren es auch.

Wir mußten ein bißchen laufen, aber nicht zu weit. Mutti wäre nicht im Stande gewesen, zwei oder sogar drei Kilometer zu gehen. Papa führte uns zum Hotel, in dem er ein Zimmer gebucht hatte. Es war immer noch ziemlich warm.

Wir hatten ein schönes Abendessen und feierten Muttis Geburtstag. Wir hatten uns viel zu erzählen, der Abend wurde mit Geschichten und Neuigkeiten gefüllt. Papa hatte das Wochenende frei, und deshalb konnten wir uns auf den gemeinsamen Familiensonntag freuen.

15.

Sonntagmorgen, blauer Himmel. Bestes Wetter für unser Wochenende. Wir standen auf, machten uns fertig und gingen zum Frühstück im Hotelrestaurant. Blumen standen auf jedem Tisch; allerdings hatten sie keine große Auswahl an Brot und Wurst und auch keine Eier. Aber das war nebensächlich. Alles, was zählte, war, daß wir zusammen waren. Und in einer Woche würde Papa sowieso wieder zu Hause sein.

Er hatte eine kleine Tour durch die Stadt geplant, bevor wir im »Goldenen Löwen« zu Mittag essen würden. Es war das beste Restaurant der Stadt. Aschersleben hatte ein schönes Rathaus, einen Marktplatz und ein paar Denkmäler; sonst war da nichts Bemerkenswertes zu sehen. Ehrlich gesagt erinnere ich mich nicht sehr gut. Ascherleben liegt in Sachsen-Anhalt, dem Staat östlich von Thüringen, und hatte damals circa 35000 Einwohner. Vor sechs Jahren feierte die Stadt ihre Gründung vor 1200 Jahren. Wir hatten schon schönere Städte gesehen, zum Beispiel Wernigerode. Ein wundervoller Ort mit einer Burg über der Stadt, mittelalterliche Straßen und Häuser sowie Souvenirläden. Touristen auf alten Pfaden überall. Vom Brocken, dem höchsten Berg im Harz, kann man auf Wernigerode hinabsehen, eingebettet im Tal.

Der Tag ging schnell vorbei, und Papa mußte uns wieder zum Bahnhof bringen. Wir mußten noch ein paar Minuten warten, bis der Zug einrollte. Papa half uns einzusteigen. Unser Abschied war nicht so traurig, wir wußten ja, daß wir Papa bald wiedersehen würden.

Doch wir hatten keine Ahnung, daß es früher als erwartet sein würde.

16.

Die Seminare in der Akademie waren ziemlich ermüdend. Die Polizisten hatten den ganzen Tag über und manchmal auch am Abend Schulungen. Auch Sport. Frühes Aufstehen um fünf Uhr morgens war Pflicht, und natürlich waren die Abende lang.

Was wir nicht wußten, war, daß Papa sein freies Wochenende gegen eine Nachtwache mit einem Kollegen getauscht hatte. Sobald er zurück war, mußte er sich umziehen, seine Waffe umschnallen und sich bei der Wache melden. Es würde eine lange Nacht werden für Papa: zwei Stunden auf Wache und dann zwei Stunden Schlaf. Dann wieder zwei Stunden Wache und wieder zwei Stunden Schlaf. Während der Wache mußte er Runden laufen und die Gegend beobachten sowie Tore und Zäune kontrollieren.

Es passierte bei seiner zweiten Wache. Es war schon nach zwei Uhr früh. Langer Tag! Aber ein wunderbarer! Er ging umher und alles war ruhig, nichts Ungewöhnliches war zu sehen und zu hören. Nur er selbst weit und breit. Plötzlich erschien ihm sein Wachdienst nicht mehr so wichtig. Nichts würde ihn in dieser Stille stören. Niemand würde ihn sehen. Er beschloss, sich ein wenig hinzusetzen und auszuruhen. Am Zaun würde ein hübscher Platz sein, um sich anzulehnen und ein Nikkerchen zu machen. Nur ein paar Minuten, das half immer. Dann würde er zurückgehen und bis zum Morgengrauen auf seiner harten Pritsche im Wachhaus schlafen. Das war auch nicht gerade bequem, aber immer noch besser als einen Zaun im Rücken und kein Kissen unter dem Hintern!

Es war bestimmt ein schlechter Traum: »Genosse Mann?«
Es war die offizielle Anrede für Parteimitglieder der SED, aber auch unter den Beamten und allen Parteimitgliedern üblich. Es steht für so etwas wie Kamerad oder Partner und ist sozialistische Terminologie.
Papa wachte nach dem zweiten Anschreien auf und sah nach oben – in das Gesicht seines Vorgesetzten! Papa sprang auf und salutierte. Es war nicht nur beschämend, sondern auch gefährlich. Auf Nachtwache und trotzdem nicht auf Wache? Was für ein Desaster!
»Sie melden sich heute früh um acht zum Rapport!«, durchdrang es die sekundenlange Stille. Der Offizier drehte sich um und verschwand im Dunkeln.

Papa konnte es nicht fassen. Wie konnte das nur passieren? Ihm? Papa hatte genug Erfahrung aus seiner Militärzeit: Im Zweiten Weltkrieg flog er eine dieser berühmten Ju52-Versorgungsflugzeuge mit drei Propellern; man hatte ihr den Kosenamen »Tante Ju« gegeben. Er war überall in Europa damit gewesen und auch in Nordafrika! Einmal wurde er sogar abgeschossen über dem Mittelmeer und schwamm vierundzwanzig Stunden im Wasser. Papa hatte davon eine kleine Narbe am Kinn. Er hatte einen unteren Offiziersrang und wußte, daß Ungehorsam oder Versagen einfach unakzeptabel waren; es würde größere Probleme mit sich bringen. Besonders jetzt in seiner Position bei der Polizei! Und es war ja nicht das erste Mal!

Wie bekannt spielte er gerne Schach. Einmal war er in Finnland gewesen, ganz oben im Norden, wo die Sonne im Winter nicht untergeht. Er spielte mit seinem Kameraden und realisierte nicht, daß es schon nach Mitternacht war. Sie steckten ihn drei Tage ins Gefängnis, was sehr unfair war. Irgendwie hat das wohl sein Vorgesetzter später eingesehen und flog ihn für eine Woche auf Heimurlaub zu Mutti.

Aber das hier war eine etwas andere Geschichte: Ein Polizeibeamter schläft während der Wache? In einer Akademie? Papa war nervös. Das war ernst, wenn nicht sogar gefährlich für die Karriere. Er ging zurück zur Wache und ruhte sich aus. Er versuchte sich zu beruhigen. Vielleicht war es ja doch nicht so schlimm, dachte er, vielleicht bekomme ich eine strenge Ermahnung und das war's.

Es sollte ein Wendepunkt für die ganze Familie werden.

17.

Acht Uhr morgens. Papa klopfte an die Bürotür.

»Herein, Genosse!«

Papa betrat das Büro. Vor ihm saßen drei Offiziere hinter einem einfachen Holztisch. Alle drei hatten einen höheren Rang als er. Einer war der Offizier von letzter Nacht.

»Setzen Sie sich!«

Papa setzte sich auf den einzelnen Stuhl vor dem Tisch.

»Erzählen Sie uns von dem Vorfall der letzten Nacht!«

Papa erzählte ihnen offen und ehrlich, was passiert war: Er habe sich nur ein paar Minuten setzen wollen und sei für ein paar Sekunden eingenickt. Es wäre müßig gewesen, die Fakten zu leugnen. Er sagte, daß es ihm sehr leid tue und daß er sehr wohl die Konsequenzen tragen würde. Was sollte er sonst machen? Es war seiner Meinung nach die beste Verteidigung.

»Sind Sie sich bewußt, daß Sie unser Vaterland verraten haben und Sie Ihrer Verantwortung, es zu verteidigen, nicht nachgekommen sind? In einer ernsten Situation mit unseren Feinden hätten Sie bitterlich versagt. Ein Offizier Ihres Ranges muß ein Vorbild sein für andere. Ihr Verhalten ist absolut unakzeptabel.«

Es war ruhig.

Papa versuchte noch einmal, sein Verhalten zu relativieren: »Ich habe mich immer vorbildlich verhalten und mein Bestes gegeben, ohne jegliches Fehlverhalten. Das war das erste Mal, und es wird nie wieder passieren. Ich hatte immer ausgezeichnete Beurteilungen, wie Sie meinen Unterlagen entnehmen können!«

Keiner der drei Offiziere zeigte irgendeine Regung. Nach ein paar Sekunden der Stille wandte sich der linke Offizier an Papa: »Wir wollen, daß Sie das Training hier sofort verlassen, nach Hause fahren und sich morgen früh auf Ihrer Dienststelle melden. Weitere Konsequenzen werden wir noch besprechen. Halten Sie sich für weitere Verhöre bereit. Unser Bericht über den Vorfall geht von hier zu Ihren Vorgesetzten.«

Papa stand auf, salutierte und verließ den Raum. Das sah nicht gut aus. Er ging auf sein Zimmer und fing an zu packen. Er dachte über die Konsequenzen nach. Die Offiziellen mochten diese Versager nicht und stellten sie immer schlimmer dar, als sie wirklich waren – um ein Exempel zu statuieren.

Das gibt einen schwarzen Fleck auf meiner weißen Weste, dachte Papa. Er unterzeichnete die Ausgangspapiere, verließ die Akademie und ging zum Bahnhof. Den ganzen Weg nach Sondershausen versuchte er, sich einen Schlachtplan zurechtzulegen, um aus dieser brenzligen Situation herauszukommen – ohne Erfolg.

Vielleicht wußte Helga einen Ausweg, sie hatte häufig gute Ideen – und sie hatte etwas, was Männer im Allgemeinen nicht haben, zumindest nicht in dem Ausmaß wie Frauen: Intuition.

18.

Dienstags schellte am späten Vormittag die Türklingel. Es war gerade halb zwölf. Wir erwarteten niemanden. Wer könnte das sein? Vielleicht der Postbote. Ich rannte zur Tür, nachdem Mutti ihr Einverständnis gegeben hatte. Als ich öffnete, schrie ich wohl laut »Papa«, denn Mutti und Roland erschienen nur fünf Sekunden später neben mir. Es war Papa! Er stand da mit seinem Koffer und einem eher verstörtem Gesichtsausdruck.

»Was ist passiert?«, fragte Mutti nervös. Sie hatte immer einen sechsten Sinn oder sogar einen siebten und wußte, daß etwas schrecklich schiefgelaufen war. Sonst wäre Papa jetzt nicht hier, nicht heute. Heute war nicht Samstag.

Papa erzählte uns die ganze Geschichte. Mutti fühlte, daß das ernste Konsequenzen haben würde. Aber sie hätte das niemals gezeigt, weder ihrem Mann noch uns Kindern. Sie machte uns immer Mut, uns mit unseren Problemen auseinanderzusetzen. Sie motivierte uns, unterstützte uns, solange wir willens waren, unsere Probleme zu lösen. Sie hat immer noch einen sehr starker Charakter, verbunden mit einer außergewöhnlichen Persönlichkeit.

Nachdem Papa geendet hatte, sagte sie: »Morgen gehst du ins Büro und erzählst ihnen, was passiert ist. Die werden mit Sicherheit die Abteilung in Erfurt benachrichtigen und dich dann ein paar Tage später zu einem Verhör laden. Mach dir nicht zu viele Sorgen, es gibt nichts, was du jetzt tun kannst. Mal sehen, was morgen passiert.«

Papa fühlte sich besser und Mutti ging in die Küche und machte Kaffee.

Am Mittwochmorgen ging Papa ins Büro und meldete sich bei seinem Chef. Er kannte Papa schon sehr lange und bedauerte den Vorfall, aber verzichtete auf eine Tirade von Schuldzuweisungen. Er ordnete an, daß sich Papa zu jeder Zeit verfügbar hielt.

Papa ging nach Hause. Obwohl er die harschen Worte der Offiziere in Aschersleben für weit überzogen hielt, machte er sich natürlich Vorwürfe für sein Vergehen und für die unangenehme Situation, in die er seine wachsende Familie brachte.

Er schlenderte nach Hause und versuchte, sich mental auf das Verhör in Erfurt vorzubereiten. Es ist vielleicht gut, eine bessere Verteidigung aufzubauen, dachte er. Ich muß besser erklären, warum es passierte. Aber was kann ich sagen? Ich bin eingeschlafen, vielleicht nur ein paar Sekunden, das ist eben eine Tatsache.

Sogar Mutti hatte keine bessere Idee, als es zuzugeben und sich dafür zu entschuldigen.

19.

Das Telefon klingelte. Papa nahm den Hörer ab. Es war Donnerstagnachmittag. Eigentlich konnte es nur das Büro in Erfurt sein. Während der kurzen Unterhaltung ging es offensichtlich um den Termin, denn Papa sagte nur: »Jawohl, Genosse! Morgen zehn Uhr!« Er legte den Hörer auf. Mutti sah ihn an, Papa erwiderte ihren Blick ängstlich. Sie umarmte ihn lange, um ihn zu ermuntern.
»Sei, wie du bist, du kannst es sowieso nicht ändern. Warte ab, was sie sagen und entscheiden. Wir müssen morgen sehr früh aufstehen, du mußt den ersten Zug nehmen, damit du um zehn in Erfurt bist. Laß uns früh zu Bett gehen. Wir brauchen einen guten Schlaf.«
Zur Ablenkung spielte ich am Nachmittag ein bißchen Schach mit Papa. In meinen frühen Jahren war es nicht gerade ein Vergnügen für mich, mit Papa zu spielen, da ich fast immer verlor. Spiel für Spiel, manchmal zwanzig hintereinander. Es waren kurze Spiele, denn ich machte immer noch so viele Fehler. Aber ich verbesserte meine Taktik, lernte spezielle Züge und Manöver und einige von Papas Tricks. Diese mochte ich am liebsten. Es war immer wieder erstaunlich, was man sich alles ausdenken konnte und wie versteckt diese Tricks waren. Sich so viele Züge im Voraus zu erarbeiten wie möglich, ist der Weg zum Erfolg. Sei klüger als dein Gegenspieler, stelle ein paar Fallen auf – und vermeide vor allem die, die dein Gegner aufstellt!
Im Laufe der Jahre wurde ich besser und besser. Später gab es Zeiten, in denen es Papa schwer hatte, mich zu schlagen.

20.

Es war später Freitagnachmittag. Mutti machte sich Sorgen, ich konnte es ihr ansehen. Papa war noch nicht zu Hause. Er war wahrscheinlich zu vorsichtig, um von einem Bürotelefon oder einem anderen anzurufen.

Man wußte nie, ob man abgehört wurde, ganz besonders bei einer Nebenstelle.

Züge fuhren ziemlich regelmäßig. Trotzdem würde es wohl zwei Stunden oder mehr dauern, um vom fünfzig Kilometer entfernten Erfurt nach Hause zu kommen. Erfurt ist Thüringens Hauptstadt. Papst Zacharias erwähnte Erfurt zum ersten Mal um 742, es ist also eine ganz schön alte Stadt. Ich besuchte sie einmal mit unserer Schulklasse. Ich erinnere mich an den Dom und die Severinkirche, den großen weiten Platz davor und die wunderschönen mittelalterlichen Straßen einschließlich des Fischmarktes. Viele Fachwerkhäuser waren da und kleine Geschäfte. Und die Krämerbrücke, selbst heute immer noch ein sehenswertes Bauwerk.

Mutti ging im Wohnzimmer auf und ab, als die Türglocke klingelte. Das mußte Papa sein! Es hatte angefangen zu regnen. Mutti lief zur Tür und öffnete. Papa sah düster drein und schlich durch die Tür in unseren schmalen Flur. Er hing sein Jackett auf und ging ins Wohnzimmer. Wir starrten ihn alle an, und Mutti konnte es nicht erwarten, die Neuigkeiten zu hören.

»Wie war's?«, fragte sie ungeduldig und setzte sich neben ihn.

Papa strich ihr über die Hand und sagte: »Nicht so toll. Sie waren schrecklich. Unterm Strich werden sie mich einen Rang degradieren, und obendrein bin ich nicht sicher, was für eine Stellung ich als nächstes bekomme. Eventuell werde ich ein normaler Verkehrspolizist oder einer im öffentlichen Dienst. Alles hängt jetzt von unserem obersten Chef in Erfurt ab.«

»Das können sie nicht mit dir machen nach all den Jahren harter Polizeiarbeit!«, schrie Mutti. »Du hast für die und die Gesellschaft immer dein Bestes gegeben. Das ist unglaublich!« Sie stand auf und ging wieder auf und ab.

»Doch, Helga, die können das. Die können tun, was immer sie möchten. Die setzen mich unter Druck und werden mich immer wieder schikanieren«, antwortete Papa. »Du kennst sie.«

»Wann werden sie die Entscheidung treffen?«, fragte Mutti sichtlich nervös.

»Ich bin nicht sicher, aber sicherlich innerhalb der nächsten Tage. Sie rufen an. Bis dahin bin ich vom Dienst suspendiert!«

Das klang wirklich nicht gut. Mutti setzte sich wieder. Man konnte förmlich sehen, wie ihr Gehirn arbeitete. Sie sah Papa an, der ziemlich hilflos dreinschaute.

»Wir warten auf ihre Entscheidung, aber eines ist jetzt schon sicher: Wenn sie dich degradieren, werden wir das nicht akzeptieren!«

21.

Es war die erste Augustwoche, und Mutti hatte einen weiteren Termin beim Doktor. Diesmal bei einem anderen Arzt zum Ultraschall. Papa war ja nicht im Dienst, und deshalb begleitete er sie. Wir blieben zu Hause und spielten im Garten. Es war wieder ein schöner Tag mit Sonnenschein und um die dreißig Grad.

Jahre später erzählte mir Mutti, daß es der Doktor am Possenweg gewesen war, nur etwa zweihundert Meter vom Haus entfernt. Er hatte Mutti während der Schwangerschaft regelmäßig untersucht. Die normalen Untersuchungen zeigten immer ganz normale Ergebnisse, eben nur, daß Mutti ein Baby bekommen würde! Mädchen oder Junge war allerdings nicht klar. Die damaligen Instrumente und Untersuchungen waren nicht gut genug, um das vorauszusagen.

Nach dem neuerlichen Test saßen Mutti und Papa dem Doktor gegenüber. Natürlich waren sie neugierig zu hören, ob alles in Ordnung war. In gut zwei Monaten würde Papa seinen vierzigsten Geburtstag feiern und Mutti war gerade fünfunddreißig geworden. Ich war acht und Roland elf. Somit waren das schon ein paar Jahre zwischen dem Baby und uns Brüdern.

»Alles ist in Ordnung«, sagte der Arzt. »Machen Sie sich keine Sorgen. Ich erwarte keinerlei Komplikationen. Allerdings gibt es da etwas, was ein bißchen anders ist als letztes Mal.« Er machte eine Pause und Mutti und Papa wurden plötzlich weiß im Gesicht. Sie schluckten.

»Glauben Sie es oder nicht – aber ich höre jetzt zwei Herzen!«

Ich bin sicher, daß die Kiefer von Mutti und Papa so weit herunterklappten, wie es eben möglich war. Sie starrten den Doktor an. Zwei Herzen? Das bedeutete Zwillinge!

»Sind Sie sicher? Wie groß ist die Chance, daß die Ergebnisse falsch sind?« Mutti war geschockt.

»Ich bin mir ziemlich sicher, so sicher, wie ich zu diesem Zeitpunkt nur sein kann.«

»Aber Frau Dr. Hellberg hat vor drei Wochen nichts dergleichen zu mir gesagt!« Mutti konnte es überhaupt nicht glauben.

»Die Wahrscheinlichkeit liegt meiner Meinung bei über neunzig Prozent«, machte der Doktor klar. »Ich weiß, das ist unerwartet, aber bitte machen Sie sich keine Sorgen. Bitte kommen Sie in zwei Wochen wieder, damit wir noch einen Ultraschall machen können. Dann sollten wir absolut sicher sein.«

Mutti und Papa diskutierten während des ganzen Heimwegs über die Neuigkeit und die Konsequenzen daraus – und natürlich auch über Papas Situation in der Arbeit. Was würde passieren, wenn ...? Das war die große Frage.
Uns erzählten sie an diesem Tag nichts von alledem.
Zwei Wochen später brachte die Ultraschalluntersuchung Gewissheit: Mutti würde Zwillinge bekommen! Ob es Jungen oder Mädchen waren oder ein Junge und ein Mädchen – das war nicht klar.
Es würde eine schöne Überraschung geben!

22.

Die Beamten im Erfurter Polizeipräsidium hatten eine Entscheidung gefällt: Papa würde seinen Rang verlieren und dazu Polizeiarbeit auf niedrigem Niveau leisten müssen. Sie riefen ihn an und machten klar, daß es für sie in seinem Fall keine andere Entscheidung geben würde. Sie würden ihre Meinung nicht ändern. Sie wollten offensichtlich ein Exempel statuieren.
Armer Papa. Es war ihm auch nicht entgangen, daß man anfing, ihn zu schikanieren – oder zu mobben, wie man das heute nennt. Er war sozusagen auf der schwarzen Liste.
Ende August ging er wieder zur Arbeit. Seine Kollegen fühlten mit ihm, aber konnten natürlich auch nichts bewegen. Papas langjähriger Fahrer und sein engster Kollege versuchten, ihm Mut zu machen und in jedem Fall die Entscheidung aus Erfurt zu akzeptieren. Allerdings war noch nicht klar, was seine nächste Aufgabe sein würde.
Papa mußte nun zu allererst an die Familie denken. Mutti war nun im siebten Monat schwanger. Wir würden bald eine sechsköpfige Familie sein, was eine unerwartet große Verantwortung war und eine Last auf seinen Schultern. Irgendwie würde er schon mit der Entscheidung von Erfurt zurechtkommen. Er mußte ganz einfach! Er sah keinen anderen Ausweg, als den neuen Job anzunehmen – was immer das hieß.
Mutti und Papa führten lange Gespräche darüber. Abends, wenn wir schon im Bett lagen, hörten wir sie sprechen und mögliche nächste Schritte diskutieren.
Man muß sich vorstellen, daß es kein Fernsehen gab und der Radioempfang eher schlecht und begrenzt war. Besonders die westlichen Sen-

der konnte man fast nicht hören. Also waren unsere Abende gefüllt mit Unterhaltungen, Spielen oder Lesen. Andererseits versuchten meine Eltern trotzdem, Westsender zu hören. Halbe Sätze waren immer noch besser als keine Information.

Wie schon vorher erwähnt, waren sie nicht mit dem diktatorischen Regime in Ostdeutschland einverstanden. Die Lebensmittelversorgung war nicht besser geworden in den letzten Jahren, es war vielleicht sogar schlimmer als vorher. Fernseher waren selten und sehr teuer, kosteten ungefähr fünftausend Ostmark. Auf einen bestellten – und vorab bezahlten! – Trabant (der mit dem Zweitaktmotor) mußte man achtzehn Jahre warten. Ein gutes Monatsgehalt lag bei etwa vierhundert Ostmark zu dieser Zeit. Soweit ich mich erinnern kann, kostete der Trabant – oder auch kurz »Trabbi« genannt – circa zehntausend Ostmark. Logischerweise hatten die meisten Leute nicht das Geld dafür und auch keine Lust, so lange zu warten.

Der Name »Trabant« entstand nach einem Ereignis im Oktober 1957. Die Sowjetunion hatte ihren ersten Satelliten in die Erdumlaufbahn geschossen. Name des Satellits war »Sputnik«. Damit schlugen sie die Amerikaner ganz unerwartet. Trabant ist das deutsche Wort für Satellit. Das DDR-Luxusauto, das in Eisenach gebaut wurde, war der Wartburg, der ungefähr doppelt so viel kostete. Eisenach ist berühmt, weil Martin Luther dort auf der Wartburg im Exil die Bibel ins Deutsche übersetzte.

Die DDR-Regierung hatte den politischen Druck auf die Bürger ständig erhöht, und viele fühlten sich so, als seien sie im Gefängnis. Alle Industrieanlagen und Firmen gehörten dem Staat und wurden von ihm dirigiert. Die Regierung stellte einen Fünfjahresplan auf, und der mußte erfüllt werden. Ergebnisse hinsichtlich der Industrieproduktion, Effizienz und Qualität wurden gefälscht und zu Propagandazwecken genützt. Firmen trugen den Zusatz VEB, nicht etwa GmbH oder Ähnliches. Prinzipiell stand das für »volkseigenen Betrieb«. Natürlich gehörten die Firmen nicht dem Volk! Freie Rede gab es schon lange nicht mehr, und Kritik an der Regierung führte garantiert zu einem Aufenthalt hinter Gittern.

Mutti und Papa fühlten das jetzt natürlich. Roland und ich wußten nur wenig über diese Restriktionen und realisierten nicht unbedingt, welche Auswirkungen sie hatten. Wenn wir am Gebäude der Stasi vorbeigingen, mußten wir still sein und durften nicht zu den Fenstern sehen, nur geradeaus. Auch in der Schule mußten wir äußerst vorsichtig sein mit dem, was wir über unser Familienleben sagten. Die Post, die wir aus dem Westen bekamen, durften wir nicht erwähnen.

Trotzdem, wir hatten eine großartige Kindheit, und der Grund dafür waren unsere besorgten und uns liebenden Eltern!

23.

Der September kam schnell, und wir gingen wieder zur Schule. Ich ging jetzt in die zweite Klasse und Roland in die fünfte. Wann immer es möglich war, halfen wir Mutti im Haushalt, gingen einkaufen und machten Besorgungen.

Papa haderte immer noch mit seinem Schicksal. Über seine neue Position war immer noch nicht entschieden. Das Schöne daran war, daß er nicht so oft weg war wie in der Vergangenheit und mehr Zeit hatte für uns und besonders für Mutti.

Mutti war immer noch erbost über die Entscheidung der Erfurter Offiziere. Sie hatte niemals das Gefühl gehabt, daß es eine faire Verhandlung gewesen sei. Es erschien ihr eher wie eine Exekution. Papa wollte schon aufgeben – Mutti nicht. Das machte sie auch klar.

»Ich denke, du solltest bei der Polizei kündigen«, eröffnete sie eine neue Diskussion. Sie wartete auf Papas Antwort, und als er nichts sagte, fügte sie die Gründe für ihre Meinung an: »Sie werden niemals aufhören, dir das vorzuhalten, und werden es immer wieder benutzen, wenn es ihnen paßt. Das wird dir immer anhängen wie Pech. Sie werden Druck auf dich ausüben, und deine Karriere bei der Polizei ist eh vorbei.«

Papas Stirn war in Falten gelegt. Was war in dieser Situation nun das Richtige? Mutti hatte gute Argumente, und er wußte, daß sie eigentlich recht hatte. Aber was war mit der Verantwortung für eine so plötzlich gewachsene Familie? Er mußte für sie sorgen! Und da war ein regelmäßiges Einkommen das Wichtigste.

»Bist du sicher?«, war seine Antwort auf ihre Ausführungen und Schlußfolgerungen. »Ich brauche Arbeit und einen Verdienst!«

»Ja, sicherlich! Aber das heißt nicht, daß wir beide für den Rest unseres Lebens leiden müssen!« Mutti war nun entschlossen. Und war sie das einmal, gab es keinen Weg zurück.

»Laß uns ein Kündigungsschreiben verfassen, und morgen früh bringst du es ins Büro, die können es dann nach Erfurt weiterleiten.«

Papa war erstaunt über Muttis Entschlossenheit, aber nickte kurz. Er war nicht wirklich überzeugt davon, aber er wußte auch, daß irgendetwas getan werden mußte.

Es entstanden einige Entwürfe, handgeschrieben und auf Blaupapier. Drei Stunden später hatten sie die endgültige Version unterzeichnet und in einen Umschlag gesteckt. Es war schon spät und Mutti war ausgelaugt: »Ich muß mich hinlegen, ich bin müde! Du sicher auch. Laß uns ins Bett gehen. Morgen früh gehst du wie gewohnt zur Arbeit und gibst ihnen den Umschlag. Ich bin gespannt, wie ihre Reaktion sein wird, du nicht auch?«

»Ja, hoffentlich schmeißen die mich nicht gleich raus.« Papa stand immer noch nicht ganz hinter dem Brief.

Er hatte keine gute Nacht. Er machte sich viele Gedanken, grübelte über die Konsequenzen des Briefs. Kein Job, kein Einkommen, was dann?

Der nächste Tag war der 17. September. Papa ging ins Büro und übergab den Brief seinem Vorgesetzten. Mutti hatte ihm am Morgen noch ein paar Worte der Ermunterung auf den Weg gegeben.

»Bist du sicher, Ferdi?«, fragte sein Vorgesetzter. »Du willst das wirklich machen? Jetzt? Du hast deine Familie, und deine Frau ist schwanger? Hast du dir das wirklich gut überlegt mit Helga?«

Sie kannten alle Mutti von einigen kulturellen Feiern in der Polizeikommune und wußten auch über die zu erwartenden Zwillinge Bescheid. Sie waren zumindest Kollegen und wollten das Beste für Papa. Jeder wußte über den Fall Bescheid, und sie fühlten mit ihm. Aber letztendlich hatte jeder seine eigene Agenda, und sie konnten nichts daran ändern.

Sein Vorgesetzter zögerte und versuchte ein letztes Mal, Papa davon zu überzeugen, die Kündigung nicht abzugeben. Vielleicht fühlte er, daß Papa nicht hundertprozentig dahinter stand. Aber Mutti und er hatten letztendlich gemeinsam entschieden, es zu tun. Das war's.

Papa eilte aus dem Büro des Vorgesetzten. Komisch, dachte er, aber ich fühle mich ein wenig erleichtert. Erleichterung ist ein Gefühl, das sich häufig einstellt, wenn eine wichtige Entscheidung getroffen ist, die einen neuen Weg aufzeigt. Sogar, wenn es ein sehr unsicherer ist. Seine Gedanken auf dem Weg nach Hause kreisten sicher alle um eine neue Arbeitsstelle, mit der er die Familie durchbringen könnte.

Armer Papa. Aber Mutti würde wie ein Fels in der Brandung hinter ihm stehen, sie würde es nicht zulassen, daß irgendwelche Zweifel in ihm hochkamen, daß es nicht die richtige Entscheidung gewesen war. Woher nahm sie nur diese Zuversicht?

Papa kam nach Hause. Eine lange innige Umarmung von Mutti half ihm, einige seiner Ängste und Sorgen zu verdrängen, aber nicht alle. Es wurde ein eher stiller Nachmittag.

24.

Die Schwangerschaft war jetzt sowieso wichtiger. Im Krankenhaus und bei den Ärzten war bekanntgegeben worden, daß sie in Kürze Zwillinge erwartete. Der Staat versuchte, sich um seine Bürger zu kümmern, das war schön so. Es gab genügend Kindergärten und Vorschulen, die staatlichen Organisationen halfen den Familien, wo immer das möglich war. Nichts blieb unbemerkt.
    Es war Freitag, der 18. September. Das Telefon klingelte und eine Schwester vom Krankenhaus informierte Mutti, daß sie am Montag einen Transportwagen senden würden, der sie für die Geburt ins Krankenhaus bringen sollte. Mutti war nicht gerade glücklich darüber, denn eigentlich wollte sie die Zwillinge zu Hause auf die Welt bringen. Aber das Krankenhaus würde sich damit nicht einverstanden erklären und darauf bestehen, daß Mutti wie geplant käme. Freier Wille? Nein.
    Ich bin immer noch etwas unsicher, was meine Erinnerungen an diese Tage betrifft. Ich glaube, ich wußte damals nicht, daß die Geburt unmittelbar bevorstand. Ich weiß aus späteren Gesprächen mit Roland, daß er Bescheid wußte. Ob Mutti und Papa ihm »die Sache« erklärt hatten, weiß ich nicht – vielleicht hatten sie das.
    Mutti lag fast den ganzen Samstag. Sie fühlte sich elend, das konnte man ihr ansehen. Papa versuchte, etwas zu kochen, indem er Muttis Anweisungen befolgte. Nun gut, wir haben es gegessen. Kartoffeln von »unserem« Feld und ein bißchen Butter und Schafskäse. Ich glaube nicht, daß Mutti diese Nacht geschlafen hat; wenigstens blieb Papa die ganze Zeit über an ihrer Seite im Wohnzimmer.
    Am Sonntagmorgen kam eine Hebamme. Ich dachte, es sei eine Schwester. Roland und ich hatten nach dem Mittagessen mit ein paar unserer Nachbarn und mit Bärbel einen Kinobesuch geplant.
    Unsere Uhr schlug gerade zwölf, und wir nahmen gerade einen Imbiss in der Küche. Papa lief auf und ab, und ein paar Sekunden später rief man ihn ins Wohnzimmer. Er kam freudestrahlend zurück und sagte nur: »Jungs, ihr habt eine kleine Schwester!« Wir waren so glücklich! Papa grinste und sagte, daß alles in Ordnung sei.

»Können wir sie sehen? Wie heißt sie? Wie wir besprochen haben?« Das wollte ich nun wirklich wissen.

»Ja, es ist die kleine Brigitte«, antwortete Papa stolz.

Wunderbar, eine kleine Schwester, wie wir uns gewünscht hatten. Das mit dem Zucker auf dem Fensterbrett hatte also funktioniert! Das mußte ich mir merken.

»Wenn ihr wollt, könnt ihr jetzt ins Kino gehen. Leider könnt ihr sie jetzt noch nicht sehen«, meinte Papa.

»Das ist in Ordnung«, sagten wir, glücklich über die gute Nachricht.

Wir gingen aus dem Haus. Bärbel wartete schon auf dem Gehsteig, zusammen mit drei der Nachbarjungs. Bärbel trug ein gelbes Sommerkleid und sah sehr hübsch aus. Ich bin mir ganz sicher, daß Roland das auch so sah! Wir marschierten den Possenweg runter zur Stadt. Das Kino war unterhalb des Schlosses, in der Nähe des großen Marktplatzes.

Roland wollte den anderen Kindern noch nichts sagen, ich weiß eigentlich gar nicht warum. Solch gute Nachrichten muß die Welt doch hören! Ich konnte es nicht erwarten, es zu erzählen: »Wir haben eine kleine Schwester mit Namen Brigitte!«

25.

Der gezeigte Film erzählte eine Geschichte aus Sibirien. Über Jäger und Räuber. Wunderschöne Gegenden, aber sehr einsam – und kalt! In meinen frühen Jahren habe ich manchmal nicht verstanden, wer die Guten und die Bösen waren. Also habe ich Roland während der Filme gefragt, das half.

Der Film endete, und Roland und ich stürmten aus dem Kino. Die anderen Kinder verstanden nicht wirklich, warum wir nach Hause eilten, wie konnten sie auch! Es war ein dreißigminütiger Weg, und wir konnten es natürlich nicht erwarten, unsere kleine Schwester Brigitte zu sehen.

Mutti und Papa hatten sich von vornherein für Brigitte entschieden. Wir mochten den Namen auch. Wir waren uns nur nicht sicher, wie sie auf diesen Namen gekommen waren. Manchmal hat man so seine Erinnerungen, die dann zu einem Namen führen.

Wir stürmten in unseren kleinen Flur und sahen Papa. Irgendetwas war nicht in Ordnung, wir merkten das gleich an seinem Gesichtsausdruck. Irgendwas mit Brigitte, dachte ich gleich. Vielleicht war sie krank. Das wäre furchtbar!

»Was ist mit Brigitte? Wo ist sie, Papa?« Wir starrten ihn an und erwarteten gleichzeitig die bösen Nachrichten.

Papas Gesicht entspannte sich: »Nichts ist mit ihr, sie ist nur ein bißchen klein. Wir müssen sie für ein paar Wochen nach Nordhausen ins Krankenhaus bringen, bis sie etwas zugenommen hat.«

»Warum ist sie so klein?«, wollte ich wissen.

»Nun, sie ist ein bißchen zu früh geboren, mein Sohn. Deshalb muß sie erst ein bißchen zunehmen.«

Gut, das verstand ich. »Ich hoffe, die haben etwas Ordentliches zu essen für sie!« Ich war etwas besorgt.

Aber das waren nicht wirklich schlechte Nachrichten, es war nur traurig, daß wir sie für eine Weile nicht sehen würden. Das ist wirklich schade, dachte ich. Ich schaute Roland an: Er blickte auch nicht gerade glücklich drein.

Papa schaute uns an und grinste: »Macht euch keine Sorgen, es wird ihr bald besser gehen – und ihrer Schwester auch!«

Ich schluckte. »Was für eine Schwester?«

Und Papa fuhr fort: »Nachdem ihr ins Kino gegangen seid, bekam Mutti noch ein anderes kleines Mädchen. Wir waren uns nicht ganz sicher, aber nun haben wir Zwillinge. Zwei kleine Mädchen, je eines für jeden von euch!« Papa war sehr glücklich.

»Noch eines?« Ich konnte es nicht glauben. Wie war das möglich? Wie in aller Welt konnte Mutti zwei Babys haben?

»Was ist ihr Name, Papa?« Ich wollte wenigstens den Namen haben.

Papa zögerte: »Wir haben das noch nicht entschieden. Wir müssen darüber nachdenken, ihr zwei auch!«

Roland und ich waren total verblüfft und zur gleichen Zeit begeistert. Papa beugte sich zu uns und umarmte uns beide innig. Wir konnten Mutti noch nicht sehen, die Hebamme war noch da. Zwei kleine Mädchen, Sonntagskinder wie Roland und ich. Wie wunderbar! Wir würden jemanden haben, mit dem wir spielen könnten, und natürlich würden wir sie beschützen vor allem Bösen – wie richtige Brüder! Wir waren ja alt genug dafür!

Unsere beiden kleinen Schwestern wurden nach Nordhausen in ein kleines Krankenhaus gebracht. Nordhausen war nur zwanzig Kilometer entfernt. Ein Polizeiauto brachte sie dahin. Unterwegs war plötzlich der Tank leer, und es dauerte, bis man wieder weiterfahren konnte. Wir würden die zwei für eine Weile nicht sehen, das wußte ich. Sie waren Siebenmonatsbabies und brauchten besondere Obhut.

Montagfrüh mußte Papa zum Einwohnermeldeamt gehen, um die Geburtsurkunden ausstellen zu lassen. Mutti fühlte sich besser. Beim Frühstück machte Papa den Vorschlag, daß das zweite Mädchen Karin heißen sollte. Es gab da in der Nachbarschaft dieses süße kleine Mädchen, das Papa und Mutti so bewunderten. Mutti mochte den Namen auch, und so wurde es entschieden. Beim Einwohnermeldeamt gab Papa die Geburt der zwei Kleinen bekannt für den 20. September 1959, 12.05 und 13.00 Uhr.

Roland und ich mußten auch eine Entscheidung treffen: Welche war seine kleine Schwester und welche war meine? Nun gut, wir wollten uns ja nicht darüber streiten und kamen zu einer schnellen Entscheidung: Rolands kleine Schwester war Karin und meine war Brigitte. Und ich habe es gleich jedem in der Schule erzählt, den Nachbarkindern und Freunden.

Sondershausen wußte über das freudige Ereignis gleich Bescheid. Mutti und Papa bekamen viele Glückwunschkarten, zahlreiche Besucher mit Geschenken und natürlich auch ein paar Anrufe. Unsere Großeltern aus dem Westen und alle anderen Verwandte sollten es natürlich auch so schnell wie möglich erfahren. Nachdem diese ihre Karten und Briefe bekommen hatten, kamen noch mehr Glückwünsche. Es war überwältigend. Unsere Familie war nun bekannt in der Stadt, nicht nur wegen Papas Polizeiarbeit, sondern auch wegen der Zwillinge.

Montagnachmittag kamen Papas zwei beste Kollegen der Abteilung mit einem großen Blumenstrauß und einem Präsentkorb voller guter Sachen. Sie saßen mit unseren Eltern im Wohnzimmer. Es war nicht erstaunlich, daß es nur ein paar Minuten dauerte, bis die Unterhaltung auf ein anderes Thema kam: Papas Kündigung. Beide versuchten, Papa zu überreden, diesen Schritt nicht zu tun, nicht so kurzsichtig, wie sie meinten.

»Du mußt bleiben, Ferdi. Das ist doch so wichtig für dich und deine Familie! Denk darüber nach. Es ist noch Zeit, da wir die Kündigung noch nicht weitergeleitet haben. Du hast immer noch deine Arbeit und eine sichere Zukunft bei uns. Mit der Zeit wird alles vergessen sein, und das Leben geht ohnehin weiter. Denkst du nicht auch so, Helga?«

»Nein, ich nicht!«, sagte Mutti entschieden. Sie ruhte sich auf der Couch aus und verfolgte die Unterhaltung. »Das ist nicht nur Ferdis Entscheidung, ich habe hier auch etwas zu sagen!« Sie war fast erbost über den Vorschlag der Polizisten. »Ich bin nicht sicher, daß das auf lange Sicht gut geht. Ihr kennt das System! Es ist irrsinnig, wie sie Ferdi behandelt haben, und ich lasse es nicht zu, daß sie ihn und meine Familie so behandeln!« Sehr klare Worte und ernsthaft, typisch Mutti. Ende der Diskussion. Ihr Sternzeichen zeigte sich: Löwe.

Nachdem sie gegangen waren, kam Mutti wieder auf das Thema zu sprechen: »Du hältst die Kündigung aufrecht, das ist das Beste für uns alle, glaub mir, ich fühle das. Wir haben eine Menge Geld von der Regierung bekommen für die Mädchen. Zusammen mit deinem letzten Gehalt können wir drei bis vier Monate durchstehen. Es gibt genug Arbeit da draußen, und du hattest genug Stress all die Jahre. Niemand wird dir jemals dafür danken, und das Schikanieren wird weitergehen, wann immer es ihnen gefällt.«

Mutti war sich da ganz sicher. Sollte sie jemals Zweifel gehabt haben, dann waren diese jetzt für immer verschwunden.

Papas Kündigung blieb bestehen, und sie wurde nach Erfurt geschickt. Einige Tage später wurde sie angenommen und bestätigt, und er wurde von seinen Pflichten endgültig entbunden.

26.

Papas letzter Tag in der Abteilung war der 30. September 1959. Er kannte das System zu gut, um die Risiken zu ignorieren, die unter der besonderen Beobachtung der Oberen entstehen würden. Sich deren direkter Observierung zu entziehen und einige Distanz zwischen sich und sie zu legen, würde sicherlich helfen. Um ehrlich zu sein, es war ziemlich dramatisch, was während der letzten acht Wochen passiert war. Eine Familie von sechs Personen, und Papa hatte nicht mehr seine gute Anstellung. Zumindest war er jetzt viel bei uns, was uns sehr freute und ihn sicherlich etwas ablenkte.

Die Regierung war großzügig gegenüber jedem Neugeborenem und spendete der Familie je siebenhundert Mark pro Kind. Wenn man sich vor Augen hält, daß das mittlere Einkommen eines Arbeiters etwa 250 bis 300 Mark betrug, war das eine ganze Menge Geld! Ich glaube, daß Papa ungefähr 450 Mark verdiente, vielleicht sogar ein bißchen mehr. Wie Mutti ausgerechnet hatte, würde uns das Gesparte bis etwa Weihnachten reichen. Aber ein neuer Job war unbedingt vonnöten – das war sicher. Aber wo könnte man den finden?

Papa hatte wegen des Krieges keine richtige Ausbildung absolviert. Er war mit achtzehn, gleich nach der Schule, eingezogen worden. Er hatte keine Chance, seinen Traum vom Ingenieurstudium zu erfüllen. Er liebte technische Dinge und wäre sicherlich ein guter Problemlöser geworden.

Ich denke, daß der Krieg so manchen Traum kaputtgemacht hatte.

27.

Es war der Sonntag zwei Tage nach Papas vierzigstem Geburtstag. Wir hatten seinen Festtag, so gut wir konnten, gefeiert. Nach der Schule machten wir einen langen Spaziergang entlang der Felder hinter der Edmund-König-Straße. Obwohl es wolkig war, war es warm, und ein lauer Sommerwind wehte. Mutti ging es viel besser. Sie und Papa gingen Arm in Arm, freuten sich offensichtlich über ihre neue Nähe und gegenseitige Unterstützung.

Wir hatten Kaffee und Kuchen an diesem Sonntagnachmittag, wie üblich. Trotzdem war die Stimmung nicht gerade gut. Zu viele Sorgen und Gedanken waren in den Köpfen. Um acht gingen wir schließlich ins Bett. Wahrscheinlich bin ich gleich eingeschlafen. Eigentlich kann ich mich an nichts Besonderes erinnern. Um acht Uhr ging's immer ins Bett, nur am Samstag etwas später, um neun. Das war kein Samstag.

Mutti hat später erzählt, daß es schon nach zehn Uhr abends war und daß Papa und sie im Bett lagen und flüsterten. Es gab nicht sehr viel Unterhaltung in dieser Zeit, wie ich schon erwähnt habe: Radio hören oder Karten spielen. Ohne Auto war es schwierig, irgendwo hin zu gehen. Manchmal gingen Mutti und Papa ins Kino. Wir hatten sogar zwei in der Stadt. Mutti brauchte immer ein Taschentuch. Womöglich waren die Filme sehr emotional zu dieser Zeit, Filme, die man heute noch sehen kann: einfache Liebesgeschichten als das umhüllende Gebilde.

Die Türglocke klingelte! Nur einmal. Mutti und Papa waren noch wach und gefangen in ihren Gedanken. Mutti schubste Papa und flüsterte: »Wer kann das sein? Es ist schon zehn nach zehn. Polizei? Stasi?« Sie hatte Angst. Das Schlafzimmerfenster war offen, da es eine laue Herbstnacht war. Papa stand ganz leise auf und versuchte, aus dem Fenster nach rechts zur Steintreppe zu sehen, die zur Eingangstür führte. Niemand zu sehen. Irgendjemand klopfte aber ganz leicht an die Tür.

Mutti stand ebenfalls auf. Sie griff nach ihrem Morgenrock und ging auf Zehenspitzen in den Flur. Die Toilette befand sich auf der rechten Flurseite und war ursprünglich für Gäste gedacht. Sie hatte ein kleines Fenster, das auf den überdachten Gang zeigte, der von der Steintreppe und der Eingangstür zum Küchenfenster führte. Dieser überdachte Gang war im Prinzip im ersten Stock und ganz praktisch, wenn es regnete. Wenn wir mal den Schlüssel vergessen hatten, kletterten wir durch das kleine Fenster nach innen und öffneten die Haustür. Roland machte die berühmte Räuberleiter und hievte mich nach oben.

Es klopfte wieder. Mutti schaute durch das leicht geöffnete Fenster und beobachtete die Straße. Kein Auto, das war ein gutes Zeichen. Aber ein kleines Moped stand da. Mutti nahm allen Mut zusammen und flüsterte in die Nacht: »Hallo?«

»Frau Mann?« Jemand, der sie kannte. »Ich bin's, Karl Dörre.« Entwarnung, Mutti kannte ihn. »Was machen Sie hier in der Nacht?«

»Bitte lassen Sie mich mich rein, damit mich niemand sieht, und machen Sie kein Licht an!«

Mutti schlüpfte an Papa im Flur vorbei und öffnete die Tür. Papa war genauso erstaunt über den unerwarteten Besucher. Sie ließen ihn herein, führten ihn ins Wohnzimmer und nahmen alle Platz.

Karl Dörre war der Chef des Einwohnermeldeamtes und der Visa-Behörde im Polizeipräsidium. Wann immer ein Besucher in die Stadt kam und wenigstens eine Nacht blieb, mußte er registriert werden, ähnlich wie man das heutzutage in Hotels macht. Die Polizei nahm sämtliche persönliche Daten auf, außerdem mußte man sagen, warum man da war und wo man übernachtete. Man mußte auch zehn Westmark pro Tag bezahlen beziehungsweise in einer anderen westlichen Währung. Die Regierung brauchte Devisen, um ihre Rechnungen an den Westen zu bezahlen.

»Ich mußte in der Nacht kommen, ich möchte nicht, daß irgendjemand erfährt, daß ich hier war. Bitte halten Sie das geheim.« Karl machte eine Pause.

»Natürlich!« Muttis und Papas Nerven lagen blank.

»Ich weiß über Ihre Situation Bescheid und daß Sie sich nach Arbeit umsehen. Ich habe Freunde, und sie sagten mir, daß es da vielleicht eine offene Stelle gibt für Sie. Das ist streng geheim, und kaum jemand weiß darüber Bescheid. Sie waren immer freundlich zu mir, und ich möchte Ihnen helfen.«

Stille. Dörre war sicherlich nicht jemand, von dem Mutti und Papa Hilfe erwartet hätten. Die Regierung prahlte immer damit, daß es keine Arbeitslosen in der Republik gebe. Das stimmte auch so ungefähr. Aber wenn man Arbeit suchte, brauchte man immer noch Beziehungen, um eine gute Anstellung zu finden. Darüber hinaus war Kommunikation zu anderen erschwert. Man bedenke: Es gab kein Internet oder E-Mail, nur ein paar Telefonverbindungen, nur eine Zeitung, alles mußte mit der Post verschickt werden oder wurde durch Personen verbreitet. Man konnte eben auch nur ein paar wenigen Freunden vertrauen – wenn überhaupt. In Papas Situation kam erschwerend dazu, daß er gebrandmarkt war durch seine Kündigung bei der Polizei und daß es sicherlich Vorbehalte geben würde, ihn anzustellen. Da gab es keinen Zweifel.

»Wir danken Ihnen so sehr, Herr Dörre«, sagte Mutti. »Bitte erzählen Sie uns mehr darüber. Was ist es und wo?«

»Einer meiner Freunde kennt jemanden in dem Elektrokombinat in Göllingen«, fuhr Herr Dörre fort.

Diese Firma produzierte Elektromotoren und Zubehör und war ein VEB-Betrieb. Die DDR versuchte zu vermitteln, daß alle Firmen dem Volk gehörten – was natürlich nicht wahr war. Göllingen lag östlich von Sondershausen und war mit dem Zug in etwa zwanzig Minuten zu erreichen. Einer dieser kleineren Bahnhöfe, die wir auf dem Weg nach Aschersleben passiert hatten.

»Der Einkaufsleiter, Herr Schimmer, braucht einen Assistenten. Sie müssen sich beeilen, bevor die Stelle besetzt ist. Erzählen Sie niemanden, warum Sie das wissen, aber rufen Sie sofort an. Das ist alles, was ich für Sie tun kann.«

Er stand auf. Mutti und Papa dankten ihm mehrmals für seine Hilfe und führten ihn zur Tür. Wie ein Geist verschwand er fast lautlos und rollte mit dem Moped den Possenweg hinunter, ohne den Motor zu starten. Hoffentlich hatte uns niemand beobachtet, als er uns verließ!

Mutti und Papa gingen zurück ins Wohnzimmer.

»Was hältst du davon, Helga?«

»Ich kann mir nicht vorstellen, daß das eine Falle ist«, sagte Mutti. »Warum sollte er uns das antun?«

Papa dachte nach. »Ich sehe auch keinen Grund für ihn, hierher zu kommen, außer daß er uns wirklich helfen will.«

Sie saßen ein paar Minuten schweigend auf der Couch, versunken in ihre Gedanken. Dann stand Papa auf.

»Ich werde dorthin gehen, persönlich. Ich habe nichts zu verlieren.«

Er hatte sich entschieden, diese unerwartete Chance auf einen neuen Job anzunehmen.

»Ruf morgen zuerst diesen Herrn Schirmer an, Ferdi. Das könnte unsere Chance sein!«

Für eine Weile konnten meine Eltern nicht einschlafen. Sie versuchten, alle Möglichkeiten und Optionen auszuloten. Es sah wirklich wie die goldene Gelegenheit aus. Nicht wie eine Falle, die von einigen bösen Leuten aufgestellt worden war. Es könnte der Neuanfang sein! Das Risiko war sehr klein, da waren sie sich einig. Außerdem: Welche Option hatten sie sonst? Die Zeit war knapp, und bald würden sie auch kein Geld mehr haben. Karl Dörre war zwar von der Polizei, aber schien vertrauenswürdig genug zu sein.

Am nächsten Morgen rief Papa den Einkaufsleiter an. Herr Schirmer lud ihn darauf zu einer Vorstellung ein. Es waren gerade mal zwanzig Tage vergangen seit Papas Entlassung, und es schien so, als ob sich unser Schicksal mal wieder unerwartet wenden würde. Hoffentlich zum Besseren.

Es war jetzt Ende Oktober. Papa nahm den Zug nach Göllingen und traf den Manager. Die Vorstellung war kurz und verlief gut. Papa bekam die Anstellung!

Herr Schirmer kannte Papas Vergangenheit und unsere Situation. Das schien wider Erwarten vorteilhaft für Papa zu sein. Aber daß Papa Herrn Dörre kannte, war natürlich entscheidend. Es war ein Freitag, und sie wollten, daß Papa gleich am Montag anfing. Er würde den Einkaufsleiter bei seinen Aufgaben unterstützen, allerdings auch bei der Kommunikation mit den westdeutschen und internationalen Geschäftspartnern. Der Verdienst war gut und würde uns ernähren, Sozialversicherung war sowieso enthalten. Später fand ich heraus, daß die ganze Familie sogar Weihnachtsgeschenke bekam.

Das war alles fast zu gut, um wahr zu sein! Hatte sich das Schicksal tatsächlich zum Guten gewendet?

28.

Papa fing an zu arbeiten. Von sieben bis vier mit einer kleinen Mittagspause. Sie hatten eine Kantine in der Firma. Papa mußte um fünf Uhr aufstehen und den Zug von unserem kleinen Bahnhof nehmen. Er kam dann immer gegen siebzehn Uhr nach Hause. Wir hatten mehr von ihm als je zuvor und genossen das. Das Leben schien jetzt etwas normaler zu verlaufen – wenn es so etwas überhaupt gibt.

Mutti und Papa waren ständig in Kontakt mit dem Krankenhaus in Nordhausen. Natürlich vermissten wir unsere kleinen Mädchen. Sie entwickelten sich gut, sagten die Schwestern, und wir planten, sie im November in Nordhausen zu besuchen.

Am nächsten Sonntag stiegen wir in den Zug und gingen vom Bahnhof in

Nordhausen zum Krankenhaus. Es war ein kühler Novembertag. Die Blätter waren braun oder sogar schon von den Bäumen gefallen. Wir mußten Mäntel tragen. Da das Krankenhaus in der Oberstadt war, hatten wir einen drei Kilometer langen Fußmarsch vor uns. Wir waren natürlich trotzdem begeistert! Wir würden Karin und Brigitte sehen. Wir konnten es kaum erwarten. Sie waren jetzt sieben Wochen alt.

Wir kamen am Krankenhaus an. Mutti und Papa sprachen mit der Krankenschwester, und es sah so aus, als ob wir die Mädchen nur durch ein Glasfenster sehen würden. Sie waren eben immer noch viel zu klein und unter ständiger Beobachtung.

Eine Schwester kam, Brigitte links und Karin rechts im Arm. Zwei niedliche Etwas und einfach wundervolle Babies! Brigitte erschien schwerer zu sein als Karin. Das war tatsächlich so. Sie hatte ein bißchen mehr zugenommen. Das setzte sich auch in den kommenden Wochen und Monate so fort. Karin sah immer ein bißchen dünner aus. Wir winkten und lächelten ihnen zu. Es war schwer für Mutti, sie nicht in ihren Armen halten zu können. Aber es war eben das Beste für die beiden Kleinen, sie nicht mit uns zusammenzubringen – und wir mußten das akzeptieren. Wir machten keine Bilder. Ich bin mir nicht sicher, warum. Wie schon gesagt, Papa hatte eine kleine Kamera, die er einst nach dem Krieg getauscht hatte. Die Kamera habe ich heute noch.

Wir verließen das Krankenhaus und winkten den beiden Kleinen und der Schwester zu, die hinter einem Balkonfenster stand. Ich werde dieses Bild nicht vergessen.

Die gute Nachricht war, daß sie gesund waren und wuchsen. In etwa vier Wochen würden wir sie abholen und nach Hause bringen. Genau rechtzeitig für das Weihnachtsfest! Nur vier Wochen!

Wir kamen sehr spät nach Hause. Mit dem Bild von Karin und Brigitte vor Augen schlief ich ein.

29.

Die Weihnachtszeit war immer großartig. Damals, in den Fünfzigerjahren des letzten Jahrhunderts, gab es noch vier Jahreszeiten. Vom späten November an schneite es häufig, und es war nicht selten, daß wir Anfang Dezember schon fünfzig Zentimeter Schnee hatten.
Der erste Advent fiel dieses Jahr auf einen Sonntag im November. Wir feierten diese Sonntage jedes Jahr mit der Familie und wünschten uns gegenseitig eine schöne Adventszeit. Diese Adventszeit würde besonders schön sein.
Zunächst einmal hatte Papas Firma eine Weihnachtsfeier – und wir waren alle dazu eingeladen. Obwohl Papa noch nicht lange für die Firma arbeitete, hatten sie uns eingeschlossen, und wir bekamen auch Geschenke. Sie dachten sogar an die beiden Babies: Karin und Brigitte bekamen jeweils einen kleinen Stoffelefanten auf hölzernen Rädern, damit sie ihn hinter sich herziehen konnten, sobald sie laufen konnten. Karin hat ihren immer noch. Roland und ich bekamen ein russisches Märchenbuch mit einigen der besten Geschichten, die ich jemals gelesen habe; eine hieß die »Die Wunderblume«. Papa bekam auch ein wenig Geld als Weihnachtsbonus, das half. Die zwei kleinen Schwestern brauchten einiges an Kleidung und die Ausgaben für sie stiegen an.
Das Beste in dieser Zeit war, daß wir die Babies in Nordhausen abholen würden. Das allein war allerdings eine Herausforderung. Unter den gegebenen Umständen, ohne Auto, würde es ein Problem sein, sie nach Hause zu bekommen. Das Krankenhaus konnte sie nicht bringen. Mit dem Zug war es eigentlich viel zu kalt. Mutti konnte sie ja auch nicht den ganzen Weg tragen mit Decken und Essen. Papa versuchte auch, nicht gleich bei der Arbeit zu fehlen in diesen ersten so wichtigen Tagen. Es gab eigentlich nur einen Weg, dachte Mutti.
Sie ging zur Polizei! Papa hatte ein paar loyale ehemalige Kollegen, die helfen konnten. Eine davon war Vera, die während seiner Zeit einmal so etwas wie eine Assistentin gewesen war. Sie und ihr Mann waren auch Teil des engeren Freundeskreises. Jetzt gab es da ein wenig Distanz zwischen ihnen und meinen Eltern. Trotzdem, Vera könnte helfen. Ich erinnere mich an sie; wir nannten sie Tante Vera. Sie war etwa in Muttis Alter, hatte aber keine Kinder. Sie hatte sich wahrscheinlich dazu entschieden, ihr Leben der Polizei zu widmen.
Montagmorgen betrat Mutti das Polizeigebäude. Am nächsten Sonntag,

dem dritten Advent, sollten wir die Babies in Nordhausen abholen. Allerhöchste Zeit, eine Lösung für den Transport zu finden.
Mutti ging sofort zu Veras Büro, klopfte an und ging hinein.
»Hallo Helga! Wie geht's? Gut, dich zu sehen!«
»Auch schön, dich zu sehen, Vera! Ich hoffe, alles ist in Ordnung?«
»Ja, bis auf die üblichen Sachen geht es uns gut, danke. Aber warum bist du hier? Ich habe gehört, daß Ferdi eine neue Arbeit gefunden hat.«
»Ja, hat er. Wir sind froh.«
»Erzähl mal, wie geht es den Babies? Sind sie gesund? Ich würde sie gerne sehen!«
»Ich auch, Vera! Wir mußten sie nach Nordhausen bringen, sie waren einfach zu klein, Siebenmonatskinder, weißt du. Jetzt müssen wir sie abholen. Nächsten Sonntag!«
»Ist das nicht toll? Ich freue mich für dich. Das wird bestimmt ein schönes Weihnachtsfest bei den Manns!«
»Ja, aber wir wissen nicht, wie wir sie nach Hause bringen sollen. Es ist schon so kalt. Mit dem Zug ist es zu lang und zu kompliziert.« Mutti hielt inne. »Vera, meinst du, daß du für uns ein Auto arrangieren könntest? Ich weiß, daß ich da viel verlange, aber ich sehe einfach keinen anderen Ausweg, als dich zu fragen.«
Vera verstand. Sie wußte natürlich, daß ein Transport immer ein Problem war, besonders für zivile Personen. Taxis waren kaum zu bekommen.
»Helga, ich bin nicht sicher, was ich machen kann. Keine Versprechungen. Laß mich mal sehen. Warte draußen, ich muß da mal jemanden anrufen.«
Mutti verließ das Büro und ging den Korridor rauf und runter. Vera würde ihr helfen, sie wußte das – wenn sie konnte. Das war keine einfach Aufgabe, da Autos auch bei der Polizei rar waren. Eines für eine private Fahrt war noch schwieriger.
Nach zwanzig Minuten kam Vera aus dem Büro und sagte: »Helga, kein Problem, ich hab's arrangiert. Es kostet mich ein paar Extrastunden, aber das macht mir nichts aus. Das Auto kommt mit Herrn Volkmann, Ferdis früherem Fahrer. Er bringt dich nach Nordhausen und auch wieder zurück mit den beiden Kleinen. Behalt es für dich! Erzähl es keinem.«
Mutti seufzte. »Danke dir, Vera, du bist so nett. Das ist toll! Ich hoffe, du kannst uns besuchen und die beiden Mädchen sehen. Rufst du mich an, bevor Volkmann mich abholt?«
»Ja, mach ich. Gern geschehen, Helga. Viel Glück!«
Mutti umarmte sie und verließ das Gebäude. Was für eine Freundin!

Sie ging nach Hause, überglücklich, daß es gut gegangen war. Sie kannte Vera und ihren Mann, seit Papa bei der Polizei war, und sie hatten viel Zeit miteinander verbracht.

Der Wind war stärker geworden und blies kalte Luft. Mutti war froh, als sie die Haustür aufmachte und die Gelegenheit hatte, sich ein wenig an dem großen, grünen Kachelofen aufzuwärmen. Jetzt war es Zeit, die Ankunft von Karin und Brigitte vorzubereiten. Es gab noch viel zu tun.

30.

Diese Weihnachtszeit war eine ganz besondere. Papa hatte ein paar Tage frei, was wir sehr genossen. Unser Weihnachtsbaum kam immer aus dem nahen Wald – das war damals kein Problem. Papa und Roland und ich marschierten in den Wald und trugen ihn nach Hause. Traditionsgemäß wurde der Baum immer von Mutti und Papa geschmückt; wir durften ihn nicht vor dem Heiligen Abend sehen. Wir versuchten immer, einen Blick durch das Schlüsselloch zu erhaschen. Der Baum hatte richtige Wachskerzen und schöne, handgemachte Ornamente. Glaskugeln waren kein Problem wegen der zahlreichen Hersteller in Thüringen.

Nach dem Weihnachtsessen machten wir einen Spaziergang. Mutti blieb zu Hause, um das Christkind zu beobachten, so nannten wir das. In unserer Tradition und Einbildung war das Christkind ein Engel, der zur Erde kam und die Geschenke brachte und das neugeborene Jesuskind symbolisierte.

Wir hatten immer weiße Weihnachten – ich kann mich nicht an eines erinnern, an dem wir nicht völlig eingeschneit waren. Es gab nicht diese Hektik wie heute. Alles war sehr ruhig und freudvoll. Am 24. Dezember machten wir nach dem Abendessen immer einen Spaziergang – ohne Mutti. Wenn wir wieder nach Hause kamen, erzählte uns Mutti, daß wir das Christkind gerade verpaßt hätten, als es uns die Geschenke brachte. Natürlich sahen wir es nie!

Wir bekamen neue Ski. Großartig! Während Papas Urlaub liefen wir Ski mit ihm. Der beste Hügel für uns war der, auf dem wir auch mit unseren Schlitten hinunterfuhren. Einmal nahm mich Papa in die Mitte zwischen seine Beine, und wir fuhren gerade hinunter auf die Hecke zu, da er nur schwer einlenken konnte. Wir landeten in ihr und kamen kaum wieder raus. Ich hatte natürlich ein paar Kratzer im Gesicht.

Wir verbrachten eine gute Zeit zusammen. Meistens kamen wir wie die Eskimos nach Hause, erfroren bis auf die Knochen und ganz erledigt. Mutti mußte uns ausziehen und legte die Sachen neben den Kachelofen im Wohnzimmer. Der wurde mit Kohlen oder Holz befeuert. Unsere Schuhe mußten wir anbehalten, damit die Füße beim Erwärmen nicht ganz so weh taten. Aber genau so muß man das bekannterweise machen.

31.

Es war im Januar 1960. Ein neues Jahrzehnt hatte begonnen und die Erwartungen waren groß. Die gute Nachricht war, daß die Babies gesund und munter waren und sich prima entwickelten. Mutti hatte wirklich viel zu tun an jedem Tag, besonders, da wir ja keine Waschmaschine hatten und es auch keine Wegwerfwindeln gab. Waren die eigentlich schon erfunden? Zumindest war unsere Situation nicht so komfortabel. Ich wußte zu dieser Zeit nicht, was ein Kühlschrank ist und daß dieser in der Küche stehen würde. Ich glaube, ich war schon zehn, als ich zum ersten Mal einen sah. Unglaublich, wenn man daran zurückdenkt. Mutti mußte heißes Wasser machen und es dann in einen großen Bottich schütten, um die Windeln und die andere Wäsche zu waschen. Das war harte Arbeit! Haben wir das jemals gewürdigt? Ich hoffe es!

Die schlechte Nachricht war, daß es immer schwieriger wurde, einigermaßen gute Lebensmittel für uns zu bekommen, besonders für die Babies. Angefangen mit ganz normalen Dingen wie Milch, Eier und Butter bis hin zur Babynahrung und Gemüse. Eier bekamen wir manchmal von Tante Rosa, Milch war in Grenzen erhältlich. Butter dagegen war ein richtiges Problem. Wie also sollte man eine Familie mit vier Kindern ernähren?

Die Versorgung mit Grundnahrungsmitteln wurde von Monat zu Monat schlechter. Die Regierung war nicht fähig, die Nachfrage zu decken, auch wenn es hieß, daß sie es könnte oder machen würde. Außerdem wurde der politische Druck auf die Erwachsenen immer größer, was das tägliche Leben erschwerte. Und natürlich konnte man wie immer nichts kritisieren, sonst riskierte man auch noch das letzte bißchen verbliebene Freiheit.

Papas Anstellung entwickelte sich gut, aber – natürlich – war er auch nicht in der Lage, Muttis Probleme mit der Versorgung der Babies zu lösen. Für ein paar Lebensmittel wie Butter hatten wir Marken. Mutti hatte ein paar mehr wegen der vier Kinder. Sie gab ihre Marken immer der Dame im Kiosk am Bahnübergang, um unseren Anteil an Butter und Milch zu reservieren. Das war klug. Sobald die Lieferung kam, legte die Dame zwei Stück Butter für Mutti zurück. Das funktionierte – meistens.

Nicht so an einem Mittwoch im Januar. Mutti kam von der Stadt nach Hause und wollte die Butter mitnehmen. Die Verkäuferin sagte ihr, daß die Butter ausgegangen sei.

»Wie ist das möglich?« Mutti war böse. Was sollte sie ohne Butter machen?

»Herr Roth kam vorbei und bestand darauf, daß er diesmal die Butter verdient hat, und nahm beide Stückchen mit. Sie wissen genau, daß ich dann nichts machen kann, wenn er darauf besteht.«

Mutti wurde bleich. Wie schrecklich. Sie verließ den Laden und ging direkt zu dem Haus an der Kreuzung, wo der Possenweg abzweigte.

Herr Roth war ein hochrangiger Parteifunktionär und hatte zwei Söhne. Der ältere war in Rolands Klasse, der jüngere in meiner. Die Mutter war ein bisschen einfach gestrickt und etwas proletarisch, und man kann sich vorstellen, daß Mutti sie nicht mochte. Papa auch nicht. Papa mochte auch Herrn Roth nicht, denn er hasste diese blinden Gefolgsleute und Vertreter des Systems. Kein Gehirn, aber große Reden schwingen. Blindlings die Thesen der Partei wiederholen, ungeachtet dessen, ob sie Sinn machten oder nicht. Papa nannte sie Kommunisten, aber in der Realität waren sie eher Sozialisten in einer Diktatur. Und die obersten Parteisekretäre waren wahrscheinlich genauso Kapitalisten wie ihre westlichen Kontrahenten. Mit einem Unterschied: Die SED-Sekretäre taten so, also wären sie es nicht.

Mutti öffnete das Gartentor und ging zur Haustür. Sie war auf dem Kriegspfad. Nichts würde sie jemals darin hindern, ihre Familie zu beschützen. Sie klingelte an der Haustür. Irgendjemand öffnete ein Fenster und sah heraus.

»Ist Herr Roth zu Hause?«, schrie Mutti. Sie wußte, daß er da war.

»Nein«, war die kurze Antwort.

»Sagen Sie ihm, daß ich meine Butter zurückhaben will, oder ich hole sie mir selbst. Ich komme wieder, wenn er zu Hause ist!«

Mutti nahm an, daß er das gehört hatte, und ging nach Hause, außer sich vor Wut. Roths hatten keine kleinen Kinder, sie brauchten die Butter nicht so dringend wie wir. Und sie wußten ja auch über die Babies Bescheid als unsere Nachbarn. Mutti würde nicht locker lassen, bis die Butter wieder in ihren Händen war.

Papa kam von der Arbeit und Mutti erzählte ihm, was los war. Es war sicherlich gefährlich, sich gegen einen wie Roth zu stellen. Es würde wahrscheinlich bei einem der nächsten Parteiabende zur Sprache kommen. Diese Dinge waren eine gute Gelegenheit, um jemanden an den Pranger zu stellen. Papa war nicht begeistert darüber, aber fühlte, daß Mutti das Richtige getan hatte.

Die Türglocke klingelte. Mutti öffnete, und Herr Roth stand draußen. Sie wollte gerade eine neue Predigt auf ihn herunterprasseln lassen, als er ihr die Butter reichte. Er sagte nur, daß er sich nicht im Klaren gewesen sei, daß Mutti die Butter so sehr brauche, und ging. Was für eine Lüge! Natürlich wußte er es!

Mutti hatte die Schlacht gewonnen, aber den Krieg? Im Moment war es ihr jetzt egal, aber der Vorfall konnte natürlich Konsequenzen haben. Es wäre falsch, die Partei zu unterschätzen.

Sie bekamen es zu spüren. Auf dem folgenden Parteiabend mußten sie einige böse Vorwürfe über sich ergehen lassen wegen ihrem Verhalten. Berechtigt oder nicht, meine Eltern hatten es zu akzeptieren, da eine Widerrede sowieso zwecklos war. Die Partei machte die Gesetze, und die Leute hatten ihnen zu folgen. Wer sich dagegenstellte, war ein Problem für das System, und solche Probleme wurden dann gelöst, ohne Ausnahme.

Mutti traf ihre Entscheidung nicht gerade diplomatisch, aber sie hatte es einfach satt. Sie würde ihre Mitgliedschaft kündigen und ihr Parteibuch zurückgeben! Da Papa nicht länger dermaßen in der Öffentlichkeit stand, würde das nicht zu problematisch sein, dachte sie. Doch natürlich würde das einen zusätzlich Sargnagel bedeuten.

Sie folgte ihrem Instinkt und quittierte während der nächsten Zusammenkunft. Sie mußte ein Papier unterschreiben zur Bestätigung. Mutti behielt dieses Dokument, obwohl sie es nicht durfte. Sie fragten sie mehrmals danach, aber sie bestritt einfach, es mitgenommen zu haben. Sie wollte es als Beweis. Ich weiß natürlich nicht, was in diesen Tagen in ihrem Kopf vorging. Aber eines ist sicher: Papa und Mutti wußten immer ziemlich genau, was sie wollten, wobei Mutti eher Entscheidungen traf als Papa. Sie dachten immer daran, ihr eigenes und das Leben ihrer Kinder zu verbessern. Nun hatten sie bereits zwei Brücken hinter sich abgebrochen.

Und das war sicherlich nicht gerade hilfreich für irgendeine angestrebte Verbesserung.

32.

Oma und Opa aus Westdeutschland würden kommen! Sie lebten in Mönchengladbach, das war etwa dreißig Kilometer von Düsseldorf und etwa fünfundvierzig von Köln entfernt. Sie hatten ein Visum, für ein paar Tage. Wir waren alle begeistert, und Mutti konnte es nicht erwarten, bis sie sie am Bahnhof abholen würde. Papa freute sich nicht allzu sehr auf seine Schwiegermutter, aber er würde sie ein paar Tage aushalten.

Wir hatten mit der Planung für ihren Besuch aus zwei Gründen bis zum Frühling gewartet: Es würde dann besseres Wetter sein, und die Babies wären schon sieben Monate alt.

Oma und Opa brachten uns immer Spielzeug aus dem Westen. Dinge, die wir vorher nie gesehen hatten. Einmal brachten sie uns eine kleine Postkutsche aus gelbem Plastik mit vier Pferden und einigen Cowboyfiguren. Unglücklicherweise durften wir diese nicht unseren Freunden zeigen – sie würden das zu Hause erzählen, und das würde wieder als ein Vergehen gegen das System angesehen werden. Solcherlei Spielzeug aus dem kapitalistischen Westen konnte man doch seinen Kindern nicht geben! Wir hatten trotzdem unseren Spaß.

Oma und Opa würden in Muttis und Papas Bett schlafen und meine Eltern würden auf die Couch im Wohnzimmer ausweichen. Meine Oma war sechzig und er siebzig. Sie waren aufgeweckt und hatten ein gutes Herz. Opa arbeitete immer noch ein bißchen, würde aber bald in Rente gehen. Sie wohnten in einem kleinen Appartement in Mönchengladbach. Sie brauchten einen ganzen Tag für die Sechshundertkilometerreise. Papa zeigte uns manchmal auf der Landkarte, wo er überall herumgeflogen war während des Krieges: Italien, Nordafrika, Norwegen, Schweden, Finnland, Deutschland, um die häufigsten und wichtigsten Länder zu nennen. Ich hatte keine Ahnung, wo meine Großeltern wohnten, nur daß es weit weg sein mußte.

Nachdem sie angekommen waren, begrüßten wir sie zu Hause. Mutti wollte etwas Spezielles als Willkommensgruß kochen. Es gab da allerdings kaum eine Wahl. Sie hatte ein paar gute Würstchen gekauft und wollte Sauerkraut und Kartoffelpüree machen. Übrigens ist zubereitetes Sauerkraut niemals sauer; es sollte serviert einen etwas süßen Geschmack haben!

Mutti schickte Opa und mich in die Stadt, um etwas von dem berühmten Sauerkraut zu kaufen. Opa und ich – was für ein Gespann. Wir kamen zum Laden. Er hatte ein großes Fenster vorne, und man mußte zum Eingang ein paar Stufen hinaufgehen. Auf der linken Seite war die Theke, viel zu hoch für mich, um darüber zu sehen. Also schaute ich durchs Glas.

Opa war ein großer Mann, wahrscheinlich um 1,90 Meter. Nebenbei erwähnt: Oma war ihm Vergleich zu ihm sehr klein, etwa 1,60 Meter. Sie waren beide immer gut angezogen und benahmen sich gut, alte Schule also.

Der Laden verkaufte Obst und Gemüse. Er hatte nicht viel zu bieten heute, die Auslage zeigte fast keine Produkte.

»Haben Sie Sauerkraut?«, fragte Opa die Verkäuferin.

Ich kannte sie, weil wir hier oft einkauften, und dachte, daß sie sehr freundlich war. Wahrscheinlich jünger als Mutti, blonde Haare und braune Augen. Sie trug eine weiße Schürze über dem Rock und eine Bluse. Sie sah mich und lächelte.

»Ja, haben wir. Wieviel möchten Sie?«

Sie hatten, was wir wollten. Toll! Opas Antwort war eher irreführend, wobei das noch eine Untertreibung ist: »Ich brauche zwei Pfund oder hundert Dekagramm.«

Ihr Gesicht verdunkelte sich. Sie schaute mich an. Vielleicht, damit ich ihr half? Dann antwortete sie: »Ich geb Ihnen zwei Pfund, hoffe das ist dann in Ordnung.«

Opa hatte ein Lächeln auf dem Gesicht, vielleicht war es ja auch ein Grinsen. Dekagramm ist eine alte Gewichtseinheit: Deka kommt aus dem Griechischen und heißt einfach zehn. Hundert Dekagramm sind tausend Gramm im metrischen System und damit zwei Pfund, da ein Pfund fünfhundert Gramm hat. Daher waren zwei Pfund genau hundert Dekagramm. Mein Opa liebte es, solcherlei Spielchen zu spielen mit jüngeren Leuten. Er dachte, es sei lustig, aber sie teilten diese Art von Humor meistens nicht. Man kann diese Einheiten immer noch in Österreich finden.

Nun war sie an der Reihe, lustig zu sein:

»Haben Sie einen Behälter mitgebracht?«

Bei dieser Frage runzelte Opa seine Stirn. »Nein. Haben Sie keinen?«

»Nur Zeitungspapier.«

Für mich war das keine Überraschung. Verpackungsmaterial für Waren aller Art gab es nur selten oder gar nicht. Man hatte die Wahl zwischen Zeitungspapier oder dem eigenen mitgebrachten Behälter oder Topf. Man stelle sich vor, daß man Fleisch oder Wurst oder das Sauerkraut in ein altes Stück Zeitungspapier einwickelt!

Opa kannte das nicht, und wir hatten keinen Behälter mitgebracht. Er dachte nach, zog seinen Hut, drehte ihn um und reichte ihn der Verkäuferin über die Theke:

»Sie könnten es doch hier hinein tun, oder?«

Das war nicht lustig, Opa! Sie ging und kam zurück – mit einem Stück Zeitungspapier. Nun gut, wenigsten hatten wir unser Sauerkraut. Wir verließen den Laden und gingen nach Hause.

Ich war gern mit Opa zusammen. Er konnte Geschichten erzählen, und er war klug obendrein, ich habe viel von ihm gelernt. Für Roland gilt das Gleiche.

Das Essen war toll. Ich schmeckte keinerlei Tinte. Mutti war eben und ist immer noch eine großartige Köchin. Sie konnte aus wenigem etwas Geschmackvolles zubereiten.

Meine Großeltern fuhren immer mit schönen Erinnerungen nach Hause. Wir sahen uns zu selten, und der Wunsch, sie einmal zu besuchen, war immer allgegenwertig. Jedes Mal, wenn sie in Sondershausen waren, kamen wir auf dieses Thema. Aber mit zwei kleinen Kindern war eine solche Reise nun fast unmöglich. Darüber hinaus waren die Reisegesetze sehr streng, und dann gab es da ja noch die letzten Ereignisse mit meinen Eltern …

Keine Chance auf ein Ausreisevisum für meine Familie, noch nicht mal für ein paar Tage.

33.

Papa hatte irgendwie einen Zwillingswagen organisiert, nicht gerade von bester Qualität, aber brauchbar. Er hatte eine große Haube, die Karin und Brigitte gut vor Sonnenschein und Regen schützen würde, und würde es Mutti erleichtern, sie in die Stadt oder anderswohin mitzunehmen. Wir mußten ihr sowieso schieben helfen, wenn es bergauf ging.

Die Räder machten Ärger. Sie waren mit Luft gefüllt und regelmäßig platt. Neue zu bekommen war unmöglich, sie zu reparieren gelinde gesagt eine Herausforderung. Na ja, wir bekamen das hin, wir mußten ja. Der Boden und die Seitenwände waren aus einem Karton gemacht, die Haube aus billigem Kunststoff. Der große breite Griff war stark genug, den Wagen anzuheben, wenn immer man die Vorderräder über eine Bordsteinkante heben mußte. Mutti machte viele kleine Ausflüge mit uns und Spaziergänge mit den Babies. Einmal mußten wir den Zwillingswagen sogar über ein Bahngleis heben, und einmal haben wir versucht, ihn den Possenweg raufzuschieben. Das war zu viel, wir schafften es nicht, er war zu steil und der

Wagen zu schwer. Nichtsdestotrotz waren wir damit etwas mobiler, und später würde uns dieser Wagen noch in ganz besonderer Art und Weise dienen.

Papas zweites Hobby neben dem Schachspielen waren seine Briefmarken. Er hatte mittlerweile eine ziemlich große Sammlung. Seine Favoriten waren Deutschland und Österreich. Die deutsche Sammlung war sehr wertvoll, die österreichischen Marken waren sehr schön und bunt. Ich wurde dadurch ermutigt, meine eigene Sammlung zu starten mit den doppelten Marken, die mir Papa abgeben konnte. Wir hatten kleine Alben, in denen die Briefmarken platziert waren, geordnet nach Jahr und nach Wert und Sätzen. Papa hatte auch ein paar Kataloge ergattert, die die Handelswerte der Marken zeigten. Das einzig Schlechte an diesen Werten ist, daß man ungefähr nur fünfundzwanzig Prozent des Wertes von einem Händler bekommt. Es gab Ausnahmen, bei denen fünfzig Prozent drin waren – oder sogar mehr. Aber das war selten. Das Ziel war sicherlich, ein Land komplett zu haben – und Papa war nahe dran mit Deutschland. Es fehlten ihm nur ein paar Spezialwerte. Es ist wie mit jeder Sammlung: Man mußte passende Gelegenheiten und einen guten Preis abwarten, um sie zu erwerben.

Papa war ziemlich glücklich mit seinem neuen Job. Er kam gut mit seinem Chef zurecht und leistete wohl auch gute Arbeit, denn nach nur sechs Monaten in Göllingen bekam er eine Gehaltserhöhung. Wir hatten genug Geld, um ein paar Ausflüge zu machen, zum Beispiel nach Wernigerode oder zum Kyffhäuser-Denkmal, wo der Kaiser Barbarossa auf seinem Sandsteinthron sitzt.

Für Roland und mich – und die Babies – war das Leben in Ordnung. Der Sommer näherte sich, und wir freuten uns auf die langen Sommerferien. Nur Mutti war irgendwie unruhig. Sie war immer positiv und ausgeglichen. Selten zeigte sie uns, daß sie Sorgen hatte.

Ich war nicht sicher, ob sie irgendetwas beunruhigte, aber manchmal hatte ich das Gefühl, daß sie sozusagen in einer anderen Welt war. Papa war verschlossener. Ich denke, das lag an all dieser Polizeiarbeit. Er war es gewohnt, nicht viel oder gar nichts zu erzählen und geheime Dinge für sich zu behalten – wenn es welche gab.

Als Familie hatten wir – wie andere sicherlich auch – unsere tägliche Routine entwickelt. Die Babies waren der Mittelpunkt aller Aktivitäten und brauchten viel Aufmerksamkeit, vor allem von Mutti. Es machte Spaß, mit ihnen zu spielen, sie herumzutragen und mit ihnen zu reden, obwohl sie natürlich noch kein Wort sprachen – noch nicht.

Päckchen und Briefe von unseren Verwandten aus Westdeutschland – besonders von den Großeltern – zu erhalten war immer etwas Besonderes. Wir hatten sehr wohl davon gehört, daß ihr Leben sich sehr von unserem unterschied. Ich muß annehmen, daß meine Eltern auch sehr gut über die Unterschiede im politischen und wirtschaftlichen Leben Bescheid wußten. Das meiste erfuhr man, wenn man Westradio hörte, was im Prinzip verboten war.

Wie schon gesagt: Es entstand das Gefühl, in einem Gefängnis zu sitzen. Für meine Eltern stellte sich die Frage, wie sie mit der Situation umgehen sollten. Sie ändern oder sie akzeptieren und das Beste daraus machen?

Mutti neigte eher zum Ändern, Papa zum Akzeptieren.

34.

Endlich war es Sommer, und die Zeugnisse standen wieder an. Das war immer eine etwas ängstliche Zeit für Roland und mich, auch wenn wir einigermaßen gut in der Schule waren, denn man wußte nie, ob es da vielleicht eine Überraschung gab. Nun gut, es gab keine in diesem Jahr.

Mutti schrieb mehrere Briefe an ihre Mutter und wollte ein paar Sachen loswerden, die wir nicht mehr benutzten. Vielleicht konnten Oma und Opa sie verwenden. Mutti, Roland und ich gingen samt Kinderwagen zur Post und versandten ein Paket.

Das Postamt war ein großes, villenähnliches Gebäude in der Stadtmitte. Es war gelb verklinkert, und eine breite Treppe mit etwa zwanzig Stufen führte zu einer großen hölzernen Tür. Ich brauchte mein ganzes Gewicht zum Aufmachen. Dann kam eine zweite Tür, und man stand in einer großen Halle mit verschiedenen Schaltern. Links waren die für Briefe und andere Briefpost, auf der rechten Seite waren die für die Pakete und die sperrigen Sachen.

Der Zwillingswagen mußte draußen auf dem Bürgersteig bleiben. Einer von uns Jungen – diesmal war es Roland – mußte ihn immer bewachen. Mutti haßte es, wenn die Leute in den Wagen sahen und die Babies anfaßten. Unsere Aufgabe war es also, dieses zu verhindern. Und wir taten das. Manch eine Dame hätte zu gerne Karins oder Brigittes Hände oder Wangen gestreichelt. Keine Chance, wir hatten einen Auftrag, und der wurde erfüllt! Wenn Mutti zurückkam, berichteten wir ihr, wie wir unsere Schwestern »verteidigt« hätten. Mutti war stolz auf uns.

Der Postbeamte nahm das Paket, kontrollierte die Adresse, wog es und klebte ein paar Marken darauf. Ich hatte keine Ahnung, was Mutti für Oma und Opa eingepackt hatte. Was könnte sie schon senden? Es gab hier nicht gerade viel, was sie nicht »drüben« kaufen konnten. Nur die handgemachten Figuren und hölzernen Räuchermännchen aus dem Erzgebirge, der Bergkette südöstlich von Thüringen, waren begehrt. Oder die Glasornamente aus der gleichen Gegend. Zu Weihnachten sendeten wir solche, aber jetzt?

Mutti zahlte, und wir gingen zu der anderen Seite der Schalterhalle, um ein paar Briefmarken zu kaufen. Für Briefe nach Westdeutschland wurde eine höhere Gebühr verlangt, kein Wunder. Es wurde buchstäblich dafür gesorgt, daß man für seine verwandtschaftlichen Beziehungen zum Westen bezahlte. Wir fragten auch immer nach neuen Ausgaben von Briefmarken, damit Papas Sammlung aktuell blieb. Gab es neue, kauften wir den ganzen Satz und immer auch die Spezialwerte, die sehr teurer waren. Letztere würden später sehr gefragt sein. Wir kauften auch Ersttagsbriefe und gestempelte Marken. Papa würde sich freuen.

Wir verließen die Post und kamen gerade rechtzeitig, um eine neuerliche »Attacke« auf die Kleinen zu verhindern. Wir mußten noch ein paar Lebensmittel kaufen – zumindest was gerade verfügbar war.

Wir gingen zur HO. Der Laden war unten in der kleinen Hauptstraße. Die Bürgersteige waren schmal, und Mutti mußte den Wagen auf der Straße schieben. Nicht unbedingt ein Problem, da es in dieser Zeit kaum Autos gab.

Dieser HO-Laden war Teil der DDR-Ladenkette, und die Buchstaben waren die Abkürzung für Handelsorganisation. Diesmal bewachte ich die Schwestern, und Roland ging mit Mutti einkaufen.

Ich beobachtete die Kleinen und die Leute. Die Mädchen schliefen unter ihrer wollenen, rosafarbenen Decke. Genug, um sie warm zu halten. Sie schliefen wirklich: Karin lag etwas auf der Seite und hatte ihren Kopf an Brigittes Schulter geschmiegt. Brigitte lag auf dem Rücken und lutschte an ihrem linken Daumen. Ein wirklich friedliches und niedliches Bild. Hoffentlich kam nicht wieder einer dieser verrückten Frauen, um sie anzufassen. Bei mir hätten die keine Chance!

Roland und Mutti kamen aus dem Laden. Sie konnten nicht zu viel eingekauft haben, ich sah nur ein bisschen Gemüse und Zucker und das andere war wohl Mehl. Oh, vielleicht würde Mutti am Wochenende etwas backen.

Nun kam der anstrengende Teil: Wir mußten den Zwillingswagen den ganzen Weg nach Hause schieben. Eine Herausforderung, zwei Kilometer fast nur aufwärts!

Babies haben es gut!

35.

Ferienzeit! Hurra! Sechs lange Wochen Nichtstun – vielleicht. Wenigstens würden wir uns entspannen können und brauchten uns nicht zu sorgen, ob wir alle unsere Hausaufgaben für den nächsten Tag gemacht hatten!

Da wir mit den beiden Kleinen nicht zu weit fortgehen konnten, machten wir einige Spaziergänge – immer unter der Bedingung, daß es auf der Strecke nicht zu steil aufwärts ging. Roland und ich gingen mit Freunden in unser Schwimmbad. Es war etwas höher gelegen und befand sich am Ende der gegenüberliegenden Straße. Der Eintritt betrug nur zehn Pfenning, soweit ich mich erinnere. Es war an einem Hang gelegen und von Wiese umgeben. Man konnte sich dort auf seiner Decke hinlegen und die Sonne genießen. Das Becken hatte auf einer Seite eine lange Rutsche, vielleicht fünf Meter hoch; auf der anderen Seite war ein Sprungturm mit einem Ein-Meter-Brett und einem Drei-Meter-Brett. Letzteres war ein bißchen zu beängstigend für mich. Roland sprang ein paarmal hinunter.

Man hatte auch einen schönen Blick über die Stadt von hier. Wie viele andere Kinder hatten wir eine Menge Spaß, ins Becken zu rutschen und zu planschen. Besonders toll war es, ins Wasser zu tauchen – und mit ein paar großen Spritzern alle naß zu machen. Die meisten mochten das nicht, aber wir machten es trotzdem. Mit unseren Taucherbrillen konnten wir andere Leute unter Wasser beobachten oder Gegenstände vom Boden bergen, und die Mädchen fingen natürlich an zu schreien. Ich bemerkte, daß sie in vielerlei Hinsicht anders waren, nicht nur weil sie andere Badeanzüge trugen.

Wir verbrachten viele unterhaltsame Nachmittage dort.

36.

Das Beste an diesem Sommer war, daß Papa mir ein Fahrrad besorgte. Nun gut, es war ein altes Damenfahrrad, schwarz und mit 26-Zoll-Rädern. Es sah nicht gerade toll aus, und auch all meine Reinigungsversuche halfen da nicht zu viel. Trotzdem hatte ich nun ein Fahrrad, bei dem ich leicht auf- und absteigen konnte, da es nicht diese hohe Querstange hatte wie die Herrenfahrräder. Ich konnte unsere Straße rauf- und runterrasen und noch weiter. Mutti mochte es nicht, wenn wir uns zu weit vom Haus entfernten; sie mochte es, wenn wir rund um unser Zuhause blieben. Sie machte sich Sorgen um uns – und hatte allen Grund dafür. Es war ja nicht selten, daß wir mit irgendwelchen Verletzungen nach Hause kamen. Sie erinnerte sich wahrscheinlich zu oft an meinen größten Unfall, der im Winter vor drei Jahren passiert war.

Die Stadt arbeite damals am Possenweg, an dem Teil, der von der großen Kreuzung zum Wald führt. Dieser Teil war nicht asphaltiert oder gepflastert. Er wurde ein wenig verbreitert und mit Basaltsteinen gepflastert. Diese Steine sahen aus wie Würfel mit etwa fünfzehn Zentimetern Kantenlänge. Außerdem hatte man die Seiten mit ähnlichen Randsteinen besetzt. Es sah ganz gut aus, und wir begrüßten diese Bepflasterung, die uns vor allem dann helfen würde, wenn wir mit unseren Handwagen in den Wald zogen, um Holz zu holen. Natürlich war es auch für die wenigen Autos besser, die den Possenweg befuhren.

Einer der Vorteile für uns Kinder war, daß wir im Winter mit unseren Schlitten hinunterfahren konnten. Es war sicherlich steil genug, um eine ziemliche Geschwindigkeit zu erreichen. An dem etwas flacheren Teil nach der Kreuzung hielten wir an. Diese neue Bepflasterung erhöhte wirklich unsere Geschwindigkeit. Es waren etwa zwei- bis dreihundert Meter, je nachdem, wo man startete und anschob.

Ich saß vorne und Roland hinter mir und steuerte den Schlitten. Wir wollten die schnellsten sein, nichts wirklich Neues. Roland schob an, während ich bereits auf dem Schlitten saß, dann sprang er auf, und wir lehnten uns zurück, um Geschwindigkeit aufzunehmen. Wir überholten ein paar andere Schlitten und versuchten noch, einen auf der linken Seite der Straße zu passieren. Wir waren zu nah an den Bordsteinen! Mit der linken Kufe trafen wir auf die Ecke eines leicht versetzten Bordsteines. Unser Schlitten wurde um neunzig Grad gedreht und warf mich kopfüber in einen der übrig gebliebenen Steinhaufen. Unglücklicherweise hatte man diese nicht entfernt. Man kann sich vorstellen, daß das für Gesicht und Kopf sehr gefährlich war und in einem Desaster enden könnte!

Eine Ecke eines Basaltsteines bohrte sich in meine rechte Wange, direkt neben der Nase. Blut überall, ich sah wahrscheinlich aus wie halbtot. Einer der älteren Jungs aus der Nachbarschaft nahm mich gleich auf den Arm und trug mich nach Hause. Als Mutti die Tür öffnete, schrie sie laut auf. Die zerrissene Haut und das offene Fleisch bildeten eine klaffende Wunde. Mein Mantel war von Blut überströmt, und ich konnte nicht sprechen.

Papa war noch in seinem Büro im Polizeigebäude, als Mutti anrief. Ich mußte so schnell als möglich ins Krankenhaus. Und kein Auto war verfügbar! Wenigstens konnte Papa einen Lkw der Polizei organisieren, der mich dann zum Krankenhaus fuhr.

Es war bitterkalt auf dem Lkw. Aber welche Wahl hatten Mutti und Papa? Der Arzt legte mich bäuchlings auf eines dieser rollenden Betten. Sie fuhren mich in den Operationssaal und gaben mir eine örtliche Betäubung, dann schlossen sie die klaffende Wunde mit einer Metallklammer. Ich kann mich an all das erinnern, verblüffend! Sie wollten es nicht nähen. Was für eine Prozedur! Wenigstens wartete der Lkw die ganze Zeit. Wir brauchten zwei Stunden, bis wir wieder zu Hause waren.

Ich konnte wochenlang kaum sprechen oder essen. Trotzdem war ich natürlich hungrig und fragte Mutti nach einer Scheibe Wurst.

»Du kannst die doch gar nicht kauen, wie sollst du das essen?« Mutti fühlte wirklich mit mir. Ich liebe Würstchen und Wurst, muß ich hier mal zugeben: Ich kann mehrere Tage nur von Würstchen leben oder von Wurst ohne Brot. So unverständlich es vielleicht klingt, meine einfache Antwort war: »Dann schluck ich sie einfach so runter.« Meine Eltern mußten lachen.

Der Unfall hinterließ natürlich eine hübsche Narbe in meinem Gesicht und ist in meinem Reisepass als besonderes Merkmal erwähnt. Aber es hätte sehr viel schlimmer ausgehen können! Die Narbe hat mich nie in irgendeiner Weise behindert, obwohl ich anfangs dachte, daß jeder mich anstarren würde. Heute ist nicht mehr zu viel zu sehen davon, aber sie ist sicherlich noch erkennbar.

37.

Es war einer dieser typischen Sommer, und er endete auch typisch: mit dem Start der Schule. Roland war jetzt in der sechsten Klasse, ich in der dritten. Unsere Klassen zählten etwa jeweils dreißig Schüler, Jungen und Mädchen. Eines unserer Fächer war interessanterweise Nadelarbeit, bei der wir lernten, wie man einen Knopf annäht oder einen Topflappen häkelt. Es war sicherlich von Vorteil, wie ich später herausfand. Roland begann, Russisch zu lernen, in der DDR erzwungenermaßen die erste Fremdsprache. Man brauchte, wie bereits erwähnt, sehr gute Noten in Russisch, damit man später auch Englisch lernen durfte – zwei Jahre danach.

Es war an einem der ersten Tage in der Schule. Ich kam etwas früher nach Hause an diesem Tag und wartete zusammen mit Mutti auf Roland und Bärbel. Sie kamen immer zusammen nach Hause – und das war nicht nur, weil sie in einer Klasse waren. Bärbel hatte eines ihrer hübschen Sommerkleider an, sehr schön! Sie wurde eine kleine Dame, und ich glaube, daß Roland das auch bemerkte. Sie verabredeten sich, zusammen Hausaufgaben zu machen, und winkten einander zu, bevor sie in ihren Häusern verschwanden. Roland kam rein und setzte sich zu uns in die Küche. Mutti hatte eine leckere Kartoffelsuppe mit Gemüse gekocht.

Mutti war grundsätzlich daran interessiert, was in der Schule los war, was die Lehrer uns beibrachten und wie die Hausaufgaben aussahen. Nach seinen ersten Löffeln Suppe sagte Roland: »Mutti, ich glaube, ich darf nicht an eine Universität oder Hochschule gehen.«

Mutti legte ihren Löffel nieder und sah Roland mit ernstem Gesicht an. »Warum sollte das sein?« Sie war besorgt. Gab es wieder eine dieser politischen Regeln, oder war das vielleicht wegen Papa und ihr?

»Nun, wir sprachen über die Ausbildung in der Schule«, fuhr Roland fort. »Wir leben in einem Arbeiter- und Bauernstaat, hat der Lehrer gesagt.« Er machte eine Pause. »Frau Handke hat gesagt, daß nur Kinder von Arbeitern und Bauern eine weiterführende Ausbildung haben sollten und nicht die Kinder von Staatsbediensteten oder Regierungsangestellten. Wir sind eine zweite Klasse im Vergleich zu denen.«

Mutti versuchte vergeblich, ihren Unmut und ihren Zorn zu verbergen: »Das haben sie euch erzählt? Ist das wirklich wahr?« Sie starrte Roland an, der einfach nur nickte. »Bärbel darf auch nicht gehen«.

Mutti sah ihn entschlossen an. »Morgen machst du einen Termin mit deiner Lehrerin und sagst ihr, daß ich sie sehen will!«

Sie stand auf, verließ die Küche und setzte sich im Wohnzimmer in einen Sessel. Ihre Gedanken flogen nur so dahin: Ist das wirklich wahr, ist es das, was dieses System meinen Kindern antun will? Verhindern, daß sie eine bessere Zukunft haben? Sind die jetzt total verrückt? Ich werde sie damit konfrontieren, die sollen mir in die Augen sehen und das wiederholen! Morgen.

Papa war auch nicht begeistert von dem, was er da hörte an diesem Abend. Die werden meine Kinder ihr ganzes Leben diskriminieren, dachte er. Was können wir machen? Auf Konfrontationskurs gehen? Kaum möglich, ohne alles aufs Spiel zu setzen, jetzt, wo wir sowieso schon auf der schwarzen Liste stehen. Er versuchte, sich zu beruhigen: Vielleicht hatte Roland das nur falsch verstanden. Helga wird das morgen klären.

Meine Eltern fanden keinen Schlaf in dieser Nacht. Irgendetwas lief hier nicht richtig.

Am nächsten Morgen ging Mutti in die Schule. Sie wußte, daß sie vielleicht warten müßte, bis die Lehrerin oder der Direktor Zeit für sie hatte. Mutti hatte alles durchdacht, alle möglichen Argumente, Fragen und Antworten.

9.45 Uhr, Ende der zweiten Stunde, die große Pause würde gleich beginnen. Mutti saß auf einer Bank vor dem Lehrerzimmer und wartete ungeduldig auf das Leuten zur Pause.

Die Klassenzimmer öffneten sich, und alle Schüler rannten raus auf den Schulhof, um ihre Milch zu trinken und das Butterbrot zu essen. Eine Minute später kam Frau Handke aus der Tür und begrüßte Mutti. Diese konnte es kaum erwarten, ihr die Leviten zu lesen, hielt sich aber zunächst zurück.

»Ich habe gehört, daß Sie meinem Sohn gestern erzählt haben, daß er nicht an eine Universität oder technische Hochschule gehen könne. Stimmt das?«

Frau Handke schwieg einen Moment, bevor sie antwortete: »Sie wissen, daß es in unserem Staat sehr auf die gute Arbeit unserer Bauern in den LPGs und unserer Arbeiter in den vielen Firmen ankommt, die brauchen die Ausbildung am meisten. Die anderen müssen eben beiseite treten.«

Es war also kein Mißverständnis oder falsche Interpretation!

»Wie kann es sein, daß Sie das für uns entscheiden, und wie können Sie das meinen Kindern antun? Sie verdienen eine bessere Zukunft und gehen nach der Schulausbildung an eine Universität!«

Frau Handke blieb ruhig. »So funktioniert unser Staat, dies sind die festgeschriebenen Regeln unserer Gesellschaft und unseres demokratischen

Sozialismus. Sie und Ihr Mann kennen diese Regeln ganz genau und werden das verstehen. Wir müssen uns alle danach richten.«

Mutti sprang auf und während sie die Lehrerin passierte, sagte sie nur: »Ich glaube nicht, daß ich das tun werde, guten Tag, Frau Handke!«

Auf dem Flur versuchte sie, sich zu beruhigen. Sie wollte laut schreien, aber hielt sich Gottseidank zurück und hastete nach Hause.

Muttis Gedanken gingen mit ihr durch. Besondere Ereignisse gingen ihr durch den Kopf und viele der unangenehmen Momente der letzten Jahre: die Sache mit Papa, der SED, der Polizei, die Lebensbedingungen und jetzt die Schule. Sie sprach zu sich selbst: »Wir können so nicht weitermachen! Ich habe genug davon. Meine Familie hat etwas Besseres verdient, und da muß es irgendwo einen Ausweg geben!«

Und Papa war ihrer Meinung.

38.

Im Oktober hatten wir Kartoffelferien. Es war die Zeit, in der die Kartoffeln geerntet wurden, und wir hatten eine Woche schulfrei.

Wir gingen die Straße hinunter zu »unserem« Feld und sammelten eine ganze Menge Kartoffeln auf. Alles in allem brachten wir ein paar Säcke nach Hause. Während wir im Dreck wühlten, um hoffentlich ein paar schöne große Exemplare zu finden, hatte Tante Rosa die Babyaufsicht zu Hause. Sie mochte das gerne, und es gab Mutti ab und zu eine wohlverdiente Pause von den Zwillingen.

An den Abenden gab es dann gekochte Kartoffeln mit Butter und Quark; wir mochten das sehr gerne.

»Ich werde morgen meiner Mutti schreiben«, begann Mutti die Unterhaltung. Die Babies schliefen schon in ihrem Bettchen, das in unserem Zimmer stand.

»Gibt's irgendwas Besonderes?«, wollte Papa wissen.

»Nicht wirklich, aber ich brauche ein paar Informationen. Ich würde auch gerne wissen, wie es meiner Schwester in Österreich geht.«

Papa sah Mutti fragend an. »Ich dachte, sie war gerade in Mönchengladbach?«

»Das war vor sechs Monaten, und ich habe nichts seitdem gehört.« Mutti seufzte.

Ihre Schwester Margit war in Österreich verheiratet. Sie lebte in einer wunderschönen Gegend in Saalfelden. Wir hatten Bilder gesehen von wunderschönen Bergen, die die Stadt umgaben. Margits Mann war Zahnarzt. Manchmal fuhren sie die ganze lange Strecke nach Norden, um meine Großeltern zu besuchen – mit ihrem VW Käfer. Tausend Kilometer, eine lange Fahrt. Mutti hatte ihre Schwester seit dem Ende des Zweiten Weltkrieges nicht mehr gesehen, als sie und ihre Eltern nach Westdeutschland flohen. Es wäre toll, sie zu sehen, dachte sich Mutti.

»Ich würde sie gerne wiedersehen, ich vermisse sie.«

Ich fühlte mich immer sehr unwohl, wenn Mutti ärgerlich war oder sich Sorgen machte. Sie war dann einfach nicht sie selbst. Sie erschien mir abwesend in letzter Zeit. Sie war irgendwie nervös und schien voller Sorgen zu sein. Und trotzdem war sie stark: Sie konnte mit einer Menge Stress umgehen, wann immer es nötig war, und Tag und Nacht arbeiten, wenn erforderlich. Sie war ehrlich und verläßlich, eine Mutter, wie sie sich jeder wünscht! Andererseits möchte man sie nicht zum Feind haben, das ist sicher. Nicht nur ihr Sternzeichen ist Löwe, sie kann wie einer kämpfen.

Es wurde ein langer Brief an ihre Eltern, mehrere Seiten. Neben den Grüßen und dem allgemeinen Klatsch gab es eigentlich nicht viel zu schreiben. Mutti würde auch nicht irgendeine Geschichte erfinden. Glücklicherweise – oder vielleicht unglücklicherweise war das ja auch nicht notwendig angesichts unserer jüngsten Erfahrungen. Es brauchte schon eine Weile, bis die Seiten voll waren. Man mußte auch vorsichtig sein mit dem, was man schrieb, denn die Stasi öffnete die Briefe aus und nach dem Westen.

Mutti wußte, was sie machte, ich hatte da keinen Zweifel. Drei Wochen später bekam sie Antwort von Oma. Mutti las uns normalerweise den ganzen Brief laut vor, dieses Mal tat sie es nur teilweise. Sie hat wahrscheinlich ihre Gründe, dachte ich mir.

39.

Unser Freundes- und Verwandtenkreis mußte sich irgendwie erweitert haben: Mindestens einmal im Monat gingen wir zur Post und schickten Päckchen von ungefähr einem Kilo Gewicht zu allen möglichen Leuten im Westen. Leute, die ich definitiv nicht kannte, die aber Freunde und Bekannte meiner Großeltern waren. Es sah so aus, als ob Mutti und Papa ein paar

Dinge verschenkten, Dinge, die sie nicht mehr mochten oder brauchten. Solange es nicht meine Spielzeuge waren, war es in Ordnung.

Wir hatten eine große Wohnung, und wir würden sicherlich nicht in eine andere umziehen. Vielleicht war Mutti gerade in Stimmung, Schränke auszumisten.

Unser Familienleben erschien mir ziemlich normal – aber was war eigentlich normal für uns? Schule, Hausaufgaben, Papas tägliche Arbeit in der Elektrofirma, Muttis Hausarbeit und ihre Sorgen um Karin und Brigitte. Die waren richtig gewachsen, und Karin lief inzwischen, wenn man sie mit einer oder zwei Händen hielt. Brigitte war schwerer, und sie brauchte ein paar Wochen länger für ihre ersten Schritte. Wenigstens hatten wir jetzt mehr Spaß, mit ihnen zu spielen. Sie wogen immer noch nicht sehr viel, sodaß wir sie noch herumtragen konnten. Sie waren nun vierzehn Monate alt.

Mutti strickte viel; Hüte für jeden und wollene Jacken und Pullover. Sogar Socken. Sie hatte dafür eine Begabung.

Der Januar wurde kälter, als wir erwartet hatten, aber wir hatten genug Briketts im Keller. Spätestens im Oktober eines jeden Jahres kam ein großer Lkw und schüttete tonnenweise Briketts auf die Straße und den Gehweg vor dem Haus. Ein großer Haufen Kohle. Wir mußten diese dann in den Keller tragen und dort aufstapeln. In drei Reihen bis zur Decke. Trotzdem wir das alle machten, dauerte es immer einen halben Tag. Und das Reinigen des Gehweges war wirklich auch kein Vergnügen! Da hofften wir immer sehr auf Regen.

Während dieses Januars waren wir froh, daß wir genug von dem schwarzen Gold hatten! Es war bitterkalt, manchmal minus zwanzig Grad oder sogar darunter. Zur Schule zu gehen oder zu arbeiten machte wirklich keinen Spaß. Muttis Pullover und Handschuhe und Schals hielten uns warm. Manchmal waren auch die Züge verspätet, und Papa kam nicht rechtzeitig zur Arbeit. Papa hatte ein gutes Verhältnis mit seinem Chef, Herrn Schirmer. Niemand würde ihm das vorhalten. Er mochte seine Arbeit – und vermisste die stressige Polizeiarbeit keineswegs.

In den letzten Herbsttagen kochte Mutti immer sehr viel Obst ein. Pfirsiche, Kirschen und Pflaumen. Das war wochenlange Arbeit – und wir konnten uns den ganzen Winter daran freuen. Da waren bestimmt mehr als hundert Gläser im Keller, und der war kühl genug, um als Kühlschrank zu fungieren.

Die Firma in Göllingen hatte eine Geschäftsbeziehung mit einem westdeutschen Hersteller von Elektromotoren in Rheydt, die direkte Nachbarschaftsstadt von Mönchengladbach, wo meine Großeltern lebten. Was für ein Zufall! Nicht daß das damals irgendeinen Vorteil oder die Notwendigkeit einer Reise brachte. Kundenbesuche sind sehr wichtig, das habe ich in meinem späteren Leben gelernt. Die Firma hieß Schorch-Werke Rheydt und war ein guter Kunde der Göllinger Firma. Es war nicht selten, daß westdeutsche Firmen Waren und Produkte von ihren östlichen Brüdern und Schwestern kauften. Die DDR–Wirtschaft war die führende im Ostblock, kein Zweifel, und die Produkte hatten wirklich gute Qualität.

Der Februar wurde besser, wenigstens, was die Außentemperaturen betraf. Faschingszeit. Diese Tradition war auch in der DDR bekannt als Fasching, genau wie in Bayern oder Österreich – und Mutti mußte uns wie jedes Jahr verkleiden. Roland war einmal ein Doktor mit einem Stethoskop – und ich war eine Schwester! Kaum zu glauben. Ich kam mir ganz schön komisch vor, nichtsdestotrotz gewannen wir einen Preis bei einem Schulwettbewerb. Mutti war stolz auf uns, und manchmal gingen wir so verkleidet durch die ganze Stadt, um Onkel Bohne und Tante Gerda zu besuchen. Wir haben noch Bilder aus diesen Tagen.

Mutti und Papa diskutierten viel, gewöhnlich, wenn wir schon im Bett waren. Sie sprachen nicht sehr laut, trotzdem hörten wir ein paar Worte durch die Schiebetür. Es sah so aus, also ob Mutti immer unglücklicher wurde mit unserer Situation. Der Gedanke, den Westen zu besuchen, wurde stärker und stärker. Ihre Eltern und ihre Schwester wiederzusehen war ihr sehnlichster Wunsch. Sie versuchte, Papa davon zu überzeugen, doch er war sich da nicht so sicher. Er wusste, wie gefährlich das sein konnte. Zu viel war passiert, und ihnen beiden war bewusst, daß sie beobachtet wurden – von der Polizei und der Stasi. Wieder und wieder sprachen sie über das Für und Wider einer solchen Reise.

Bei Diskussionen mit einem so ernsten Hintergrund kann es Wochen oder Monate dauern, bis eine Entscheidung getroffen wird. Ich muß davon ausgehen, daß Mutti Papa überzeugte, ein Visum für eine Reise nach Mönchengladbach zu beantragen. Papa war sowieso der Meinung, daß Mutti das Visum niemals bekommen würde. Er kannte das System, wusste, wie Entscheidungen gefällt wurden, und ging davon aus, daß niemand diese Erlaubnis geben würde. Die Behörden wussten einfach alles über die Bürger, erahnten ihre Vorhaben und Beziehungen.

Unsere Schwestern waren immer noch viel zu klein, um allein zu Hause zurückzubleiben, das war keine Option, und Mutti würde das sowieso nicht tun. Sie wollte sie mitnehmen auf die Reise. Ihr war auch klar, daß sie uns zwei brauchte, ihre zwei Jungen, damit wir während der Reise halfen. Das war laut Papa gänzlich unmöglich, nicht zu erreichen.

»Es gibt nicht einen Beamten in der ganzen Republik, der ein Visum unterschreibt für eine Mutter mit vier Kindern, also den Großteil der Familie«, sagte er. »Niemand wird dir das Visum ausschreiben, höchstens für dich allein.«

Während dieser frühen Tage im Jahr 1961 hatten schon zu viele Einwohner genug vom realen Sozialismus, von der unzureichenden Versorgung, dem politischen Druck und dem Gefühl, wie im Gefängnis zu sitzen. Einige von ihnen – und natürlich hörte man so etwas nur hinter verschlossenen Nachbarstüren – hatten die Courage und flüchteten in den Westen. Das war viel zu gefährlich und stand für uns nie zur Debatte. Die Überwachung der Stasi war so gut, daß sie auch nur dem kleinsten Verdacht nachgingen, wenn jemand aus der DDR flüchten wollte.

Flucht war der letzte Ausweg für viele, aber wenige versuchten es. Berlin war eine geteilte Stadt: Der Osten war unter sowjetischer Verwaltung, der Westen unter der der Alliierten des Zweiten Weltkrieges, USA, Großbritannien und Frankreich. Westberlin war eine Insel, umgeben von dem Staatsgebiet der DDR. Wer nach Westberlin wollte, mußte entweder mit einer Fluggesellschaft der Alliierten fliegen oder die eher schmerzliche Route über die Transitwege mit einem zeitlich begrenzten Visum nehmen. Diese Wege wurden streng bewacht und von der Volkspolizei kontrolliert. Die Vopos würden bei Vergehen nicht nur hohe Strafen aussprechen, sondern auch Untersuchungshaft anordnen; das konnte Tage dauern.

Das Verlassen der DDR hieß auch, all sein Hab und Gut zurückzulassen und in Westdeutschland ein ganz neues Leben, ganz von vorn zu beginnen. Wer hatte die Courage, das zu tun? Ein neues Leben, das eigentlich niemand kannte? Ohne Geld und Arbeit. Ein Leben auf Kosten anderer Leute.

Ich denke, daß es letztendlich auf den Druck ankommt, unter dem man lebt: Ab einem bestimmten Niveau ist es einem egal, und man sieht nur noch den Ausweg, irgendetwas zu ändern.

In diesen Monaten flohen auch Leute aus Sondershausen: zuerst Ärzte und andere Akademiker, dann Menschen, die man vielleicht aus einem Laden, einem Restaurant oder einem Geschäft kannte. Menschen, die an Flucht dachten und doch zurückblieben, mußten sich verloren vorgekommen sein und ärgerten sich vielleicht über sich selbst, nicht die nötige Courage zu haben.

Mutti und Papa hörten immer Westradio; das war die einzige Möglichkeit, wahre Informationen über die Hergänge im eigenen Land zu bekommen. Ich glaube nicht, daß ich damals sehr aufmerksam war, aber ich hörte immer wieder so etwas wie: »Irgendwas ist los« oder: »Ich weiß nicht, was denkst du?« oder: »Die werden irgendwas machen«. Ich war ja noch ein Kind und nicht sicher, was das alles bedeuten könnte. Ein paar Politiker sprachen. Nun, wir wissen ja alle, wie viel Wahrheit darin liegt!

An einen Abend erinnere ich mich. Roland und ich lagen im Bett. Im Bett zu liegen, ohne müde zu sein, ist für mich furchtbar, heute noch. Denken und denken und nochmals nachdenken, über alles. Auf alles hören, was da Geräusche macht, trotzdem versuchen, die Welt für ein paar Stunden außen vor zu lassen. Also sprachen wir ein wenig miteinander.

»Möchtest du zu Oma und Opa reisen?«, fragte Roland.

»Ich weiß nicht, aber es könnte ganz interessant sein«, antwortete ich.

»Sie sagen, daß es viele Spielzeugläden und große Geschäfte gibt, in denen man Bananen und Orangen kaufen kann, jeden Tag.«

»Glaubst du das?«, fragte ich.

Das war das, was Leute erzählt hatten, die ein oder zwei Mal dort gewesen waren. Roland war da auch nicht sicher.

»Wir werden sehen.«

»Werden wir fahren? Haben Mutti und Papa was gesagt?«

»Ich bin nicht sicher. Gestern habe ich Mutti sagen gehört, daß sie es versuchen will, ein Visum zu bekommen«, meinte Roland. »Vielleicht geht Mutti am Donnerstag zur Polizei. Herr Dörre, der Papa geholfen hat, die neue Arbeitsstelle zu bekommen, bearbeitet die Anträge für die Visa für Westdeutschland.«

Das war alles neu für mich. Roland wußte offensichtlich mehr darüber als ich. Nun ja, wenigstens hat er mir davon erzählt. Eine Reise zu Oma und Opa, ein paar Tage in einer ganz neuen Welt. Was für eine Aussicht! Aber man mußte Papa einfach glauben, er wußte ja genau, daß wir keine Chance hatten, ein Visum zu bekommen.

Am nächsten Tag gingen wir wieder zum Postamt und sendeten zwei weitere Pakete zu Verwandten in Westdeutschland.

40.

Es schien so, als ob Roland Recht behalten sollte.

Es war Donnerstagmorgen. Der Himmel war mit grauen Wolken bedeckt.

Mutti zog ihr bestes Kleid an, dazu Stiefel mit hohen Absätzen und den Wintermantel mit dem Pelzkragen. Und einen Hut. Mutti sah immer gut aus mit Hut. Um ehrlich zu sein, ich glaube, die meisten Frauen sehen besser mit Hut aus.

Mutti war nervös. Heute war der Tag, an dem sie ihr Glück versuchen und bei der Polizei das Visum beantragen wollte. Wie würde es ausgehen? Hatten wir wenigstens eine kleine Chance, es zu bekommen?

Mutti kannte natürlich die Beamten, aber das würde nicht helfen, das hatte ihr Papa von vornherein gesagt.

»Ich denke nicht, daß du es für dich und alle Kinder bekommen wirst. Vermutlich mußt du deine Eltern und deine Schwester alleine besuchen. Ich würde mich für dich freuen und auf die Kinder aufpassen. Du brauchst dir darüber keine Sorgen zu machen.«

Mutti küßte ihn, und Papa hielt sie eng umschlungen. Mutti war zuversichtlicher, was das Visum betraf. Sicherlich war das die richtige Einstellung. Ich habe nichts zu verlieren, dachte sie, aber viel zu gewinnen.

Sie ging die Straße hinunter und sah sich um. Sondershausen war wirklich gemütlich und klein, und sie mochte es, obwohl es nicht ihre Heimatstadt war. Alles, was sie in den letzten Jahren hier erlebt hatte, war in Ordnung gewesen, wenn man von den politischen Dingen absah. Sie hatte vier Kinder, und Papa hatte immer gute Arbeit gehabt, erst bei der Polizei und jetzt bei der Industriefirma. Nicht alles war schlecht – oder nichts war perfekt, wenn man so will. Vielleicht ist ja auch nicht alles schlecht hier, dachte sie.

Aber – wir haben keine Zukunft hier! Nicht wir und nicht unsere Kinder. Oder bin ich unrealistisch? Egal – sie hatte eine Mission zu erfüllen und mußte sich darauf konzentrieren.

Sie bemerkte, daß das Klicken ihrer Absätze auf dem Pflaster ein paar Männern den Hals verdrehte. Mutti war groß gewachsen und sah gut aus, und ich denke, daß das bemerkt wurde.

Sie kreuzte die Wilhelm-Pieck-Allee, eine große lange Straße, die für Paraden am 1. Mai genutzt wurde. Noch zwei Ecken und sie würde die Straße erreichen, in der das große, gelbe Polizeigebäude stand. Sie kannte den Weg, den sie so oft zu Papas Büro gelaufen war.

Ich erinnere mich an einen Besuch bei Papa und den langen Gang im oberen Stockwerk, der zu seinem Büro führte. Wir wollten warten, bis er seine Arbeit beendet hatte, und würden dann mit ihm nach Hause gehen. Es hätte mein letzter Tag auf dieser Welt sein können! Ich kaute ein Bonbon und plötzlich ging alles schief. Ich verschluckte es, und es blieb mir in der Luftröhre stecken. Ich war total blockiert und bekam keine Luft. Papa und Mutti versuchten, mir auf den Rücken zu schlagen, aber es half nichts. Glauben Sie mir: Sie hielten mich mit dem Kopf nach unten an meinen Füßen und schlugen mir gleichzeitig zwischen die Schultern. Ich wurde bereits blau.

Endlich spuckte ich das Bonbon aus und fing an, wieder normal zu atmen. Das war knapp!

Gab es irgendeinen Weg, die Entscheidung zu beeinflussen? Nein, dachte Mutti, die gibt es nicht. Diese Polizisten waren geschult bis in die Haarspitzen und würden sich nicht durch den Charme einer Frau manipulieren lassen. Das gibt es nur im Film, dachte Mutti. Ob Herr Dörre heute Dienst hat? Aber ob das ein Vorteil wäre, war auch dahingestellt. Ein unerfahrener Bursche könnte eine bessere Chance bieten. Keine Ahnung.

Wie würden sie auf ihren Antrag reagieren? Was sollte sie sagen? Wie sollte sie rechtfertigen, daß sie alle vier Kinder mitnehmen wollte?

Sie stand vor der großen Eingangstreppe. Jeder Schritt schien schwieriger zu sein als jemals zuvor. Sie öffnete den rechten Flügel der Tür, da bemerkte sie, daß jemand hinter ihr versuchte, beim Öffnen zu helfen. Sie drehte sich um und sah Herrn Volkmann, Papas früheren Chauffeur.

»Hallo Helga, wie geht es dir? Wie geht's den Zwillingen?«

Mutti brauchte eine Sekunde, ihren Atem zu beruhigen. »Sehr gut, danke. Mir geht es gut und den Zwillingen auch. Sie wachsen und gehen jetzt schon ein bißchen.«

»Kann ich dir irgendwie helfen?«, fragte Herr Volkmann.

»Nein, ich möchte nur meine Familie besuchen und dafür ein Visum beantragen.« Sie hielt inne. War das gut, ihm das zu erzählen? Er kannte wahrscheinlich ihre Kontakte und verwandtschaftlichen Beziehungen zum Westen. Vielleicht war es gut, vielleicht nicht.

»Ich glaube, daß Herr Dörre heute Dienst hat. Bin nicht sicher, du wirst ja sehen. Bitte grüß Ferdi, wie geht's ihm?«

»Es geht ihm gut, danke. Es ist eine ganz andere Welt für ihn, aber es macht ihm Spaß. Ich werde es ihm sagen, noch einen schönen Tag!«

Mutti ging weiter und schaute auf die Tafel neben dem Eingang, wo alle Büros und die Zimmernummern aufgelistet waren. Es schien ewig her zu sein, daß sie hier war. Über ein Jahr, vielleicht achtzehn Monate oder sogar länger.

Zweiter Stock, Zimmer 217. Sie ging rasch zur Treppe.

»Hallo Helga!« Die Stimme kam von der rechten Gangseite. Als sie den Kopf drehte, sah sie Vera. Nicht jetzt, dachte sie. Ich muß mich konzentrieren auf meine Mission. Vera kam schnell auf sie zu und ergriff ihre Hand.

»Du siehst gut aus!«

»Danke, Vera. Ich fühle mich auch gut, und um deine zweite Frage zu beantworten: Ferdi geht es auch gut und den Zwillingen auch.«

Sie hoffte, daß sie die Unterredung schnell beenden könnte, indem sie die vermutlich nächste Frage gleich beantwortete.

»Ich hoffe, wir sehen uns bald. Bestell Grüße an Ferdi.«

Es funktionierte!

Mutti schaute auf die Schilder. Zur Linken war Zimmer 217. Durch die Glastür und ein paar Schritte durch den Korridor. Jetzt oder nie. So, Helga, dachte sie, atme tief durch und klopfe.

Sie tat es und eine bekannte Stimme rief: »Eintreten!«

Mutti öffnete die Tür und sah gerade in das Gesicht von Herrn Dörre.

»Frau Mann, was machen Sie denn hier? Sehr schön, Sie zu sehen. Sie sehen gut aus!«

»Danke, Herr Dörre!«

»Bitte nehmen Sie Platz, Helga. Ich darf Sie doch beim Vornamen anreden?«

»Natürlich, wir kennen uns ja schon so lange.«

Es machte Mutti nichts aus. Wenn er mir mein Visum gibt, dachte sie, kann er mich nennen, wie er will!

»Wie geht es Ferdi und den beiden Mädchen?«

»Oh, denen geht es gut, fangen gerade an zu gehen. Ferdi mag seine neue Arbeit. Sie ist natürlich ganz anders, verglichen mit der Polizeiarbeit, wie Sie sich bestimmt vorstellen können. Ferdi genießt es, jeden Tag und nachts zu Hause zu sein.«

»Das glaube ich. Ihr verdient sicherlich ein bißchen mehr Familienleben. Vier Kinder, das ist wahrscheinlich nicht immer einfach. Eine ganze Menge Arbeit für Sie, Helga.«

Während er sprach, arbeite Muttis Hirn fieberhaft. Ich muß jetzt zum Visum überleiten. Wie soll ich das erklären? Am besten, ich informiere ihn über meine Schwester in Österreich und führe ihn dann langsam zu dem geplanten Besuch bei meinen Eltern. Muttis Gedanken konzentrierten sich auf die Familie. Ich brauche dieses Visum, ich will es haben! Ich will zu meinen Eltern – mit den Kindern. Nur für ein paar Tage, bitte. Das können sie mir nicht abschlagen. Sie versuchte, sich von einem positiven Ausgang zu überzeugen.

Karl Dörre riß sie aus ihren Gedanken. »Was kann ich für Sie tun, Helga?«

»Wissen Sie, daß meine Eltern im Westen leben und meine Schwester in Österreich ist?«

»Ja, hab ich gehört. Sie haben Sie schon zweimal hier besucht, oder?«

»Ja, einmal vor zwei Jahren und dann noch einmal, nachdem die Zwillinge geboren waren. Großeltern wollen ihre Enkel sehen, vor allem bei den Zwillingen war das so, sie konnten es nicht erwarten. Aber meine Schwester und ihr Mann hatten nie die Gelegenheit, ich habe sie über sechzehn Jahre nicht gesehen. Für mich ist das furchtbar. Es wäre wunderbar, sie alle zu sehen.«

Mal sehen, ob das irgendeinen Eindruck hinterläßt, dachte Mutti.

»Wäre es nicht fast unmöglich, die Jungen und die Zwillinge hier zu lassen? Selbst für eine Woche oder so?«

Eine klare Antwort, aber genau das werde ich nicht machen! Ich werde sie mitnehmen!

»Sie haben recht, das kann ich nicht machen. Aber ich kann sie mitnehmen. Und um ehrlich zu sein: Die Jungs müßten beim Tragen der Sachen und des Zwillingswagens helfen.«

Jetzt ist es raus! Wie würde die Reaktion sein? Sie versuchte, seinen Gesichtsausdruck zu deuten. Er war offensichtlich nicht begeistert.

»Ich bin nicht sicher, ob Sie das machen können, Helga. Sie lassen nur Ihren Mann zu Hause. Das wird man nicht genehmigen. Das wissen Sie. Ich muß Ihnen ja nicht erklären, wie das System funktioniert.«

Papa hatte recht behalten! Sie würden das herausstellen. Der Staat hatte Angst davor, daß seine Einwohner in den Westen gingen und nicht zurückkehrten. Aber das war nicht, was Mutti wollte – oder?

»Sie wissen, daß ich nur meine Eltern besuchen und meine Schwester sehen will, die zur gleichen Zeit aus Österreich kommt. Es wäre zu schön. Ich brauche ungefähr eine gute Woche hin und zurück, das ist alles.«

»Ich sehe da keine Möglichkeit, Helga. Aber lassen Sie mich erst einmal ein paar Formulare ausfüllen.«

Herr Dörre stand auf und öffnete eine Schublade des Aktenschrankes. Eines dieser alten Stücke mit Schubladen unten und zwei Türen oben. Er nahm drei Papier aus der zweiten Schublade und kehrte zu seinem Schreibtisch zurück.

»Ich kann die Papiere ausfüllen, Sie müssen mir nur die Namen und Adressen sagen. Obwohl ich nicht glaube, daß das genehmigt wird, müssen Sie mir wenigstens sagen, wann Sie in den Westen reisen wollen.«

Mutti starrte auf die Papiere. Keine Chance, sagte er. Aber es mußte einen Weg geben! Sie öffnete ihre Handtasche und gab ihm einen Zettel.

»Hier haben Sie alle Namen und Adressen. Ich erwarte, daß unser Familientreffen im Mai in Mönchengladbach stattfinden kann. Ich kann noch nicht genau sagen, wann meine Schwester aus Österreich kommen kann, aber sie kann ihre Reise entsprechend planen.«

Herr Dörre sah Mutti direkt in die Augen. Er schien sie nicht prüfend anzuschauen – oder doch? Sie versuchte, so gelassen wie möglich zu erscheinen und den Anschein zu erwecken, daß sie eine solche Anfrage für nichts Ungewöhnliches hielt. Obwohl sie es war. Papa hatte erwähnt, daß Dörre womöglich nicht die Autorität besaß, ein solches Visum zu genehmigen. Vielleicht stimmte das doch nicht? Sollten andere in die Entscheidung einbezogen werden, würde sich ihre Chance sicherlich weiter verkleinern.

»Das Einzige, was Sie noch machen müssen, ist hier zu unterschreiben, Den Rest mache ich.« Karl Dörre zeigte mit dem Finger an den unteren Rand des ersten Blattes. »Ich glaube nicht, daß es genehmigt wird, aber wir können es ja versuchen.«

Mutti unterschrieb auf dem Blatt. »Wann werde ich wissen, ob es genehmigt wird? Wie wird das jetzt bearbeitet?« Sie versuchte, ruhig zu wirken, aber ihr Gedanken fingen an zu wirbeln, und ihr Herz schlug wild.

»Ich muß mal sehen. Ich muß das noch einem anderen Kollegen zeigen, aber das sollte nicht zu lange dauern. Nur eine zusätzliche Unterschrift. Ich werde sehen, was ich tun kann. Ich kann nur für Sie hoffen, daß es durchgeht. In etwa fünf Tagen werden Sie von uns hören. Wir haben ja Ihre Telefonnummer. Ist das so in Ordnung?«

»Sicherlich«, antwortete Mutti.

Kein weiteres Zeichen, das auf die mögliche Entscheidung hinwies, kein weiteres Wort. Mutti bemerkte jetzt eine gewisse Spannung aufkommen und entschied sich aufzustehen.

»Vielen Dank. Ich bin Ihnen sehr dankbar, daß Sie das für mich machen. Ich weiß, Sie werden Ihr Bestes versuchen.«

Hätte sie das wirklich so sagen sollen? Sie hatte plötzlich Zweifel. Es gab nichts mehr zu tun. Sie hatte alles versucht, und nun konnte sie nur noch hoffen und beten.

Herr Dörre öffnete ihr die Tür und bestellte Grüße für Papa und für uns. Mutti fühlte sich ausgelaugt. Das war einfach nur Stress, dachte sie. Was auch immer man von sich gab, konnte falsch sein. Zweifel und Sorgen befielen sie, während sie die Stufen hinabging. Sie werden sicherlich die Stasi informieren, sie werden uns beobachten. Wir müssen vorsichtig sein.

Sie verließ das Polizeigebäude und bemerkte eine Weile gar nicht, daß es begonnen hatte zu regnen. Sie zog den Gürtel enger um die Hüften und schlug ihren Kragen hoch. Dann zog sie ihren Hut etwas weiter in die Stirn.

Ich brauche eine heiße Tasse Kaffee, wenn ich zu Hause bin!

41.

Das Wochenende war kalt und grau. Es hatte nicht aufgehört zu schneien, und der Boden lag unter einer fünfundzwanzig Zentimeter dicken Schneedecke.
Wir blieben zu Hause und spielten oder lasen. Ski- und Schlittenfahren war nicht möglich, der Schnee war schon zu naß.
Mutti war in sich gekehrt. Sie hatte mit Papa über ihren Besuch bei der Polizei und der Unterredung mit Herrn Dörre gesprochen. Roland und ich wußten, daß es vollkommen in der Luft hing, ob wir denn nun fahren würden, und daß die Entscheidung darüber ein paar Tage dauern würde. Papa seinerseits fühlte sich bestätigt in seiner Meinung, obwohl er das natürlich gerne anders gesehen hätte. Spätestens Dienstag oder Mittwoch würden sie es wissen. Es gab immer noch ein Chance, wenn auch eine sehr kleine.
Ein deutsches Sprichwort sagt ja: Die Hoffnung stirbt zuletzt.

Karin und Brigitte fingen langsam, aber sicher an, eigenständig zu laufen. Sie hangelten sich von einem Bein des großen runden Tisches im Wohnzimmer zum nächsten und umrundeten ihn. Es ging nicht immer gut und dann fielen sie auf ihren Po. Brigitte war da etwas ängstlich. Karin war mutiger und würde selbst wieder aufstehen. Und manchmal fingen sie natürlich an zu weinen, wenn sie sich ein bißchen weh getan hatten. Die typische Lernkurve für Babies in diesem Alter. Es machte Spaß, sie zu beobachten.
Mutti beschäftigte sich damit, ihre Schubläden und Schränke nach Utensilien zu durchsuchen, alle möglichen Bilder, Alben und Sammelstücke, die sie von zu Hause durch die Wirrungen des Krieges gerettet hatte. Roland und ich waren nicht gerade brennend daran interessiert, Bilder aus Muttis und Papas Jugend und Heimatort oder von ihren Eltern und Freunden zu betrachten. Sicherlich waren das wichtige Erinnerungen für sie, genauso wie sie das jetzt für uns als Erwachsene sind. Dann schnürte sie ein weiteres Paket für ihre Eltern.
Papa saß über seinen Briefmarken. Alles mußte hiern in guter Ordnung sein, geprüft und in Katalogen gelistet. Ich glaube, es waren sechs volle Alben im Ganzen, ziemlich dicke. Die meisten beinhalteten deutsche Marken, eines enthielt solche aus Österreich. Die Briefmarken würden bei einem Händler ein ganz nettes Sümmchen einbringen, auch wenn Papa sie natürlich – wie jeder Sammler – nicht gerne verkaufen würde.
Aber sie könnten uns in schlechten Zeiten sehr wohl helfen.

42.

Montagnachmittag wurde das Wetter besser. Besser? Nun ja, es hörte auf zu schneien und manchmal kam die Wintersonne etwas raus. Da wir eine Veranda hatten, konnten wir »im Freien« spielen, ohne das warme Haus zu verlassen. Es ist wirklich erstaunlich, wie warm die Sonne im Februar schon sein kann. Der Schnee war binnen vier Stunden geschmolzen.

Mutti machte immer Hausputz, während wir unsere Hausaufgaben machten und die Schwestern ihren Nachmittagsschlaf hielten. Es schien so, also ob sie nach bestimmten Sachen suchte, als ob sie irgendetwas vermisste. Alles war bei ihr normalerweise sehr ordentlich – das habe ich von ihr gelernt. Nicht, daß ich perfekt organisiert wäre, aber doch ziemlich gut.

Wir waren fast fertig, als das Telefon klingelte. Einmal, zweimal, dann nahm Mutti den Hörer von der Gabel. Wir hörten auf zu arbeiten und spitzten die Ohren.

»Das wäre schön« und »Ich werde da sein« und »Danke« waren Muttis Antworten. Sie legte den Hörer auf. Wir starrten sie an. Sie sah nicht gerade ermutigt aus.

»Wer war das, Mutti?«, wollte Roland wissen.

»Das Polizeiamt. Ich muß da wieder hin am Mittwoch.«

»Wegen dem Visum?« Jetzt wollte ich es genau wissen.

»Ja.« Sie zeigte keine Regung, aus der man ersehen konnte, ob es gute oder schlechte Nachrichten waren. Wenigstens haben sie zurückgerufen, dachte ich mir.

»Fahren wir zu Oma und Opa?«

Diese Frage hinterließ keinen Ausdruck auf Muttis Gesicht. Sie sagte nichts und fing wieder an zu arbeiten. Das ist nicht unsere Mutti, dachte ich. Irgendetwas war nicht in Ordnung. Oder vielleicht wußte sie wirklich nicht mehr? Vielleicht ließ man sie im Ungewissen. Offensichtlich wollte die Polizei Mutti wiedersehen. Es gab viele Möglichkeiten.

Papa kam nach Hause und Mutti erzählte ihm gleich von dem Anruf.

»Sie haben keine Andeutung gemacht, wie sie sich entschieden haben?«, fragte er.

»Nein, haben sie nicht. Sie wollen mich noch einmal sehen. Sie haben noch Fragen.«

»Nun ja, das ist deren typisches Verhalten, wie du weißt«, antwortete Papa. »Sie wollen das nur in einer persönlichen Unterredung klären. Sie sind bestimmt sehr vorsichtig und wollen herausfinden, warum du wirklich reisen möchtest. Sie glauben niemandem.«

»Ich werde gehen und es herausfinden! Egal, was sie sagen, ich werde es durchfechten!« Papa schaute sie fast ungläubig an.

Er sollte Mutti doch kennen – oder?

43.

Mittwochnachmittag. Die Sonne schien. Es war so um die zehn Grad draußen, nicht zu schlecht für Februar. Wenigsten schien sich der Winter erst einmal verabschiedet zu haben; der Schnee auf den Straßen war verschwunden.

Es war nicht mein bester Tag in der Schule. Heute hatten wir »Staatsbürgerkunde«. Ein paar Sachen waren ja vielleicht interessant, aber meine Gedanken waren woanders: Mutti würde heute zur Polizei gehen. Sie würde gehen, bevor wir nach Hause kamen. Wie würde es sich entscheiden? Würden wir in den Westen fahren, dorthin, wo all die bösen Politiker wie Adenauer und Heuss regierten? Das machten uns die Lehrer glauben. Deutsche gab es nun mal böse und gute: Die guten lebten in der DDR und die schlechten in Westdeutschland. Die DDR, so die Lehrer, hatte nach dem Ende des Zweiten Weltkrieges allen politischen und ökonomischen Erfolg auf ihrer Seite – und die Sowjetunion als den großen beschützenden Bruder. Der Westen dagegen mußte unheimlich leiden, und die Leute waren arm und unglücklich. Fast alles davon haben wir als Kinder geglaubt.

Heute führten irgendwie noch mehr Stufen hinauf in das Polizeigebäude. Zumindest fühlte es sich so an. Mutti war nervös, sehr nervös. In ein paar Minuten würde sie wahrscheinlich die Entscheidung kennen. Was wird Herr Dörre ihr sagen?

Sie klopfte an die Tür.

»Bitte eintreten!«

Es war Dörres Stimme, Mutti erkannte sie gleich. Sie versuchte, sich davon zu überzeugen, daß alles gut ausgehen würde. Ich muß optimistisch wirken, dachte sie, es macht einen guten Eindruck. Sie öffnete die Tür. Herr Dörre stand sofort auf und begrüßte sie, während er die Tür hinter ihr schloß.

»Helga, wie geht es Ihnen? Wie geht es der Familie?«
»Sehr gut, danke.«
»Bitte nehmen Sie Platz.« Er machte eine Pause. Mutti versuchte zu lächeln. Sie sah ein paar Papiere auf dem Schreibtisch, konnte aber nicht wirklich sehen, ob es ihr Visumsantrag war. Für eine Weile sah er sie nicht an, fast so, als ob er sich auf seine nächste Aussage konzentrieren mußte. War das gut oder schlecht?
»Wir haben Ihren Antrag ein paarmal diskutiert. Es ist ungewöhnlich, und wir verstehen nicht, warum Sie mit allen vier Kindern verreisen möchten. Ferdi bleibt zu Hause, richtig?«
»Ja, natürlich. Irgendjemand muß die Wohnung bewachen und meine Blumen gießen.« Mutti versuchte, ihre Antwort weniger ernsthaft zu gestalten, als die Frage womöglich war. »Er wird uns zum Bahnhof bringen und uns bei unserer Rückkehr in Erfurt wieder abholen.«
»Ich verstehe, das haben Sie das letzte Mal auch schon gesagt.« Er machte wieder eine Pause und sah Mutti mit durchbohrendem Blick in die Augen. »Wann würden Sie Ihre Eltern besuchen?«
Muttis Gesicht hellte sich ein wenig auf, und sie hörte sich selbst antworten: »Sobald ich die Reisepläne meiner Schwester kenne.«
»Wir können Ihnen nicht einfach so ein Visum geben mit Ihren vier Kindern.« Herr Dörre hielt inne. Mutti versuchte, nicht überzureagieren, und wollte schon antworten, als Herr Dörre fortfuhr: »Zumindest müssen Sie uns garantieren, daß Sie in die Deutsche Demokratische Republik zurückkehren. Wir müssen den Aufenthalt auch auf maximal zehn Tage begrenzen.«
Er sah Mutti an, um ihre Reaktion zu erkunden. Mutti wollte am liebsten aufspringen und schreien, aber hielt sich natürlich zurück. Sie lächelte nur und sagte: »Ich werde das sicherlich tun, ich würde niemals meinen Mann verlassen und die Kinder brauchen ihren Vater.«
Sie unterschrieb die Papiere. Herr Dörre gab ihr das formelle Visum und verlangte, daß sie ihn sofort unterrichtete, sobald ihre Reisepläne und die genauen Zeiten feststanden.
»Ich freue mich für Sie, daß Sie fahren und Ihre Verwandten besuchen können. Bitte bestellen Sie Grüße an Ferdi und die Kinder.«
»Das mache ich, Herr Dörre, und vielen Dank für Ihre Unterstützung!«
Sie schüttelten sich die Hände, und sie verließ das Büro; immer noch mußte sie sich zurückhalten, um nicht laut aufzujubeln. Nachdem das Polizeigebäude außer Sicht war, lehnte sie sich an eine Hauswand und schaute zum Himmel: »Danke, Gott!« Es flossen einige Tränen.

Sie ging nach Hause. Ihr Kopf begann sich zu drehen. Sie dachte an ihre Eltern, ihre Schwester. Die Reise mußte organisiert werden. Aber zuerst sollten Oma und Opa die gute Nachricht erfahren. Was würde Papa sagen? Er war so skeptisch. Aber ich habe es bekommen! Zehn Tage, zehn sicherlich glückliche Tage.

Es war ein freudiger Abend. Papa konnte es fast nicht glauben, war aber natürlich glücklich für Mutti. Roland und ich konnten nicht schlafen in dieser Nacht.

44.

Ungefähr zwei Wochen danach bekamen wir einen Brief von Oma und Opa, die bestätigten, daß wir für Mai planen sollten. Mutti hatte sofort geschrieben und ihnen die gute Nachricht mitgeteilt. Sie dachten sogar, daß es das Beste wäre, wenn wir über Pfingsten kommen würden. Freitag, der 19. Mai würde nun der Tag sein, an dem wir in den Zug nach Mönchengladbach steigen würden.

Es war aufregend. Trotzdem waren wir verpflichtet, keinem etwas zu sagen. Es war besser, es für uns zu behalten, hatten uns Mutti und Papa eingeredet. Nun, mußten sie uns nicht für ein paar Tage aus der Schule nehmen? Der Pfingstmontag war zwar ein Feiertag, aber wir konnten mindestens weitere vier Tage nicht zum Unterricht gehen.

Mutti war sehr damit beschäftigt, alles zu organisieren. Wir hatten nun März, und es waren noch zwei Monate bis zu unserer Reise. Aber aus irgendeinem Grund durchstöberte sie alle Schubladen und Schränke. Es sah so aus, als ob sie eine Menge Sachen in mehreren Koffern mitnehmen wollte. Was wußte ich schon! Sie sagte uns, daß sie eine ganze Menge Anziehsachen für die Babies, für uns und sich selbst brauche und daß sie schon ein paar Dinge vorab geschickt hätte. Wir gingen mehrfach zur Post und schickten Pakete, kleine, größere, manche adressiert an unsere Verwandten in Nürnberg oder an Freunde von Oma und Opa.

Mutti und Papa blieben oft lange auf während dieser Wochen; sie sprachen viel über die Reise. Für sie war Westdeutschland gleichgestellt mit Freiheit, guten Lebensbedingungen und einer Zukunft ohne irgendwelche Barrikaden. Die Informationen, die sie während der letzten Jahre von unseren Verwandten oder durch westliche Radiosender bekommen hatten, gaben ihnen eine klare Botschaft: Die DDR war ein Gefängnis. Eine Diktatur, die wenig Chancen auf Verbesserung bot. Die Sowjetunion unterstützte das Regime, und da gab es eben wenig Hoffnung. Einige hatten das sehr früh herausgefunden und das Land verlassen. Deshalb war die Regierung sehr vorsichtig geworden bei ihren Visavergaben – und es war komisch, daß die Beamten Mutti das Visum genehmigt hatten, obgleich Papa, wenn man so will, als Pfand zurückbleiben würde.

Immer wieder war irgendetwas zu tun für diese Reise. Sogar der Zwillingswagen mußte gewartet werden, repariert und vorbereitet. Es wäre eine Katastrophe gewesen, wenn er kaputtgegangen wäre. Wir hatten sogar an Ersatzreifen und -rad gedacht. Der Wagen würde nicht nur zum Transport der Zwillinge dienen, sondern auch als zusätzlicher Platz für die Babynahrung, Flaschen und Windeln herhalten müssen.

Papa und Mutti arbeiteten mehrere Abende zusammen im Wohnzimmer an dem Wagen, sogar die Wände und der Boden wurden inspiziert!

Mutti empfahl uns, ein paar Bücher und andere Dinge einzupacken, die wir mitnehmen wollten. Also bereiteten wir auch einen kleinen Koffer für uns vor. Was sollten wir mitnehmen? Ich hatte keine Ahnung, ich war noch nie auf einer längeren Reise gewesen, zumindest konnte ich mich nicht an eine erinnern. Es war ja noch Zeit, über diese Dinge nachzudenken. Wir mußten uns sowieso auf die Schule konzentrieren. Es war das zweite Halbjahr, und wir schrieben eine Menge Klassenarbeiten. Mutti würde schon an alles denken.

Anfang April bekam Mutti einen Brief von der Polizei, in dem es um den Visumantrag ging. Es war eine Erinnerung, daß sie die genaue Reisezeit mitteilen müsse. Wir hatten gerade alles fixiert, und Mutti würde dann an einem der nächsten Tage gehen und die Fahrkarten kaufen.

Wir würden den Zug vom Südbahnhof in Sondershausen zum Hauptbahnhof nehmen. Dann den nächsten Zug nach Erfurt. Erfurt ist heute immer noch die Hauptstadt von Thüringen. Bis hierhin würde Papa uns begleiten.

Dort würde er uns helfen, die Bahnsteige zu wechseln und uns in den Zug nach Mönchengladbach setzen, der über Kassel fuhr. Das war die Eisenbahn-Transitstrecke. Transit vom Osten in den Westen mit strengen Kontrollen an der Grenze. Kein Problem mit einem gültigen Visum, dachte ich.

Zwei Tage später hatten wir unsere Fahrkarten, und Mutti beantwortete den Brief der Polizei mit Angaben über unsere Abreise und unsere Wiederkehr. Die Polizei mußte auch die Stasi informieren, das war ganz sicher. Die würden sicherlich jeden unserer Schritte ganz genau überwachen.

45.

Die Osterwoche hatte begonnen. Wir liebten Ostern, denn wir hatten ein paar Tage frei und konnten mit der Familie Spaziergänge unternehmen. Natürlich war das Eiersuchen der große Spaß für uns.

Die Eier waren in unserem ganzen kleinen Garten versteckt. Mutti hatte sie während der letzten beiden Wochen gesammelt und gefärbt. Woher die Farbe kam, weiß ich nicht. Manchmal bekamen wir auch zusätzliche Päckchen von Oma und Opa, und Mutti versteckte dann auch die guten Sachen irgendwo.

Was dieses Ostern allerdings von anderen unterschied, waren unsere Gedanken. Egal, über was wir redeten, die Sprache kam immer wieder auf unsere Reise.

Das Leben hatte sich mit dem Erhalt des Visums verändert. Alles drehte sich um unsere Fahrt in den Westen. Trotzdem waren die Babies natürlich immer noch der Mittelpunkt der Familie. Es war die pure Freude, sie aufwachsen zu sehen, ihre ersten Schritte zu beobachten oder ihren ersten Wortfetzen zu lauschen.

Mutti und Papa hatten alles unter Kontrolle und schienen alles mit militärischer Genauigkeit zu planen. Sie mußten es ja wissen, aber ich war nicht sicher, warum soviel vorbereitet werden mußte – es war doch nur eine Zehn-Tage-Reise.

Roland und ich konzentrierten uns auf unsere eigenes Packen und wählten ein paar Kleinigkeiten aus, auf die wir auf unserer Reise nicht verzichten wollten. Wir nahmen je ein Buch und ein Kartenspiel mit, das uns Oma einmal mitgebracht hatte.

Mutti mußte auch zur Schule gehen, denn wir brauchten die Erlaubnis, an besagten Tagen dem Schulunterricht fernzubleiben. Unsere Reise würde jetzt tatsächlich über Pfingsten stattfinden. Die Pfingstferien würden eine Woche dauern, aber wir brauchten jetzt genau noch drei zusätzliche Tage. Es gab kein Problem. Mutti bekam die Erlaubnis von unserem Direktor, Herrn Rosenstiel, dem Mann meiner Lehrerin.

Ich wußte nicht genau, wie ich die ganze Sache einschätzen sollte. Ich hatte keine Ahnung, was mich im Westen erwarten würde. Es gab soviele Gerüchte darüber, daß die Leute mehr kaufen konnten und daß das Leben soviel besser war und es mehr Autos gab und so weiter. Was wußte ich schon! Die Regierung machte immer alles im Westen so schlecht und behauptete, alle guten Nachrichten, die man darüber hörte, wären nur Lügen.

An den meisten Abenden bereiteten Mutti und Papa die Reise vor. Wie schon erwähnt, kontrollierte Papa auch den Zwillingswagen wieder und wieder: Räder, Schrauben, den großen Handgriff und den Boden und die Wände aus Presspappe.

Die Babies wogen wahrscheinlich nicht mehr als 50 Pfund zu dieser Zeit. Brigitte war ein bißchen schwerer als Karin und ein bißchen langsamer in ihren Gehversuchen und ihrem ganzen Bewegungsablauf. Sie passten immer noch nebeneinander in den Wagen. Ich kann mich auch daran erinnern, daß der Wagen keine Federung hatte. Zwischen Wagen und Handgriff war ein Netz gespannt, das vorteilhaft war beim Einkaufen und in das Mutti ihre Handtasche legen konnte.

Die Tage vergingen mit den immer gleichen Abläufen: aufstehen, Frühstück, Schule, Mittagessen, packen, Abendbrot, schlafen gehen. Irgendwann würde er schon kommen, der große Tag. Roland und ich unterhielten uns oft, wenn wir im Bett lagen, und fantasierten über den goldenen Westen. Spielzeuge waren unser Lieblingsthema – und Essen, vor allem Schokolade.

»Kannst du dir vorstellen, daß wir Eier und Bananen und Schokolade haben können, soviel wir wollen?«

Rolands einfache Antwort war ein klares »Nein«. Dann folgte einer seiner Lieblingswünsche: »Ich habe gehört, daß die eine Menge Autos haben, schnelle Autos. Es wäre toll, wenn ich welche sehen und vielleicht mitfahren könnte.«

Roland war immer ein Autonarr (und ist es immer noch): Als er vier Jahre alt war, ging er immer zum anderen Ende der Straße zu einer Firma namens Otto Stille. Sie verkauften Farben für alle möglichen Zwecke. Es gab zwar nicht viel Auswahl, aber das Geschäft schien zu laufen. Der Eingang zum Lager und zu den Büros war eine Rampe, die vielleicht fünfzig Meter lang war, etwa zehn Grad Neigung hatte und direkt vom Hof durch ein Eisentor in die Straße mündete. Die Firma besaß einen kleinen Lastwagen, der auf dem Hof stand, um beladen zu werden. Roland hatte Spaß, das alles zu beobachten, und fand es toll, wenn der Lkw die Rampe rauffuhr, während eine dicke, schwarze Rauchwolke aus dem Auspuff kam. Keine Ahnung, was das für ein Fabrikat war – ich kann mich nicht erinnern.

Manchmal gesellte ich mich zu ihm, und wir hingen mit unseren Händen im Zaun, während die Männer den Lkw beluden. Trotzdem war das bei weitem nicht so sehr interessant für mich wie für Roland.

Die Firmenschilder sind heute noch da, das Geschäft hat allerdings vor langer Zeit geschlossen.

46.

Erster Mai. Das war wirklich ein besonderer Tag in der DDR! In der Schule lernten wir Dinge über die Arbeiterklasse, ihre historischen Aufstände gegen die Reichen und das Establishment – und über den Ruhm der Arbeiter und Bauern in diesem Land.

Die Vorbereitungen für die Mai-Paraden waren sehr intensiv. Als Schüler und Junge Pioniere marschierten wir gruppenweise mit. Roland und ich waren Mitglieder des »Vereins für Sport und Technik«, bei dem wir zum Beispiel Modelle von Schiffen und Flugzeugen bauten. Wir gingen einmal die Woche zum Sondershäuser Schloß mitten in der Stadt.

Wir mußten auf jeden Fall lernen, korrekt zu marschieren. In einer zweireihigen Formationen ging es über den gesamten Schulhof. Es war irgendwie komisch: Das größte Mädchen und der größte Junge bildeten den Kopf und dann ging es runter bis zu unseren kleinsten Kameraden. Damals war ich schon der größte Junge – das hat sich eigentlich mein ganzes Leben nie geändert! An das Mädchen an meiner Seite kann ich mich auch erinnern. Sie war nicht gerade mein Typ – hallo, ich war neun. Ich kann noch ihr Gesicht vor mir sehen. Eigentlich wäre ich lieber ein paar Reihen weiter hinten gewesen, ich mochte das Mädchen, das dort ging, lieber. Ihr Name war Doris. Nun gut, Mutter Natur stellte mich eben nach vorne.

Wir marschierten im Kreis und auf Kommando und zu den Tönen einer Trillerpfeife, ganz so wie beim Militär – es mußte perfekt sein. Frau Rosenstiel durfte sich keine Blöße geben, und wir deshalb auch nicht.

Wir lernten auch einige der sozialistischen Parteilieder wie die »Internationale«. Während der Parade würden wir sie singen. Die Straße, durch welche die Parade zog, war die Wilhelm-Pieck-Allee, benannt nach dem ersten Präsidenten der DDR, genau wie unsere Schule. Die Straße erschien mir sehr breit und lang. Wenn ich sie heute ansehe, ist sie so klein und nicht gerade beeindruckend, ganz anders als in jenen Tagen.

Die Kleiderordnung war ein anderes Thema: Die Jungen trugen kurze blaue Hosen, ein weißes Hemd und ein um den Hals gebundenes Pioniertuch. Die Mädchen hatten blaue Röcke an, weiße Blusen und ebenfalls das Pioniertuch um den Hals. Schon beeindruckend. Wir repräsentierten immerhin die Jugend und heranwachsende Arbeiterklasse des Staates. Ein lebendiges Zeichen der zukünftigen DDR.

Die Sonne wärmte uns auf in diesen frühen Frühlingstagen. Es waren achtzehn Grad an diesem Morgen. Ein leichter Wind wehte. Zahlreiche Menschen säumten die Parade. Sie jubelten nicht, aber beobachteten die Parade mit Freude. Auf dem ganzen Weg trugen wir stolz unsere selbstgebauten Modelle vor uns her, und jeder konnte sie – und damit unser Talent – bewundern. Es war ein großes Ereignis und für uns Kinder sicherlich ein Höhepunkt im Jahr.

47.

Es war Donnerstagnacht, 18. Mai. Ich konnte nicht schlafen, Roland auch nicht. Da waren so viele Gedanken in unseren Köpfen. Wir waren aufgeregt und nervös und die verrückten Erwartungen bescherten uns komische Träume. Wir mußten wenigstens ein bißchen schlafen vor der großen Reise!

»Ihr müßt aufstehen!« Muttis weiche Stimme klang in meinem Ohr. Ich öffnete die Augen und sah ihr Lächeln. »Du mußt aufstehen, Jürgen. Heute ist der große Tag, und du mußt dich fertig machen. Roland ist schon auf!«

Nach weiteren drei Sekunden sprang ich aus dem Bett. Das wird der Tag! Ich zog mich an und aß eine Scheibe Brot, während die anderen erneut alles kontrollierten. Meine Haare brauchten noch einen kleinen Bürstenstrich und meine Zähne die Zahnbürste. Ich war fertig!

Mutti und Papa legten noch ein paar Decken in den Zwillingswagen für den Fall, daß es auf den Bahnsteigen etwas kühl war. Wie gesagt, der Boden war ja nur aus Pappe und nicht gut isoliert. Und es ist immer windig auf den Bahnsteigen, wenn man auf den Zug wartet!

Auch die Flaschen für sie mußten vorbereitet werden. Und Windeln, Anziehsachen, Mützen und etwas zum Spielen. Man mußte an soviel denken! Mutti und Papa schauten nur kurz in unsere Koffer, sonst gab es wichtigere Dinge zu kontrollieren. Mutti hatte solche Herausforderungen immer gut im Griff, sie vergaß niemals etwas. Noch heute ist alles an seinem Platz und in bester Ordnung. Einfach erstaunlich.

Papa schien ein nervliches Wrack zu sein – verständlicherweise. Solch eine Reise und ohne ihn. Wir Jungen konnten nicht zuviel tragen, da wir ja Mutti beim Schieben und Heben des Kinderwagens helfen mußten. Man konnte sich ja nicht darauf verlassen, daß immer jemand helfen würde.

»Hast du alle Papiere, Visum, Geld, Personalausweise?«, hörte ich Papa fragen.

Mutti sagte nur: »Jaja, ich hab alles! Mach dir keine Sorgen!«

Papa schaute nicht gerade, als ob er zufrieden war mit der Antwort: »Bitte schau nochmal nach, es wäre furchtbar, wenn du irgendetwas vergessen hättest!«

Mutti zeigte es ihm, es war alles in ihrer Handtasche. Neben den Papieren hatte sie ein Bild von Papa in der Seitentasche. Papa sah es und umarmte sie ganz lange. Irgendetwas erschien mir traurig hier – war es nur ein Auf Wiedersehen oder war da noch etwas anderes? Ich konnte das nicht erklären. Obwohl ich aufgeregt war, machte mich das auch ein wenig traurig.

Ich würde Papa vermissen. Wir liebten ihn sehr und hatten immer Spaß mit ihm. Zehn lange Tage ohne ihn, vielleicht war es das, worüber Mutti nachdachte.

Papas Geschichten aus seiner Schulzeit waren immer sehr amüsant. Mein Gott, was für Dinge er angestellt hatte, als er so alt war wie wir jetzt! Was wäre wohl mit uns passiert, wenn wir das gemacht hätten? Eine strenge Bestrafung wäre uns sicher gewesen! Die Erzählungen brachten immer dieses schelmische Lächeln auf Papas Gesicht. Das werde ich niemals vergessen!

Ich sollte hier wenigstens diese eine erzählen: Es war in den zwanziger Jahren des letzten Jahrhunderts, sie waren zwei Jungen zu Hause. Sie lebten in einem kleinen Dorf und waren immer auf der Suche nach Abenteuern, eine kleine Bande würden wir sie heute nennen. Eines Tages hatten sie eine wirklich fürchterliche Idee.

Obrigkeiten wie die Polizei, Lehrer und Priester hatten viel zu bestimmen und waren nicht immer sehr beliebt. Es wurden oft Scherze mit ihnen oder über sie gemacht – man durfte sich nur nicht erwischen lassen!

In jenen Tagen waren die Häuser natürlich nicht so gut gegen Regen und Stürme geschützt, häufig wurden Straßen überflutet und halb weggewaschen. Die Dächer, Dachfenster und Regenrinnen waren auch nicht gerade gut ausgebaut, obwohl heftiger Regen nicht selten war in der Gegend, in der er aufwuchs.

»Laßt uns dem Kaplan einen Streich spielen!«

Ob das Papas Idee war, weiß ich nicht, aber sie hätte sehr wohl von ihm sein können.

»Ihr wißt doch, daß er immer sein Schlafzimmerfenster auf hat«, erklärte er den anderen und hielt inne, um ihre Reaktionen zu sehen. »Wenn es das nächste Mal regnet, werden wir die lose Dachrinne so umbiegen, daß das Wasser direkt in sein Schlafzimmer läuft!«

Oh mein Gott, denkt man heute. Die anderen fanden die »Idee« in Ordnung.

»Wann sollen wir das machen, Ferdinand? Wir brauchen eine Leiter, um aufs Dach zu steigen. Und was ist, wenn uns einer sieht?«

»Wir machen das, wenn es fast dunkel ist. Ich werde aufs Dach steigen und die Dachrinne biegen. Ihr paßt auf, daß niemand kommt. Und wenn, dann pfeift, um mich zu warnen. Morgen wäre gut, da der Kaplan eine Abendmesse zu feiern hat, und es sieht auch so aus, als ob wir einen kleinen Sturm bekommen.«

Was für ein Plan, garstig und gefährlich. Egal, man einigte sich, obwohl es einige nicht befürworteten und sich raushielten. Am nächsten Tag versammelten sie sich, da sich Regen ansagte. Eine Leiter wurde aus einem nahe liegenden Schuppen organisiert. Papa stieg die Leiter rauf, nachdem sich zwei Posten am Haus und auf der Straße aufgestellt hatten. Die Rinne zu verbiegen muß eine ziemliche Anstrengung gewesen sein, auch wenn die Haken, die sie hielten, ziemlich lose waren. Nach ein paar Minuten war die Arbeit getan. Papa konnte wieder ungesehen hinabsteigen, und die Bande verschwand.

Wie erwartet regnete es in Strömen an diesem Abend. Und wie, eimerweise! Aus etwa hundert Metern Entfernung beobachtete die Bande, wie das Wasser durch die Dachrinne direkt in die gute Schlafstube des Kaplans strömte. Die Jungen waren begeistert.

Aber die ganze Sache hatte ein Nachspiel: Der Kaplan hatte sie gesehen, als sie die Sache beobachteten, und dachte sofort, daß eigentlich nur wenige von ihnen an der Sache beteiligt sein könnten – Papa war ganz sicher einer von ihnen. Ich will hier nicht die Strafe erwähnen, die war nämlich ernsthaft – nicht nur die der Lehrer, sondern auch die zu Hause.

Ein paar Tage lang konnte Papa jedenfalls nicht auf seinem Hintern sitzen!

48.

Es wurde Zeit, zum Bahnhof zu gehen. Alles war gepackt, und wir konnten starten. Papa und Mutti trugen den Zwillingswagen über die Eingangstreppe zur Straße hinunter. Wir trugen ein paar Taschen und einen Koffer. Papa ging zurück und holte den Rest. Es war ein bißchen kühl, aber später sollte es wärmer werden; zumindest sagte das der Wetterbericht.

Mutti ging und holte ein Baby nach dem anderen und legte sie Seite an Seite in den Wagen, deckte sie zu und steckte ihre Handtasche in das Netz am Griff. Sie ging ein letztes Mal mit Papa ins Haus, und wir passten auf unsere Sachen und die Babies auf. Es war erst halb sieben am Morgen und noch ganz ruhig. Natürlich fuhren keine Autos oder Motorräder.

Wir hörten andere Schritte im Haus. Tante Rosa kam vom Dachgeschoss herunter. Wir hatten Onkel Walter, ihrem Mann, am Abend zuvor auf Wiedersehen gesagt – aber sie bestand darauf, uns heute Morgen zu sehen. Es gab innige, stille Umarmungen.

Schließlich zog Papa die Haustür zu und schloß sie ab. Wir gingen die Straße hinunter, ohne daß ein Wort gesprochen wurde. Plötzlich überkam mich ein sonderbares, trauriges Gefühl.

Aber die Reise würde ja nur zehn Tage dauern!

49.

Wie erwartet blies ein garstiger Wind auf dem Bahnsteig unserer kleinen Station. Wir hatten unsere Fahrkarten schon und mußten nur noch auf den Zug warten. Papa und Mutti standen ganz dicht beieinander und flüsterten. Ich betrat den kleinen Wartesaal, um zu sehen, ob noch andere Leute warteten. Niemand da. Sogar der Schalter würde nicht vor sieben aufmachen.

Das Erste, was ich hörte, war das bekannte Ping-Ping der Metallglocken, die an den Schranken montiert waren und das Schließen signalisierten. Fußgänger und Fahrradfahrer mußten nun auf dem Possenweg warten.

Es gab nur ein Gleis, wie ich schon erwähnt habe. Ich fragte Papa, aus welcher Richtung der Zug ankommen würde, und er deutete nach links, das war Osten.

Das ist es, dachte ich. Jetzt starten wir in unser Abenteuer. Zu Oma und Opa fahren für ein paar Tage und sehen, wie sie leben und ein paar schöne Dinge mitbringen und Spielzeuge. Ich war so aufgeregt. Wo nur war der Zug?

Da war es nun, das vertraute Schnaufen der Lokomotive, der Rhythmus der Dampfmaschine, wie sie Dampf in die Luft prustete. Es brauchte noch eine Minute, bis ich etwas sehen konnte. Sie dampfte auf uns zu, von einem Punkt zu einem fauchenden Monster wachsend. Wir nahmen einen sicheren Abstand von der Bahnsteigkante. Vielleicht war es neben der Vorsicht auch Respekt. Der Zug wurde langsamer und hielt dann mit quietschenden Bremsen. Papa öffnete die Tür, die am nächsten war. Eine metallene Treppe führte nach oben in den Waggon – damals stieg man nicht auf Höhe der Bahnsteigebene ein wie heute.

Der Zugschaffner kam, um uns zu helfen. Es war nicht einfach, den Zwillingswagen mit den Babies in den Zug zu heben. Für später müßten wir uns einen anderen Weg überlegen. Oder wir würden die Babies einfach zuerst in den Zug tragen und dann alles andere. Was für eine Prozedur! Nun gut, wir schafften es und setzten uns letztendlich auf die Holzbänke.

Die waren wie die Lattenroste gemacht, lackiert und poliert, aber eben hart. Der erste Teil der Reise würde nur fünfzehn Minuten dauern, dann wären wir am Hauptbahnhof. Es sich also gemütlich zu machen, hatte keinen Sinn.

Mit dem typischen Ruck zog die Lokomotive die Waggons an und fuhr langsam, aber sicher aus dem Bahnhof. Wir passierten in eher langsamer Fahrt Straßen und Häuser. All das war uns so gut bekannt, da wir hier immerhin schon zwölf Jahre wohnten – ich war noch nicht ganz zehn. Drei Wochen nach unserer Rückkehr aus dem Westen würde ich meinen zehnten Geburtstag feiern.

Mutti hatte Oma und Opa über unsere Ankunftszeit in Mönchengladbach informiert. Es würde spät am Abend sein, fast halb elf. Sie würden uns abholen, und wir würden dann bei ihnen bleiben. Sie hatten ein kleines Apartment, und es würde für eine Weile eng werden und nicht gerade komfortabel. Ich glaube nicht, daß sich irgendjemand darüber Sorgen machte. Es würde ein Wiedersehen geben, Muttis Schwester würde aus Österreich kommen, und es würde uns gut gehen.

Wir hatten nicht angerufen, weil es so schwierig war, im Westen anzurufen. Aber der Brief mit den Informationen war ja frühzeitig angekommen. Oma war achtundfünfzig und Opa achtundsechzig. Er arbeitete immer noch in einer Firma nahe der Wohnung und Oma arbeitete auch. Sie hatte eine Anstellung bei der Britischen Rheinarmee in Mönchengladbach-Rheindahlen. Ich weiß nicht, was sie da machte, aber irgendetwas im Büro. Sicherlich waren sie genauso aufgeregt wie wir!

50.

Der Zug bog in eine lange Kurve ein. Das zeigte, daß wir nahe dem Hauptbahnhof von Sondershausen waren. Die eisernen Räder fingen beim Reiben an den Gleisen an zu quieken. Die Waggons rüttelten von links nach rechts und zurück.

Roland und ich hatten Spaß, aus dem Fenster zu sehen. Wir würden das den ganzen Tag machen, dachte ich!

Mutti sah Papa an und lächelte. Sie hielten sich die ganze Zeit an den Händen. Ich wußte, daß es nicht leicht für sie sein würde, getrennt zu sein, für Papa sogar schwieriger als für Mutti. Er war in Dingen wie Küche und Haushalt manchmal ein bißchen hilflos. Und Mutti machte es ihm auch leicht. Er bekam immer, was er mochte, und Mutti servierte ihm alles in liebender und sorgender Weise. Aber eigentlich galt das für uns alle.

Wie zuvor wurde der Zug langsamer und kam mit einem Ruck zum Halten. Wenn man stand, war man gut beraten, irgendeine der Haltestangen zu greifen. Aus dem Fenster sah man die typische Umgebung des Bahnhofes. Er hatte ein paar Bahnsteige und ungefähr sechs durchführende Gleise. Es sah so aus, als kamen wir auf Gleis drei an.

Papa ging zur Tür, um sie zu öffnen. Wir griffen nach ein paar Dingen und folgten ihm. Mutti wartete ruhig darauf, daß Papa zurückkam, und sah inzwischen nach den beiden Kleinen – sie schliefen!

Roland und ich kletterten die Treppe hinunter und warteten auf unsere Eltern. Zuerst kam Papa mit dem Zwillingswagen, den er an den Achsen hielt, während Mutti ihn an dem Handgriff trug. So blieb der Wagen ungefähr in der Waagerechten. Langsam hoben sie ihn runter auf den Bahnsteig. Vollbracht! Wir waren sicher angekommen! Mutti kontrollierte alle unsere Sachen, bevor wir zu den Treppen gingen.

Wir mußten den Bahnsteig wechseln – wieder eine neue Herausforderung – und hatten nur eine knappe halbe Stunde Zeit dafür. Keine Zeit für eine Pause. Nachdem wir uns durch einen Blick auf den Fahrplan ganz sicher waren, von welchem Gleis der Zug nach Erfurt abfuhr, machten wir uns auf den Weg. Den Zug durften wir auf keinen Fall verpassen. Sonst würde unsere Verbindung in Erfurt auch nicht funktionieren. Ein schrecklicher Gedanke!

Papa ging zu einem Kiosk, wir warteten auf dem Bahnsteig. Er kaufte sich eine Zeitung und – ein Päckchen Zigaretten. Sie hatten keine »Casino«, nur Turf. Er haßte sie, ich wußte das, aber wie jeder Raucher nahm er alles, wenn der Nikotinmangel groß genug war.

In fünf Minuten sollte der Zug einfahren. Wir standen in den Startlöchern. Und wieder diese Prozedur, einsteigen mit allem Drum und Dran innerhalb einer Minute. Schließlich machten wir es uns in einem der Waggons gemütlich.

Ungefähr fünfundvierzig Minuten würde es dauern, bis wir da wären.

51.

Es gab nicht soviele Autos in der Stadt, die meisten waren grün und hatten einen Zweitaktmotor. Sie hinterließen diesen blauen, öligen Qualm, der nicht so angenehm roch und außerdem nicht gerade sehr gesund war.

Eines davon bog in den Possenweg ein, beschleunigte die Straße hoch in die Oberstadt, kreuzte das Gleis und bog dann links in die Edmund-König-Straße. Es hielt genau vor unserem Haus.

Tante Rosa war gerade dabei, ihr Wohnzimmer zu putzen, als sie das Auto hörte. Sie rannte zum Fenster und blickte hinter den Gardinen auf die Straße. Ihre Fenster waren Luken, die man ins Dach gebaut hatte. Es war fast unmöglich, sie von außen zu sehen. Wegen der Dachschräge konnte sie das Auto kaum sehen, aber sie wußte sofort, daß es entweder ein Polizeiauto war oder …? Warum kamen sie jetzt schon? Es war noch vor neun!

Zwei Herren in langen Trenchcoats und mit Hüten stiegen aus und gingen zu unserem Tor, öffneten es und stiegen die Treppen hinauf. Tante Rosa beobachtete sie, bis sie unter dem Dach im Eingangsbereich verschwanden.

Eine Sekunde später ging die Türglocke.

Tante Rosa bekam Gänsehaut. Sie war allein, da Onkel Walter in der Arbeit war. Ihr Kopf arbeitete sich durch alle möglichen Szenarien. Wer waren sie, und warum waren sie hier?

Natürlich war die Obrigkeit darüber informiert, daß die Familie heute auf Reise gegangen war oder besser gesagt, daß der Vater sie zum Hauptbahnhof in Erfurt bringen und dann nach Hause kommen würde. Viele Leute kannten den Reiseplan.

Die Glocke schrillte wieder. Sollte sie öffnen? Es war ja nicht ihre Pflicht aufzumachen. Was war, wenn Pantels öffneten? Keine Chance, dachte sie, ich muß gehen und fragen, was sie wollen. Vielleicht ist es ja gut, das zu wissen.

Sie versuchte, sich zu beruhigen. Wo war die Familie jetzt? Sie sah auf die Uhr: 8.42 Uhr. Also haben sie Sondershausen schon verlassen und sitzen alle zusammen im Zug nach Erfurt. Gut, dann öffnen wir jetzt mal die Tür. Sie machte einen mutigen Schritt zur Tür und entriegelte sie.

Die Tür schwang auf und sie sah in die Gesichter zweier Männer, die sie anstarrten. Sie fühlte sich wie von Kopf bis Fuß durchleuchtet.

»Guten Morgen! Wir sind Polizisten und möchten Herrn Mann sprechen.«

Tante Rose war erstaunt. Es wirkte als ob sie nichts wüßten. Wahrscheinlich eine Falle, um sie zu kontrollieren!

»Sie wissen sicherlich, daß er und seine Familie zum Bahnhof gegangen sind, oder nicht? Heute früh. Der Vater begleitet seine Frau und die Kinder nach Erfurt.«

Der Ältere von beiden fragte: »Also niemand ist zu Hause, richtig?« Pause. »Kommt er zurück? Hat er das gesagt?«

Tante Rosa entschied, sich dumm zu stellen. »Ich denke schon«, antwortete sie, »er hat mir nichts gesagt, tut mir leid.«

»Danke Ihnen«, war alles, was sie sagten, bevor sie sich umdrehten. Einer folgte dem anderen die Treppe hinunter und durch das Tor auf den Gehweg. Tante Rosa schloß schnell die Tür, so daß die Männer nicht auf den Gedanken kämen, sie würde sie beobachten. Sekunden später startete der Motor des Kübels, und das Auto fuhr mit seinem typischen Geräusch davon.

Tante Rosa ging die Treppen hinauf zu ihrer Dachwohnung. Als sie die zweite Etage passierte, öffnete sich eine Tür. Frau Pantel erschien und kam den Flur hinunter, um Tante Rosa guten Tag zu sagen.

»Guten Morgen. Wer war das?« Sie konnte ihre Neugierde nicht verbergen.

»Ich denke, das waren frühere Kollegen von Herrn Mann, ich bin nicht sicher.« Tante Rosa versuchte, beiläufig zu klingen.

»Aha, aber was wollten sie denn?«

»Ich glaube, sie wollten ihnen nur eine gute Reise wünschen.« Nicht gerade überzeugend, dachte Tante Rosa. Was weiß ich denn schon? »Einen schönen Tag, Frau Pantel.« Sie ließ ihre Nachbarin im Flur stehen und ging die Treppen hoch zum Dachgeschoß.

Was machte das alles für einen Sinn? Sie konnte es sich nicht erklären. Wenn Herr Mann aus Erfurt zurückkommt, muß ich ihm das unbedingt erzählen, dachte sie. Er weiß sicherlich, was da los war. Sie sollten jetzt in Erfurt sein, dachte sie und setzte Wasser auf den Ofen für eine Tasse Kaffee.

52.

Der Zug verlangsamte seine Fahrt, und wir fuhren gemächlich in den Erfurter Bahnhof. Wir konnten den Dom sehen und die Severinskirche, deren Spitzen über die Gebäude ragten. Wir waren einmal mit der Schule dort gewesen, ungefähr vor einem Jahr. Es war toll, es hatte mir gefallen. Den großen Marktplatz vor den beiden Kirchen hatte ich noch gut vor Augen. Es war ein schöner Anblick. Gegenüber waren die alten Fachwerkhäuser, hunderte Jahre alt, hatte unsere Lehrerin uns erzählt. Eines war aus dem 15. Jahrhundert. Unglaublich, es stand immer noch!

Das übliche Quietschen der Bremsen ertönte, bevor der Zug zum Stehen kam. Es war kurz vor neun. Fast eine Stunde hatte es gedauert. Wir pflegten zu sagen, daß diese Züge an jedem Briefkasten hielten! Mit anderen Worten, in jedem kleinen Dorf stiegen Leute zu oder verließen den Zug, sie gingen zur Arbeit oder machten Besorgungen.

Wie in Sondershausen nahmen Roland und ich ein paar Gepäckstücke und verließen den Waggon. Papa folgte mit den Koffern, und Mutti würde zum Schluß mit dem Zwillingswagen kommen – erst die Babies, dann der Wagen. Nun waren wir endlich hier, der letzte Halt vor der langen Fahrt nach Mönchengladbach. Ich wußte nur, daß sie etwa zehn Stunden dauern würde. Ich hatte keine Ahnung, wieviele Kilometer Sondershausen von Mönchengladbach entfernt war. Papa oder Roland habe ich nicht danach gefragt.

»Wir haben eineinhalb Stunden Aufenthalt«, hörte ich Mutti zu Papa sagen. Papa würde bleiben, bis wir abfuhren, damit alles leichter vonstatten ging beim Einsteigen. Es war nicht so schwierig, einen Zug zurück nach Sondershausen zu bekommen, die fuhren den ganzen Tag hin und her.

Wir entschieden uns, in ein Café im Bahnhof zu gehen und ein wenig auszuruhen. Wir liefen durch die große Eingangshalle mit dem Steinfußboden. Einige imposante Säulen stützten das hohe Gewölbe. Ein paar Sonnenstrahlen trafen auf den Boden und gaben der Halle einen Glanz, den sie eigentlich nicht hatte. Ein kleiner Kiosk, ein Zeitungsladen und dann das Café – das war alles, was hier irgendwie zur Ablenkung beitrug. Und natürlich konnte man Leute beobachten. Macht das nicht Spaß? Immer! Mutti würde sich einen Kaffee und ein Stück Torte bestellen, Papa ein Bier. Wir tranken normalerweise Limonade. Die Babies schliefen – unglaublicherweise – immer noch. Mutti sah trotzdem nach ihnen, denn ziemlich bald mußten wir sie aufwecken und füttern. Mutti hatte zwei Milchflaschen unter ihre Decke gesteckt, die sollten immer noch warm sein!

Roland rannte ein bißchen herum und erkundete den Bahnhof, aber es war nicht viel Interessantes zu sehen! Und alles war ein bißchen schmutzig von dem schwarzen Ruß. »Ihr sollt doch nicht immer alles anfassen«, wies Mutti uns an. Um es kurz zu machen: Wir mußten unsere Hände gleich zweimal waschen, nachdem wir ins Café zurückkamen. Mutti war ein bißchen ärgerlich. Immer irgendetwas los mit den beiden Jungs, hat sie wohl gedacht. Solange es irgendwo Seife gab, konnten wir das aber immer wieder gerade biegen.

Papa war nicht in guter Stimmung. Ich sah, wie er ganz nah bei Mutti saß und ab und zu fest ihre Hand hielt. Er flüsterte ihr irgendetwas ins Ohr, allerdings machte sie das nicht fröhlicher. Im Gegenteil, sie nahm ihr Taschentuch und wischte sich eine Träne aus dem Gesicht. Was konnte heute so traurig sein?

Die Babies wachten auf und wollten etwas zu essen haben. Sie trugen ihre roten Strickjacken und die von Mutti genähten Hosen. Ihre Nähmaschine war eine von Singer. Du mußtest ein Pedal wippen, damit die Nähnadel schnell auf und nieder ging, und man konnte die Nähte in jede gewollte Richtung lenken.

Der Zug würde um Viertel nach zehn kommen und für ein paar Minuten halten. Er kam aus Dresden. Wir konnten diese Zeit gut gebrauchen zum Einsteigen.

Papa hatte unsere Rechnung bezahlt: 3,35 Ostmark plus 15 Pfennig Trinkgeld. Das waren noch Zeiten! Ziemlich billig, wenn man das mit heute vergleicht. In dieser Zeit war der Wechselkurs zwischen West- und Ostmark etwa zehn zu eins. Natürlich zeigt das nicht den wirklichen Wert des Geldes im täglichen Leben. Wir zahlten viel weniger Miete als meine Großeltern, und Lebensmittel waren auch billiger.

Wir standen auf und nahmen unsere Sachen. Wir mußten zu Bahnsteig Nummer sieben. Es würde schön sein, sich einfach nur für längere Zeit hinzusetzen und nicht mehr den Zug zu wechseln. Aber Papa war noch hier, und das machte es leichter. Ich schaute auf den roten Sekundenzeiger der großen Bahnhofsuhr. Immer wieder eine Sekunde vorbei! Jedes Mal, wenn er auf die Zwölf kam, rutschte der Minutenzeiger einen Strich weiter. Einmal hatte ich gehört, wie Leute sagten, daß die Zeit für sie stehengeblieben sei. Das schien mir unmöglich zu sein. Ich fragte mich, was sie wohl damit meinten.

Es war jetzt 10.13 Uhr. Der Lautsprecher klickte, und eine Stimme sagte, daß der Zug von Dresden nach Mönchengladbach eintreffen werde und daß man von der Bahnsteigkante zurücktreten solle. Mutti zog uns sofort auf einen sicheren Abstand zurück. Wir hatten Fahrkarten für die zweite Klasse und hielten Ausschau nach dem nächsten Wagen. Die Waggons hatten alle Abteile mit sechs Sitzen, drei auf jeder Seite. Gerade richtig für uns fünf!

Die Türen wurden geöffnet. Mutti und Papa umarmten sich lange und küßten sich. Sie hielten einander fest, als wenn sie zusammengeklebt wären. Und noch ein Kuß. Dann endlich drehten sie sich zu uns um und fingen an, Taschen und Koffer einzusammeln. Roland ging zuerst rein und suchte uns ein schönes Abteil. Ich folgte ihm, und wir besetzten es, indem wir unsere Sachen auf den Sitzen ließen, bevor wir wieder zu Mutti und Papa liefen.

Mutti hatte Karin aus dem Wagen genommen und ging die Eisentreppe hinauf. Wir führten sie zu unserem Abteil, Papa folgte mit Brigitte. Mutig wie wir waren, ergriff Roland den Zwillingswagen an der Vorderseite und ich, da ich ja kleiner war, nahm ihn am Handgriff, um ihn dann die Treppe hoch in den Waggon zu heben. Wir bekamen das hin, aber auch nur, weil Papa hinter mir erschien und mit anpackte. Dann sagte uns Papa auf Wiedersehen. Mutti fing an zu weinen, das war einfach zu viel für sie. Ich muß zugeben, daß es für uns alle ein ergreifender Moment war. Wir sollten uns einfach auf das Wiedersehen freuen, war mein Gedanke. Das würde helfen.

Noch eine letzte Umarmung und ein Kuß, und Papa verließ den Zug. Er kam zu unserem Fenster und wirkte etwas verlassen, wie er da am Bahnsteig stand. Irgendwie konnte ich es nicht erwarten, bis der Zug endlich den Bahnhof verließ. Ich mochte diesen Abschied nicht.

Ich hörte eine Trillerpfeife. Der Schaffner auf dem Bahnsteig kontrollierte noch einmal, ob alle Türen geschlossen waren, und der Zug konnte nun abfahren. Einen Augenblick später ein zweiter Pfiff. Dann ein Ruck, und wir fuhren los.

Wir winkten Papa zu, solange wir konnten, und er ging eine kurze Zeit mit uns, bis der Zug zu schnell wurde. Dann konnten wir ihn nicht mehr sehen.

Eine ganze Weile war es still im Abteil. Mutti weinte immer noch. Sie wischte sich über die Augen.

53.

Tante Rosa war immer noch ein bißchen aufgeregt nach dem Ereignis am Morgen. Sie trank ihren Kaffee und blieb in ihrer Wohnung. Sie konnte sich das alles nicht erklären. Was war der Grund für den Besuch der beiden Männer? Sie dachte an uns und sah auf ihre Küchenuhr. Es war nun ein paar Minuten vor elf Uhr. Die haben Erfurt schon verlassen, dachte sie. Und Herr Mann ist sicher auf dem Weg nach Hause.

Onkel Walter kam niemals heim zum Mittagessen, seine Arbeitsstelle unten in der Stadt lag einfach zu weit entfernt, etwa drei Kilometer. Er fuhr sein altes schwarzes Fahrrad, das ihm gute Dienste leistete. Aber nach Hause zu fahren ging einfach nicht während der dreißigminütigen Pause – und auch noch den Berg rauf. Er war ja auch nicht mehr der Jüngste. Er arbeite in einem Werk, in dem Traktoren für die Agrarwirtschaft gebaut und repariert wurden.

Bald würde Tante Rosa sich ein paar Kartoffeln und ein bißchen Gemüse kochen. Ihre Chaiselongue, wie sie die Couch nannte, war gemütlich, und sie nickte ein. Sie war müde. In den vergangenen Wochen hatte sie uns soviel geholfen, unsere Reise vorzubereiten. Sie spielte den Babysitter, half beim Kochen, beim Einkaufen – wenn es irgendetwas Besonderes zu kaufen gab. Man konnte wirklich auf sie zählen.

Pantels vom zweiten Stock waren eher reserviert und lebten ziemlich für sich. Nur das übliche Hallo und Guten Morgen, das war mehr oder weniger alles. Sie hatten keine Kinder.

Ein Geräusch weckte sie auf. Es war fast, als wenn jemand an die Tür pochte. Zuerst wollte sie ihren Sinnen nicht trauen, weil sie plötzlich mit einem Blick auf die Uhr merkte, daß sie fast eine Stunde geschlafen hatte. Die Küchenuhr stand auf Viertel vor zwölf.

Aber da war es wieder. Das Erste, was ihr in den Sinn kam, war, das Dachfenster vorsichtig zu öffnen und auf die Straße zu schauen. Sie erschrak! Da parkte es, wieder so ein grünes Auto wie am Morgen! Sie war wie erstarrt. Konnte das sein – die schon wieder?

Wieder das Klopfen. »Hallo, ist da jemand?«, schrie jemand.

Das war schon irgendwie furchterregend. Sie brauchte einen Augenblick, um sich zu besinnen – dann ging sie nach unten, um die Haustür aufzuschließen. Sie wollte auch vermeiden, daß Frau Pantel die Tür öffnete. Die war einfach zu neugierig. Natürlich wollte sie auch verhindern, daß die Männer eventuell die Tür aufbrachen.

Sie drehte den Schlüssel in der Haustür herum und öffnete. Zwei Polizisten in Uniform standen mit ernsten Gesichtern vor ihr. Sie grüßten sie mit einem kurzen »Guten Tag« und warteten auf ihre Antwort. Es gab keine. Nach einer Weile, die wie eine kleine Ewigkeit erschien, fragte sie der Dünnere von beiden: »Haben Sie Schlüssel zu der Wohnung der Familie Mann? Wir wollen uns nur mal umsehen.«

Tante Rosa war geschockt. Das war unglaublich!

Wirre Gedanken kamen ihr: Was hatten die vor? Die können doch nicht einfach so ohne weiteres bei irgendjemand in die Wohnung gehen! Das wäre äußerst gefährlich. Was mache ich? Ich kann sie doch nicht einfach so hineinlassen! Wonach suchen die eigentlich?

»Nein, ich habe keine. Ich glaube, heute Nachmittag wird jemand zu Hause sein.« Sie war selbst überrascht, wie ruhig sie sprach. Ihnen eine Option zu geben, würde sie womöglich davon abhalten, sich mit Gewalt Einlass zu verschaffen.

Die zwei Männer sahen sich an, es schien so, als ob sie gegenseitig ihre Gedanken lesen konnten. Sie waren darin geschult. Sie verdrehten ihre Köpfe, um nach den Fenstern zu sehen, und schauten dann auf Tante Rosa: »Wir werden zurückkommen.« Das klang wie eine Warnung.

Sie drehten sich auf dem Absatz und gingen die Treppe hinunter. Tante Rosa zitterte. Das war einfach zu viel für sie. Ich wünschte, Herr Mann würde zurückkommen, dachte sie, dann könnte ich ihm sagen, daß »sie« hier waren.

Sie drückte die Tür zu, verschloß sie und rannte so schnell als möglich hinauf zu ihrer Wohnung. Hoffentlich kam ihr nicht Frau Pantel in die Quere. Im zweiten Stock war alles ruhig. Sie waren nicht zu Hause. Gut!

Sie setzte sich an den Küchentisch und seufzte. Es war fast zwölf. Er sollte bald zu Hause sein.

Wenn die wüßten, daß die Türen der Wohnung gar nicht verschlossen sind! Die sind offen! Nur zehn kleine Schritte und ein Drücken der Türklinke – und sie wären drin gewesen.

Vor ein paar Tagen war Brigitte auf der Couch im Wohnzimmer gesessen, da sie noch nicht alleine laufen konnte. Sie war eben ein bißchen schwerer als Karin und hatte deshalb nicht das Vertrauen und die Stabilität zu laufen. Karin lief schon. Sie saß also auf der Couch, und Mutti hatte ihr ihren Schlüsselbund gegeben, damit sie etwas zum Spielen hatte. Mutti kochte etwas in der Küche. Als sie zurückkam, hatte Brigitte die Schlüssel irgendwie verloren. Eigentlich sollten sie einfach zu finden sein, oder? Sollte man glauben. Sie fanden sie nicht! Kaum zu glauben, die Schlüssel waren weg! Selbst das Verrücken der Couch und Anheben der Polster brachten sie nicht zum Vorschein. Deshalb konnten sie die Wohnung heute Morgen beim Verlassen nicht abschließen. Papa hatte nur Haustürschlüssel.

Noch ein Seufzer und Tante Rosa begann, ihr Mittagessen zu kochen.

54.

Papa sah dem abfahrenden Zug nach. Auch er hatte Tränen in den Augen. All das zeigte ihm, was seine Familie für ihn bedeutete und wie sehr er uns vermissen würde. Er drehte sich um und ging zu den Treppen. Er mußte den Bahnsteig wechseln, um einen Zug nach Sondershausen zu erwischen.

Er sah sich um. Als ehemaliger Polizist fiel ihm alles Verdächtige sofort auf. Die Chancen standen gut, daß »sie« ihn observierten. Die ganze Situation war sehr ernst, nicht nur für die Familie, sondern auch für die Obrigkeit. Vielleicht bereuten sie schon, daß sie Helga und den vier Kindern das Visum erteilt hatten. Vielleicht fühlten sie, daß irgendetwas im Busch war. Oder sie waren eben nur übervorsichtig. Man wußte ja nicht. Alles war möglich. Die Stasi hatte definitiv einen sechsten Sinn. Er erinnerte sich an die Schulungen, bei denen man lernte, jede Kleinigkeit in seiner Umgebung zu registrieren.

Einmal hatte der Lehrer an der Polizeischule während des Unterrichts einen Fensterputzer kommen lassen, für die Fenster im Klassenraum. Nachdem der mit seiner Arbeit fertig war und den Raum wieder verlassen hatte, wurde die Klasse nach dessen Aussehen befragt. Ganz schön hinterhältig, aber eine gute Lektion. »Ich muß nur vorsichtig sein und meine Umgebung beobachten«, sprach Papa zu sich selbst.

Er ging die Treppen hinunter. Am Ende war ein langer Tunnel, der von der Eingangshalle des Bahnhofs zu den insgesamt neun Gleisen führte. Er entschied sich, zur Eingangshalle zu gehen und eventuell eine Rostbratwurst mit Brötchen zu essen. Diese Thüringer Würste waren klasse! Sie wurden auf Holzkohle gegrillt und schmeckten ausgezeichnet. Während er zur Eingangshalle schlenderte, bemerkte er, daß ihm jemand folgte. In einem der Schaufenster spiegelte sich das Bild: ein Mann mit Brieftasche. Er sah nicht wie einer in Uniform aus. Papa stoppte und zündete sich eine Zigarette an. Der Mann ging an ihm vorbei, ohne irgendein Interesse an Papa zu zeigen. Besser auf Nummer sicher gehen. Papa suchte nach dem Bratwurststand. Er fand ihn draußen neben dem Bahnhofseingang und kaufte eine knusprige Bratwurst in einem frischen Brötchen. Ein bißchen Senf obendrauf und ein erster Biss. Tolles Essen, dachte Papa.

55.

Der Zug rollte ziemlich schnell, vielleicht hundert Kilometer in der Stunde. Die Landschaft war schön, es war eben Frühling. Die Bäume grünten, und auch die Blumen standen in Blüte. Es war nicht gerade sonnig, aber zumindest regnete es nicht. Viele kleine Dörfer flogen förmlich an unserem Fenster vorbei. Interessant, wie die Landschaft sich veränderte: von hügeligen Gegenden zu flachen und dann wieder etwas bergiger. Der Harz lag sicherlich schon richtig hoch.

Mutti hatte unser Abteil in ein Wohnzimmer verwandelt! Aus Decken und Kopfkissen hatte sie Betten für die Kleinen gemacht. Sie schienen sie zu mögen, denn sie lagen sehr entspannt darin. Ein paar Spielsachen daneben und etwas zu essen, wann immer gewünscht – das mußten sie doch genießen! Mutti saß neben ihnen und hatte die Gardinen zugezogen, damit sie leicht einschlafen konnten.

Wir saßen Mutti gegenüber, die ganze Bank für uns alleine. Zum Lesen hatten wir zwei Bücher mitgenommen, aber der Blick aus dem Fenster war viel interessanter. Wir mußten auch auf den Zwillingswagen aufpassen – draußen bei den Türen im Waggon. Für Mutti war sehr wichtig, daß wir ihn jede halbe Stunde kontrollierten; das habe ich nicht verstanden. Wer würde ihn stehlen? Keiner hatte Bedarf an einem Zwillingswagen. Nun, Mutti wollte es so, und wir folgten ihrem Wunsch. Wenn der Zug an einer der Stationen hielt, passten wir ganz besonders gut auf und bewachten ihn, bis der Zug wieder angefahren war.

Der Schaffner war ein ernster Mann, er kontrollierte unsere Fahrkarten gleich nach unserer Abfahrt in Erfurt. Mutti zeigte ihm auch das Visum. Eine genaue Kontrolle: Namen, Adressen, Zielbahnhof, Gültigkeit des

Visums. Es kam nicht so häufig vor, daß fast eine ganze Familie mit legalen Papieren in den Westen fuhr, um es mal so auszudrücken.

Mutti erzählte uns von den Grenzabfertigungen und riet uns, sehr artig und freundlich zu sein, wenn wir dort kontrolliert würden. Die Polizei würde kommen und alles durchsehen: Kleidung, Taschen, den Zwillingswagen, sogar die Babies. Und auf jeden Fall die Reisepässe und das Visum. Mutti nahm an, daß es wahrscheinlich zehn bis fünfzehn Minuten dauern würde.

Eine Stunde Zugfahrt verblieb bis nach Bebra, der Grenzstadt.

56.

Papa ging zurück in den Bahnhof und spazierte zum Bahnsteig fünf. Von dort sollte der Zug nach Sondershausen abfahren. In zehn Minuten würde er auf dem Weg nach Hause sein. Er mußte ständig an seine Familie denken. Wie wird es ihnen gehen, war alles in Ordnung? Wie würden für sie die Grenzkontrollen verlaufen? Es konnte immer irgendetwas schief gehen – oder die Obrigkeiten fanden irgendeinen unerfindlichen Grund, ihre Entscheidungen zu revidieren. Unglücklicherweise gab es – anders als heute – keine Möglichkeit, über Handy miteinander zu sprechen.

Er ging die Stufen hinauf zum Bahnsteig. Ein paar mehr Leute waren jetzt da. Das lange Pfingstwochenende begann, und einige verbrachten ein paar entspannende Tage an einem anderen Ort oder besuchten einfach Verwandte. Man hörte eine Pfeife, und ein wenig später kam der Zug an.

Sobald der Zug hielt, öffnete Papa eine Tür der zweiten Klasse. Er bemerkte einen Mann, der ihn zu beobachten schien. Zivile Kleidung, Zigarette, ein graues Jackett. Es war nichts Ungewöhnliches an ihm. Aber das ist immer der Fehler, den man macht, dachte Papa. Das sind die gefährlichen Personen, solche, die normal erscheinen wollen, haben etwas zu verbergen. Papa war dafür zu schlau und hatte auch zu viel Training bei der Polizei absolviert. Er behielt ihn im Auge und stieg in den Waggon ein. Dann hielt er kurz inne, so, als ob er nicht wüßte, ob er nach links oder rechts gehen sollte. Dabei konnte er sehen, daß der Mann ihm folgte. Na gut, dachte er, dann wollen wir mal sehen, wer er ist.

Papa ging den schmalen Gang entlang, der zu den Abteilen führte, und öffnete schließlich eine der Schiebetüren, um einzutreten. Es war das dritte Abteil. Er drehte sich leicht und warf einen kurzen Blick in den Gang. Der

Mann war weg! Er war ihm nicht gefolgt, aber wo war er? Es wäre besser gewesen, wenn er es wüßte.

Eine junge Dame war die einzige andere Person im Abteil. Sie las das »Neue Deutschland«, die auflagenstärkste Zeitung der DDR. Papa setzte sich auf den Fensterplatz. Jetzt bemerkte er, daß es ein Nichtraucherabteil war. Na gut, es war ja nur eine gute halbe Stunde bis Sondershausen und einer der schnelleren Züge, die nicht in jedem Dorf anhielten.

Zwei Pfiffe und es ging los. Papa entschied sich, besonders auf die Bahnsteige zu achten, wenn der Zug anhielt, um zu sehen, ob der Mann ausstieg. Er war versucht, bis zur Plattform zwischen den beiden Waggons zu laufen und nachzusehen, ob der Mann vielleicht doch im anderen Waggon war. Aber letztendlich war das keine gute Idee, das war dann doch zu augenscheinlich.

Er beobachtete die junge Dame. Sie war um die zwanzig und hatte blonde, lockige Haare, trug eine rosa Bluse, einen schwarzen Rock, eine helle Jacke und flache, schwarze Schuhe. Sie hatte blaue Augen, trug eine kleine goldene Halskette und wog so ungefähr ... Hör auf, sagte er zu sich selbst, du bist nicht mehr bei der Polizei. Diese Tage sind endgültig vorbei. Andererseits sind solche Kenntnisse hilfreich.

Es war so, als ob er wieder aufgewacht wäre: Wo ist der Typ? Der Zug hielt zweimal an, aber Papa konnte ihn nicht aussteigen sehen. Also war er immer noch im Zug. Vielleicht bin ich ja auch nur zu kaputt. In ein paar Minuten würde er entweder in Sondershausen aussteigen oder weiter nach bis zur Endstation Leipzig fahren.

Der Zug verlangsamte seine Fahrt. Er war fast zurück in Sondershausen. Und was mache ich jetzt? Ich muß immer noch etwas essen, bevor ich nach Hause gehe. Ich muß in die Stadt gehen. Im HO-Laden sollten sie doch etwas haben, was einfach zuzubereiten ist. Vielleicht eine Bockwurst oder auch zwei, die ich aufwärmen kann. Eine Scheibe Brot mit ein bißchen Butter oder Margarine und ich bin versorgt für heute. Radio hören oder ein Buch lesen. Ein Spaziergang zu den Feldern am Ende unserer Straße.

Die junge Dame blieb sitzen und sagte »Auf Wiedersehen«, als Papa aufstand. Er guckte den Gang hinunter und ging zur Tür. Niemand anders schien auszusteigen.

Der Zug fuhr jetzt ganz langsam und hielt dann an. Papa öffnete die Tür und warf im gleichen Moment einen kontrollierenden Blick in den anderen Waggon. Keine der Insassen schaute dem Mann von vorhin ähnlich.

Papa sprang die Eisenstufen hinunter und folgte dann dem Schild »Ausgang«. Der Mann war nirgendwo zu sehen. Die Bahnhofsuhr zeigte 13.08.

Helga war jetzt nahe der Grenze, wenn der Zug pünktlich war. Hoffentlich geht alles gut!
Papa verließ den Bahnhof und lief die Hauptstraße hinunter zur Innenstadt. Er würde etwa zwanzig Minuten dafür brauchen.
Er hatte ja keine Eile.

57.

Wir waren hungrig. Mutti sah das und stand auf, um eine der Taschen zu öffnen. Sie war wie immer vorbereitet. Kinder und Papa waren immer hungrig, eine Tatsache. Es war nur die Frage, wann. Mutti holte ein paar in Papier gewickelte, belegte Brote hervor und packte sie aus. Die einzige Frage blieb nun, ob Butter oder Margarine darauf war. Mutti gab Roland und mir je eins und nahm eines für sich selbst.

Das hatte sie bestimmt geplant. Natürlich war das so! Wir hatten sogar Wurstscheiben drauf. Hmm! Eine ganze Weile sprach nun niemand. Der Zug ratterte über eine Wegstrecke, auf der die Gleise nicht sonderlich gut verarbeitet waren. Hoffentlich würden sich die nicht lösen.

Viermal hatten wir auf dem Weg angehalten, und bald müßten wir die Grenze erreichen. Mutti hatte etwa drei Stunden geschätzt, und es war fast halb zwei.

»Jungs, wir sind gleich an der Grenze«, sagte sie, als hätte sie meine Gedanken gelesen. »Bitte benehmt euch anständig, wenn sie uns kontrollieren. Nur ich rede, und ihr seid ruhig. Verstanden?«

Wir nickten.

»Roland, wenn du dein Brot aufgegessen hast, geh bitte und sieh wieder nach dem Wagen. Jürgen, du hilfst mir mit den beiden Kleinen.«

Das waren klare Aufträge, und eine Minute später verließ Roland das Abteil.

Ich half, Karin zu halten, und Mutti nahm Brigitte. Sie strich mit einer Hand die Decken glatt und legte sie zurück in eine angenehme Position. Dann machte sie das auch mit Karins Decke und legte sie hin. Sie schob die Tür zur Seite und sah den Gang hinunter, der alle Abteile miteinander verband. Roland war nirgendwo zu sehen.

Immer etwas mit ihm, dachte sie. Sie drehte sich zu mir um: »Ich muß nach Roland sehen. Du bleibst hier, paß auf die Kleinen auf, und rühr dich nicht vom Fleck!«

Sie schob die Tür zu und ging in die Richtung, wo der Zwillingswagen stand. Dort gab es diese Metallplatte, die ratterte fürchterlich, aber wenigstens konnte man von einem in den anderen Waggon gehen. Der Wagen stand so, daß er niemandem im Weg war. Mit ihm war alles in Ordnung. Als Mutti sicher war, daß sie niemand beobachtete, kniete sie nieder und fuhr mit der Hand über den Boden, zuerst von links nach rechts, dann umgekehrt. Alles in Ordnung, so schien es. Die dicken Decken für die Kleinen waren sauber gefaltet und die Haube war hoch. Sehr gut! Aber wo war Roland? Ein Schloß klickte hinter ihr und eine Sekunde später erschien er in der Toilettentür.

»Ich mußte mal, Mutti!«, gab er glaubwürdig von sich, bevor Mutti irgendetwas sagen konnte. Auf dem Weg zurück zum Abteil fing ihr Herz kräftig an zu schlagen, da der Zug langsamer wurde.

So, jetzt geht es los, dachte sie. Ich muß vorbereitet sein für die Grenzkontrolle!

Es war für sie beruhigend zu sehen, daß ich mich nicht einen Zentimeter von meinem Platz bewegt hatte und alles in Ordnung war. Sie faßte in ihre Handtasche und sah nach ihrem Lippenstift. Da Mutti kein dunkler Hauttyp war, fingen ihre roten Lippen an zu glühen.

Wir haben eine hübsche Mutti, war mein Gedanke.

58.

Wie erwartet brauchte Papa zwanzig Minuten, um die Straße in die Stadt hinunterzulaufen. Kleinere Bäume standen am Rand, und die Gehwege waren etwas holprig. Auf der rechten Seite, an einer Einmündung, stand das SED-Gebäude, ein bißchen später kam die Ferdinand-Schlufter-Straße, wo wir einmal gewohnt haben und wo ich geboren wurde. Das war auch die Straße, in der das Schild der Farbenfirma war. Ich erzählte ja, daß Roland und ich dort immer den Lkw auf der Rampe beobachtet hatten.

Auf dem Weg passierte er auch das Polizeigebäude, das er so gut kannte. Viele Erinnerungen kamen ihm jetzt. Es war eine gute Arbeit, aber eben oft mit Stress verbunden. Der politische Druck, immer auf der Hut sein, keine Fehler erlaubt. Und immer die volle Unterstützung für das System zeigen in allem, was man sagte und tat. Er schaute hoch zu dem Fenster seines früheren Büros. Diese Zeit war endgültig vorbei!

Jetzt konnte man die Post sehen, das große, gelb verklinkerte Gebäude. Er ging vorbei und geradewegs auf die HO zu. Die Bratwurst hatte nicht lange vorgehalten. Was könnte ich denn heute zum Abendbrot essen, dachte er, während er den Laden betrat. Würstchen, gute Wahl, was sonst! Einfach zu machen, außer einem Teller kein Geschirr, dazu ein Kochtopf. Haben wir noch Senf zu Hause? Keine Ahnung, besser ist, ich kaufe welchen. Brot sollten wir zu Hause haben, aber im Notfall schmecken die Würstchen auch ohne Brot!

Die Dame an der Kasse sah ihn mitleidig an: Armer Mann. Wahrscheinlich keine Frau und keine Familie. Sie lächelte. »Eine Mark achtundfünfzig«, verlangte sie von Papa, der sein Portemonnaie auspackte und das Geld auf den Tisch zählte. Ich bin immer noch ein gutaussehender Junge, dachte er und lächelte zurück.

Er verließ die HO und ging nach Hause.

59.

Tante Rosa hatte das Geschirr vom Mittagessen abgewaschen. Sie war immer noch nervös und konnte es nicht erwarten, Papa zu erzählen, was alles am Morgen vorgefallen war. Vielleicht hatte er ja eine Erklärung dafür. Es war ja nicht so ungewöhnlich, daß die Stasi oder die Polizei solche Situationen genau untersuchte. Natürlich nicht. Sie würden alles tun, wenn sie einen Verdacht hätten.

Sie hatte sich gerade wieder hingesetzt, als sie Geräusche hörte. Andere als heute früh. Schlüssel klimperten! Das mußte er sein. Sie sprang auf, öffnete ihre Tür einen Spalt und horchte. Ja! Es war Herr Mann, der nach Hause kam. Sie mußte ihm alles sofort erzählen!

Sie ging nach unten, hielt kurz an, um zu sehen, ob Pantels wieder da waren. Alles ruhig. Gut. Sie kam in unseren Flur hinunter. Papa hatte seine Schlüssel behalten, damit er jederzeit ins Haus konnte. Er war nicht gerade in bester Stimmung.

»Alles in Ordnung, Herr Mann?«, wollte Tante Rosa wissen.

»Ja, Frau Hendrich, sie sind im Zug.« Er sah Tante Rosa an und ahnte sofort, daß irgendetwas passiert war. Er zeigte auf das Wohnzimmer. »Wir gehen da rein.« Sie folgte ihm.

»Was ist los?« Jetzt war Papa beunruhigt.

Sie erzählte ihm schnell von den beiden Zivilbeamten, die am Morgen nach ihm gefragt hatten.

»Ich habe versucht, so ruhig wie möglich zu reagieren, aber ich bin nicht sicher, ob sie es mir abgenommen haben. So um elf Uhr kamen zwei Polizisten und wollten die Wohnung sehen.« Sie machte eine Pause. »Sie wollten die Schlüssel zur Wohnung! Wenn die gewußt hätten! Die Türen waren ja offen. Wenn einer in die Wohnung gegangen wäre, Herr Mann, hätte er gleich gemerkt, daß da nicht alles so ist, wie es sein sollte.«

»Unglaublich, das hätte ich nicht erwartet.« Papas Kopf arbeitete jetzt plötzlich wie wild. Er schaute auf seine Armbanduhr. Helga und die Kinder mußten jetzt an der Grenze sein. Hoffentlich kamen sie durch.

»Ich verlasse die Wohnung, hier bleibe ich nicht – zumindest nicht tagsüber. Morgen ist Sonnabend, und ich werde morgens gehen und erst in der Nacht wiederkommen. Ich werde zu Bohnes gehen. Für den Fall, daß sie wiederkommen und fragen oder in die Wohnung wollen.« Tante Rosa nickte. »Ich möchte nicht, daß Sie sich in Gefahr begeben, Sie haben uns so sehr geholfen! Ich werde an Ihre Tür klopfen morgen Abend, wenn ich zurückkomme. Bitte seien Sie vorsichtig!« »Wie war es mit der Familie, ist alles gut gelaufen?«, fragte sie.

Papa erzählte ihr, daß wir sicher den Zug in den Westen erreicht hatten und sie sich keine Sorgen machen müsse. Bis vor zehn Minuten hat das auch noch gestimmt, dachte Papa. Ich muß ganz schnell abhauen. Er führte Tante Rosa zur Tür, und sie ging hoch zu ihrer Dachwohnung.

Ich sollte mir wenigstens die Würstchen kochen, sagte er sich. Ich brauche was im Bauch. Er zündete eine Gasflamme am Herd an. Fünfzehn Minuten später verließ er die Wohnung.

Die Zimmer sahen schon ein wenig verlassen aus, das war ihm klar. Das würden Polizisten sofort erkennen.

60.

»Das ist die Grenze zu Westdeutschland. Sie verlassen die Deutsche Demokratische Republik. Jeder, der kein gültiges Visum hat, muß den Zug jetzt verlassen!«

Die Ansage aus dem Lautsprecher war kalt und furchterregend. Wir saßen in unserem Abteil, ruhig, ohne ein Wort zu sagen. Mutti hatte uns aufgefordert, uns bestens zu benehmen. Sie hatte die Papiere aus ihrer Handtasche geholt, die Ausweise und das wichtigste von allen: das Visum. Der Zug hielt an. Das war tatsächlich Bebra, die Grenzstadt, oder wenigstens die letzte Station, bevor man die DDR verlassen würde. Auf dem Bahnsteig sahen wir jede Menge Grenzpolizisten. Sie bestiegen den Zug gleichzeitig durch alle Türen, um sicherzustellen, daß sie alles und jeden unter Kontrolle hatten. Nichts und niemand konnte sich ihrer Aufmerksamkeit entziehen. Sie trugen Pistolen, und ein paar hatten Maschinenpistolen umhängen. Alles erschien so ernst, und trotzdem, das muß ich sagen, war da auch etwas Aufregendes in dieser Situation. Bei Roland war es vermutlich nicht anders. Er schaute zu mir rüber, als ob er mir sagen wollte, daß er es auch so fühlte.

Ich schaute zu Mutti. Sie saß da mit überkreuzten Beinen, aufrecht, so, als ob sie sagen wollte: Ich bin bereit! Ihr könnt ruhig kommen und uns kontrollieren. Es dauerte nicht lange, bis sich die Abteiltür zur Seite schob. Der Vopo war groß und mußte sich ducken, um einzutreten.

»Guten Tag, die Papiere bitte!«

Der ist aber nicht sehr freundlich, dachte ich. Mutti gab ihm die Papiere. Er schaute abwechselnd auf die Ausweise und in unsere Gesichter. Dann begann er eine Kette von Fragen:

Wohin fahren Sie? Was ist der Zweck der Reise? Sind das Ihre Kinder? Und so fort. Natürlich, können Sie nicht lesen?, dachte Mutti.

»Bitte öffnen Sie Ihre Taschen.«

Er kontrollierte alles.

»Könnten Sie die Babies hochheben?«

Mutti tat es, erst Karin, dann Brigitte. Würde jemand wirklich die Nerven haben, etwas unter einem Baby zu verstecken? Dann die nächste Frage:

»Haben Sie einen Kinderwagen? Wo ist er?«

Mutti wurde nervös. Sie zeigte in den Gang: »Er steht vorne im Waggon. Da sind nur zwei Decken drin für die Kleinen, alles andere ist hier.«

»Bitte zeigen Sie ihn mir!«

Mutti stand auf und ging mit ihm. Er schaute in den Wagen, hob die Decken hoch. Er klappte die Haube zurück und schaute dahinter. Genau jetzt wich jede Farbe aus Muttis Gesicht. Sie hielt sich am Türgriff der Toilette fest. Wer weiß, was passiert wäre, wenn er ihr Gesicht jetzt gesehen hätte. Glücklicherweise war der Vopo zu beschäftigt mit seiner Suche. Er setzte den Wagen schließlich zurück an seinen Platz und sagte nur: »Gehen Sie zurück in ihr Abteil, ich komme später zurück.«

Mutti schob die Tür des Abteils zu und fiel in ihren Sitz. Was war pas-

siert? Sie sah nicht gut aus! Plötzlich bemerkte ich, daß sie keine Papiere mehr hatte. Was war das Problem? Würden sie uns nach Hause zurückschicken?
»Bleibt ruhig und seid still.«
Das machten wir.
Eine Ewigkeit konnte nicht länger dauern! Leute stiegen ein und aus, schreiend, sich beschwerend, argumentierend. Manche wurden samt ihren Koffern abgeführt.
Jeder Waggon wurde kontrolliert, hörte ich später. Sogar der Gepäckwagen, die Lokomotive und der Tender, wo die Kohle geladen war. Mit einem kleinen, zweirädrigen Karren, auf dem ein großer Spiegel montiert war, schauten die Vopos auch *unter* jeden Waggon, denn es gab immer wieder Leute, die auf diese Weise flüchten wollten.
Wir hatten aber ein Visum! Endlich kam der Vopo wieder und gab Mutti ihre Papiere zurück.
»Gute Reise.«
Die Tür schloß sich und der Zug rollte an. Mutti hatte Tränen in den Augen. Wir haben es geschafft!, schoß es durch ihren Kopf.
»Sind wir jetzt im Westen?«, fragte ich.
»Ja, das sind wir.«

61.

Wohin soll ich gehen? Fast ein wenig hilflos machte Papa einen langen Spaziergang durch die Felder am Ende unserer Straße. Ich muß mich irgendwo hinsetzen und nachdenken. Wie kann ich die zwei nächsten Tage hier verbringen? Vielleicht setze ich mich in ein Café in der Stadt. Nein, keine gute Idee. Besser, man sieht mich nicht. Sie könnten nach mir suchen.
Er drehte um und ging in Richtung des oberen Endes vom Possenweg, wo keine Häuser mehr standen – aber Parkbänke. Es war nun etwa drei Uhr. Helga und die Kinder müßten die Grenze passiert haben. Sie müßten im Westen sein! Sollte etwas schiefgegangen sein, werde ich sicherlich davon hören, aber wahrscheinlich nicht vor morgen. Der Gedanke war schrecklich.
Papa war klar, daß Sicherheit oberste Priorität hatte. Du darfst nicht zu Hause sein außer zum Schlafen, dachte er. Das Haus früh morgens verlas-

sen und erst spät in der Nacht zurückkehren war das Beste. Ich habe deren volle Aufmerksamkeit, und sie werden die Wohnung kontrollieren. Nicht dort zu sein, ist der einzige Weg, Ihnen nicht über den Weg zu laufen. Polizei und Stasi sind über Helgas Reisepläne informiert: Datum, Ankunfts- und Abfahrtzeiten. Sie wissen jetzt, ob es Helga und die Kinder durch die Grenzkontrollen geschafft haben. Die Kontrollorgane würden einen Bericht zurück nach Sondershausen senden. Wenn Helga die Fahrt in den Westen gelungen ist, dann sind die nächsten achtundvierzig Stunden in den Augen der Polizei und der Stasi äußerst kritisch. Der Großteil der Familie ist weg. Die Möglichkeit, daß ich in den folgenden Tagen durch die bestehenden Löcher in den Grenzkontrollen schlüpfte, ist vorhanden.

Seit Anfang 1961 stieg die Zahl der Flüchtenden immens an. Einige hatten Visa, andere gingen in Nacht und Nebel über wenig gesicherte Abschnitte der Grenze. Selbst durch Berliner Kontrollpunkte für Fußgänger flüchteten manche.

Viele wurden natürlich erwischt. Ein paar Jahre Gefängnis waren trotz Gerichtsverfahren vorprogrammiert. Das Vergehen nannte sich »Republikflucht«.

Papa führte Selbstgespräche: »Wir haben doch darüber gesprochen, Helga, daß ich am frühen Sonntagmorgen Sondershausen verlasse. Natürlich nur, wenn ich das Telegramm von dir erhalten habe. Ich werde versuchen, keine Spur zu hinterlassen. Sie suchen mich womöglich schon überall zu diesem Zeitpunkt. Die haben diesen sechsten Sinn, darüber gibt es keinen Zweifel. Ich muß mir mal die Landkarte anschauen und genau sehen, welche Züge ich nehmen kann, von Bahnhof zu Bahnhof. Über Leipzig und Magdeburg? Oder von einer kleinen Stadt zur nächsten? Besser Letzteres. Kleine Bahnhöfe werden nicht so überwacht, und meine Chance, Berlin zu erreichen, ist viel höher. Morgen könnte ich nach Jecha fahren, dort kennt mich keiner. Und ein gutes Mittagessen wäre auch gut.

Er stand auf, sah sich um und ging zurück durch die Felder, ohne eine Menschenseele zu sehen. Langsam ging die Sonne unter: In einer halben Stunde gehe ich nach Hause, dachte er bei sich. Hoffentlich gibt es dort noch etwas zu essen.

62.

Am späten Freitagabend würden wir in Mönchengladbach ankommen. Oma und Opa hatten einen arbeitsreichen Tag hinter sich: Ihre Tochter und die Enkelkinder würden kommen. Aufregend und noch soviel zu tun! Das größte Problem war, wie man all die Leute zum Schlafen in einer Zweizimmerwohnung unterbringen sollte. Nur für ein paar Tage zwar, trotzdem schwierig.

Oma war nervös. Sie hatte vieles arrangiert, um die Familie willkommen zu heißen. Opa mußte einkaufen und genügend zu essen besorgen. Kochen würde schwierig werden, da es nur eine sehr kleine Küche gab. So waren eben die Gegebenheiten, besser ging es nicht. Keiner hatte genug Geld für ein großes Fest und Hotelzimmer für alle. Aber das war ja auch nicht das Wichtigste. Das Wiedersehen nach so langer Zeit war doch die wirkliche Freude!

Es wurde dunkel. Den ganzen Tag hatten sie an uns gedacht. Hoffentlich war alles in Ordnung, und sie hatten die Grenzkontrollen unbeschadet passiert. Sie kannten ja diese Situation, weil sie das schon zweimal mitgemacht hatten. Angsteinflößend und nervenaufreibend. Zumindest hatten sie die offiziellen Papiere und das Visum.

»Wir müssen davon ausgehen, daß alles gut ging«, sagte Opa.

Bald würden sie sich fertig machen, zum zwei bis drei Kilometer entfernten Bahnhof gehen, um sie abzuholen. So alt sie auch waren, sie würden den ganzen Weg laufen!

Viel wurde nicht gesprochen während des kleinen Abendessens. Ihre Gedanken waren bei uns. Es wird wunderschön werden, dachte Oma. Ich kann es nicht erwarten, sie zu sehen!

Sie verließen das Apartment um neun. Der Weg zum Bahnhof würde fast eine Stunde dauern.

63.

Wir hatten Kassel hinter uns gelassen, die erste größere Stadt in Westdeutschland. Die Unterschiede waren nicht zu übersehen. Alles schien viel lebendiger zu sein. Mehr Autos, mehr Leute. Viele schöne Gebäude – und sauberere, mußte ich zugeben. Die Gebäude waren mindestens restauriert und renoviert. Roland und ich erfreuten uns an diesen neuen Eindrücken, den unterschiedlichen Bauten – und den Autos. Vieles war so anders. Überall gab es Reklametafeln und Werbung. Blinklichter zeigten auf bestimmte Läden oder irgendwelche Häuser. Die Leute schauten auch anders aus – vielleicht glücklicher? Schwierig zu sagen. Vielleicht etwas entspannter. Aber sie waren definitiv anders angezogen, moderner, besonders die Frauen. Manche hatten komische Frisuren. Ich sah zu Roland rüber und grinste.

Müdigkeit überkam mich. Ich ging vom Gangfenster zurück ins Abteil. Mutti hatte die zwei Kleinen gefüttert – waren die hungrig! Wie konnte das sein? Den ganzen Tag hatten wir sie herumgetragen, oder sie schliefen auf den Kissen, zugedeckt mit ihren Decken. Ich setzte mich, und Mutti sah mich an:

»Wie geht's dir, Jürgen? Ziemlich aufregend da draußen, nicht wahr?«

Ich nickte. »Alles ist anders. Hast du all die Autos gesehen, Mutti?«

»Warte ab, bis wir bei Oma und Opa sind. Hast du Hunger? Ich habe noch zwei Brote, eins für dich und eins für Roland.«

Sie griff in ihre Tasche und holte eines heraus.

»Wie weit ist es noch, Mutti?«

Sie schaute auf ihre kleine Armbanduhr. Die hatte sie zum Geburtstag von Oma bekommen. Nichts besonderes, mit Lederarmband und einem runden Ziffernblatt.

»Noch vier Stunden, Jürgen. Schlaf ein bißchen. Hier ist eins der Kissen.«

Es muß gleich nach meinem letzten Bissen gewesen sein, als ich auf dem Kissen einschlief.

64.

Nicht gerade viel zu essen, aber Papa war auch nicht wirklich hungrig. Die anderen sechs Würstchen mit Brot und Senf schmeckten sehr gut.

Er ging nach oben zu Tante Rosa und Onkel Walter. Sie saßen auf ihrer Couch und hörten Radio.

»Wo waren Sie, Herr Mann? Wir haben uns Sorgen gemacht.«

Papa wurde blaß. »Warum? War die Stasi wieder hier?« Sein Herz fing an, schneller zu schlagen. Er setzte sich auf einen Küchenstuhl und erwartete schlechte Nachrichten.

»Nein«, sagte Onkel Walter.
Papa war erleichtert und verwirrt zugleich. »Aber sie haben gesagt, daß sie wiederkommen würden, oder?«
»Ich habe keine Ahnung. Ich war den ganzen Tag da.«
Papa zuckte mit den Schultern. Also waren sie nicht hier gewesen. Das war ungewöhnlich, etwas war im Busch. Sie hatten gesagt, sie kämen wieder, dann waren sie doch nicht aufgetaucht. Da lief etwas falsch – oder sie hatten sich etwas für morgen aufgehoben.
»Gehen Sie schlafen, Herr Mann, Sie können ja nichts ändern.«
Papa stand auf und dankte ihnen. Tante Rosa umarmte ihn und begleitete ihn zur Tür. Er ging leise die Treppen hinunter, über den Flur und erst einmal in die Küche, aß einen Apfel und ging dann ins Wohnzimmer, wo er das Radio anschaltete. Ein bißchen leichte Musik würde ihm helfen, abzuschalten und nicht zwischen Hoffnung und Angst, Vorfreude und Depression zu schwanken. Hoffentlich hatten sie es geschafft!
Morgen gehe ich zu Bohnes, nicht nach Jecha, entschied er. Gerda und Rolf werden mich ein bißchen ablenken. Gerda wird auch was kochen. Dieses Problem war damit auch gelöst. Ich wäre nicht zu Hause, wenn die Stasi-Leute kämen, sie könnten mich auch nicht so schnell finden. Es würde sie allerdings nicht zurückhalten, nach mir zu suchen! Dann hätte ich kaum eine Chance. Wenn sie die Wohnung öffnen, würde das das Ende aller Träume sein. Es war schon alles sehr riskant.
Er entdeckte eine halbvolle Flasche Wein. Er hatte kürzlich zwei Gläser mit Helga getrunken. Das könnte das richtige Schlafmittel sein. Aber erst einmal mußte er sich seine Reiseroute für Sonntag ausdenken.
Tante Rosa hatte ein paar Ideen von ihrer Reise nach Berlin vor sieben Wochen mitgebracht. Sie war sehr religiös und hatte immer ein Kruzifix an der Wand ihres kleinen Wohnzimmers hängen. Die Katholiken hatten eine ihrer großen Feiern in Berlin gehabt, und sie war mit dem Zug hingefahren, um daran teilzunehmen. Sie hatte Papa die besten Zugverbindungen genannt und ihm erklärt, über welche Stationen er nach Berlin kommen konnte. Ihren Rat würde er berücksichtigen, aber er wollte gedanklich nochmals die einzelnen Schritte durchgehen, zum letzten Mal, bevor er entscheiden würde, welche Strecke er nahm.
Von Sondershausen fuhr sie nach Sangerhausen, wahrscheinlich eine gute Idee, da es eher eine kurze Strecke war. Aber wohin dann? Geradewegs nach Magdeburg? Das war ein langes Stück. Besser durch ein paar kleinere Städte mit weniger Polizisten und weniger Aufmerksamkeit. Von Magdeburg nach Berlin wäre dann leicht. Berlin war Hauptstadt – für

Westdeutschland und die DDR. Das würde auch nicht sehr lange dauern, vielleicht eine Stunde mit dem Zug. Papa plante, etwa am frühen Nachmittag in Berlin zu sein.

Morgen Abend muß ich mir meine Papiere zurechtlegen, dachte er. Parteibuch, Ausweis und Geld. Er stand auf und sah nach der Brieftasche, die ihm Mutti vorbereitet hatte. Sie hatte ein paar Socken und Unterhosen eingepackt, dazu Rasierer, Zahnbürste und Zahncreme. Papa hatte sein Schachbrett und die Figuren in eine andere Tasche getan. Sie könnten als Erklärung dienen.

So, dann laß uns mal den Wein trinken, ich brauche ein bißchen Schlaf. Er nahm einen Schluck. Seine Gedanken waren wieder bei seiner Familie: Sind sie schon angekommen? Er schaute auf die Uhr. Viertel vor zehn. Fast da. Sie sind jetzt wahrscheinlich in Düsseldorf. In dreißig Minuten werden sie in Mönchengladbach ankommen.

Er schaltete das Radio aus, ging durch unser Zimmer und schob die Schlafzimmertür auf. Es war irgendwie kalt in der Wohnung.

Überraschenderweise brauchte er nur ein paar Minuten, um einzuschlafen. Es war ein langer und aufregender Tag gewesen. Helga und die Kinder müßten jetzt in Mönchengladbach sein.

65.

An dem Freitag, an dem Papa uns zum Bahnhof brachte, mußte er sich natürlich freinehmen. Der halbe Tag wäre schon vorbei gewesen, wenn er aus Erfurt zurückkam. Dann noch nach Göllingen zur Arbeit zu fahren, machte keinen Sinn. Er war sowieso nicht in der Lage, vernünftige und konzentriert zu arbeiten. Sein Chef, Herr Schirmer, hatte kein Problem damit und gab ihm gerne einen Tag frei. Er hatte noch nicht einmal dem Personalbüro Bescheid gegeben.

Trotzdem hatte man bemerkt, daß Papa am Freitag nicht in der Firma war. Kollegen kamen und fragten nach ihm, waren ein bißchen überrascht, fragten aber nicht beim Chef nach. Es war nur ungewohnt. Herr Mann war nicht hier, und niemand war darüber informiert.

Wie in allen Firmen gab es immer Leute, die sich nicht mochten. Einer der männlichen Kollegen hätte offensichtlich Papas Aufgabe vor etwa achtzehn Monaten übernehmen sollen, das wurde aber abgelehnt, und jetzt war er neidisch. Deshalb war da immer eine gewisse Spannung, und die Zusammenarbeit war nicht gut. Als er feststellte, daß Papa nicht da war, hatte er nichts Besseres zu tun, als gleich zum Personalbüro zu gehen und von Papas Abwesenheit zu berichten. Schon sehr bald wußte es die gesamte Firma.

Wie erwähnt, waren wir eine der wenigen Familien in der Stadt, die ein Telefon hatte: Nummer 576. Obwohl Papa nicht mehr bei der Polizei war, durften wir den Anschluß behalten. Das Problem war aber, daß wir nicht offen sprechen oder irgendetwas Schlimmes sagen konnten. Die Polizei hörte wahrscheinlich alle unsere Telefonate ab. Während Muttis Schwangerschaft und anderen Ereignissen war es allerdings sehr praktisch. Wir mußten der Vermittlung im Polizeigebäude sagen, wen wir erreichen wollten, und sie stellte uns durch. So hatten sie eine genaue Übersicht über alle unsere Telefonate.

Das Personalbüro rief nun zu Hause an, nachdem es von Papas Abwesenheit erfahren hatte. Die Dame im Polizeigebäude stellte sie durch.

Niemand zu Hause!? Besser gesagt: Papa war nicht zu Hause! Also war er nicht krank!

Alle wußten nun davon: die Stasi, die Firma und die Polizei sowieso! Wahrscheinlich waren sie deshalb bei uns gewesen, um Genaueres herauszufinden.

Papa wußte nichts von den Abläufen, die durch seine Abwesenheit in der Firma in Gang gesetzt wurden. Manchmal kommen Dinge zusammen, die außerhalb jeglicher Kontrolle sind.

Die Stasi war sowieso in Alarmbereitschaft, die Polizei war jetzt allerdings auch neugierig geworden, weil Papa nicht zu Hause war. Für die Stasi war das normal unter solchen Umständen: Wenn der Großteil einer Familie in den Westen reiste, mußte observiert werden. Das war Pflicht. Sie wußten über das Visum und alles andere Bescheid, das war also keine Überraschung. Die Polizei wußte das auch alles, aber solange nicht etwas Ungewöhnliches passierte oder die Stasi sie beorderte, eine Untersuchung vorzunehmen, unternahm sie nichts.

Daß Papa von seiner Firma gesucht wurde, war ungewöhnlich. Dort sollten sie doch wissen, daß er einen Tag frei hatte. Daß sie es nicht wußten, weckte das Interesse der Polizei. Und genau deshalb der zweite Besuch am späten Morgen.

Es war immer beängstigend, wenn man sah, wie gut dieser Apparat funktionierte. Sie wußten einfach alles, fast alles.

Etwas anderes war am Nachmittag passiert, von dem Papa keine Kenntnis hatte. Gegen zwanzig nach eins, als Papa von Erfurt zurückgekommen war, am Polizeigebäude vorbeiging und die HO ansteuerte, wurde er gesehen! Einer seiner früheren Kollegen und vielleicht einer der beiden Männer, die unsere Wohnung kontrollieren wollten, hatte ihn vorbeigehen sehen. Unglaublich! Andererseits war es die Antwort auf ihre Frage: Er war zurück in der Stadt, wie man erwartet hatte.

»Ruf die Stasi an, die brauchen nicht noch einmal rausfahren. Sag Ihnen, daß wir ihn gesehen haben, er ist gerade hier vorbeigegangen. Das reicht uns!«, sagte Papas früherer Kollege zu seinem Partner, der sogleich das Stasi-Büro anrief und berichtete.

Herr Schirmer mußte sich beim Personalbüro entschuldigen und erklärte, daß er es einfach vergessen habe zu melden, daß Papa wegen der Reise der Familie diesen Tag frei genommen hatte.

Alles das wußten Mutti und Papa nicht, bis sie es Wochen später erfahren haben.

66.

Der Zug verlangsamte seine Fahrt zum letzten Mal. Wir sind da, dachte ich. Ich hatte etwa eineinhalb Stunden geschlafen und war jetzt ziemlich munter. In ein paar Minuten würden wir Oma und Opa in sehen! Unglaublich! Roland war auch ganz aufgeregt. Mutti schien sich nicht so sehr zu freuen. Irgendetwas war nicht in Ordnung. Ich wußte nicht, was. Ich war mir aber sicher, daß sich das ändern würde, sobald sie ihre Eltern sehen würde.

Wir fingen an zusammenzupacken. Da war soviel! Unser Abteil sah aus wie unser eigenes Wohnzimmer zu Hause. All die Taschen, Spielzeuge, Bücher, Magazine und Essensreste. Taschen wurden gepackt, und Mutti kümmerte sich um die beiden Kleinen.

Die Lichter der Stadt wurden heller und zahlreicher. Mehr und mehr Gleise liefen rechts und links vom Zug, ein Zeichen, daß wir den Bahnhof erreichten. Die Bremsen fingen an zu kreischen. Wir sahen nach rechts aus dem Fenster, da sich dort langsam der breite Bahnsteig aus Zement ausbildete. Wir schauten in alle Gesichter der Menschen, die auf dem Bahnsteig warteten. Es war ja schon ziemlich dunkel und schon fast halb elf. Kein Opa, keine Oma? Vielleicht hatten wir sie übersehen, oder sie warteten ganz am Ende des Bahnsteiges. Sie mußten doch hier sein! Der Zug stoppte.

»Das ist die Endstation des Zuges, Jungs, wir brauchen uns also nicht beeilen«, sagte Mutti. »Ihr müßt mir sowieso erst helfen. Nehmt euch jeder eine Tasche und geht nach draußen, vielleicht seht ihr Oma und Opa auf dem Bahnsteig.«

Roland und ich ergriffen jeweils eine Tasche und rannten zur Tür. Ein paar Schritte nach unten – und wir standen geradewegs vor Oma und Opa!

Was für eine Freude! Umarmungen und glückliche Gesichter bei allen. Wunderbar und aufregend zugleich. Sie hatten tatsächlich am Ende des Bahnsteiges gewartet und merkten dann, daß wir womöglich mehr in der Mitte des Zuges waren. Also liefen sie uns entgegen.

Opa stieg in den Zug, und Roland folgte ihm; er war nun mal älter und stärker und konnte beim Tragen der Koffer und Taschen helfen. Opa begrüßte Mutti mit einer innigen Umarmung. Mutti weinte, ihre Gefühle schienen sie zu übermannen. Das könnte es sein, dachte sie.

»Alles in Ordnung?«, fragte Opa.

Sie nickte, wischte sich die Tränen und zeigte zur Tür: »Laß uns erst den Zwillingswagen nehmen und auf den Bahnsteig stellen, dann können wir die beiden Kleinen gleich reinlegen. Roland?«

Roland war hinter ihr mit einem Koffer.

»Warte hier und paß auf die Kleinen auf, wir sind in einer Minute zurück!«

Sie manövrierten den Wagen auf den Bahnsteig, dann kam Mutti zurück und holte zuerst Brigitte und dann Karin und legte sie zusammen in den Zwillingswagen. Sie deckte sie zu, denn es war schon ein bißchen kühl. Nun den Rest. Minuten später waren wir fertig und verließen den Bahnhof.

Es war geplant, daß Opa mit Mutti und dem Zwillingswagen nach Hause lief und daß Oma mit uns mit der Straßenbahn fuhr. Der Grund war, daß der breite Wagen einfach nicht durch die Türen der Straßenbahn paßte. Es gab auch keine großen Taxis oder Kombis, die ihn hätten transportieren können. Kaum zu glauben! Opa und Mutti starteten also gleich ihren Weg nach Hause.

Oma führte uns zur Straßenbahnhaltestelle vor dem Bahnhof. Man ging Treppen hinunter durch eine Unterführung. Das Beste daran waren die Rolltreppen! Toll! Eine führte nach einem kurzen Weg nach unten, die nächste wieder nach oben. Was für eine fantastische neue Erfahrung für uns! Das machte Spaß!

Roland und ich fuhren einige Male auf und ab, während Oma oben auf die Straßenbahn wartete. Ob ihr das gefiel? Schließlich mußten wir aufhören, da die Straßenbahn bald eintreffen würde.

Ich sah mich um: Da waren so viele Lichter und Reklametafeln und

Leuchtschriften. Überall Autos, aber weniger Auspuffgase! Ich schaute nach Roland, er saugte diese neuen Eindrücke auch in sich auf. Ich las die mir unbekannten Reklamesprüche und Produktnamen – und wußte gar nicht, was das für Produkte waren. Aber wir würden das schon herausfinden!

Die Straßenbahn fuhr langsam ein, und Oma zog uns von der Bahnsteigkante zurück. »Vorsicht Jungs, bleibt zurück!«

Die Türen der Bahn öffneten sich automatisch, nachdem sie angehalten hatte. Oma wollte, daß wir zuerst einstiegen; jeder trug eine Tasche. Die Stufen waren ziemlich hoch, wir mußten große Schritte machen. Oma trug den Koffer.

Die Leute beobachteten uns – wir sie auch. Alles war so anders. Die Sitze waren aus hartem Plastik, und wir fanden welche, wo wir alle zusammen sitzen konnten. Wir starrten aus dem Fenster in diese neue unbekannte Welt!

Roland und ich zeigten abwechselnd auf Interessantes, das wir erspähten. Nachdem die Straßenbahn angerollt war, erschienen immer wieder neue Dinge im Blickfeld. Oma schaute in eine andere Richtung:

»Wenn ihr da rüber schaut, Jungs, dann könnt ihr Opa und eure Mutti gehen sehen.«

Wir drehten unsere Köpfe, und wirklich, da liefen sie und schoben den Zwillingswagen über den Gehsteig. Wir winkten. Ob sie uns gesehen haben?

Wir brauchten zwanzig Minuten bis zu der Haltestelle gleich vor der Wohnung der Großeltern. Die Straßenbahn hatte mehrmals gehalten, um Leute ein- und aussteigen zu lassen. Für uns war das eine interessante Fahrt, die uns wahrscheinlich noch müder machte, als wir sowieso schon waren an diesem Abend. Das war ein wirklich langer und aufregender Tag! Einer, den wir nie vergessen werden.

Oma öffnete die Wohnungstür, und wir sahen in einen kleinen Flur, der in zwei Räume führte: ihr Schlafzimmer und ihr Wohnzimmer, das eine kleine Küchenische hatte. Sie hatte offensichtlich Matratzen vorbereitet und ein Zusatzbett im Wohnzimmer aufgestellt. Ihre Couch war zur Seite gerückt. Wie würden wir hier schlafen? Alle zusammen in diesem Raum? Nun ja, wir würden hier etwa eine Woche sein, würde schon gehen.

Wir wuschen unsere Hände, tranken etwas Wasser und warteten darauf, daß Opa und Mutti kamen.

Sie brauchten noch fast eine Stunde. Der Zwillingswagen wurde ins Treppenhaus gestellt und die beiden Kleinen schlafen gelegt.

Natürlich erzählten wir Oma und Opa alles über unsere Reise, bevor wir auch ins Bett gingen. Besonders über die Zeit mit Papa, die Grenzkontrolle und unsere neuen Eindrücke und Beobachtungen.

»Es war nicht einfach, Papa allein zurückzulassen.« Mutti war traurig. Niemand erwiderte etwas. Ich hatte Mitleid und dachte an Papa und fragte mich, was er wohl machen würde, während wir hier waren.

»Ferdi wird es überstehen!«, antwortete Opa.

Na klar, wird er, dachte ich. Er war zwar nicht der größte Koch, aber er hatte ernstere Dinge durchgestanden im Leben. Oma warf Opa einen finsteren Blick zu und wandte sich an Mutti: »Mach dir keine Sorgen, Helga, ich habe ein gutes Gefühl!«

Nach ein paar ruhigen Augenblicken sagte Mutti zu Opa: »Wir müssen morgen bald zur Post gehen und das Telegramm aufgeben.«

»Kein Problem. Aber jetzt sollten wir ins Bett gehen, damit du und die Kinder gut schlafen. Morgen ist ein neuer Tag – vielleicht machen wir da einen Spaziergang.«

Das wäre toll, dachte ich. Ich konnte es kaum erwarten, all die neuen Dinge zu sehen. Vielleicht würden wir in ein paar dieser großen Läden gehen und mehr Autos sehen. Oder ein paar Spielsachen?

Meine Luftmatratze war nicht komfortabel. Außerdem gingen mir die Bilder des Tages durch den Kopf, einmal, zweimal, wie ein Film.

Gleich darauf bin ich in einen tiefen Schlaf gefallen.

67.

Papa hatte ein paar wilde Träume: Der vergangene Tag war anstrengend und beängstigend zugleich gewesen. Viele Gesichter erschienen ihm, Freunde und Kollegen – und Helga, wie sie ihm vom anderen Ufer eines Flusses winkte. Wo waren die Kinder? Es schien so, als ob sie ihm ohne Stimme zuschrie. Die Entfernung wurde immer größer, bis Helga verschwand. Dann war da ein grelles Licht, wie von einer Taschenlampe. Plötzlich wachte er auf!

Immer noch ganz verstört von seinem Traum, kam er langsam zu sich. Er sah auf – und bemerkte, daß die Sonne bereits schien! Der Blick auf seine Uhr ließ ihn aus dem Bett springen. Der erste Gedanke war, das Haus so schnell wie möglich zu verlassen. Halb neun, noch nicht zu spät, dachte er. Er zog sich an, wusch und rasierte sich und ging in die Küche, um etwas Eßbares zu finden. Kaffee? Nein, das brauchte zu lange. Nichts anderes da als ein letzter Apfel. Na gut, wenigstens etwas. Er steckte ihn in die Tasche und ging in den Flur.

Er lauschte vorsichtig: Es war ruhig. Wenigstens Tante Rosa wollte er sagen, daß er jetzt den ganzen Tag weg sei. Er ging auf Zehenspitzen die Treppen in den zweiten Stock hinauf. Entweder schliefen Pantels noch oder sie waren schon vor ihm weggegangen. Er klopfte leise an der Tür, und zwei Sekunden später schaute Tanta Rosas Kopf durch einen schmalen Spalt.

»Oh, Herr Mann! Guten Morgen. Eine Sekunde.« Sie schloß die Tür und öffnete sie gleich wieder. »Kommen Sie rein.« Sie war noch im Nachthemd und Onkel Walter offensichtlich noch im Bett.

»Ich wollte Ihnen nur sagen, daß ich zu Bohnes gehe. Ich werde dort den ganzen Tag bleiben und erst in der Nacht zurückkommen. Hoffentlich kommt niemand und versucht, in die Wohnung zu gelangen.«

»Bitte seien Sie vorsichtig. Sie wissen, wie die sind. Ich werde mein Bestes versuchen, sie am Betreten der Wohnung zu hindern. Ich hoffe, sie werden es nicht mit Gewalt tun!«

Papa nickte und erkannte, wie kritisch die Situation eigentlich war. Wenn die nur den kleinsten Verdacht hatten, würden sie nicht einen Augenblick zögern, die Türen zu öffnen.

»Gut, danke für alles. Ich gehe jetzt. Sind Pantels hier?«

»Nein, sie sind bei einem Konzert in Nordhausen und über Nacht geblieben.«

Oh, gut, dachte Papa. Er nickte und wandte sich zum Gehen. »Ich werde Ihnen heute Abend sagen, ob es meine Frau und die Kinder geschafft haben. Ich hoffe es!«

Er ging die Treppen hinunter, ein letzter Blick ins Wohnzimmer und die Küche, nichts Verdächtiges liegengelassen, Flur ist auch in Ordnung – los geht's.

Er hörte ein Auto kommen, langsam, Zweitakter. Was jetzt? Ich muß mich verstecken, schnell! Er öffnete die Kellertür, schloß sie leise hinter sich und rannte die Holztreppe hinunter zur Waschküche. Er hielt an. An die Mauer gelehnt lauschte er.

Wo war das Auto? Es war ruhig. Ich muß abwarten, dachte er. Besser, ich warte zwei bis drei Minuten. Er lehnte sich an die Kellermauer. Immer noch keine Geräusche. Sein Herz klopfte laut, es war nervenaufreibend. Er lauschte wieder: nichts.

Beim Öffnen der Haustür muß ich sehr vorsichtig sein! Das könnte schon zu spät sein! Nein, ich gehe erst mal in die Küche und schaue auf die Straße.

Er ging die enge Treppe hinauf und lauschte wieder. Dann öffnete er ganz vorsichtig die Tür. Er konnte das Milchglas der Haustür sehen – wenigstens stand niemand davor. Er schlüpfte durch die Kellertreppentür, schloß sie und schlich durch den Flur zur Küche. Hier bestand die Gefahr, daß ihn jemand durchs Fenster sah, also Vorsicht! Wir hatten Gardinen, die allerdings würden den Blick in die Küche nicht ganz verhindern. Er kniete nieder und bewegte sich langsam vorwärts zum Fenster. Von der rechten Seite versuchte er, auf den Balkon zu blicken. Niemand zu sehen. Er presste sich gegen die Wand und schaute zur anderen Seite. Mindestens würde er einen Teil der Straße von hier sehen; es gab aber noch einen toten Winkel. Er konnte kein Auto auf der Straße erblicken. Hm, wenn sie genau vor dem Haus stehen würden, hätten sie schon geläutet. Er schaute auf die Uhr. Es waren acht Minuten vergangen, seitdem er das Auto gehört hatte.

Er entschied sich, noch weitere fünf Minuten zu warten. Dann ging er zur Haustür, öffnete sie vorsichtig, blickte prüfend in alle Richtungen und stellte fest, daß niemand von der Stasi oder der Polizei auf ihn wartete. Er zog die Tür hinter sich zu und ging die Treppe hinunter zum Gartentor. Noch ein Blick nach links und rechts. Es war niemand zu sehen.

Er ging die Straße hinunter bis zur Kreuzung. Sein Verstand arbeitete schnell: Ich sollte nicht die Hauptstraßen benutzen, sie könnten von der Stadt her herauffahren. Ich werde einen kleinen Umweg machen.

Er lief Richtung Schwimmbad »Sonnenblick« und vorbei am FDGB-Gebäude. Gleich nach dem kleinen Anstieg folgte er dem Pfad, der zuerst in einer scharfen Kurve über das Gleis und dann zu der Villa hinter dem Südbahnhof führte. So blieb er westlich des Zentrums und vermied die größeren Straßen, die wir normalerweise auf dem Weg zu Bohnes Haus benutzen.

Zeit war heute kein Problem, er war ja nicht in Eile. Er würde den ganzen Tag nur herumsitzen und mit Rolf und Gerda reden. Erst wenn es dunkel geworden war, würde er sie verlassen.

Papa brauchte fast zwei Stunden für die Strecke, die wir normalerweise in knapp einer Stunde schafften. Endlich kam er an der Tür der Bohnes an und läutete.

68.

Was für eine Nacht! Obwohl ich so müde war, wachte ich zweimal auf. Es gab zwar keinen Zeitunterschied oder klimatischen Wechsel zwischen Ost- und Westdeutschland, aber wie in solchen Situationen üblich, ließen die Begeisterung, die Träume und die neue Umgebung den Körper nicht gänzlich ausruhen. Um sieben standen wir auf und fühlten uns alle mental und physisch ausgelaugt.

Oma und Opa hatten ein kleines Bad – es war zwei Stunden lang überfüllt! Allein die Suche nach all den benötigten Gegenständen in Taschen und Koffern war schon eine Odyssee. Einigermaßen zurechtgemacht saßen wir endlich am Frühstückstisch. Der war natürlich zu klein. Wir entschieden uns für zwei Runden Frühstück. Mutti und Oma waren die letzten. Karin und Brigitte brauchten auch ihre morgendliche Versorgung. Und wie hungrig waren die!

Es war bald zehn, als sich Mutti an Opa wandte und darauf bestand, zur Post zu gehen.

»Wir müssen gehen, Opa! Die brauchen wahrscheinlich den ganzen Tag, bis sie das Telegramm an Papa zustellen. Je eher wir es senden, umso besser!«

Opa nickte, nahm sein Jackett und sagte zu Oma: »Wir gehen und senden das Telegramm. Wenn wir zurückkommen, können wir bis zum Mittagessen einen Spaziergang machen.«

»Ich habe keine Zeit und irgendjemand muß ja kochen«, antwortete Oma leicht verärgert. »Du gehst besser in den Lebensmittelladen auf dem Rückweg und kaufst ein bißchen ein, bevor ihr zurückkommt!«

»Kein Problem, wo ist die Liste?«

Sie gab ihm einen Zettel mit ein paar Dingen, die sie brauchte. Opa schaute Mutti an und lächelte: »So ist sie nun mal. Können wir gehen?«

Mutti war schon an der Tür.

Die Post war etwa zehn Minuten zu Fuß entfernt. Sie lag in einer der nächsten Seitenstraßen. Sie traten durch die große Eingangstür und gingen zu einem der Schalter mit dem Schild »Telegramme und Telefongespräche«. Der Beamte richtete einen erwartungsvollen Blick auf Opa und Mutti und fragte: »Wie kann ich Ihnen helfen?«

»Wir müssen dringendst ein Telegramm nach Ostdeutschland senden. Hier ist die Adresse und der Name.«

Der Beamte nickte und füllte die notwendigen Papiere aus. »Und wie lautet der Text?« Seine Augen wurden etwas größer – er war immer wieder neugierig auf die Mitteilungen, die die Leute so schrieben.
»Alle gut angekommen.«
»Das ist alles?« Der Beamte war nun wirklich überrascht.
»Ja, das ist es«, antwortete Opa.
»Keine Unterschrift?«
»Nein.«
Der Beamte schüttelte den Kopf und begann, den kurzen Text niederzuschreiben.
»Zwei Mark fünfundzwanzig.«
Opa zahlte und Mutti und er drehten sich um und ließen den erstaunten Postbeamten sitzen.

Später erfuhr ich, daß der Text vorzeitig von Mutti und Papa entschieden worden war. Sie wollten vermeiden, daß das Telegramm irgendwelche Informationen enthielt, die zu falschen Schlußfolgerungen führen konnten. Es war an die Adresse von Bohnes gerichtet, nicht an unsere eigene.

Die Kommunikation zwischen den beiden Staaten war schwierig und wurde fast komplett kontrolliert.

Mutti war erleichtert. Das Telegramm war abgeschickt; Papa würde die gute Nachricht erhalten. Hoffentlich bekommt er es noch heute, dachte sie. Er braucht die Information! Er muß doch eine Entscheidung treffen! Morgen könnte es zu spät sein. Und anrufen kann ich ihn nicht. Frustration kam wieder in ihr hoch. Ich muß stark bleiben für meine Kinder, sagte sie zu sich selbst, wieder und wieder.

Das Einkaufen im Lebensmittelladen lenkte sie etwas ab. Es war schon überwältigend, dieses vielfältige Angebot an Obst und Gemüse, Süßigkeiten, Fleisch und Milchprodukten.

Bananen! Orangen! Butter, Milch und auch Eier. Wie konnte es sein, daß die alles hatten und wir nichts?

Wir können uns nicht irren, dachte Mutti. Es kann nur besser werden!

69.

Die Tür öffnete sich, und Papa wurde sofort in die Wohnung gezogen. Sein Freund Rolf war auch vorsichtig. Man wußte ja nie.
»Wir sollten unsere Nachbarn nicht auf dumme Gedanken bringen. Du weißt ja, daß einige auch getarnte Stasi-Agenten sein könnten!«
Gerda erschien und umarmte Papa lange. »Du siehst ein bißchen gestresst aus. Hast du nicht geschlafen?« Sie musterte sein Gesicht und seine Augen.
»Nicht so gut.« Papa fing an zu flüstern. Sie gingen in die Küche und er zog seinen leichten Mantel aus. Sie setzten sich hin.
»Ich schütte uns erst mal eine Tasse Kaffee ein.«
Gerda Bohne war eine liebe Person, nicht so attraktiv wie Mutti, aber nett. Sie stand auf und goß Papa einen Kaffee ein und gab ihm Milch und Zucker.
»Ich werde uns ein Frühstück machen. Leider habe ich keine Eier, aber Butter und Marmelade. Und ein paar Scheiben Thüringer Rotwurst!«
»Klingt gut«, antwortete Papa und versuchte zu lächeln. »Ich nehme, was ich kriegen kann.«
Rolf Bohne war seit langer Zeit. sein Freund. Sie waren zusammen zur Polizeischule gegangen und hatten dort zusammen schwierige Aufgaben bewältigt. Mutti und Gerda freundeten sich ebenfalls an. Es war eine Freundschaft, wie es viele gab in der DDR: Die täglichen Probleme politischer oder wirtschaftlicher Art ließen die Menschen enger zusammenwachsen. Schlechte Zeiten bringen die Leute dazu, sich zu arrangieren und gegenseitig zu unterstützen – ihr Leben und ihre Sorgen zu teilen. Mutti, Papa und Bohnes waren oft zusammen, waren in Kurzurlaub gefahren, hatten kleine Reisen unternommen und Feste zusammen gefeiert.
»Wie war es gestern?« Gerda setzte sich neben Papa.
»Soweit gut.« Papa seufzte. »Natürlich habe ich noch nichts gehört. Wir waren so nervös. Überall siehst du grüne Uniformen oder fragst dich, ob nicht derjenige, der neben dir auf dem Bahnsteig wartet, einer von ihnen ist.«
»Und die Kinder?«, fragte Rolf
»Oh, die haben uns sehr geholfen beim Ein- und Aussteigen von den Zügen. Es sind gute Jungs!«
»War der Zug pünktlich in Erfurt?«
»Ja, war er. Helga muß jetzt das Telegramm schicken, das hoffentlich

noch heute ankommt. Ich bin sicher, daß es rechtzeitig rausgeht, aber wer weiß, was die hier damit machen.«
»Sie wird es sofort senden, ich bin sicher!«, sagte Rolf. »Normalerweise sind sie hier auch nicht so schlecht mit der Auslieferung. Es wird das Erste sein, was Helga heute erledigt, mach dir keine Sorgen.«
»Ich weiß«, antwortete Papa leise.
So viel hing von diesem Telegramm ab. Sollte es bis morgen früh nicht hier sein, würde er nicht wissen, was er tun sollte. Der ganze Plan würde wie ein Kartenhaus zusammenfallen. Sie hatten sich für eine triviale Notiz entschieden, die aber in Bezug auf den Plan aussagekräftig genug für den Empfänger war. Sie hatten auch entschieden, es an Bohnes zu senden. Das würde nicht gleich die Aufmerksamkeit der Behörden auf sich ziehen – hoffentlich. Jetzt hing eigentlich alles vom Postdienst ab. Allein das war ja schon beängstigend.
Gerda hatte ein schönes Frühstück gemacht, und Papa genoß das sehr. Endlich einmal wieder etwas Richtiges zu essen, dachte er. Sie aßen schweigend. Alle drei waren mit ihren Gedanken beschäftigt.
Gerda und Rolf waren einmal ein liebevolles Paar gewesen, aber durch Rolfs Abenteuer begann die Ehe zu zerfallen. Es war nicht ganz klar, wieviel sie eigentlich wußte, aber sie schien zu spüren, daß etwas nicht in Ordnung war. Rolf war nicht klug genug, es zu verstecken.
»Hat dir das Frühstück geschmeckt?«, fragte Gerda und riss ihn aus seinen Gedanken.
»Sehr gut, danke. Du bist eine gute Köchin!«
Sie lächelte und begann, den Tisch abzuräumen.
»Was möchtest du denn heute machen, Ferdi?«, fragte Rolf. »Wir können ja hier nicht einfach den ganzen Tag rumsitzen und warten. Wir könnten ein bißchen spazieren gehen oder Schach spielen?«
»Laß uns ein paar Partien Schach spielen. Ich werde dir mal zeigen, was ein richtiger Schachspieler ist!« Papa grinste.
»Wir werden ja sehen«, antwortete Rolf knapp.
»Und ich gehe mal in den Laden und sehe, ob die was fürs Mittagessen haben«, sagte Gerda und stand auf.
Papa und Rolf nickten, waren aber mit ihren Gedanken schon bei der Vorbereitung der ersten Schlacht. Soweit ich mich erinnern kann, hatte Rolf nie eine Chance, Papa zu schlagen. Trotzdem machte es ihnen Spaß, ab und zu gegeneinander zu spielen.
Während Rolf seinen ersten Zug machte, hörten sie, wie die Haustür ins Schloß fiel. Gerda versuchte ihr Glück bei der HO.

70.

Opa und Mutti kamen wieder zurück. Was sie eingekauft hatten, wurde von Oma inspiziert.
»Gut gemacht, ihr zwei! Nur die Kartoffeln hätten ein wenig größer sein dürfen!«
Opa grinste und zuckte mit den Schultern. Omas Kritik war für ihn nichts Neues, aber er hatte wie immer sein Bestes gegeben.
Mutti sah nach den Babies, die mit ihren Spielsachen beschäftigt waren. Roland und ich waren draußen um die Ecke in der Seitenstraße. Wir schauten uns alle Autos an. Wir brauchten immer eine Viertelstunde, bis wir ein Auto innen und außen erkundet hatten. Volkswagen war auf einem geschrieben, ein anderes hieß Opel, ein drittes Mercedes. Das letztere war das luxuriöseste von allen, ein 300 SE. Große Stoßstangen, breite Reifen mit weißen Ringen, vier Türen. Alles verchromt und eine Drei-Liter-Maschine. Der Tachometer ging bis 240 km/h. Einfach erstaunlich.
Wir waren gerade dabei, uns ein weiteres Auto anzuschauen, als wir Mutti rufen hörten: »Wir essen jetzt, Jungs! Bitte kommt rein!«
»Na gut, wir können ja am Nachmittag mehr sehen«, sagte Roland, und wir gingen zurück zur Wohnung.
Oma war fast fertig mit dem Kochen – und es roch komisch! Ich fragte mich, was das war, mußte aber warten, bis wir alle am Tisch im Wohnzimmer saßen. Oma und Opa aßen in ihrer kleinen Küche. Sie hatte Kartoffeln mit Spinat und Spiegeleiern gemacht. Super, das mochte ich gern. Eier hatten wir eine ganze Weile nicht gesehen. Und der Spinat: Bis zu diesem Tag hatten wir noch nicht von Popeye gehört und der fantastischen Kraft, die er durch Spinat bekam. Aber wir mochten Spinat, es schmeckte alles großartig.
Oma zeigte sich zufrieden, weil wir ihr ein Kompliment für das gute Essen machten. Opa schlug vor, nach dem Abräumen des Tisches einen kleinen Spaziergang zu machen, die frische Luft würde uns allen gut tun. Die Kleinen würden wir in den Zwillingswagen legen. Sie würden wahrscheinlich sowieso schlafen. Roland und ich freuten uns auch – jetzt würden wir noch mehr Autos sehen! Die Geschäfte waren heute nachmittag geschlossen, also würden wir nur Schaufenster ansehen, aber das war in Ordnung.
Nach dem Geschirrspülen machten wir uns alle fertig und verließen die

Wohnung. Es war wirklich aufregend, alle diesen neuen Eindrücke in sich aufzusaugen: Häuser, Autos, Leute und ihre Kleider, vorbeifahrende Straßenbahnen, Läden mit Fernsehern und Radios – die man kaufen konnte! Die meisten Gebäude waren schön gestrichen und in gutem Zustand. Die Gärten waren sorgfältig angelegt mit Blumen, Rasen, Beeten und Bäumen und ganz anders als die in Sondershausen.

Ich mußte an Papa denken: Wie würde er auf all das reagieren? Es wäre toll gewesen, wenn er uns auf dieser Reise hätte begleiten können!

71.

Gerda hatte ein gutes Essen gekocht. Papa war sich nicht sicher, woher sie das Fleisch hatte, aber es schmeckte hervorragend. Vielleicht hatte Rolf es von der Arbeit mitgebracht.

Während Gerda einkaufen war und kochte, hatte Papa eine von sechs Schachpartien verloren – und das lag bestimmt daran, daß er sich nicht so sehr auf das Spiel konzentrieren konnte.

Sie hatten das Essen beendet und saßen eine Weile wortlos da.

»Mal sehen, ob es irgendwas Interessantes im Fernsehen gibt«, unterbrach Rolf die Stille. Er ging zu dem kleinen Tisch, auf dem der würfelartige Kasten stand, drehte den rechten Knopf, und es machte Klick. Eine gute Minute passierte gar nichts. Der Bildschirm wurde grau, produzierte dann ein schwarzweißes Bild, und schließlich konnte man etwas erkennen. Es war gerade drei Uhr, und sie brachten ein paar Nachrichten: Der Sprecher las von einem Papier ab. Im Hintergrund wehte die Flagge mit Hammer, Sichel und dem Lorbeerkranz.

Die Nachrichten waren nicht gerade aufregend, zumindest nicht für die Leute, die der Propagandamaschine der DDR nichts abgewinnen konnten. Nach fünf Minuten zeigten sie einen der frühen DDR-Filme, die gut waren und meistens vom Alltag im Land erzählten.

Gerda hatte auch einen Kuchen gebacken für den traditionellen Kaffee am Nachmittag. Kuchen waren häufig ziemlich trocken wegen der fehlenden guten Butter, die man eben nicht immer bekam oder zumindest nicht in der zu erwartenden Qualität. Papa genoß ihn trotzdem. Mit seinen Freunden zusammen zu sein, war heute ein Segen.

Er schaute auf die Uhr; es war schon fast halb sechs. Und immer noch

kein Telegramm! Gerda schien seine Gedanken zu lesen: »Du weißt, daß sie die Telegramme zu jeder Zeit liefern.«
Papa nickte. »Es wäre schön, wenn es bald käme!«
Sie schauten weiter fern. Die Sonne ging unter, und bald würde es dunkel werden. Jedes kleine Geräusch ließ sie aufhorchen – war das der Postbote? Es war jetzt nach zwanzig Uhr. Immer noch kein Telegramm. Papa wurde jetzt richtig nervös. Es gab noch mehr Nachrichten im Fernsehen, aber das war jetzt nebensächlich. Würde die Post auch spät abends arbeiten und zustellen? Papa konnte nicht mehr still sitzen und ging im Zimmer auf und ab, dann in die Küche, dann in den Flur und wieder zurück ins Wohnzimmer.
Er schaute Gerda und Rolf an. »Könnten wir die Post anrufen und fragen?«
»Du weißt, daß das gefährlich werden könnte, Ferdi!«
Papa seufzte. »Ich weiß, tut mir leid. Ich halte das nicht mehr länger aus!«
»Willst du was zum Abendbrot, Ferdi?«, fragte Gerda schnell.
»Nein, danke dir. Ich bin voll. Ich habe genug gegessen.«
»Was ist mit Kaffee?«
»Das wäre gut. Und ich denke, danach gehe ich nach Hause. Niemand weiß, ob das Telegramm heute ankommt. Aber noch ist Zeit. Aber spätestens morgen früh muß ich Bescheid wissen, sonst ...« Er hielt inne. Stille.
Sie wußten alle, was das für eine Tragödie wäre.
Gerda machte noch eine Tasse Kaffee. »Hast du für morgen was zum Frühstück, Ferdi?«
»Nicht wirklich. Ich hoffe, ich kriege was am Bahnhof.«
»Ich gebe dir ein Stück Kuchen mit. Wenigstens hast du dann einen Bissen zu essen.«
»Willst du hier schlafen?«, fragte Rolf. »Wenn das Telegramm kommt, kannst du ja gehen.«
Papa schüttelte den Kopf. »Ich gehe nach Hause.« Er stand auf, sah sie an. Sie wußten, was er dachte.
»Sobald wir das Telegramm haben, werden wir dich verständigen«, sagte Rolf. »Mach dir keine Sorgen, es wird schon kommen. Wir bleiben auf und warten drauf!«
Papa ging in den Flur, nahm seinen Mantel und machte sich fertig zum Gehen. Sie umarmten sich zweimal. Papa dankte ihnen noch einmal und schlich durch die Tür. Es war ein langer Weg nach Hause, und er hielt Augen und Ohren offen, um verdächtige Vorgänge und Personen wahrzunehmen. Die Uhr schlug dreimal, es war also viertel vor neun.

Es war jetzt schon ziemlich dunkel. Die Straßen waren nur spärlich erleuchtet. Die Regierung hatte kein Geld für so etwas, und es gab auch zu wenig Laternen. Er traf nur wenige Leute auf dem Weg. Die meisten kamen wahrscheinlich aus dem Kino oder von einer Feier. Papa entschied sich, kleinere und dunklere Straßen zu nehmen, damit er nicht Gefahr lief, von Stasi-Leuten gesehen zu werden.

Er dachte fortwährend an das Telegramm und daran, was es bedeuten würde, wenn er es nicht bis zum späten Vormittag bekommen würde. Was mache ich dann? Was ist Plan B? Haben wir eigentlich einen, haben wir wirklich irgendeine andere Wahl?

Er passierte die Villa, in der wir Schach spielten, und bog dann in die kleine Straße unterhalb des Südbahnhofes ein. Keine Seele zu sehen. Der Wind blies, aber war nicht kalt. Er war jetzt fast am Ende der Straße angekommen – und da sah er es: Ein Polizeiauto fuhr den Possenweg hoch.

Er duckte sich automatisch hinter einen Garagenpfeiler. Sein Herz pochte. Er schaute auf die Uhr: gleich halb zehn. Seine früheren Kollegen waren selten um diese Zeit unterwegs, das wußte er. Also mußten sie einen guten Grund haben dafür. Der Grund war er!

Er versuchte, sich zu beruhigen. Vielleicht war ja auch etwas passiert? Zum Beispiel ein Einbruch? Das war eher selten in diesen Tagen, aber nicht ungewöhnlich. Ich warte, bis sie zurückkommen, entschied sich Papa. Er lauschte in die Nacht hinein. Kein Motor, kein Auto. Man konnte ihn hinter dem Pfeiler nicht sehen. Nur ein Vorübergehender würde seine Silhouette erkennen.

Weitere fünf Minuten vergingen – oder waren es zehn? Er schaute wieder auf seine Uhr: elf Minuten vor zehn. Ich muß gehen, ich kann nicht länger warten, ich gehe. Er schaute hinter dem Pfeiler hervor. Auf der Straße war niemand zu sehen. Ich muß gehen und sehen, wo das Polizeiauto ist! Er ging bis zur Ecke, hielt an und schielte über den Zaun des Hauses an der Ecke. Er konnte den Bahnübergang erkennen. Der war immer beleuchtet. Niemand zu sehen. Nur in wenigen Häusern brannte Licht. Er ging zum Bahnübergang und versuchte, im dunklen Teil des Gehsteiges zu bleiben. Ich muß schneller gehen, dachte er. Ich muß die Straße da überqueren, wo kein Licht ist. Er überquerte den Bahnübergang und ging ein paar Schritte weiter. Bevor er in den Possenweg einbog, drehte er sich um. Irgendetwas in seinem Kopf sagte ihm, das zu tun. Wir haben alle solche Momente, in denen wir instinktiv fühlen, was zu tun ist. Was war das? Er lehnte sich an die Ziegelmauer, die die Villa gegenüber vom Haus begrenzte. Er starrte die Straße hinunter und versuchte gleichzeitig, nicht gesehen zu werden. Er war sich nicht sicher, aber irgendetwas bewegte sich weiter unten auf dem

Possenweg; ungefähr da, wo er sich in der kleinen Nebenstraße hinter dem Pfeiler versteckt hatte. Er entschied sich, die letzten hundert Meter zum Haus zu rennen.

Er öffnete vorsichtig das Eisentor und schlüpfte hindurch. Um das Haus herum waren genug Büsche und Versteckmöglichkeiten. Er entschied sich für den Platz unterhalb des Schlafzimmerfensters, der durch Bäume gegen Blicke der Nachbarn geschützt war. Es war völlig dunkel hier. Er atmete flach und wartete. Sollten im Haus einige unerwünschte Besucher sein, würden sie ihn hier nicht sehen.

Durch einen weniger dichten Strauch konnte er die Stelle sehen, an der er noch vor zwei Minuten gestanden hatte. Ich muß sehr aufpassen, dachte er. Wer auch immer das ist, sie dürfen mich nicht entdecken.

Wer waren diese Leute? Er dachte, er hätte zwei Personen gesehen. Lange Mäntel, mehr hatte er beim besten Willen nicht erkennen können. Jeden Moment mußten sie in die Straße einbiegen – wenn sie hinter ihm her waren. Noch eine Minute verging. Dann sah er sie. Richtig, zwei Erwachsene, lange Mäntel und Hüte. Was sollte er jetzt tun? Es war zum Verrücktwerden. Er blieb, wo er war, hinter dem Baum. Er war sich sicher, daß die beiden ihn nicht sehen konnten, selbst wenn sie die Treppe zur Haustür hochgingen. Sie kamen über die Straße, gingen auf das Tor zu, öffneten es, gingen weiter. Irgendetwas an ihnen kam ihm bekannt vor. Waren das ehemalige Kollegen? Sie sahen sich um und flüsterten einander zu. Papa konnte nichts verstehen. Aber sie benahmen sich nicht so, wie sich Stasi-Leute verhalten würden. Wer waren sie? Papa blieb ruhig hinter dem Baum. Einer drehte sich jetzt um und Papa erkannte eine Frau! Der andere hob seinen Hut hoch, um sich die Stirn abzuwischen. Es war Rolf! Und Gerda!

Papa verließ sein Versteck und ging zur Treppe. »Nicht klingeln!«, zischte er. Sie zuckten zusammen, drehten sich um und sahen Papa kommen. Was für eine Erleichterung für alle!

»Was macht ihr denn hier?«, flüsterte Papa.

»Wir haben gute Neuigkeiten«, raunte Rolf.

Papas Gesicht fing an zu strahlen. »Das Telegramm?«

»Ja.«

Papa umarmte sie beide. Er öffnete leise die Haustür, und sie gingen in das Wohnzimmer. Als alle saßen, öffnete Rolf seinen Mantel und zog das Telegramm aus der Innentasche.

Gerda lächelte. »Der Postbote kam ungefähr fünfzehn Minuten, nachdem du gegangen warst. Wir dachten, es ist besser, gleich zu kommen.«

Papa öffnete das Telegramm, seine Hände zitterten. War es das, was er erwartete? Das Papier war ziemlich braun, aber die Buchstaben waren klar zu lesen: »Alle gut angekommen.«

Das war alles. Aber es war genau das, auf was er gehofft hatte, und genau das, was er mit Mutti verabredet hatte. Er bedeckte sein Gesicht und gab das Telegramm Rolf und Gerda. Für eine Weile war es still, denn alle wußten, was das Telegramm bedeutete.

»Jetzt gibt es kein Zurück.« Rolf sagte es fast ohne Emotionen.

»Jetzt ist es an mir!«, sagte Papa entschlossen.

»Gibt es irgendwas, was wir für dich tun können?«, fragte Gerda. Sie wußte allerdings, daß es da kaum etwas gab, was sie tun konnten, außer Papa alles Gute zu wünschen für den nächsten Tag.

»Ich denke nicht. Ihr habt uns schon so viel geholfen, ihr wißt, daß Helga und ich euch immer dankbar sein werden und wir das niemals vergessen!«

Obwohl den dreien seit Monaten bewußt war, daß dieser Moment kommen würde, fühlten sie jetzt große Traurigkeit.

Gerda stand auf: »Wir müssen gehen. Wir haben einen langen Weg nach Hause. Und Ferdi braucht ein bißchen Schlaf für morgen.«

Rolf erhob sich. Er umarmte Papa. Gerda hatte schon Tränen in den Augen, und die zwei Männer waren nicht weit davon entfernt. Sie gab Papa einen Kuss und umarmte ihn lange. Dann gingen sie. Papa schloß die Haustür ab, nachdem er ihnen nachgewinkt hatte.

Er ging zurück in das Wohnzimmer und sah sich das Telegramm erneut an. Keine Unterschrift, genau wie verabredet. Sie haben's geschafft! Er war glücklich.

Ich muß packen und schlafen gehen, dachte er. Morgen ist mein großer Tag. Er fühlte, wie ihn große Motivation durchströmte: Wir schaffen es!

72.

Die kleine Alarmglocke klingelte. Es war sechs Uhr. Papa hatte von nichts geträumt in dieser Nacht. Er hatte daran gedacht, wie er sich nach Berlin durchschlagen würde, und war dann eingeschlafen.

Er mußte sehr vorsichtig sein. Wenn er all seine Polizeierfahrung aufbieten würde, war er sicher, daß er es nach Berlin schaffen würde. Aber das war auch der eigentlich leichtere Teil.

Er stand auf. Zuerst einmal rasieren, waschen, den Kuchen von Gerda essen. Und das Haus ein letztes Mal kontrollieren. Als Papa fertig war, packte er seine Schachfiguren und ein einrollbares Brett in eine kleine Aktentasche, in der schon alle Papiere und natürlich das rote Parteibuch der SED waren. All diese Dinge waren schon hunderte Male durchdacht worden. Jetzt war es an der Zeit, alles umzusetzen und bloß nichts zu vergessen, auch nicht das Geld. Er hatte insgesamt ungefähr hundertfünfzig Mark für Fahrkarten und Essen. In Zeiten, in denen ein normaler Arbeiter zwischen zweihundertfünfzig und dreihundert Mark im Monat verdiente, sollte das genug sein.

Papa machte seinen Rundgang. Ging durch alle Räume, den Keller, über die Veranda. Prüfte alle Schränke. Er setzte sich noch einmal im Wohnzimmer hin, um gedanklich alles durchzugehen. Was brauche ich noch? Was noch? Er schloß die Augen, um sich zu konzentrieren. Dann stand er auf. Ich habe alles!

Es war kurz nach halb sieben. Er mußte zu Hendrichs raufgehen. Pantels waren ja nicht zu Hause, das war gut.

Er ging die Treppen hinauf und klopfte an Hendrichs Tür. Sie wurde sofort geöffnet. Tante Rosa stand im Morgenmantel in der Tür, Onkel Walter stand hinter ihr im Schlafanzug.

»Guten Morgen«, sagte Papa. »Es ist Zeit.«

»Haben Sie es bekommen, das Telegramm?«, fragte Tante Rosa aufgeregt.

»Ja! Sie haben es geschafft.«

»Das ist es wohl dann?« Es war nicht wirklich eine Frage, eher eine traurige und endgültige Feststellung.

»Ich danke Ihnen für all die guten Dinge, die Sie für uns getan haben!«

Tante Rosa fing an zu weinen. Papa umarmte sie und dann auch Onkel Walter.

»Ich muß gehen. Mein Zug wird nicht warten. Wir werden Ihnen schreiben, sobald wir können.«

Ein letzter Blick, und er drehte sich um und verließ das Haus. Die Straße war leer, und es sah so aus, als wenn noch niemand aufgestanden wäre. Nun ja, es war ja auch Sonntag und Pfingstsonntag obendrein. Ein katholischer Feiertag. Wie in Westdeutschland war sogar der folgende Montag ein Feiertag. Er schloß das Eisentor hinter sich und drehte sich noch einmal um. Das war's, dachte er. Vielleicht ist es das letzte Mal, daß ich das Haus sehe. Fast zehn Jahre haben wir hier gewohnt.

Er versuchte, einen klaren Kopf zu behalten, und ging zum Südbahnhof. Er überquerte die Schienen und ging nach links auf den schmalen Weg, der zum Bahnsteig und dem kleinen Bahnhofsgebäude führte.

Ich werde zuerst nach Sangerhausen fahren wie geplant, dachte er. Natürlich kaufe ich auch eine Rückfahrkarte.

Niemand war im Bahnhofsgebäude, als er um 6.51 Uhr dort eintrat. Der Schalter war allerdings besetzt: ein älterer Mann um die fünfundfünfzig und in Uniform. Er öffnete das kleine runde Fenster in der Mitte.

»Guten Morgen. Wohin wollen Sie fahren?«

»Nach Sangerhausen. Rückfahrkarte.« Papa hatte das gerade gesagt, als er zu Tode erschrak. Im Fenster des Schalters sah er hinter sich einen immer größer werdenden, grünen Schatten auftauchen. Sein Herz begann zu rasen. Das war es. Aus und vorbei. Sie haben mich!

Er konnte nicht anders, als sich umzudrehen.

»Was machst du denn schon so früh am Morgen hier, Ferdi?«

Der Polizeibeamte lächelte und begrüßte Papa. Papa konnte es nicht glauben: Wilhelm, einer seiner früheren Kollegen! Er versuchte, ruhig zu bleiben, und streckte seine Hand aus. Mit Wilhelm hatte er damals an Fällen wie Diebstahl und Raub gearbeitet. Einige hatten sie zusammen gelöst, allerdings hatte Papa ihn schon einige Zeit nicht mehr gesehen.

»Du weißt doch, daß ich gerne Schach spiele«, begann Papa seine Erklärung. »Heute ist ein Wettkampf, an dem ich teilnehmen möchte.«

»Immer noch dieses Spiel. Du kommst niemals davon los, nicht wahr?«

»Sieht so aus, wenn du mich fragst. Wohin fährst du denn an diesem frühen Morgen?« Papa versuchte, die Unterredung ruhig und freundlich zu halten.

»Ich fahre in die andere Richtung, muß mal meine Cousine in Erfurt besuchen. Meine Frau fühlt sich nicht so gut, also fahre ich allein.«

Papa war erleichtert, daß Wilhelm nicht mit ihm im Zug nach Sangerhausen fuhr. Das wäre wahrscheinlich etwas kompliziert geworden.

»Was macht die Arbeit?«, fragte Papa, um die kleine Pause zu beenden.

»Ist in Ordnung. Immer das Gleiche. Ein kleines Verbrechen hier und da, ein paar Überstunden. Nichts Außergewöhnliches.«

Papa sah auf seine Uhr. Weitere sechs Minuten, und der Zug vom Hauptbahnhof sollte hier sein.

»Und wie geht's den Jungen und den Mädchen? Wie geht's Helga?«

»Denen geht es großartig, danke. Werden immer größer. Helga hat alle Hände voll zu tun mit ihnen.«

Wilhelm nickte. Es war gefährlich, nicht zu erwähnen, daß sie gerade in Westdeutschland waren – es könnte eine Falle sein. Wilhelm hätte wissen können, daß Helga die Reise mit den Kindern gemacht hatte. Aber Papa hatte nicht das Gefühl, daß er es ihm sagen sollte.

Eine Trillerpfeife war zu hören. Gott sei Dank, dachte Papa. In zwei

Minuten bin ich weg. Wilhelm sah Papa an. Er hatte seinen Polizeiblick aufgesetzt, mit dem er jede Person ausgiebig beobachtete. Papa konnte es kaum erwarten, bis der Zug halten würde und er darin verschwinden konnte. Nur weg von hier und Wilhelm, schoß es ihm durch den Kopf.
Der Zug hielt.
»Auf Wiedersehen, Wilhelm. Paß auf dich auf!«
»Du auch«, antwortete Wilhelm.
Papa öffnete eine Tür und kletterte die eisernen Stufen hinauf, in ein Abteil für Raucher.
Er setzte sich und sah aus dem Fenster. Wilhelm war in das Gebäude gegangen. Papas Herzschlag beruhigte sich wieder.

73.

Sonntagmorgen. Wir wachten auf. Ich sah mich um und sah zu Roland, der auf seiner dünnen Matratze lag. Das schaute nicht gerade komfortabel aus, aber für mich war es ähnlich. Die Wohnung von Oma und Opa war eben klein, aber ich war mir sicher, daß die neuen Eindrücke und Erfahrungen uns dafür entschädigen würden.
Mutti war schon auf und machte Frühstück für die beiden Kleinen: zwei Flaschen mit warmer Milch. Karin und Brigitte schauten zufrieden drein, als ich sie in ihrem Wagen betrachtete. Es sah so aus, als ob sie sich ausruhten. Oma und Opa waren in der Küche und machten unser Frühstück. Ich hatte richtig Hunger!
»Geht ins Bad und macht euch fertig für den Tag, Jungs!«, rief Mutti.
Roland und ich putzten die Zähne und zogen uns an, gingen in die Küche und sagten brav: »Guten Morgen!« Sie schienen froh zu sein, daß wir ausgeruht aussahen.
Wir saßen am Tisch, und Oma brachte uns zwei weichgekochte Eier, Brot, Butter, Marmelade, Honig – und Mandarinen als Nachtisch! Ich konnte es kaum glauben; wir hatten das seit Wochen nicht mehr gesehen oder sogar seit Monaten! Mutti saß neben uns und aß nur ein bißchen. Sie schien abwesend zu sein. Ihre Gedanken waren anscheinend ganz woanders. Wahrscheinlich bei Papa, dachte ich. Er mußte sich ja selbst Frühstück machen und sich auch selbst etwas kochen! Das würde ihm nicht gefallen.
Opa durchbrach die Stille und machte einen Vorschlag: »Wir werden

heute einen Spaziergang machen, alle zusammen, das wird uns gut tun. Wir sehen uns die Gegend an, und vielleicht sehen wir ja auch noch mehr Autos!« Er sah uns dabei an und erwartete eine Reaktion. Sie kam sofort!
»Das wäre toll!« Roland war schon aufgeregt. Ich auch.
»Das wird dir auch gut tun, Helga«, fuhr Opa fort. »Ein bißchen an die Luft, das ist erfrischend und lenkt ab.«
Mutti nickte.
Als wir fertig waren mit dem Frühstück, räumten Oma und Mutti den Tisch ab, und wir machten uns fertig. Opa organisierte alles für unseren Spaziergang. Eine halbe Stunde später standen wir alle an der Tür.
»Was ist mit dem Telegramm?«, fragte Mutti.
»Wir sind rechtzeitig zu Hause«, sagte Opa. »Mach dir keine Sorgen. Es ist sowieso viel zu früh, denke ich, oder?«
Mutti schaute auf die Uhr an der Wand über der Couch. »Ja, zu früh«, antwortete sie leise.
Wir verließen das Appartment. Es waren um die achtzehn Grad, nicht schlecht. Gerade richtig zum Spazierengehen ohne Mantel, nur mit Strickjacke oder Pullover. Die Zwillinge lagen gemütlich in ihrem Zwillingswagen in ihren rosafarbenen Strickanzügen. Mutti und Opa schoben den Wagen. Wir gingen in Richtung Stadt.
Roland und ich übernahmen die Führung und schauten nach jedem Auto. Plötzlich fing Roland an zu rennen. Ich fragte mich, warum, sah aber Sekunden später den Grund: ein kleines rotes Sportauto. Es war offensichtlich etwas besonderes, ich war mir nicht sicher. Roland schon! Als ich näher kam und es mir genauer betrachtete, sah ich einen kleinen Schriftzug, der wie handgeschrieben aussah: Porsche. Oh, ein Porsche. Ich hatte den Namen schon einmal gehört von Roland. Seine Augen funkelten vor Begeisterung. So, das war also ein Porsche, ein Super 90. Roland hörte nicht auf, sich jedes Detail anzusehen. Wir gingen rundherum und schauten ins Innere. Ein richtiger Sportwagen! Wahrscheinlich sehr schnell – und sehr teuer.
»Wieviele Kilometer stehen auf dem Tacho, Roland? Kannst du es sehen?« Roland presste sein Gesicht an die Scheibe der Fahrertür.
»Ich glaube, 240 km/h.« Unglaublich. Das war schnell!
»Sieh dir die Jungs an!« Mutti war näher gekommen und betrachtete das Auto ebenfalls. »Hübsch, ein Porsche«, bestätigte sie. »Wißt ihr, daß der Mann, der es baute, da geboren ist, wo ich auch geboren wurde und auch Oma und Opa herkommen? Er hat den Volkswagen gebaut, den ihr gestern nahe der Wohnung gesehen habt. Er sieht ähnlich aus, nicht wahr?«

Ja, das stimmte irgendwie, er sah irgendwie ähnlich aus.
  Mutti sah sich die Häuser an und hielt an einem Möbelgeschäft an. Sie nahm die Auslagen in Augenschein.
  »Eure Möbel haben einen anderen Stil«, sagte sie zu Oma. »Na ja, du weißt ja, was wir so haben.«
  Oma nahm Mutti in den Arm und sagte: »Es wird alles gut!«
  Mutti war plötzlich wieder in ihre Gedanken versunken. Wo war Ferdi jetzt? Hat er das Telegramm rechtzeitig bekommen? Ist er jetzt auf dem Weg? Er muß unheimlich nervös sein. Schon heute Nachmittag könnte es vorbei sein mit dem glücklichen Ende.
  Sie schaute zu Opa, der ihre Gedanken zu lesen schien. »Er wird kommen, er kommt durch!«
  Er legte seinen Arm um sie, und wir liefen weiter Richtung Zentrum.

74.

Der Zug hatte den Südbahnhof pünktlich um vier Minuten nach sieben verlassen. Papa saß auf einer der Holzbänke. Seine Aktentasche hatte er neben sich gelegt.
  Das war auch die Richtung, in der er jeden Morgen zur Arbeit fuhr. Der Zug rollte langsam über den Possenweg. Die Schranken waren unten. Papa warf einen schnellen kontrollierenden Blick auf die Straße: kein Auto in Sicht und außer einem wartenden, älteren Ehepaar niemand zu sehen. Er lehnte sich zurück, und ein kleiner Seufzer entfuhr ihm. Er würde ein paar Minuten warten, um dann an beide Enden des Waggons zu gehen. Dort waren die Plattformen, über die man in den nächsten Wagen gelangen konnte. Er wollte nachsehen, ob da vielleicht irgendjemand »interessantes« war.
  Der Zug fuhr jetzt an den kleinen Gärten unterhalb der Häuser unserer Straße vorbei und dann durch die Brücke, nach der die Kasernen der Roten Armee auftauchten. Die gleiche Brücke, auf der Roland und ich standen und von dem weißen Dampf der Lokomotive eingenebelt wurden – und vielleicht auch von ein wenig schwarzem Rauch, wie Mutti bemerken würde. Auf der rechten Seite konnte er über die Felder schauen, die er so oft durchwandert hatte. Er und seine Jungs. Wo er Segelflugzeuge und Drachen im Sommerwind hatte steigen lassen, Osterspaziergänge mit der Familie

unternommen hatte.
War das jetzt alles Vergangenheit? Wirklich? War das das letzte Mal, daß er das sah?
Ja, sagte er zu sich selbst, es muß das letzte Mal sein!
Plötzlich kam seine Nervosität zurück, wie immer, wenn er äußerst aufmerksam war. Die Gedanken kreisten um das, was heute passieren könnte und würde. Er konzentrierte sich wieder auf seine Mission. Ein Schritt nach dem anderen. Das war der Plan. Berlin zu erreichen, heute, irgendwann am frühen Nachmittag.
Er stand auf und schaute in beide Richtungen in den Gang. Der Zug fuhr jetzt um die sechzig bis siebzig km/h und brachte ihn ein bißchen ins Schwanken. Er griff nach einer der Haltestangen, um sicheren Halt zu finden. Er konnte durch die Fenster beide Gänge der angrenzenden Waggons einsehen. Die Rückenlehnen der Sitzbänke waren nicht so hoch, daß man nicht die Personen, die auf ihnen saßen, erkennen konnte. Da war rechts nur eine ältere Dame zwei Reihen weiter unten. Er ging zu einer Plattform. Der ratternde Lärm der Stahlräder wurde lauter. Weiter hinten im folgenden Wagen saß noch ein älterer Mann mit Hut. Es war früh am Sonntagmorgen, also war das keine Überraschung.
Andererseits konnte eine Person in einem Trenchcoat und mit Hut einiges verändern. Er wusste aufgrund seiner langjährigen Erfahrung als Polizist und vor allem aufgrund der Ereignisse der letzten zwei Tage, daß er sehr vorsichtig sein müsste. Er schaute auf seine Uhr, während er zurück zu seinem Sitz ging. Bei dieser Geschwindigkeit würde der Zug noch etwa eine halbe Stunde bis Sangerhausen brauchen. Es sei denn, er hielt noch in einem dieser kleinen Bahnhöfe. Warum habe ich mir das nicht angesehen! Solche Dinge muß ich einfach wissen, dachte er. Jeder Halt war irgendwie gefährlich. Die Polizei könnte ja die Bahnhöfe kontrollieren, damit niemand unerkannt ein- und aussteigen würde.
Ich sollte aufstehen und die Bahnhöfe früh genug beobachten, um eventuell wartende Polizisten oder andere verdächtige Personen zu erkennen, dachte er. Die Stasi war jetzt mit Sicherheit äußerst aufmerksam und auch die Polizei. Es gab keine starken Beweise, aber sie waren eben immer mißtrauisch. Wer wußte was? Es war zwar unmöglich, daß sie von Hendrichs oder Bohnes informiert worden waren. Es war aber auch unmöglich, anzurufen, da die Polizei in Sondershausen das sofort erfahren würde. Er war ganz auf sich gestellt und mußte die Situation alleine meistern.
Er dachte an Gerda und Rolf. Sie waren ihm gestern Abend gefolgt, und er hatte es noch nicht einmal bemerkt. Wie können wir ihnen jemals danken,

unseren stillen Helfern? Das gleiche galt für die Hendrichs, Rosa und Walter.
Der Zug erreichte die Außenbezirke von Sangerhausen. Papa kannte die Stadt; er war hier einige Male gewesen. Mehr und mehr Häuser kamen ins Blickfeld, und es brauchte nur eine weitere Minute, bis der Zug seine Fahrt verlangsamte. Es war 7.47 Uhr. Das war immer noch früh für einen Sonntag, zumindest für die meisten Leute.

Papa presste sein Gesicht gegen das Fenster, um einen Blick in Fahrtrichtung zu haben. Unglücklicherweise folgte der Zug einer Kurve, während er langsamer wurde. Er ging auf die andere Seite und sah den Bahnhof kommen. Er war klein und die Plattformen links und rechts waren jetzt gut zu sehen. Ein paar Leute warteten. Langsam fuhr der Zug ein und formierte die Waggons wieder in eine lange, gerade Kette. Die Bahnsteige waren jetzt nur teilweise zu sehen.

Papa ging bis ans Ende des Ganges und versteckte sich ein wenig hinter der Schiebetür. So konnte er die Leute auf dem Bahnsteig sehen, wie sie am Fenster vorbeihuschten – aber sie konnten ihn nicht so einfach erkennen.

Papa versuchte, jede Person zu kontrollieren. Der Mann da? Nein, nicht verdächtig. Drüben auf der zweiten Plattform? Nein, nichts. Nur ein junges Paar. Ich muß den Bahnhof sofort verlassen, war sein nächster Gedanke. Nur weg von diesem Ort! Der nächste Zug kommt eine halbe oder ganze Stunde später, das spielt also keine Rolle. Nur weg vom Bahnhof! Öffentliche Orte waren immer die ersten, die wir bei der Polizei kontrolliert haben, erinnerte er sich.

Der Zug hielt an. Papa beobachtete immer noch den Bahnsteig. Er könnte jemanden übersehen haben! Er öffnete die Waggontür und hatte eine gute Übersicht über den Bahnsteig für die Gleise 1 und 2. Ein paar Leute warteten mit Koffern und Taschen. Meine Tasche, wo ist meine Tasche!? Er bemerkte plötzlich, daß er sie bei all den Beobachtungen auf dem Sitz gelassen hatte.

Du Idiot! Wie kannst du die vergessen? Er drehte sich um und ging zurück. Da lag sie. Immer ruhig bleiben, Ferdi!

Er ging zurück zur Tür, öffnete sie und kletterte die Stufen hinunter. Ein schneller Blick und er sah die Treppe, die in den Gang führte, der die Bahnsteige miteinander verband. Mit jedem Schritt nahm er zwei Stufen auf einmal. Ausgang war links. Gut, nur raus hier!

Nicht hastig, aber mit langen Schritten ging er durch die gefliste Bahnhofsvorhalle. Die meisten Bahnhöfe, die er gesehen hatte, waren schmutzig von dem schwarzen Ruß, den die Lokomotiven ausstießen. Nur in Ostberlin hielten sie ihre Gebäude sauber, zumindest die, die die großen Errungenschaf-

ten der Republik verkörperten. Sangerhausen gehörte nicht zu diesen Orten.
Er hielt an einem Kiosk, um ein paar Casino-Zigaretten zu kaufen. Der kurze Halt gab ihm die Möglichkeit, seine direkte Umgebung zu inspizieren. Außerdem mußte er irgendwo den Fahrplan finden, damit er herausfinden könnte, wann sein nächster Zug fuhr. Er sah einen Glaskasten mit dem Fahrplan. Er zahlte seine Zigaretten und näherte sich dem Kasten.
Laß mal sehen, sagte er zu sich selbst. Wir haben uns zwei verschiedene Routen von hier ausgedacht: eine geradewegs nach Magdeburg und eine zuerst nach Halle und dann nach Magdeburg.
Beides waren irgendwie Umwege, da man Berlin auch auf einem direkteren Weg erreichen konnte. Berlin lag ungefähr zweihundertdreißig Kilometer nordöstlich von Sangerhausen, vielleicht ein bißchen mehr, das hing davon ab, welche Strecke der Zug nahm. Aber zuerst nach Magdeburg zu fahren, würde die Strecke auf ungefähr dreihundert Kilometer verlängern. Mit anderen Worten, es wäre eine gute Stunde mehr Fahrzeit nach Berlin.
Magdeburg war trotzdem die erste Wahl. Es schien ein wenig sicherer zu sein. Man konnte erwarten, daß Züge, die direkt nach Berlin fuhren, besser kontrolliert wurden. Magdeburg war eine große Stadt – lag aber eben nicht auf der direkten Strecke, wenn man aus südlicher Richtung kam. Die einzige Gefahr war der dortige Hauptbahnhof.
Papa überlegte. Falls Polizei oder Stasi schon zu Hause gewesen waren, um nach Beweisen zu suchen – und sie würden jede Menge finden –, würden sie alle Fahrgäste im Bahnhof und darum herum kontrollieren und beobachten, um ihn zu finden. Das würde wahrscheinlich auch in den etwas kleineren Städten wie Aschersleben, Bernburg oder Nienburg der Fall sein, vielleicht auch in Bitterfeld oder Potsdam.
Er sah auf den Plan. Magdeburg war einfach, da es offensichtlich einen Zug gab, der in etwa einer Stunde fuhr, um kurz nach neun. Das würde prima passen. Und Halle? Elf Uhr. Das waren noch über drei Stunden.
Nein, das ist zu spät, dachte Papa. Entscheidung: Gleis drei, Bahnsteig zwei. Und dieses Mal schreibe ich mir die Orte und Ankunftszeiten auf. Mal sehen: Hettstedt, Aschersleben, Wanzleben. Drei kleinere Städte. Die letztere war gerade mal fünfundzwanzig Kilometer von Magdeburg entfernt, konnte er sich erinnern.
Er drehte sich um und verließ den Bahnhof. Bahnhofsgebäude, die aus massiven Steinen gebaut waren, fühlten sich immer kühl an. Die aufgehende Sonne wärmte ihn draußen zumindest ein bißchen an diesem frühen Sonntagmorgen. Er überquerte den Bahnhofsvorplatz. Vier Straßen endeten hier: eine rechts, eine halbrechts, eine halblinks und eine ganz schmale

entlang der hohen Mauer, die den Blick auf die Bahngleise verdeckte. Papa konnte fast keinerlei Verkehr und kaum Leute sehen. Der Zeitplan beruhigte ihn.

Der Zug fährt um kurz nach neun, dachte er. Er wird mich bis etwa halb elf nach Magdeburg bringen. Anhalten dauert immer nur etwa zwei Minuten, vielleicht drei.

Tante Rosa hatte ihm über den Fahrplan informiert, aber er war sich natürlich nicht sicher, ob der noch genauso war. Sie wechselten ja die Pläne ab und zu. Egal, dachte er, den werde ich nehmen. Papa war nun fest entschlossen.

Nachdem er den Platz überquert hatte, entschied er sich für die Straße mit den meisten Geschäften. Irgendwo muß es doch ein Café geben oder einen kleinen Imbiss. Frühstück wäre eine feine Sache, dachte er. Ich habe ja eigentlich nichts gegessen seit dem Abendbrot bei Gerda gestern! Nur ihr Stückchen Kuchen. Er hielt an und zündete sich eine Zigarette an. Obwohl das die besseren waren, schmeckten sie furchtbar. Besser als keine!

Er sah sich um. Die Straße hatte Bürgersteige auf beiden Seiten. Reihen von Kastanienbäumen spendeten ein wenig Schatten. Die paar Personen, die ihm begegneten, musterte er vorsichtig. Er bemerkte ein kleines Café auf der anderen Seite der Straße. Es schien geöffnet zu haben, denn das Deckenlicht brannte. Er überquerte die Straße und trat ein. Sofort roch er den Kaffee, allerdings auch die kalte, raucherfüllte Luft, die so typisch war für solche Cafés. Das Mobiliar war einfach und aus Holz: acht runde Tische mit jeweils drei oder vier Stühlen. Die Bar war ein wenig höher und hatte vier Barstühle.

Nur eine Sekunde nach seinem Eintreten kam eine Dame aus der Seitentür hinter der Bar und grüßte ihn mit einem freundlichen »Guten Morgen«. Sie war Mitte dreißig und trug eine beige Bluse und einen blauen Rock. Fast so, als ob sie immer noch Mitglied der Pioniere war. Sie sah ein bißchen so aus, als ob sie nicht viel geschlafen hatte. Ihre Sachen waren verknittert und ihre Haare nur mit einem Gummiband hinter dem Kopf zusammengehalten. Nichtsdestotrotz war sie attraktiv. Vielleicht war es ja auch die aufreizende Bluse.

Papa setzte sich weg vom Fenster, aber immer noch so, daß er den ganzen Raum und Teile der Straße übersehen konnte. Die Serviererin kam zu ihm und Papa bestellte sich einen Kaffee.

»Es gibt frische Brötchen mit Wurst.« Sie zeigte auf die Bar. In einer Plastikschale an der Seite lagen tatsächlich ein paar Brötchen.

»Sind die von heute?«, fragte Papa.

Sie nickte, allerdings nicht unbedingt überzeugend.

Papa war hungrig. »Danke, eins bitte.«
Hoffentlich hatte sie die Brötchen kühl aufbewahrt. Eine Lebensmittelvergiftung kann ich jetzt wirklich nicht gebrauchen. Heute nicht!
Er schaute auf seine Armbanduhr: zwanzig nach acht. Nicht schlecht, prima Planung. Du willst ja sowieso nicht zu früh vor der Abfahrt des Zuges am Bahnhof sein, sagte er sich. Zu gefährlich.
Er schaute in seine Tasche. Alles schien in Ordnung zu sein. Schachbrett und Figuren, Papiere, Ausweis, Portemonnaie – alles da.
Der Kaffee wurde mit dem Brötchen und einem Lächeln serviert. Papa wollte zuerst gleich bezahlen, aber das würde einen falschen Eindruck hinterlassen: »Ja, der Mann war in Eile«, hätte sie womöglich später berichtet. Schlecht.
Papa aß sein Brötchen. Der Kaffe schmeckte ausgezeichnet, und er bestellte sich gleich noch einen.
Außerhalb des Bistros, auf der Straße, wurde es ein bißchen lauter. Papa riss das sofort zurück in die Gegenwart. Er sah, wie ein Auto auf der gegenüberliegenden Seite stoppte, ein Mann heraussprang und die Straße weiter runter lief. Ein zweiter parkte das Auto um die Ecke. Es war ein Kübel, so einen fuhr Papa während seiner Zeit bei der Polizei. Aber keine grüne Farbe! Er beobachtete die zwei Männer. Der zweite hatte das geparkte Auto bereits verlassen und schrie dem anderen etwas hinterher, was Papa aber nicht verstand. Ein paar Fußgänger hielten und verfolgten, was da geschah.
Der Mann kam nun in Richtung des Cafés! Papas Herz klopfte schneller. Er versuchte, ihn einzuordnen, aber er konnte nichts Bedrohendes erkennen. Stasi-Leute würden sich so nicht verhalten. Bei Polizisten war das möglich, aber auch nur, wenn sie wirklich ernsthaft einen Verbrecher jagten.
Er kam geradewegs in das Bistro, sah sich um und ging zur Bar. Die Servierin hatte auch alles beobachtet und stand nervös da.
»Wissen Sie, wie man zur Goethe-Straße kommt? Wir sind in großer Eile!«
Sie antwortete nicht und zeigte in die Richtung weg vom Bahnhof: »Die zweite Straße rechts, wenn Sie der Straße folgen.«
Er drehte sich auf dem Absatz um und verließ das Café, sagte noch nicht einmal Danke. Papa wunderte sich nur darüber, was die wohl am frühen Morgen vorhatten. Aber er war natürlich vor allem erleichtert. Und seine Einschätzung war wahrscheinlich richtig gewesen. Sie schienen weder von der Polizei noch von der Stasi zu sein. Er hörte, wie der Motor startete und wie die beiden zwei Sekunden später die Straße herunterrasten.
Er schaute auf die Uhr: zwanzig vor neun. Zeit zu gehen. Er brauchte

schließlich noch seine Fahrkarte.

»Darf ich bitte zahlen?«

Die Serviererin kam an seinen Tisch. »Manche Leute sind einfach verrückt«, sagte sie und schaute Papa an, der ihr das Geld reichte. »Danke Ihnen und noch einen guten Tag!«

»Ihnen auch.« Papa antwortete fast automatisch, stand auf, nahm seine Tasche und verließ das Bistro. Sie hatte ja keine Ahnung, was das für ein Tag für ihn werden würde.

Wieder auf dem Bürgersteig, schaute er sich um: Nichts Ungewöhnliches war zu sehen, nur ein paar mehr Leute und zwei Trabbis, die ihren typischen, öligen Zweitakterqualm hinter sich ließen. Papa lenkte seine Schritte zum Bahnhof und kreuzte nach hundert Metern die Straße.

Erst die Fahrkarten, schoß es ihm durch den Kopf, Rückfahrkarten natürlich. Der Schalter war gleich rechts neben dem Eingang und geöffnet. Zwei Personen waren vor ihm. Es brauchte drei Minuten, bis er an der Reihe war.

»Eine Rückfahrkarte nach Magdeburg, bitte.«

Der Schaffner schaute auf den Plan. »Der Zug hat heute Verspätung, zehn Minuten vielleicht.«

Das gefiel Papa gar nicht, aber was konnte er schon machen? »Sind Sie sicher mit der Verspätung?«

»Ja, die haben mich gerade angerufen.«

Papa sah auf die Uhr hinter dem Schaffner: gleich neun. Sollte er den Bahnhof noch einmal verlassen? Das war vielleicht zu knapp, etwa achtzehn Minuten waren es, bis der Zug ankam. Der Schaffner schob ihm die Fahrkarten unter dem Fenster durch und sagte: »Sie sind drei Tage gültig, das wissen Sie?«

»Ja, aber ich bin morgen zurück. Was kosten die?«

»Drei Mark achtzig.«

Papa zahlte und nahm die Fahrkarten. Er konnte den Schaffner ja schlecht fragen, wie es mit der Verbindung von Magdeburg nach Berlin aussah, das wäre viel zu gefährlich gewesen. Der würde sich daran erinnern.

Was jetzt? Toilette war eine gute Idee. Er sah sich um und erblickte einen Pfeil, der in die Richtung der Toiletten wies. Beim Öffnen der Tür rümpfte er die Nase. Die sollten hier mal lüften, uh! Nicht angenehm. Er öffnete einen Verschlag, ging hinein, verschloß die Tür und setzte sich.

Ich muß hier für sechs bis acht Minuten bleiben, dachte er. Ich werde den Gestank schon überleben!

Um acht Minuten nach neun verließ er die Toilette, wusch sich die Hände und prüfte sein Spiegelbild.

»Du hast schon bessere Tage gesehen«, murmelte er.

Er verließ die Toilette und schlenderte Richtung Bahnsteig 2, Gleis 3. Dann vorsichtig die Treppen rauf und erst einmal innehalten. Wer waren die Personen, die hier standen? Ein älteres Ehepaar mit zwei Koffern auf der rechten Seite, ein junges Mädchen mit einem Rucksack, zwei Jungs mit Brieftaschen, harmlos. Während er langsam weiter die Treppen hinaufstieg, drehte er sich zur anderen Seite um. Niemand sonst zu sehen. Sehr gut! Auf der Plattform angekommen, schaute er auf die Bahnsteigsuhr: zwölf nach neun. Noch drei bis fünf Minuten, wenn der Schaffner recht hatte.

Papa starrte in die Richtung, aus der der Zug in den Bahnhof einfahren sollte. War da schwarzer Rauch in der Ferne? Er wurde wieder unruhig. Er ging ein bißchen auf und ab und hörte dann eine Trillerpfeife in seinem Rücken. Als er sich umdrehte, sah er den sich nähernden schwarzen Punkt, der sich langsam in eine Lokomotive verwandelte. Ein paar Sekunden später machte der Schaffner die Ansage über den Lautsprecher: »Der verspätete Zug aus Leipzig nach Magdeburg läuft ein. Bitte von der Bahnsteigkante zurücktreten!«

Während die Wagons vorbeirollten, versuchte Papa, so viele Fahrgäste als möglich zu erkennen.

Wenn da irgendjemand mysteriös ist, kann ich immer noch schnell die Treppen runterrennen und den Bahnhof verlassen.

Zumindest erkannte er keine grüne Uniform, ein gutes Zeichen!

Der Zug hielt. Papa ging auf einen der Raucherwaggons zu. Die Türen schwangen auf und Fahrgäste stiegen aus dem Zug. Er half einem älteren Mann, der kaum einen Fuß vor den anderen setzen konnte, und hob dessen kleinen Koffer aus dem Zug auf den Bahnsteig. Dann ließ er die anderen einsteigen und folgte. Er versuchte zuerst, sich einen Überblick zu verschaffen. Vielleicht war es besser mit ein paar mehr Leuten – wer wußte das schon. Er setzte sich einem Paar gegenüber hin; es war das gleiche ältere Ehepaar, das er schon auf dem Bahnsteig gesehen hatte. Sie waren etwa Mitte fünfzig.

Älteres Paar? Ist das alt? Komischer Gedanke. In ungefähr acht Jahren bin ich auch fünfzig!

Papa legte seine Tasche in das Gepäcknetz über ihm und überprüfte nochmals den Bahnsteig. Dann die Treppen. Keine verdächtige Person zu sehen.

Der Schaffner schlenderte am Fenster vorbei, hob die Pfeife an den Mund, schaute zweimal nach links und rechts und pfiff. Ein schriller Ton und die Waggons ruckelten vorwärts, langsam immer schneller werdend.

Papa ließ sich erleichtert nach hintern sinken. Ich bin auf dem Weg! Wieder. Eine gute Stunde und ich bin in Magdeburg!

75.

Es war ein ruhiger Sonntagmorgen auf der Polizeiwache in Sondershausen. Hauptsächlich weil die Samstagnacht mehr oder weniger ereignislos gewesen war. Ein kleiner Einbruch in Bendeleben, nichts Ernsthaftes. Eine Auseinandersetzung in Hachelbich: Zwei junge, betrunkene Burschen hatten um die Aufmerksamkeit einer jungen Dame gekämpft. Alles normal für eine Samstagnacht. Nur ein paar Berichte zu schreiben. Die Schreibmaschinen hämmerten die Buchstaben aufs Papier. Die zwei Beamten würden das bald erledigt haben und konnten nach einer schlaflosen Nacht nach Hause gehen. Die Schicht endete um zwölf Uhr mittags – nach zwölf Stunden Dienst.

»Würdest du mal bitte meinen Bericht durchlesen, ob ich etwas vergessen habe, Peter?« Der eine Beamte nahm seinen Bericht aus der Schreibmaschine. Er stand auf und legte den Bericht auf den Schreibtisch des Kollegen.

»Ich brauch noch fünf Minuten, Reiner«, antwortete der.

»Gut, ich hole uns noch einen Kaffee.« Reiner sah auf die Uhr an der Bürowand: noch eine halbe Stunde – und dann ein schöner Nachmittag zu Hause! Er verließ das Büro.

Das Telefon klingelte.

»Unteroffizier Harder.«

»Staatssicherheit, Gebert. Ich habe ein paar Fragen!« Die Stimme am anderen Ende klang ernst. Harder hörte aufmerksam zu.

»Wissen Sie über den Fall Mann Bescheid?«

»Ja.«

»Wann haben Sie die Familie zum letzten Mal kontrolliert? Der Vater sollte jetzt zu Hause sein. Der Rest der Familie wurde am Freitag gegen dreizehn Uhr am Grenzübergang Bebra registriert. Wir wollen wissen, wo er sich aufhält!«

Harder war jetzt hellwach und antwortete: »Das letzte Mal waren wir gestern Morgen bei ihnen zu Hause. Er war nicht da. Die alte Dame, die über ihm wohnt, erzählte uns, daß er bei Freunden sein könnte.«

»Welche Freunde? Es gibt da mehrere Möglichkeiten. Vielleicht die Bohnes? Sie wissen, daß die Manns keinerlei Verwandte in der Stadt haben. Nur eine seiner Cousinen wohnt in Mühlhausen.«

»Sie sagte nichts weiter, sie wüßte nichts, sagte sie.«

»Gut. Ich möchte, daß Sie die Wohnung noch einmal kontrollieren. Wir sind nicht ganz sicher bei ihm. Versuchen Sie, etwas herauszubekommen, und befragen Sie die Hendrichs noch einmal. Danach fahren Sie zu Bohnes. Finden Sie heraus, was die wissen. Ich brauche den Bericht bis vierzehn Uhr!«

»Wir haben Schichtwechsel um zwölf. Ich werde es den Kollegen sagen, wenn sie übernehmen.«

»Nein, ich möchte, daß Sie und Koch das machen, da Sie mit dem Fall vertrauter sind. Sie machen das, verstanden? Ich warte auf Ihren Bericht!«

Das Telefon klickte und die Verbindung war tot. Harder lehnte sich zurück in seinem Stuhl. Damit ist dieser Sonntagnachmittag dahin, dachte er grimmig.

Reiner kam mit den Kaffees zurück. Nicht daß die besonders gut rochen und schmeckten, aber wenigstens würden sie sie eine Weile wach halten. Er stellte ihn auf Peters Schreibtisch.

»Hier, für dich, der letzte für diese Schicht!«

»Denkst du! Ich hab gerade einen Anruf bekommen. Ich glaube, wir brauchen gleich noch einen Kaffee!« Er erzählte Reiner von den neuen Anweisungen.

»Du kennst Gebert, der ist äußerst streng mit seinen Anfragen, und wir machen lieber, was er verlangt!«

Reiner nickte. Verdammt! Und wir hatten einen angenehmen Nachmittag geplant und einen schönen Abend zu Hause, dachte er.

Peter las seine Gedanken. »Ich auch. Ein schöner Nachmittag und früh ins Bett. Was sollen wir machen? Laß uns erst einmal die Berichte beenden, und dann warten wir auf die Kollegen. Das Büro muß wenigstens besetzt sein. Dann gehen wir und sehen, was wir für Gebert erreichen können.«

Peter tippte die letzten zwei Sätze in die Schreibmaschine, wälzte das Papier heraus und gab es Reiner. Sie prüften gegenseitig ihre Berichte. Fertig. Ein Schluck Kaffee. Unterschriften auf den Bericht, die Kopien in die Ordner und das Original in einen Umschlag für den Schreibtisch von Solfert, ihrem Chef.

Das Klopfen an der Tür kündigte ihre Wachablösung an. Zwei junge Beamte kamen herein, nachdem sie das »Eintreten« gehört hatten. Es gab einen kurzen Informationsaustausch und Übergabe.

»Gut. Noch irgendetwas Besonderes neben dem, was ihr uns erzählt habt?«

»Ja. Wir müssen noch eine besondere Nachforschung machen für die Staatssicherheit. Der Fall Mann. Wir kommen in etwa einer Stunde zurück und müssen Gebert einen Bericht schreiben.«

Die beiden Beamten hoben die Augenbrauen. »So ernst?«
»Na ja, er sieht es so. Und wenn er es so sieht – machst du besser, was er anordnet!«
Die zwei anderen nickten.
»Wir wünschen eine ruhige Schicht, wir sehen uns später.«
Reiner und Peter nahmen ihre Sachen und salutierten. Dann verließen sie das Büro.
»Ich hoffe, wir haben genug Sprit im Auto? Hast du mit dem Fahrer gesprochen?«
»Noch nicht.«
»Ich möchte wirklich nicht laufen; wir würden es auch nicht pünktlich schaffen.«
Ein Kübel mit einem wartenden Fahrer stand hinter dem Gebäude. Sie gingen auf das Auto zu, und der Fahrer sprang heraus.
»Wohin müssen wir fahren, Genossen?«
»Erst mal zur Edmund-König-Straße.«
Sie nahmen im Auto Platz, und der Motor startete. Der Kübel rollte aus dem Tor und bog nach links. Die Fahrt würde nicht mehr als fünf Minuten dauern. Es war jetzt kurz nach zwölf.

76.

Der Zug fuhr nun mit seiner Höchstgeschwindigkeit. Papa beobachtete das Ehepaar: Sie sprachen nicht sehr viel miteinander. Offensichtlich waren sie auf dem Weg, für eine Woche ihre Kinder in Magdeburg zu besuchen. Also waren sie im Urlaub. Er war sicherlich noch nicht im Rentenalter. Die Menschen mußten bis fünfundsechzig arbeiten. Die Rente wurde vom Staat abgesichert, was allerdings nicht hieß, das es eine glückliche Zeit wurde. Hendrichs zum Beispiel hatten nicht so viel Geld und die einzigen Höhepunkte in ihrem Leben waren Geburtstage, Hochzeiten und Beerdigungen. Onkel Walter würde in zwei bis drei Jahren in Rente gehen. Sein ganzes Leben hatte er hart gearbeitet für sein kleines Auskommen für sich und seine Frau. Sie hatten keine Kinder. Dieses Paar konnte zumindest sein Leben genießen, vielleicht hatten sie ja auch Enkel.

Der Zug mußte jetzt nahe der ersten Station sein: Hettstedt. Papa war noch nie dort gewesen. Wahrscheinlich gab es dort nicht so viel zu sehen außer der Burg, von der er gehört hatte. Die Stadt selbst war ziemlich alt, zum ersten Mal erwähnt wurde sie im vierten Jahrhundert, offiziell zur Stadt ernannt im Jahr 1046. Zwölftausend Einwohner. Interessant war eigentlich nur der Fluß Wipper, an dem – und in dem! – wir in Sondershausen spielten und der hier in der Nähe seine Quelle hatte.

All diese kleinen Städte hatten viel zu erzählen, und manchmal erwartete man überhaupt nicht, daß in ihnen berühmte Personen geboren worden waren oder ein großes historisches Ereignis stattgefunden hatte.

Die Bahnhofsuhr in Hettsted zeigte neun Uhr siebenunddreißig, als der Zug einfuhr, genau die gleiche Zeit wie auf Papas Armbanduhr.

Drei Fahrgäste stiegen aus und zwei andere stiegen ein. Ganz normale Leute, keine, die Papas Magen in irgendeiner Weise nervös machten – soweit er das von seinem Platz aus beurteilen konnte.

Nach zwei Minuten pfiff der Schaffner, und der Zug rollte an. Der nächste Halt würde in Aschersleben sein. Dort, wo die ganze negative Entwicklung begonnen hatte. Während der Nachtwache geschlafen! Wie konnte mir das nur passieren?

Papa wurde plötzlich wieder an dieses Ereignis von vor etwa achtzehn Monaten erinnert. Es war sicherlich unfair, wie man ihn behandelt hatte! Aber was immer auch passiert, es gibt immer Gründe dafür. Er war deutlich darauf hingewiesen worden, wie gefährlich es war, sich gegen »sie« zu stellen und/oder »ihre« Befehle zu ignorieren. Es brachte Helga und ihn auf neue Gedanken in Bezug auf ihre Zukunft – und die ihrer vier Kinder. In den letzten sechs Monaten waren immer mehr Restriktionen und Gesetze ins Leben gerufen worden, die das Passieren der Grenze ins westliche Ausland unterbinden sollten. Beinahe täglich wurde über Republikflüchtlinge berichtet. Papa und Mutti hatten viel Westradio gehört, aber nicht erfahren können, ob irgendwelche besonderen Maßnahmen dagegen geplant waren. Die Russen waren sicherlich in der Lage, alles zu tun, um den Ostblock zu schützen und zu verstärken. Und sie würden speziell alles tun, um die Grenze der DDR zum Westen zu verteidigen.

Der Zug verlangsamte seine Fahrt. Nachdem sie einige Dörfer passiert hatten, füllten jetzt mehr Häuser und Straßen die Landschaft. Sie kamen nach Aschersleben. Papa entschied sich, den Bahnhof ein wenig zu inspizieren. Allerdings würde ihn hier eine grüne Uniform nicht zu sehr beunruhigen, weil ja die Polizei-Akademie hier stationiert war. Es gab immer einige Polizisten, die kamen oder gingen.

Er stand auf und ging zum vorderen Ende des Waggons. Er sah sich noch einmal um nach seiner Tasche. Niemand würde sie so einfach wegnehmen, da war er sich sicher. Andere Fahrgäste würden nur aufmerksam werden, wenn er jedes Mal beim Verlassen seines Sitzplatzes seine Tasche mitnahm.

Er konnte einen kurzen Blick auf den Bahnhof werfen, als der Zug eine Linkskurve machte. Nur eine Person schien auf dem Bahnsteig zu warten. Eine Frau. Sie dürfte kein Problem sein. Nicht daß es keine weiblichen Polizistinnen oder zivile Geheimdienstbeamtinnen gegeben hätte, aber das wäre doch sehr ungewöhnlich, wenn man sie ganz allein auf eine solche Mission geschickt hätte.

Papa ging zurück zu seinem Platz. Ich werde eine rauchen, gleich nachdem der Zug Aschersleben verlassen hat, dachte er. Es war komisch, daß noch kein Schaffner ihre Fahrkarten kontrolliert hatte. Das muß ich beobachten. Vielleicht kommt er ja gleich, nachdem wir wieder weggefahren sind?

Der Zug stoppte. Kaum jemand stand auf und stieg aus. Er sah, wie die Frau in den nächsten Waggon einstieg. Es waren auch keine Autos zu sehen vor dem langgezogenen Bahnhofsgebäude, nur ein Taxi stand da.

Was würde ich wohl machen, wenn jetzt Polizisten den Bahnhof betreten oder auf dem Bahnsteig warten? Gute Frage. Darauf bin ich nicht wirklich vorbereitet.

Die meisten der kleineren Bahnhöfe hatten nur ein Gleis. Es wäre also schwer gewesen, sich zu verstecken. Wäre die Polizei gar im Zug, gäbe es kein Entkommen, das war sicher. Rausspringen während der Fahrt war auch keine Option, da man sich sehr ernsthaft verletzen würde oder sogar sterben würde.

Ich muß darüber nachdenken, dachte Papa, solange ich noch die Möglichkeit habe! Nur für den Fall der Fälle.

Er schaute auf seine Uhr: gleich zehn. Vielleicht noch eine Minute, und dann sind wir hier weg. Von hier fahren wir jetzt ziemlich genau nach Norden.

Er starrte ins Leere und hing seinen Gedanken nach. Er fragte sich, ob die Staatssicherheit oder die Polizei noch einmal die Wohnung aufgesucht hatten. Wenn sie es getan hatten, hatten sie sicherlich herausgefunden, was los war, und auch die Zeit gehabt, die Kollegen in Magdeburg oder Ostberlin oder anderswo anzurufen. Das würde das Überschreiten der Grenze zum Westen sehr schwierig und vor allem sehr gefährlich machen. Sein Vorhaben könnte früher oder später ein Ende haben.

Immerhin war Pfingsten. Aber war das wirklich ausschlaggebend? Wahrscheinlich nicht. Wenn sie früh nachgeforscht hätten, dann wären sie zum Südbahnhof gegangen und hätten den Schaffner befragt, denn wir hatten ja kein Auto, also war es offensichtlich, daß Papa mit dem Zug gefahren war. Der Schaffner würde sich an ihn erinnern. Sangerhausen war auch nur wenige Minuten von Sondershausen entfernt – ein Anruf hätte genügt und sie hätten ihn dort in Empfang nehmen können. Es war aber nicht passiert.

Hoffnung keimte in Papa. Also habe ich zumindest bis Magdeburg genügend Zeit. Wenn sie später nachgeforscht haben, dann wird es erst in Magdeburg gefährlich.

Also, wie soll ich mich verhalten? Papas Gedanken gingen wie wild hin und her. Es muß eine Möglichkeit geben. Solange ich mich nicht in einer größeren Stadt aufhalte, vermindert sich diese Gefahr, erwischt zu werden, erheblich. Denk nach, Ferdi, denk nach. Ich muß mich darauf einstellen, daß sie es herausfinden, ich muß auf der sicheren Seite bleiben. Ich brauche einen Plan, denn nicht zuletzt kommt ja die größte Gefahr erst noch, nämlich der Grenzübergang von Ost- nach West-Berlin.

Aber dieses allerletzte Risiko konnte Papa so oder so nicht vermeiden. Er starrte wieder aus dem Fenster. Plötzlich kam da wieder das Rucken – und der Zug rollte an. Zwei Personen winkten. Der Gedanke an Erfurt blitze auf. Das Bild, als er mit dem abfahrenden Zug mitlief und seiner Familie zum Abschied winkte. Er sah, wie Mutti hinter dem Fenster lächelte und Roland und Jürgen winkten. Sie haben's geschafft. Helga denkt wahrscheinlich seit Freitagfrüh jede Minute an mich. Es wäre wunderbar, wenn ich sie bald sehen könnte.

Ich muß eine Entscheidung treffen: entweder gleich nach Magdeburg durchfahren oder in einer kleinen Stadt wie Wanzleben aussteigen. Wie weit war Wanzleben eigentlich von Magdeburg entfernt? Und kann ich von dort einen Zug nach Berlin bekommen? Wie kann ich das herausfinden? Den Schaffner zu fragen wäre am einfachsten – aber wirklich keine Option.
   Er entschied sich dagegen, nach einer Landkarte zu suchen. Die meisten Züge hatten eine neben der Plattform, wo auch die Toilette war. Toilette? Gute Idee! Er stand auf und dachte eine Sekunde an seine Tasche. Besser, ich nehme sie diesmal mit. Nein, ich frage das Paar.
   »Entschuldigen Sie«, sprach er die beiden an. »Würden Sie bitte auf meine Tasche aufpassen, solange ich weg bin?«
   »Natürlich«, antwortete die Frau. »Keine Sorge.«
   Papa ging geradewegs zur Toilette und studierte danach die Landkarte am Ende des Waggons. Wanzleben ist hier, dachte er. Das sieht nach zwanzig bis fünfundzwanzig Kilometern aus. Ich könnte auch ein Taxi nehmen – wenn ich eins kriege. Das Taxi könnte mich im Zentrum von Magdeburg absetzen und ich könnte mich vorsichtig zum Bahnhof vortasten. Nach dem kleinen Punkt auf der Karte zu urteilen, muß Wanzleben nur halb so groß sein wie Aschersleben und weniger als 5000 Einwohner haben. Klein genug, um der Aufmerksamkeit der Behörden zu entgehen. In etwa zwanzig Minuten sollten wir es erreichen. Zeit genug, um mich vorzubereiten.
   Sein Bauchgefühl sagte ihm erneut, daß er den Zug verlassen sollte! Er sah den Schaffner kommen und kehrte zu seinem Platz zurück. Die Frau lächelte ihn an. Er griff nach seiner Tasche und öffnete sie, um die Fahrkarte für den Schaffner herauszuholen, der jetzt bei ihnen stand.
   »Wie lange dauert es noch bis Wanzleben?«, fragte die Frau.
   »Noch etwa« – er schaute auf seine Uhr – »zwanzig Minuten.«
   Ich hatte recht, dachte Papa. Ob die beiden wohl auch aussteigen werden? Er beschloss, sie zu fragen.
   »Nein, wir fahren nach Magdeburg«, lautete die Antwort. »Mein Sohn und seine Familie leben in der Nähe von Wanzleben, aber er wollte uns in Magdeburg mit seinem Trabant abholen.« Sie machte eine Pause. »Er hat ihn gerade bekommen, ganz neu! Und dann gehen wir alle zusammen Mittagessen!« Stolz war in ihren Augen zu sehen.
   Ihr Mann lächelte auch. »Nun ja, die haben ja auch lange genug auf das Auto gewartet.«
   Sie bestrafte ihn mit einem ernsthaften Blick. Hoffentlich hatte das niemand gehört.

»Wohin fahren Sie, wenn ich fragen darf?«, setzte sie die Unterhaltung fort.
»Wanzleben«, antwortete Papa. »Ein paar Freunde besuchen.«
Sie nickte.
»Wie groß ist die Stadt? Ich war noch nie da.« Vielleicht kann sie mir ein bißchen was erzählen, dachte Papa.
»Es ist eine hübsche kleine Stadt, aber viel ist nicht los da. Sie müssen zum Einkaufen nach Magdeburg fahren. Da ist es viel besser!«
Papa entschied sich, die Unterhaltung zu beenden, und schaute wieder aus dem Fenster. Felder und Büsche flogen vorbei, und ein paar Bauernhöfe waren zu sehen. Wenn der Zug eine Straße kreuzte, waren die Schranken heruntergelassen, und der Zug schlingerte kurz. Nur selten wartete ein Auto. Der Zug fuhr mit seiner höchsten Geschwindigkeit, und bald würde Wanzleben auftauchen.
Papa hatte jetzt einen klaren Kopf: Ich werde aussteigen und mich um ein Taxi bemühen. Sollte ich keines finden, gibt es vielleicht einen Bus. Die ganze Prozedur wird mich vielleicht eine halbe Stunde kosten. Vielleicht ist es das wert – wer weiß. Das wird sich erst später herausstellen.
Er schaute zum Fenster auf der anderen Seite. Ich schaffe das, ich muß!

77.

Der Kübel mit Reiner Koch und Peter Harder fuhr den Possenweg hinauf. Der Wagen hüpfte ein wenig über die Schienen und hob auch seine Insassen ein wenig aus ihren Sitzen. Nicht gerade ein komfortables Auto, schoß es Peter durch den Kopf. Aber das war ja nicht gerade eine neue Erfahrung für ihn. Das waren so ziemlich die einzigen Autos, die sie bei der Polizei hatten. Sie hatten Glück, drei davon zu haben. Und hoffentlich waren sie nicht kaputt, wenn man sie brauchte. Wie jetzt. Benzin war auch nicht immer verfügbar. Sollte für die Polizei eigentlich kein Problem sein. Na ja, war es aber manchmal.
Es war Viertel nach zwölf. Hendrichs sollten zu Hause sein. Vielleicht ja auch Herr Mann. Zeit zum Mittagessen. Das würde die Dinge vereinfachen. Eine kurze Unterredung, ein paar Fragen, und sie könnten wieder gehen. Sie bogen in unsere Straße ein und parkten vor dem Tor.
»Ich warte im Auto«, sagte der Fahrer.
»Gut. Wir brauchen nur ein paar Minuten.«

Sie klingelten bei »Mann«. Reiner versuchte, einen Blick in die Küche zu werfen. Niemand war zu sehen; die Küche war leer. Peter klingelte wieder, dieses Mal ein wenig länger. Reiner kam zurück und zuckte mit den Schultern. »Keiner da.«

»Sollen wir bei Hendrichs klingeln?«, fragte Peter.

»Ja, wir müssen wenigstens mit denen reden.«

Tante Rosa war gerade dabei, das Essen auf den Tisch zu stellen, als sie die Klingel hörte. Onkel Walter saß schon am Tisch und erschrak. Dann stand er vorsichtig von seinem Stuhl auf, so daß es keine Geräusche gab.

»Wer kann das sein? Wieder die Polizei?« Tante Rosa machte ein Zeichen, daß sie die Tür am liebsten nicht öffnen wollte.

Eine Sekunde dachte Onkel Walter nach: Wir könnten doch in Jecha sein bei den Verwandten, oder nicht?

»Mach nicht auf, Rosa. Verhalte dich ruhig.« Dann schloß er vorsichtig und langsam das offene Küchenfenster. Alle anderen waren zu. Sie standen zusammen in der Mitte der kleinen Küche und bewegten sich keinen Zentimeter. Sie hatten Holzfußböden, es war also gefährlich, Geräusche zu machen. Man konnte nicht sicher sein, ob sie an der Haustür gehört werden konnten.

Es klingelte wieder. Onkel Walter legte seine Finger auf die Lippen. Sie warteten weitere zwei Minuten. Die Klingel blieb stumm.

»Vielleicht sind sie ja wirklich nicht zu Hause«, kommentierte Peter.

Reiner war unzufrieden. »Wir brauchen irgendetwas für Gebert, oder wir können bis Mitternacht arbeiten!« Er ging wieder zum Küchenfenster. »Ich kann nicht viel sehen. Laß uns mal ums Haus gehen.«

Sie gingen um das Haus herum. Von unserem kleinen Garten aus konnte man in die Veranda sehen und auch hoch auf Pantels Balkon und bis zum Dachfenster der Hendrichs.

Peter lehnte sich an den rückwärtigen Zaun, damit er noch besser die ganze Rückseite der Villa übersehen konnte. Das Haus erschien leer. Ganz ruhig. Niemand zu sehen oder zu hören.

»Alle Fenster sind zu, siehst du das?«

»Scheint so«, meinte Peter. Er ging auf die andere Seite des Hauses zu unserem Schlafzimmerfenster. Es war geschlossen, aber das war nun wirklich nicht ungewöhnlich, immerhin waren wir zehn Tage verreist.

»Was denkst du? Sollen wir jemanden holen und die Tür aufbrechen?«, fragte Peter.

Reiner schüttelte den Kopf. »Nein, noch nicht. Wenn er bis morgen nicht zurück ist, holen wir Manfred und seine Jungs und öffnen die Türen.«

Peter war nicht unbedingt glücklich darüber, noch bis zum nächsten Tag zu warten. Sie würden mit leeren Händen dastehen, und Gebert würde das auch nicht mögen. Aber er wollte endlich nach Hause.

»Laß uns gehen und die Bohnes befragen.«

Sie verließen den Garten, gingen durch das Gartentor und schlossen es hinter sich. Peter wollte gerade ins Auto springen, da hielt er inne und wandte sich nachdenklich um. »Weißt du was, Reiner?«

»Ja, ich glaube schon.« Reiner stand bereits auf der anderen Seite des Autos und kam zurück.

»Siehst du den Ziegel hier? Wir lassen die Ecke des Gartentores genau auf die Ecke des Ziegels zeigen. Was denkst du?«

»Genau was ich dachte!«

»Wenn es sich verändert hat, wissen wir, ob jemand hier war. Unsere Kollegen können das heute Abend kontrollieren.«

Sie stiegen in das Auto und sagten dem Fahrer, daß er sie in Richtung des Hauptbahnhofes fahren solle, zum Fuße des »Frauenberges«, ein großer Hügel gleich hinter dem Hauptbahnhof. In einer der nahe liegenden Sackgassen wohnten Rolf und Gerda.

Der Kübel wendete und fuhr den Possenweg runter, eine schöne, blaue Abgasfahne hinter sich lassend.

78.

Papa sah auf seine Uhr: noch zehn Minuten, vielleicht elf. Ich muß nochmal meine Tasche kontrollieren: Habe ich wirklich alles? Er wollte keine Zuschauer und ging diesmal mit seiner Tasche zur Toilette. Er schloß sich ein und sah nach. Alles da. Gut. Jetzt gehe ich zurück und sage denen ein freundliches »Auf Wiedersehen«, das macht einen guten Eindruck.

Nachdem er sich verabschiedet hatte, ging er zur Plattform, lehnte sich gegen die Wand und schaute aus dem Fenster.

Wanzleben. Häuser und Gärten flogen vorbei. Er versuchte, einen Blick auf den sich nähernden Bahnhof zu werfen, während der Zug seine Fahrt verlangsamte. Weil er den Bahnsteig nicht sehen konnte, mußte er wohl auf der anderen Seite sein. Er wollte sich gerade umdrehen, als er im linken Augenwinkel ein bißchen Grün bemerkte. Sofort riß er den Kopf herum: zwei Uniformen, grün, Polizisten! Pure Angst stieg in seinem Körper auf.

Die zwei Polizisten standen vor dem Bahnhofsgebäude und der Blick auf sie wurde nach einer weiteren Sekunde auch schon wieder von dem Gebäude verdeckt. Sie hatten Maschinengewehre, das hatte er gesehen.

Für einen Moment vergrub Papa sein Gesicht in seinen Händen. Wenn sie schon hier waren, könnten sie genauso gut auch schon in Magdeburg auf ihn warten.

Ich muß hier weg, dachte er. Ich kann nicht im Zug bleiben, und ich kann nicht durch den Bahnhof gehen. Es kann natürlich falscher Alarm sein, aber das Risiko kann ich nicht eingehen! Es gibt nur eine Möglichkeit …

Der Zug hielt. Die Waggontür zur Plattform war noch geschlossen, konnte aber jeden Moment geöffnet werden. Papa hatte sich umgedreht, um auf der anderen Seite aus dem Waggon zu sehen. Kein weiteres Gleis, nur eine lange Reihe von Büschen entlang des Bahnkörpers, die vielleicht ein Feld oder einen Garten abgrenzten. Das ist meine einzige Chance!

Im nächsten Moment sprang er zu der Tür, öffnete sie, trat auf die Treppe und sprang den letzten halben Meter hinunter auf den Boden. Er warf kurz einen kontrollierenden Blick nach links und rechts und rannte die drei Meter zu den Büschen. Es könnte ihn jemand gesehen haben, aber das Risiko mußte er eingehen. Halb geduckt suchte er nach einem kleinen Loch in den Büschen. Da war eines, etwa fünf Meter weiter vorne. Er schlüpfte durch die lichte Stelle und fiel auf die andere Seite der Büsche. Das alles passierte innerhalb von wenigen Sekunden.

Er lag bäuchlings auf dem Boden, seine Tasche neben sich, und versuchte, durch die kleine Öffnung im Busch zu sehen, ob sich irgendetwas im Bahnhof regte. Doch nichts tat sich – oder wenigstens noch nicht. Er hob den Kopf an und versuchte sich umzuschauen. Solange der Zug stand, war er zusätzlich verdeckt. Gerade einmal fünfundzwanzig Meter von ihm entfernt stand ein einzelnes kleines Haus, dessen Garten links und rechts von einem Maschendrahtzaun abgegrenzt war.

Er erhob sich und rannte, so schnell er konnte, zu dem linken Zaun. Die Büsche waren offensichtlich als Grundstücksgrenze zum Bahnkörper gedacht. Im Garten zwischen den Zäunen standen ein paar Obstbäume, und auf einer Wäscheleine flatterten ein paar Kleidungsstücke im Wind.

Das ist meine neue Deckung, wurde es Papa klar.

Genau in diesem Moment hörte er die Trillerpfeife des Schaffners und der Zug fing an wegzurollen.

Ich muß hinter die Wäsche!

Innerhalb der nächsten drei Sekunden hatte Papa die zehn Meter zu der flatternden Wäsche überwunden. Er verhedderte sich in der Wäsche auf der zweiten Leine und riss einiges an Unterwäsche und Socken mit sich. Glücklicherweise blieben die großen Bettlaken auf der ersten Leine hängen, die waren groß genug, um ihn vor bohrenden Blicken vom Bahnhof her zu schützen. Niemand könnte ihn jetzt noch sehen.

»Was machen Sie denn da?! Meine ganze Wäsche ist wieder schmutzig. Verlassen Sie sofort mein Grundstück!«

Es war so, als ob ihn jemand mit einem Pfeil getroffen hätte.

Papa sah auf und bemerkte die Dame des Hauses, die ihn von ihrem Fenster anstarrte. Schnell wegrennen, war sein einziger Gedanke. Also rannte er los, um das Haus herum und zu der angrenzenden Straße, dann nach rechts, ohne wirklich darüber nachzudenken. Er rannte ungefähr zwei Minuten, bis er in einem Hauseingang stoppte. Er atmete schwer. Nach ein paar Augenblicken schaute er um die Ecke. Die Dame war ihm nicht gefolgt, auch nicht ihr Mann – wenn sie einen hatte. Die Straße war leer. Der Zug hatte den Bahnhof längst verlassen. Aber wo waren die beiden Polizisten? Papa lehnte sich gegen die Hausmauer und ruhte sich ein wenig aus.

Während der letzten fünf Minuten hatte er seine Tasche fest mit der linken Hand gehalten. Er schaute hinein: Nichts war verloren gegangen.

Jetzt brauche ich erst mal eine Zigarette, dachte er.

79.

Der Kübel mit Peter Harder und Reiner Koch bog in die Straße ein, in der Bohnes wohnten. Der Fahrer stoppte genau davor. Reiner und Peter sprangen heraus und öffneten das kleine hölzerne Gartentor, um zur Haustür zu gelangen. Sie sahen sich an – und Reiner drückte auf die Klingel.

Ein paar Sekunden später wurde die Tür geöffnet. Es war Rolf Bohne, der öffnete. »Guten Tag, Genossen!«

Er schien sie erwartet zu haben.

»Guten Tag, Rolf. Wir haben ein paar Fragen; können wir reinkommen?«

»Kein Problem«, antwortete Rolf.

Sie gingen in die Wohnung, und Rolf bot ihnen einen Platz auf der Couch im Wohnzimmer an. Gerda kam herein und begrüßte die Polizisten ebenfalls. Sie musterten sich gegenseitig, worauf Peter die unangenehme Pause unterbrach.

»Wir wollen nicht lange drum herum reden«, begann er. »Wir sind hier, um dich über Ferdi Mann zu befragen.«
Er machte eine Pause, um ihre Reaktion abzuwarten. Es gab keine.
»Ferdi?«, fragte Rolf.
»Ja. Wir würden gerne mit ihm sprechen, können ihn aber nicht finden.« Wieder eine Pause und ein prüfender Blick von beiden, Peter und Reiner.
Rolf, der noch stand, setzte sich nun. »Na, ihr wißt doch wahrscheinlich, daß er gestern hier war. Ich bin nicht sicher, was er heute vorhatte. Er ist gestern Abend nach Hause gegangen.«
»Wann?«
»Gerda, wann war das? Vielleicht um acht?«
»Könnte sein«, bestätigte sie ohne Zögern.
Peter und Reiner sahen sich an. »Wir haben versucht, ihn zu Hause anzutreffen. Es ist Sonntag, wir dachten, er schläft lange und erholt sich, nachdem er die Familie nach Erfurt zum Zug gebracht hat.«
Rolf war nicht überrascht, daß sie alle Details wußten, aber offensichtlich vermißten sie einen ganz wichtigen Teil der Geschichte! »Nun, es tut mir leid, er hat uns nicht gesagt, was er heute macht. Es ist Sonntag, da wird er sich zu Hause auszuruhen, denke ich.«
»Du hast keine Ahnung, wo er sein könnte? Keinerlei Hinweis, was er heute machen wollte?«
Rolf machte einen Gesichtsausdruck, als würde er nachdenken, was es für Möglichkeiten gab. »Nein, keine Idee. Ich bin sicher, daß er morgen zu Hause ist und spätestens am Dienstag zur Arbeit gehen wird. Ich glaube nicht, daß er sich einen Tag frei genommen hat, während die Familie im Westen ist.«
Das klang alles ganz vernünftig – fast zu vernünftig für die beiden Polizisten.
Gerda durchbrach die Stille. »Es tut mir leid, ich habe Ihnen noch nicht mal eine Tasse Kaffee angeboten. Möchten Sie einen?« Sie versuchte, nicht übermäßig freundlich zu klingen, das würde nur Zweifel schüren.
»Nein, danke. Wir machen schon Überstunden und würden gerne unsere Nachforschung beenden.«
Reiner versuchte, Rolfs Gedanken zu erraten, jetzt, wo er diese Aussage gemacht hatte. Er sah erst Gerda an, dann Rolf. Aber es gab keine Regung in ihren Gesichtern. Wieder diese Stille.
Rolf versuchte jetzt, sich hilfreich zu zeigen: »Habt ihr eigentlich die Hendrichs gefragt? Die leben doch über ihm und wissen vielleicht, wo er heute ist.«

Das klang zwar, als wollte er helfen, war aber nicht überzeugend. Die Antwort war entsprechend kurz und fast böse: »Ja, haben wir. Die sind auch nicht zu Hause!« Ihre Gesichter hatten jetzt einen sehr ernsten Ausdruck angenommen.

Genug, keine weiteren Worte, sagte sich Rolf.

»Nun gut. Wenn ihr heute noch von ihm hört, müßt ihr uns sofort anrufen! Verstanden?«

Das war deutlich, dachte Gerda. Sie sind hinter Ferdi her!

»Natürlich werden wir das machen. Ich bin sicher, daß er heute Abend zu Hause ist.« Rolf versuchte wieder, ruhig und kooperativ zu sein.

Reiner und Peter standen auf und gingen an ihnen vorbei zur Tür.

»Bis bald!« Das klang wie eine Warnung. Dann wurde die Tür von außen zugeworfen.

Rolf und Gerda standen für eine Weile wie angewurzelt im Flur, bis sie hörten, wie der Kübel gestartet wurde. »Die wissen noch nichts von dem Telegramm!«, bemerkte Gerda erleichtert.

80.

Die Zigarette war ein Genuß! Papa inhalierte jeden Zug. Er hatte sich beruhigt, und auch sein Puls war wieder fast normal. Da war immer noch die Gefahr mit den beiden Polizisten; der Bahnhof war ja nur zweihundert Meter weg. Er müßte noch ein wenig länger warten und dann einen Umweg zur Stadtmitte finden.

Ich brauche entweder ein Taxi oder einen Bus, dachte er.

Er lugte aus seinem Versteck hervor. Niemand zu sehen. Der Bahnübergang war fünfzig Meter entfernt.

Ich muß dahin, ich muß!

Er begann die Straße hinunterzulaufen. Am Bahnübergang endeten die Büsche; hinter ihnen konnte er auf den Bahnhof sehen. Der Bahnsteig war leer. Natürlich konnten die Polizisten immer noch vor dem Gebäude warten. Langsam ging er über das Gleis. Mehr und mehr kam der Bahnhof in sein rechtes Blickfeld, doch keiner der beiden Polizisten tauchte auf. Vielleicht warteten sie im Bahnhof oder auf der linken Seite? Er ging vorsichtig weiter. Nein, der Vorplatz war wirklich leer.

Ich gehe ganz normal weiter, dachte Papa. Er schritt auf der linken Straßenseite voran in die Richtung, in der das Zentrum von Wanzleben zu sein schien.

Nur wenige Leute gingen spazieren oder zur Kirche. Ein Paar kam ihm auf der anderen Straßenseite entgegen und eine ältere Dame sah aus ihrem Fenster und beobachtete alles, was auf der Straße vor sich ging. Papa hatte den Bahnhof schon passiert und dachte an seinen nächsten Schritt.

Ich brauche ein Taxi! Ein Bus wäre auch gut, aber ein Taxi ist besser, und ich wäre flexibler und schneller.

Plötzlich hatte er eine Idee. Er ging über die Straße und auf das Fenster zu, aus dem die Dame guckte. »Guten Morgen!«, grüßte er sie.

Die ältere Dame war ein wenig überrascht, aber antwortete auch mit einem freundlichen »Guten Morgen!«.

»Wissen Sie vielleicht, wo ich ein Taxi bekommen könnte?«

»Ein Taxi?«

»Ja, ein Taxi.«

Sie sah Papa von Kopf bis Fuß an und schien angestrengt zu überlegen. »Es gibt hier keine Taxis.«

»Oder einen Bus? Ich muß nach Magdeburg.«

Sie sah Papa wieder durchdringend an. »Nein, aber unser Nachbar hat ein Auto. Wieviel zahlen Sie denn, wenn er Sie fährt? Ich könnte ihn fragen.«

»Eventuell zahle ich zwanzig Mark. Könnten Sie Ihren Nachbarn bitte fragen?«

Die Dame verschwand. Sekunden später hörte er die Tür, und sie erschien. »Kommen Sie. Er wohnt gegenüber.«

Papa folgte ihr. Sie gingen auf ein rotes Backsteinhaus zu. Auf der Seite schloß ein Garten mit einem etwas breiteren Tor an. Dahinter begann ein breiter Weg – und da stand er: ein hellblauer Wartburg. Das absolute Luxusauto zu dieser Zeit – neben dem russischen Moskowitsch.

Die alte Dame klingelte an der Tür, und ein Mann in den Fünfzigern öffnete. »Guten Morgen, Emma! Wie geht's?«

»Dieser Herr braucht ein Auto, du weißt ja, wir haben kein Taxi hier. Er bezahlt dir das.« Sie schaute auf Papa und der nickte brav.

»Wohin soll's denn gehen?« Der Mann musterte Papa eingehend.

»Magdeburg. Ich kann Ihnen zwanzig Mark geben. Ich habe den Zug verpaßt.«

Die Erklärung erschien glaubhaft.

»Na gut. Geben Sie mir ein paar Minuten.«

»Das ist einfach toll!«, hätte Papa fast gerufen. Er könnte mich überall absetzen, wenn ich nur frage, dachte er. Ich könnte zum Hauptbahnhof in Magdeburg und von dort mit einem Taxi in eine der nächsten Städte fahren, wenn es dort zu gefährlich wird, um in den Zug zu steigen. Ich muß dann nur noch die Fahrzeiten der Züge von Magdeburg nach Berlin herausfinden. Und das kann ich auch außerhalb des Bahnhofes. Mal sehen.

Der Mann kam zurück, schwang das Tor auf und hakte es an der Wand ein. Dann schloß er den Wartburg auf und setzte sich hinein. Der Motor startete und stieß eine blaue Wolke aus. Wartburgs hatten auch Zweitaktmotoren. Jahre später wurden sie dann mit Viertaktmotoren ausgestattet. Der Wartburg rollte rückwärts aus der Einfahrt. Papa bedankte sich rasch bei der Dame und setzte sich in den Wagen. Die Tür fiel blechern ins Schloß. Der Mann legte den ersten Gang ein, und sie fuhren los. Sie folgten der Straße bis zur ersten Kreuzung. Ein Straßenschild wies den Weg rechts nach Magdeburg. Sie bogen ab, und wenig später waren sie auf dem Weg zur Stadt. Bis jetzt hatten sie nicht miteinander gesprochen. Endlich brach der Mann das Schweigen:

»Woher kommen Sie? Ich habe Sie hier noch nie gesehen.«

»Ich möchte nach Magdeburg und ein paar Freunde besuchen«, sagte Papa und versuchte, beiläufig zu klingen.

»Magdeburg ist eine schöne Stadt. Waren Sie schon mal da?«

»Nein, noch nie. Sie haben mich eingeladen.« Papa versuchte, sich kurz zu halten, und das Thema zu wechseln. »Wie weit ist es nach Magdeburg? Wie lange brauchen wir?«

»Ungefähr zwanzig Minuten, hängt davon ab, wohin Sie wollen. Wissen Sie den Straßennamen?«

Das war nicht gut. Was sage ich jetzt? Ich kenne keinen Namen!

»Ich habe ihn vergessen. Aber sie holen mich in der Nähe des Bahnhofes ab. Wenn es Ihnen also nichts ausmacht, könnten Sie mich dort absetzen.«

»Das kann ich machen, kein Problem.«

Sie fuhren über eine Landstraße und durchquerten zwei andere Orte. In der Ferne konnte Papa langsam die Silhouetten der Stadt ausmachen. Mehr und mehr Häuser und Läden tauchten links und rechts auf. Auf dem Weg ins Zentrum begegneten ihnen kaum Autos, und nur sehr wenige Ampeln behinderten ihren Weg.

Der Mann lenkte den Wartburg in eine der Hauptstraßen. »Wir sind fast da. Sehen Sie das große Gebäude auf der rechten Seite? Das ist der Bahnhof.«

Das Auto hopste ein wenig über die Straßenbahnschienen und das Kopfsteinpflaster. Papa öffnete seine Tasche und schaute in sein Portemonnaie.

Zwanzig Mark. Aber Geld spielte jetzt keine Rolle. Er nahm einen Zwanzig-Mark-Schein und verschloß seine Tasche wieder. Der Mann bemerkte es und sagte: »Geben Sie mir zehn, das ist schon in Ordnung.«
Papa dachte kurz nach und versuchte, so normal wie möglich zu erscheinen: »Schon gut. Ich habe Ihnen gesagt, ich zahle zwanzig. Kein Problem. Ich bin Ihnen sehr dankbar, weil ich meine Freunde jetzt nicht verpasse. Wir haben ja nicht viel Zeit heute. Dienstag muß ich wieder arbeiten.«
Er legte die zwanzig Mark in die kleine Ablage neben dem Lenkrad. Der Mann warf einen kurzen Blick darauf und verlangsamte dann seine Fahrt.
»Ich halte hier, da ich vor dem Bahnhof nicht halten kann. Ist hier auch einfacher für mich zu wenden – wenn es Ihnen nichts ausmacht. Zum Bahnhof sind es nur noch hundert Meter.«
»Sehr gut, danke. Ich bin Ihnen wirklich sehr dankbar für Ihre Hilfe. Wünsche noch einen schönen Sonntag – und Montag!« Papa öffnete die Wagentür und stieg aus. »Auf Wiedersehen.«
Der Wartburg röhrte ein wenig und rollte davon. Es war, als ob er Papa zuwinkte mit seinem blauen Dunst.
Papa sah sich um. Hier war definitiv mehr los. Es herrschte mehr Verkehr, und eine ganze Menge Passanten spazierte auf den Gehwegen. Auf dem Bahnhofsvorplatz kamen und gingen Menschen mit oder ohne Gepäck. Der Bahnhof war durch einige Absperrungen blockiert, so, als gäbe es eine Demonstration. Nun ja, hier gab es so etwas nie. Das wäre aussichtslos. Es waren keine Polizisten zu sehen, aber sie konnten ja im Bahnhof sein. Ich muß vorsichtig sein und herausfinden, wo der Fahrplan ist, dachte Papa. Er ging auf den Eingang zu.
Die Bahnhofshalle war gewaltig. Hohe Decken und massive Säulen, die das Gewölbe stützten. Die steinernen Wände und Decken waren verschmutzt vom schwarzen Rauch der Lokomotiven und durch andere Verunreinigungen.
Die sollten das ganze Gebäude mit Sandstrahlern behandeln, dachte Papa. Er schaute sich um und ging dann auf die Glaskästen mit den Fahrplänen zu. Es war zwanzig nach elf.
»Gut – laß mal sehen«, murmelte er, und sein Finger glitt den Plan hinunter. »Halb zwölf Potsdam, nein. Elf Uhr sechsundvierzig nach Frankfurt/Oder. Auch nicht. Oder hält der in Berlin? Ja! Am Ostberliner Hauptbahnhof – um zwölf nach eins. Das geht.«
Er sah sich erneut um. Der Schalter war links neben dem Ausgang. Nachdem er ihn erreicht hatte, mußte er warten: Drei andere Personen waren vor ihm dran.
»Haben Sie die Nachrichten gehört?« Die zweite Person vor ihm, ein

Mann mit weißen Haaren und um die sechzig mit einem Gehstock, drehte sich zu dem Mann gleich vor Papa um. »Sie haben die Kontrollen an allen Bahnhöfen und Flughäfen verstärkt.«

Der andere zuckte die Schultern. »Wenn Sie denken, sie müßten das tun, sollen sie doch.« Er senkte seine Stimme: »Scheint, daß zu viele Leute die Regierung nicht mehr mögen.«

Genau, du weißt nie, wer neben dir steht, dachte Papa. So etwas zu sagen, ist schon ein großes Risiko. Ich könnte ihn jetzt verhaften! Hm, sie verstärken also die Sicherheitskontrollen. Irgendwie habe ich das erwartet. Falsch, Helga und ich hatten das erwartet. Helga und die Kinder, was machen sie wohl gerade? Ich würde das zu gerne wissen. Ich kann es nicht erwarten, sie wiederzusehen! Was für eine aufregende Zeit, eine unser Leben für immer verändernde Mission. Ich muß es schaffen, heute noch! Erhöhte Sicherheitskontrollen? Spielt eigentlich keine Rolle mehr für mich, entweder es klappt oder nicht. Nein, Ferdi! Du mußt optimistisch bleiben!

Wieder sah er sich um. Das ging schon ganz automatisch. Immer auf der Hut bleiben! Am Ende des Gangs sah er zwei Polizisten, die langsam und kontrollierend auf und ab gingen. Gut, daß sie so weit weg waren. Sie hätten den weißhaarigen Mann sicherlich mitgenommen, hätten sie ihn gehört. Sie hatten keine Maschinengewehre und waren »nur« normale Bahnpolizisten.

Papa war an der Reihe:

»Wohin wollen Sie fahren?«, fragte der Schaffner durch die typische runde Öffnung im Fenster.

Papa beugte sich ein wenig vor und antwortete leise: »Berlin, Hauptbahnhof Ost, Rückfahrkarte.«

Der Schaffner nahm einen fünf mal drei Zentimeter großen, braunen, vorbedruckten Karton aus einer Schachtel, steckte ihn in eine Art Drucker und drückte auf einen silbernen Knopf. Er zog die Karte heraus, legte eine zweite ein, drehte an einem Rädchen und drückte wieder auf den Knopf.

»Da sind sie. Macht fünf Mark und sechzig. Der Zug fährt um elf Uhr sechsundvierzig ab, das schaffen Sie. Bahnsteig acht. Kommen Sie heute noch zurück?«

»Ja!«

»Es fahren alle zwei Stunden Züge von Berlin hierher, also kein Problem für Sie.«

Papa legte Geld in den kleinen Drehteller unterhalb der Scheibe. Der Schaffner drehte ihn, legte das Wechselgeld und die Fahrkarten hinein und drehte ihn zurück.

»Gute Reise!«

»Danke.« Papa drehte sich um, steckte sein Geld weg und ging auf den Kiosk zu, den er auf dem Weg zum Schalter gesehen hatte. Ich habe so einen Hunger, dachte er, ein paar Würstchen wären gut!

Er bestellte sich eine Thüringer Bratwurst mit Brötchen für 1,10 DM. Der Mann mit der großen weißen Schürze im Kiosk reichte sie ihm. »Irgendwas zu trinken dazu?«

»Haben Sie ein kleines Bier?«

»Ja, ein Diamant.«

»Danke.« Papa hatte noch nie eines getrunken. Es stammte von einer lokalen Brauerei in Magdeburg, dem Diamant Brauhaus. Er nahm das Bier und das Brötchen und ging zu einem der runden Stehtische.

Das Würstchen war exzellent! Auch das Bier, gerade richtig. Papa sah wieder auf die Uhr: kurz nach halb zwölf. Da ist noch Zeit für eine zweite Wurst. Er bestellte sie und zahlte. Fünf Minuten später verließ er den Stehtisch. Es wurde Zeit!

Jetzt kam auch die Nervosität zurück, da ihm bewußt wurde, daß nun der ernsthafte Teil der Reise kam. Er versuchte sich wie immer zu beruhigen. Ein Schritt nach dem anderen. Zuerst die Zugfahrt, dann sehen wir in Berlin weiter.

Kurze Zeit später stand er auf Bahnsteig acht. Der Zug würde jeden Moment einlaufen.

81.

Der Kübel mit Reiner Koch und Peter Harder fuhr auf den Parkplatz hinter dem Polizeigebäude. Sie sprangen heraus und betraten das Gebäude. Sie liefen die Treppen hinauf und geradewegs zu ihrem Büro.

Ihre zwei Kollegen saßen an ihren Schreibtischen. Einer las die Samstagszeitung »Das Volk«, der andere ein Buch. Offensichtlich ein ruhiger Nachmittag.

Wie schön für sie, dachte Peter. Sollten wir eigentlich auch haben, aber dieser Gebert läßt uns arbeiten!

»Hallo, was gibt's Neues?«, fragte der Kollege mit der Zeitung.

»Nicht so viel. Wir müssen einen schnellen Bericht schreiben für Gebert. Hat er schon angerufen?«

»Nein.«

»Gut. Ich brauche meinen Schreibtisch für ein paar Minuten.«
Der Kollege stand auf. »Ich besorge uns einen Kaffee!«, sagte er beim Verlassen des Büros. »Keinen Kuchen, leider.«
Peter setzte sich. »So, was sagen wir ihm? Wir haben wirklich keinerlei Informationen, oder?«
Reiner suchte fieberhaft nach einer guten Antwort: »Ich denke, wir sollten ihm genau das erzählen, was wir herausgefunden haben.«
»Und das wäre was?«
»Hendrichs konnten uns nichts sagen, weil sie nicht zu Hause waren.«
Peter fing an, die Schreibmaschinentasten zu bearbeiten: klick-klick, ratatata.
»Und Bohnes wußten auch nichts. Er war den ganzen Samstag bei ihnen und ist dann nach Hause. Dort ist er jetzt nicht, aber sie denken, daß er heute Abend zurückkommt, weil er spätestens morgen wieder arbeiten gehen muß. Irgendwie sowas.«
Peter tippte eine Weile und hielt dann inne. »So, das habe ich jetzt geschrieben und auch das, was Bohnes gesagt haben. Was können wir ihm noch erzählen? Nichts, oder?«
Reiner nickte. Gebert würde sie wahrscheinlich für so einen schlechten Bericht anschreien. Aber was sollten sie machen? Sie konnten nichts erfinden, nur um ihn glücklich zu machen. Vielleicht müßten die anderen heute Abend noch einmal die Runde machen.
Peter schrieb noch ein paar Worte mehr und stand auf. »Les es mal durch und sag mir, ob ich noch etwas hinzufügen soll.«
Reiner setzte sich, las den Bericht und gab dann sein Einverständnis. Peter zog das Blatt aus der Schreibmaschine, unterschrieb und legte eine Kopie auf den Schreibtisch. Das Original gab er dem Kollegen, der das Buch las. »Bring das sofort zu Gebert, er möchte es vor vierzehn Uhr. Oder schick den Fahrer, ist mir egal.«
»Wir senden den Fahrer, kein Problem.« Der Kollege legte sein Buch nieder, nahm das Papier, steckte es in einen Umschlag und verschloß ihn.
»Ihr zwei werdet wahrscheinlich die Instruktionen von Gebert bekommen, sobald er unseren Bericht gesehen hat«, fuhr Reiner fort. »Aber an eurer Stelle würde ich auf jeden Fall den Mann kontrollieren, damit es keinen Ärger gibt.«
»Machen wir, keine Sorge. Es scheint zumindest für die Stasi wichtig zu sein«, sagte der Kollege und verließ das Büro.
Peter und Reiner schauten sich an. »Fertig! Jetzt gehen wir nach Hause!«

82.

Der Zug kam langsam zum Stillstand. Papa half einer jungen Dame mit ihrem Kinderwagen beim Aussteigen und mußte unwillkürlich an Erfurt vor zwei Tagen denken. Zwei Tage nur und soviel war schon geschehen!
  Er stieg ein und hielt Ausschau nach einem stillen Plätzchen. Es waren mehr Leute ein- denn ausgestiegen. Jeder wollte nach Berlin, so schien es. Die Strecke war hundertfünfzig Kilometer lang, er hatte also ein bißchen Zeit zum Entspannen und Ausruhen.
  Papa ging zwischen den Sitzbankreihen durch den Gang. Die meisten waren schon besetzt. Man konnte zu dritt auf jeder Bank sitzen, aber das wäre nicht so bequem, und er hatte auch keine Lust, sich mit irgendjemandem zu unterhalten. Nicht jetzt.
  Am Ende der Kabinenwand war eine Sitzreihe frei. Auf der genüberliegenden Seite saß ein junges Paar. Es sah fast so aus, als wären sie auf Hochzeitsreise. Sie saßen nah beieinander und hielten sich die Hände.
  Papa setzte sich, nachdem er seine Tasche in das Gepäcknetz gelegt hatte. Er sah sich das Paar genauer an: Sie waren mit sich beschäftigt. Er schaute umher und musterte die anderen Personen genauer, konnte aber nichts Beunruhigendes ausmachen. Er entschied sich, in ein paar Minuten erst einmal zur Toilette zu gehen, um sicher zu sein, daß er nichts und niemanden übersehen hatte.
  Die Pfeife trillerte. Auf geht's, dachte er. Noch eine und eine halbe Stunde und er würde in Berlin sein. Der Zug rollte an. Langsam, aber sicher beschleunigte er, und alsbald flogen die Bilder vorbei, fast wie in einem Film. Bilder von Mutti und seinen Kindern kamen ihm ins Gedächtnis, und er fragte sich wieder, wie es ihnen wohl ginge.

83.

Mutti wurde richtig nervös. Sie schaute auf die Uhr: Ferdi mußte jetzt in Berlin sein. Hatte er es bis dahin geschafft? Oder hatte er Probleme gehabt? Hatten sie ihn vielleicht schon festgenommen? Sie zitterte. Ich bete zu Gott, dachte sie, bitte laß ihn auf dem Weg zu uns sein!

Sie saß mit Oma und Opa in dem kleinen Wohnzimmer. Sie waren alle nervös und sprachen kaum, weil jeder an Papa dachte. Zu viele Personen in diesem kleinen Apartment, dachte Mutti. Die Situation nach zwei Tagen war schon ein bißchen beengt: sieben Leute in dieser kleinen Wohnung, keiner hatte eine ruhige Minute für sich selbst.

Wir waren sicherlich schon eine Belastung für Oma und Opa – und wer wußte schon, wie lange das alles noch andauern würde. Unsere Rückreise war ja erst für den Dienstag der kommenden Woche vorgesehen, also noch einmal acht Tage in dieser Enge. Undenkbar für Mutti und ziemlich hart. Sie hatte keine Kontrolle über die Situation, und das mochte sie gar nicht. Andererseits waren wir ja hier zu Besuch und wollten eine gute Zeit zusammen verbringen!

Roland und ich waren auf Erkundungstour – oder sollte ich sagen: auf Autotour? Da hörten wir Mutti rufen. Wir verließen die Mercedes-Limousinen und rannten die Straße hinunter und in die Wohnung. Oma hatte den Tisch gedeckt und offensichtlich Kuchen gebacken. Sie hatte auch Schlagsahne gemacht, lecker! Das würde meinen Nachmittag abrunden! Wir wuschen unsere Hände und setzten uns hin. Doch die Stimmung am Tisch war irgendwie bedrückend. Es herrschte Schweigen, bis Oma endlich etwas sagte: »Was machen wir denn morgen?«

Mutti schwieg.

»Laßt uns einkaufen gehen«, sagte ich ganz aufgeregt. »Ich möchte gerne all die Spielsachen sehen, die sie in der Stadt haben!«

Opa lächelte.

»Das wäre schön!«, pflichtete Roland mir bei.

»Ich brauche auch ein paar Lebensmittel, damit wir was zu essen haben«, erklärte sich Oma einverstanden.

»Wir könnten mit der Straßenbahn zum Alten Markt fahren und von dort auf der Hindenburgstraße laufen und die Geschäfte ansehen«, sagte Opa. »Aber da gibt es ein Problem, wir haben morgen Feiertag. Also müssen wir bis Dienstag warten, oder wir gehen nur Schaufenster anschauen.«

Mutti aß den letzten Bissen ihres Kuchens und schaute auf. »Gut, laß uns das machen. Wie spät ist es? Ich wünschte, ich wüßte, was Papa gerade macht!«

Sie stand auf und ging in die Küche. Ich glaube, sie hatte Tränen in den Augen.

84.

Der Zug hatte jetzt eine gute Geschwindigkeit erreicht und war ein Stück schneller als der aus Sangerhausen. Er hatte auch mehr Waggons. Nach fünf Minuten war Papa aufgestanden und zur Toilette gegangen, wie er sich vorgenommen hatte. Er mußte sich sammeln und überlegen, wie er sich die nächsten Stunden verhalten sollte. In einer guten Stunde würde er in Ostberlin sein. Was dann? Gut, er wußte schon, wie er vorgehen mußte. Natürlich hatten er und Mutti darüber gesprochen und einen Plan gemacht. Aber jetzt, so nahe an Berlin, mußte er sich ihn wieder und wieder durch den Kopf gehen lassen.

Er würde am Ost-Bahnhof ankommen. Ein ziemlich großer Bahnhof und wahrscheinlich ziemlich gut überwacht. Papa war sich sicher, daß es dort nur so von Vopos wimmelte. Sie würden mit Kalaschnikows bewaffnet sein.

Er müßte ein Zusammentreffen mit ihnen soweit wie irgendwie möglich vermeiden. Sich normal zu verhalten, war manchmal gar nicht so einfach. Man denkt, sich unauffällig zu verhalten, aber dann erscheint es dem Beobachter eben nicht so. Papa war natürlich geschult in all den Observierungsmethoden. Er wußte, wie man sich verhielt. Nichtsdestotrotz, er mußte sehr, sehr vorsichtig sein, denn er wußte nicht, wie viel von seinem Verschwinden schon bekannt war. Die Polizei in Berlin könnte von der in Sondershausen informiert worden sein – das wäre das Schlimmste! Wenn sie noch nichts wüßte, dann hätte er etwa vier bis fünf Stunden Vorsprung, bevor die Ostberliner Polizei oder die Staatssicherheit nach ihm suchen würden: an Flughäfen, Bahnhöfen, öffentlichen Gebäuden oder im öffentlichen Nahverkehr. Besonders aber auf den Transportwegen, die nach Westberlin führten.

Er saß für ein paar Minuten auf der Toilette. Er war sich nicht sicher, welche der Straßenbahnen er benutzen sollte; er kannte weder ihre Nummern noch Routen. Aber das würde er herausfinden. Am Bahnhof hingen sicher Pläne aus. Wenn nicht, dann müßte er den Bahnhof schnell verlassen und sich die Informationen woanders beschaffen. Vielleicht bei einem Taxifahrer. Nein, das war keine gute Idee. Besser, er redete mit niemandem.

Als Nächstes müßte er sich eine sehr gute und überzeugende Antwort für die Volkspolizisten an der Grenzkontrolle überlegen, die fragen würden, warum er die Ost-West-Grenze überqueren wolle.

Papas Gedanken nahmen jetzt an Geschwindigkeit auf: Erst mal werde ich jetzt ausfindig machen, wo ich aussteige, dachte er. Der Ost-Bahnhof ist natürlich am besten, aber ich brauche eine Alternative.

Er trat aus der Toilette und stand für eine Weile auf der Plattform zwischen den Waggons, während die Landschaft an ihm vorbeirauschte: Weite Felder wechselten sich mit Häusern, größeren Gebäuden oder Fabriken ab. Er sah einen Traktor auf einem Feld, einige Autos, eine Landstraße. Irgendwie erschien es ihm unwirklich, weil es nur kurze Szenen wie in einem Film waren. Er dachte wieder an die Familie: Es wird ihnen gut gehen, uns wird es gut gehen!

Er ging zurück zu seinem Platz. Das Pärchen saß immer noch genauso zusammen: Händchen haltend, aneinandergeschmiegt. Er setzte sich, lächelte ihnen kurz zu und schaute aus dem Fenster. Es war fast halb eins. Noch etwa fünfzig Minuten.

Ich werde fünf Minuten vor der Ankunft aufstehen, dachte er. Vielleicht kann ich bei der Einfahrt den Bahnsteig nach Polizisten absuchen. Und ich muß wissen, welcher der beste Weg raus aus dem Bahnhof ist. Ich kann ja auch den Schaffner fragen, an welchem Bahnsteig wir ankommen, der weiß das bestimmt. Der sollte jetzt sowieso gleich kommen und unsere Fahrkarten kontrollieren.

Papa sah den Gang hinunter. Da kam niemand. Er drehte sich zur anderen Seite und sah ihn kommen: Er stand im Gang des nächsten Waggons und knipste dort links und rechts die Fahrkarten. Prima. Ich werde ihn fragen. Er setzte sich wieder gerade und betrachtete das junge Paar. Sie hatte ihren Kopf auf seine Schulter gelegt und schlief, zumindest schien es so. Ihr Freund hatte ebenfalls seine Augen geschlossen.

Eine Minute später hörte Papa das leise Quietschen der sich öffnenden Schiebetür. Für ein paar Sekunden wurde der Lärm des Zuges etwas lauter, bis die Tür wieder zu war. Papa drehte sich um: Es war der Schaffner. Er fing gegenüber an zu kontrollieren. Papa hatte seine Fahrkarte aus der Tasche genommen und hielt sie in der Hand.

Als er sie dem Schaffner reichte, fragte er: »Entschuldigung, können Sie mir sagen, an welchem Bahnsteig wir in Ostberlin ankommen?«

»Gute Frage. Normalerweise ist es Nummer sechs. Aber es ist so viel los, da wechseln sie manchmal.«

»Arbeiten sie an den Gleisen?«, fragte Papa beiläufig.

»Nein, es ist wegen den vielen Kontrollen, die sie in diesen Tagen durchführen.«

Der Schaffner stand schon an der nächsten Sitzreihe. »Die Fahrkarten, bitte!«

Kontrollen! Es überraschte Papa nicht wirklich, wahrscheinlich waren sie in erhöhter Alarmbereitschaft. Zu viele hatten schon die Republik verlassen. Es gab Gerüchte darüber, daß die Regierung mehr Truppen an den Grenzen zusammengezogen hatte. Sie konnte nicht akzeptieren, daß soviele ihr Heimatland verließen. In ein paar Monaten könnte die halbe Bevölkerung abgehauen sein! Der Staat würde aussterben!

Papa dachte darüber nach, und die Nervosität stieg wieder in ihm auf. Eigentlich war es mehr als nur Nervosität, das Gefühl war nun eher pure Angst. Wenigstens war er gewarnt. Und wenn man vorgewarnt war, war man auch vorbereitet.

Gut, aber was mache ich jetzt? Wieder aussteigen, bevor wir am Bahnhof ankommen? Würde das einen Unterschied machen? Wahrscheinlich nicht. Wenn sie die Bahnhöfe überwachen, dann auch die der kleinen Vororte. Und in der Menge kann man sich besser verstecken. Berlin war eben zu wichtig, die meisten Menschen, die die Republik verlassen hatten, waren über Berlin abgehauen. War das wirklich der einfachere Weg? Das war fraglich.

In einer großen Metropole – und in ganz Berlin lebten bestimmt drei Millionen Menschen – konnte man sich natürlich eher verstecken. Und selbst wenn sie alle Übergänge nach Westberlin schließen würden, gab es immer noch genügend Möglichkeiten, in den Westen zu kommen. Dieser Gedanke beruhigte Papa ein wenig. Trotzdem mußte er sehr aufmerksam sein. »Beobachte deine Umgebung, nicht zu auffällig, aber ständig«, hörte er sich sagen – wie im Unterricht.

Er hatte sich schon früh nach all den Diskussionen mit Helga und Tante Rosa entschieden, die Straßenbahn zu nehmen. Es gab einige, die er nehmen konnte. Die endgültige Entscheidung, mit welcher er fahren würde, mußte er womöglich in aller Eile und aus dem Bauch heraus treffen.

Es war fast eins. In zwanzig Minuten begann der entscheidende Teil seiner Mission. Papa schloß seine Augen zur Entspannung und suchte ein paar Minuten Ruhe.

85.

Das Telefon klingelte. Der Polizist nahm den Hörer ab: »Sonntagswache, Hauptgefreiter Schmidt.«

»Stasi, Gebert! Gibt's was Neues im Fall Mann?«

Schmidt nahm Haltung an und saß aufrecht in seinem Stuhl. »Nein, Genosse Gebert. Noch nichts.«

»Sie gehen vor siebzehn Uhr zum Haus und observieren es, verstanden?«

»Jawohl, Genosse Gebert. Wir machen das!«

»Und danach brauche ich sofort Ihren Bericht. Vergessen Sie Bohnes nicht!«

»Nein, wir vergessen das nicht, Genosse Gebert!«

Am anderen Ende wurde aufgelegt.

Schmidt schaute seinen Kollegen an. »Immer dieser Gebert! Der kann richtig ärgerlich werden, denkst du nicht auch?« Er seufzte. »Also los. Wir brauchen einen Wagen für die Tour!«

»Es ist erst halb zwei, komm, wir haben noch Zeit!«

»Aber wenn wir keinen Wagen bekommen, dürfen wir laufen!«

»Wir werden nicht laufen, beruhig dich!«

Aber Schmidt war nervös. »Ich geh mal runter und seh nach, ob wir einen Wagen und einen Fahrer für diese Zeit bekommen. Vielleicht fahren wir noch vor halb fünf. Was meinst du?«

»Einverstanden, aber nicht zu früh. Wir können das in etwa dreißig Minuten erledigen und ihm noch rechtzeitig so um halb sechs seinen Bericht schicken. In Ordnung?«

»Jawohl.« Schmidt verließ das Büro und ging auf den Hof hinter dem Gebäude. Wenige Augenblicke später kam er zurück. »Ich hab es! Der Fahrer ist jetzt zwar unterwegs, sollte aber bis etwa sechzehn Uhr zurück sein. Ich habe einen Zettel hinterlassen, daß er uns für eine halbe Stunde fährt.«

»Gut gemacht, mein Freund!«

»Ich hol' uns einen Kaffee, ja?«

»Gute Idee – und Kuchen mit Schlagsahne!«

Schmidt grinste. »Hast du welchen von zu Hause gebracht? Versteckt in der Schublade, was? Ich hoffe das für dich, denn im ganzen Haus findest du nicht einen einzigen Krümel!«

Er verließ das Büro mit zwei Tassen.

86.

Papas Kopf schlug leicht gegen das Fenster. Er öffnete die Augen und wurde weiß: Wir sind schon angekommen. Der Zug hat angehalten! Das ist Ostberlin! Er starrte auf den Bahnsteig: Viele Reisende waren zu sehen, überall – und ein paar grüne Uniformen! Das Pärchen von gegenüber stand bereits im Gang, um den Waggon zu verlassen.
Warum haben sie mich nicht geweckt? Papa war geschockt. Er konnte nicht glauben, daß er eingeschlafen war. Aschersleben, schon wieder! Ich bin ein Idiot, wie konnte mir das passieren?
Er stand ein wenig benommen auf, griff nach seiner Tasche und sah sich prüfend an, von den Schuhen aufwärts. Alles in Ordnung. Mit der rechten Hand glättete er seine Haare. Er warf einen prüfenden Blick aus dem Fenster: Zwei Polizisten gingen auf und ab und sahen alle Reisenden prüfend an!
Ich muß mich unter die Menge mischen!
Er schaute nach vorne zu den Türen. Einige Passagiere standen in einer Reihe und wartete darauf auszusteigen. Wegen des vielen Gepäcks ging das etwas langsam. Gott sei Dank, dachte Papa. Er hätte auch auf seiner Seite aussteigen können, aber er wäre der Einzige gewesen und außerdem stiegen schon Reisende in den Zug. Er warf erneut einen Blick auf die Polizisten. Sie gingen den Bahnsteig auf und ab.
Wenn ich den richtigen Moment abwarte, laufen sie gerade in die andere Richtung und ich kann unbemerkt die Treppen auf der anderen Seite runtergehen, dachte er.
Sie kamen gerade zurück zur Waggontür. Papa sollte aussteigen, aber er ließ ein Ehepaar vor, um etwas Zeit zu gewinnen. Sie nahmen die Einladung freundlich an, bedankten sich und Papa half ihnen sogar mit ihren Taschen. Die Polizisten waren nun an der Tür vorbeigegangen, und Papa stieg die eiserne Treppe hinunter. Ein kurzer Blick zu den Polizisten – und er drehte sich in die andere Richtung, um so schnell als irgendwie möglich die Treppen zu erreichen. Nur rennen durfte er nicht, keine Frage. Dann wären sie sicherlich – ganz sicher – auf ihn aufmerksam geworden. Noch fünfundzwanzig Meter, und er hätte die erste Stufe erreicht. Er überholte die langsameren Reisenden und kam an die Treppe.
Unten angekommen, ging er nach links zum Ausgang. Er versuchte, sich zu beeilen, aber eben nicht zu offensichtlich.

Ich muß hier raus, war sein instinktiver Gedanke. In seinem Kopf fing es an zu pochen, und sein Herz schlug schneller und schneller. Viel zu viele grüne Uniformen hier! Womöglich noch mehr vorne am Eingang! Vielleicht sollte er einen Seiteneingang wählen? Aber da würden sie doch auch stehen, oder?

Er kam jetzt in die ausgedehnte Eingangshalle mit all den Läden, Schaltern, Zeitungsständen und Kiosken. Dafür ist jetzt keine Zeit! Er schaute sich um.

Nur keine hastigen Bewegungen, Ferdi, erinnerte er sich. Nur den passenden Weg nach draußen finden. Einer der Seiteneingänge führte auf eine Straße, der andere zu einem Parkplatz. Das konnte er durch die Glastüren ausmachen. Der Haupteingang mit den großen Glastüren führte geradewegs auf den Bahnhofsvorplatz; dort parkten alle Taxis und warteten auf ihre Gäste. Busse würden hier auch anhalten, und die Bahnsteige für die Straßenbahnen waren gleich daneben.

Nur kein Taxi nehmen! Das war ihm klar. Vielleicht war es besser, einen Bus zu nehmen, um den besten Ausgangspunkt für den Übergang zu erreichen. Oder doch ein Taxi? Was war besser? Darüber hatte er hundert Mal nachgedacht, und jetzt war er sich immer noch nicht sicher! Dumm. Ein Taxi war schneller, kein Zweifel. Aber die hatten Funk im Auto. Wenn sie wirklich hinter ihm her waren, würden sie das durchgeben. Was sollte er machen?

Papa entschied sich, den Seiteneingang zum Parkplatz zu nehmen. Er hielt kurz inne und sah sich wieder um. Durch die gegenüberliegende Seitentür tauchten in dieser Sekunde drei Polizisten auf. Na ja, die waren fast siebzig Meter weg, die würden ihn nicht sofort erspähen. Papa verließ nun auf direktem Weg die Halle, öffnete die Tür zum Parkplatz und lehnte sich erst einmal für ein paar Sekunden an die Wand gleich hinter der Tür. Hier waren nicht soviele Leute zu sehen, offensichtlich nur die, die hier ihre Autos geparkt hatten und Gepäck auf- oder ausluden.

Er versuchte, sich zu konzentrieren. Vielleicht ist das eine Überreaktion von mir, dachte er, womöglich wissen die noch gar nichts – noch nicht. Aber besser auf Nummer sicher gehen!

Er ging um die Ecke des Gebäudes herum, gerade so weit, daß er den belebten Bahnhofsvorplatz übersehen konnte. Zwei Polizeiautos waren gleich vor dem Bahnhof geparkt. Die durften das natürlich. Die konnten sowieso machen, was sie wollten!

Weiter rechts waren die Bushaltestellen, wie er vermutet hatte. Es gab insgesamt sechs Inseln, auf denen die Passagiere auf ihren ankommenden Bus warten konnten. An jedem der Pfosten hing der entsprechende Fahrplan. Papa stand immer noch an der Ecke des Gebäudes und beobachtete den Platz, als zwei Vopos aus dem Bahnhof kamen. Das waren die zwei vom Bahnsteig! Er bemerkte die Gewehre und den einen der beiden, der seine Mütze ganz komisch auf der Seite trug. Papa ging rückwärts um die Ecke, damit sie ihn nicht sehen konnten. Wenn es jetzt gefährlich wird, muß ich eventuell laufen. Hm, das ist vielleicht keine so schlechte Idee! Wenn ich der Buslinie folge und an der nächsten Haltestelle einsteige? Es kann ja nicht so weit sein.

Wieder schaute er um die Ecke. Das Polizeiauto startete und fuhr davon. Er wartete noch drei Minuten. Wie wär's mit einer Zigarette? Nein, jetzt nicht. Er lief los zur Bushaltestelle. Er wußte aufgrund seiner ursprünglichen Planung genau, wo der Bahnhof in Ostberlin lag. Und wo die Grenze verlief. Zumindest kannte er so in etwa auch das Zentrum von Berlin, also die Gegend um das Brandenburger Tor.

Er kam zum ersten Pfosten und schaute auf den Plan: Der Bus fuhr in die falsche Richtung, sozusagen aus der Stadt. Er mußte ins Zentrum fahren, Friedrichstraße oder so. Er schritt zu der nächsten Insel und studierte den Plan: Dieser Bus würde zum nächsten Bahnhof fahren, Jarnowitz, und dann zum Alexanderplatz, aber nicht weiter zur Friedrichstraße. Friedrichstraße war vielleicht fünfzehn Minuten Fußweg vom Brandenburger Tor entfernt und auch nicht zu weit von Unter den Linden, der Straße, die vom Brandenburger Tor direkt in den östlichen Teil der Stadt führte – während die Straße des 17. Juni geradewegs in den westlichen Teil ging.

Ich brauche einen anderen Bus, der mich direkt zur Friedrichstraße bringt! Er ging zur nächsten Insel. Dieser Plan war der richtige! Von hier würde Papa die Straßenbahn nehmen zum ersten Westberliner Bahnhof hinter der Grenze, dem Lehrter Stadtbahnhof. Er schaute sich wieder um: Nur eine andere Person wartete an der Haltestelle. Wenn er das richtig verstanden hatte, müßte der Bus in etwa sechs Minuten hier sein. Er sah auf die Uhr: zwanzig vor zwei. Der Bus würde so um die zwanzig Minuten brauchen, schätzte er. Der Bahnhof Friedrichstraße war sehr groß und der am nächsten zur Grenze. Es hing von der Situation dort ab, ob er eine Straßenbahn gleich vom Bahnhof nehmen konnte oder ob er erst wartete und eventuell eine andere Station als Startpunkt auswählen mußte. Es gab mehrere Möglichkeiten, die Grenze zu erreichen, aber er hatte nur einen Versuch, sie zu passieren!

Im Grunde war der Potsdamer Platz der größte innerstädtische Verkehrsknotenpunkt. Vor dem Zweiten Weltkrieg war er sogar der größte in Europa gewesen. Zweiundzwanzig aus allen Richtungen kommende Straßen mündeten in ihm. In diesen Tagen war er durch die Grenzlinie geteilt in einen östlichen und westlichen Teil. Aber er war südlich vom Brandenburger Tor, und Papa hatte sich entschieden, den Weg über die Friedrichstraße zu nehmen. Es war seiner Meinung nach der direkteste Weg zum Westsektor. Sollte etwas Überraschendes passieren, konnte er vor dem Erreichen der Friedrichstraße aussteigen und laufen.

So mache ich das, dachte er. Er kannte keine einzige der Haltestellen, die der Bus anlaufen würde. Aber letztendlich war das egal, solange er sicher am Bahnhof an der Friedrichstraße ankommen würde!

Mehrere Leute warteten nun neben ihm. Er beäugte sie alle ein wenig. Niemand von ihnen schien ein Problem zu sein. Er schaute auch vorsichtig in alle Richtungen: jüngere und ältere Menschen, Männer im Sonntagsanzug und Frauen in Frühlingskleidern. Eine fiel fast hin in ihren hohen Absätzen, als sie die Insel betrat! Der Wind blies ein wenig, und alle zwei Minuten blinzelte die Sonne durch die dünnen Wolken. Es gibt Lieder über die Berliner Luft und daß sie so gut duftet. Nicht so wichtig jetzt!

Wieder kam ein Polizeiauto. Zwei weitere Polizisten sprangen heraus und betraten schnellen Schrittes den Bahnhof.

Hoffentlich haben sie unser Zuhause noch nicht erkundet, schoss es Papa durch den Kopf. Bei dem Gedanken an Sondershausen und die Wohnung fragte er sich, ob die Stasi heute Abend die Tür einbrechen würde, falls er nicht zu Hause war. Bis jetzt, vermutete er, waren sie womöglich vorsichtig gewesen. Aber nicht mehr lange. Das wußte er nur zu gut. Sie respektierten zwar das Eigentum der Leute, aber eben nicht auf Dauer. Wenn sie »rochen«, daß etwas im Verzug war, dann würden sie alles tun, um eine Flucht zu verhindern.

Papa beobachtete das Polizeiauto: Diese zwei Burschen waren immer noch im Bahnhof.

Jetzt kam der Bus. Er war einstöckig, fast gänzlich rot lackiert – und ziemlich alt. Die Farbe blätterte überall ab, er war laut und ratterte ein bißchen. Als er hielt, öffnete sich eine Tür vorne beim Fahrer. Man mußte bei ihm zahlen.

Papa überlegte kurz, ob er nur eine Fahrkarte zum Alexanderplatz lösen und dann erst mit dem nächsten Bus weiterfahren sollte, entschied sich aber dagegen. Ich muß vorwärtskommen, sagte er sich. Er zahlte, ging bis zu den Sitzen gleich an der mittleren Tür und setzte sich. Ein paar mehr Leute stiegen ein, aber niemand setzte sich neben Papa.

Die Türen wurden geschlossen, und mit einem aufheulenden Motor fuhr der Bus von der Haltestelle weg.

Es war 13.48 Uhr.

87.

Unser Sonntagnachmittag war irgendwie langweilig. Nach Kaffee und Kuchen gingen Roland und ich wieder auf die Straße zu neuen Erkundungen. Schon allein die Straßenbahnen zu beobachten, wie sie kamen und anhielten, die Türen aufklappten und wieder schlossen, war sehr interessant. Auch die Leute waren anders gekleidet, ein bißchen modischer, zumindest empfand ich es so.

Wir liefen ein bißchen die Straße hinunter, dorthin, wo wir ein Schild von einem Elektroladen gesehen hatten. Wir drückten unsere Nasen an die Scheibe und bestaunten die Fernseher. Unglaublich! Wo wir wohnten, konnten wir sie nicht einfach so kaufen, und sie waren sowieso viel zu teuer. Und da waren noch diese tragbaren Radios, die konnte man mit sich herumtragen und Musik hören.

Ziemlich aufregend war das Ganze. Vielleicht können wir das eines Tages auch haben, dachte ich sehnsuchtsvoll.

Es gab noch mehr Erstaunliches: Ich hatte noch niemals zuvor einen elektrischen Handmixer gesehen, so einen, um meine Sahne zu schlagen. Mutti mußte die immer mit der Hand in einer Schüssel schlagen, bis sie steif wurde. Und eine elektrische Kaffeemühle stand da. Wahnsinn!

Wir sollten uns eigentlich nicht zu weit vom Apartment entfernen, also drehten wir um und schlenderten zurück. Es war ja Sonntagnachmittag und neben den Autos und den paar Geschäften war nicht soviel zu sehen. Morgen in der Stadt würde es viel mehr geben, was wir erkunden konnten – obwohl die Geschäfte ja wegen des Feiertages geschlossen waren! Als wir näher zum Apartment kamen, sahen wir, daß Mutti schon am Eingang auf uns wartete. Es erschien mir, als ob sie ein bißchen frische Luft brauchte. Diese Enge mit den sieben Personen in dem Zweiraumapartment war ihr zu viel.

Wann kommt Ferdi? Kommt er? Hat er es geschafft? Er müßte jetzt in Berlin sein. Sie sah auf ihre kleine Armbanduhr, die sie einmal von ihren Eltern zu Weihnachten bekommen hatte: Fast vierzehn Uhr. Ich brauche ihn, mehr als jemals zuvor! Wenn ich doch nur mit ihm reden könnte, das wäre so schön.

Aus ihren Augen lösten sich Tränen.

88.

Der Bus hielt zum ersten Mal an. Ein paar Leute raus, ein paar rein, nichts Ungewöhnliches. Keine Polizisten, keine fremden Gestalten, nur einfache Berliner Bürger. Aber je näher er an die Grenze käme, desto mehr würde sich das ändern.

Es war Pfingstsonntag, und auf den Straßen war es ruhig. In der DDR allgemein und auch in Ostberlin sah man nicht allzu viele Autos; es war eben ein gewisser Luxus, einen Trabbi zu haben, ganz zu schweigen von einem Wartburg! Westdeutsche Autos waren hier kaum zu sehen. In einigen Straßen tauchten noch die Überreste des Zweiten Weltkrieges auf; viele Gebäude schienen immer noch unverändert zu sein, schmutzig und demoliert: Ruinen. Schreckliche Beweise dafür, daß Berlin gegen Ende des Krieges bombardiert wurde. Die Regierung hatte für den Wiederaufbau weder das Geld noch die Materialien. Also ließ man es, wie es war.

Der nächste Halt war nahe dem Alexanderplatz, einem der Vorzeigepunkte zu jener Zeit in Ostberlin. Er war so bekannt, daß man ihn natürlich bestens wieder hergestellt hatte mit Geschäften, Straßencafés und Restaurants. Es gab zu viele vor allem internationale Gäste, um den Alexanderplatz verrotten zu lassen. Ein paar kurze Blicke konnte man erhaschen, dann war der Bus vorbei.

Einige Minuten später kam der Bahnhof Friedrichstraße ins Blickfeld. Der Fahrer informierte die Fahrgäste durch den Lautsprecher und hielt nach ein paar Augenblicken vor dem Haupteingang. Die meisten stiegen hier aus; es waren nur noch etwa zwei Kilometer zur Grenze von hier.

Papa stieg aus und sah sich um. Auch hier standen zwei Polizeiautos vor dem Eingang. Die Vopos selbst waren nicht zu sehen. Vermutlich sind sie im Bahnhof, dachte er. Ich werde mal vorsichtig auf den Fahrplan im Bahnhof sehen und herausfinden, wann die nächste S-Bahn zum Lehrter Bahnhof fährt.

Während er zum Eingang ging, bemerkte er, wie sich ein kleiner Polizeibus von rechts näherte und anhielt. Fünf oder sechs Polizisten sprangen heraus und rannten zum Bahnhofseingang.

Papa hielt inne. Was war das? Er sah, daß einige Leute am Eingang stehengeblieben waren und irgendetwas im Bahnhof beobachteten. Sie waren hinter jemandem her, das war sicher! Sollte er auch warten? Vielleicht. Er ging langsam weiter.

Eine Frau mittleren Alters näherte sich mit zwei Koffern dem Eingang.

Sie sah nicht nur gut aus, sondern kam Papa in dieser Situation auch ziemlich gelegen.

»Entschuldigung, aber das muß ziemlich schwer sein für Sie! Darf ich Ihnen helfen?«

Fast ließ sie die Koffer vor Überraschung auf den Boden fallen. Ihre langen blonden Haare fielen ihr ins Gesicht, und sie war ganz außer Atem.

»Ja, die sind so schwer, und es wäre sehr nett, wenn Sie mir wenigstens mit einem helfen könnten.«

»Kein Problem, ich helfe Ihnen gerne! Welcher ist denn der schwerere?«

»Der graue da.« Sie sah Papa an und lächelte. »Vielen Dank, ich weiß gar nicht, warum ich soviel eingepackt habe. Ich fahre in Urlaub, ans Schwarze Meer. Waren Sie schon mal da?«

»Nein, noch nie, aber vielleicht irgendwann mal.«

Papa nahm den grauen Koffer, sie den anderen. Zusammen gingen sie auf den Eingang zu. Irgendetwas war da los; man konnte nur nichts sehen – sondern mußte dafür durch die Tür. Tatsächlich war der Koffer schwer – aber für Papa war es eine gute Deckung. Sie mußten jedem Beobachter wie ein Paar erscheinen. Ein Paar, das in Urlaub fährt.

Sie betraten die Eingangshalle. Papa sah sofort die Polizei auf der linken Seite. Sie hatten zwei Männer umzingelt. Es war schwer zu erkennen, was der Grund dafür war, aber es sah sehr ernst aus. Die Polizisten hatten ihnen Handschellen angelegt und befragten sie.

Wenigstens sind sie nicht hinter mir her, schoß es Papa durch den Kopf.

Die Dame neben ihm ging zu einem der Fahrkartenschalter, Papa folgte ihr auf dem Fuß.

»Ich habe schon meine Fahrkarte bis nach Bukarest«, sagte sie, »aber ich muß nochmal mit dem Schaffner reden.« Sie ließ den Koffer auf den Boden plumpsen und Papa stehen, als wäre er wirklich ihr Ehemann.

Frauen sind verblüffend – manchmal. Papa mußte ein wenig lächeln. Kein Problem, gut für mich, sie hilft mir in dieser Situation. Sie brauchte fünf Minuten, da noch andere Fahrgäste in der Reihe warteten. Dann kam sie zurück und meldete: »Alles in Ordnung bei mir. Was ist mit Ihnen? Wohin fahren Sie?«

Papa zögerte. Eigentlich keine überraschende Frage. Was sollte er ihr sagen? Er wollte ja nichts Spezifisches preisgeben.

»Ich brauche nur eine Fahrkarte und einen Fahrplan für meine Reise nächste Woche nach Erfurt. Aber das kann warten. Von welchem Bahnsteig fahren Sie ab?«

»Nummer vier.«

»Darf ich Sie dahin bringen?«
»Das wäre ganz lieb von Ihnen. Ich bin Ihnen wirklich dankbar!«
Sie hoben ihre Koffer an und folgten dem Schild zum vierten Bahnsteig. Die Treppen waren noch einmal eine Herausforderung, aber sie schafften es und stellten die Koffer an einer Bank auf dem Bahnsteig ab.
»Vielen Dank noch einmal für Ihre Hilfe. Ich wäre wahrscheinlich immer noch in der Bahnhofshalle mit meinen Koffern.« Sie lächelte wieder – und bevor Papa irgendetwas sagen konnte, zog sie ihn zu sich herunter und gab ihm einen Kuss auf die Wange! Papa war total erstaunt, und fast errötete er. Was für eine nette Frau.
»Kein Problem! Ich wünsche Ihnen einen schönen Urlaub!«
Papa drehte sich um und ging zu den Treppen. Er wollte sich nicht umdrehen, er mußte sich nun voll auf seinen Plan konzentrieren. Er ging den Gang vor zur großen Eingangshalle. Ich muß die S-Bahn finden, die mich in den Westen bringt!
Fahrkarte, Zeitplan und Haltestellen.
Auf einem der Fahrpläne sah er, daß er tatsächlich von hier zum Lehrter Bahnhof fahren konnte – er hatte das erwartet, aber es war schön, es bestätigt zu wissen. Er blickte um sich: Die Polizisten waren weg, und auch die zwei Männer, die sie in Gewahrsam genommen hatten.
Er ging zum nächsten Schalter und stellte sich in die Reihe. Die zwei Männer vor ihm flüsterten miteinander:
»Hast du die gesehen? Ich habe gehört, was sie gesprochen haben. Sie haben sie kontrolliert. Womöglich wollten sie mit dem Zug in den Westen. Irgendjemand hat der Polizei einen Tipp gegeben.«
»Ich weiß, die kontrollieren jetzt jeden, sobald du eine Fahrkarte kaufst.«
Papa war wie betäubt. Mist! Jeden, der eine Fahrkarte in den Westen kauft? Sie mußten tatsächlich die Grenzkontrollen verstärkt haben!
»Rückfahrkarte Lehrter Bahnhof.« Er versuchte, so normal wie möglich zu klingen.
»Das ist Westberlin. Kommen Sie heute noch zurück?« Dieser Schaffner hätte auch ein trainierter Stasi-Mitarbeiter sein können, wer wußte das schon!
»Ja«, sagte Papa.
Der Schaffner sah ihn durchdringend an. »Eins achtzig.«
Papa legte zwei Mark auf den Drehteller. Sekunden später nahm er seine Fahrkarte und die zwanzig Pfennig und drehte sich weg. Sein Herz pochte. Er ging zurück zu den Fahrplänen. Es war dreiviertel drei. Die Straßenbahn würde um zehn nach drei am Gleis zwei abfahren.

Die nächste Hürde ist die schwierigste von allen und braucht meine volle Aufmerksamkeit, dachte er. Ich werde auf dem Bahnsteig warten, obwohl es da natürlich keinerlei Deckung gibt. Zuerst zur Toilette, dann zum Bahnsteig.
Während er auf dem Toilettendeckel saß, durchsuchte er nochmals seine Papiere. Eines war wichtig: Alles mußte perfekt vorbereitet sein. Der Paß, das Parteibuch mit seinem knall-roten Einband, die Fahrkarte – und seine Antworten! Was sage ich? Sie werden mich fragen, warum ich in den Westen fahre. Was antworte ich?
Es war nicht das erste Mal, daß er darüber nachgedacht hatte, sicherlich nicht. Er mußte etwas formulieren, daß es einerseits politisch korrekt, aber andererseits auch fast unterwürfig gegenüber der Deutschen Demokratischen Republik klang.
»Ich bin ein wahrer und ehrlicher und überzeugter Anhänger des Systems. Ich unterstütze es, ich bin ein Parteimitglied. Ich bin überzeugt, daß diese Republik das Beste für die Arbeiterklasse und für jeden Einzelnen darstellt!« So eindeutig mußte das klingen: überzeugend und keinen Zweifel zulassend.
»Der wird uns nicht verlassen, das ist ein guter Bursche.« Das müssen Sie aus meiner Antwort heraushören!
Drei Minuten nach drei. Er mußte gehen. Papa verließ die Toilette, wusch seine Hände und ging zum Bahnsteig 2. Die Straßenbahn kam eine Minute später. Sie hatte zwei Wagen. Er stieg in den ersten, setzte sich und starrte aus dem Fenster.
Das war es also. Die letzte Schlacht.
Noch ein paar andere Fahrgäste waren eingestiegen. Tatsächlich mußte die Straßenbahn noch einmal kurz vor der Grenze halten. Das war ihm nicht klar gewesen, aber die Vopos mußten ja zur Kontrolle einsteigen. Jetzt gab es kein Zurück mehr!
Mach das Beste draus, sagte er sich. Du schaffst das, du hast es doch gelernt in all diesen Jahren bei der Polizei: Du weißt, wie man sich verstellt!
Die Straßenbahn verließ den Bahnhof Friedrichstraße. Die Straßen wurden immer leerer, je näher sie an die Grenze kamen. Die Gebäude waren in immer schlechterem Zustand. Manche sahen so aus, als wäre der Krieg gerade erst beendet worden. Verblüffend war, daß sie bewohnt waren; man konnte Gardinen und manchmal Blumen auf den Fensterbänken sehen. Trotzdem, der Eindruck war der einer Geisterstadt.
Sie kamen an die Grenze. Papa sah sich um: Niemand schien von ihm Notiz zu nehmen. Einige Fahrgäste sahen sich ihre Papiere an für die Grenzkontrollen.

Papa erinnerte sich, daß es noch circa zwei Kilometer sein müßten, bis man die Charité sehen würde, das Krankenhaus, in dem einmal berühmte Ärzte gewirkt hatten wie Ferdinand Sauerbruch und Robert Koch. Gleich nach der Charité würden sie über die Humboldthafenbrücke fahren – das war im Prinzip die Grenze. Also müßten die Vopos vorher einsteigen.

Papa wurde nervös, sehr nervös. Sein Herz fing wieder an, heftiger zu schlagen. Er versuchte, sich zu beruhigen, aber das war schwierig in dieser Situation. Es war jetzt fast halb vier. Er beobachtete die anderen Fahrgäste. Ein paar waren auch aufgeregt: Sie fingerten an ihren Taschen oder Papieren herum, rutschten hin und her. Papa zwang sich, es ihnen nicht gleichzutun.

Da saß dieser junge Mann zwei Sitze von ihm weg. Es sah fast so aus, als hätte er auch irgendetwas vor. Papa wußte von vielen Vernehmungen, wie Personen unter Druck reagierten, besonders, wenn sie etwas zu verbergen hatten. Der junge Mann verhielt sich so. Papa sah aus dem Fenster. Ein paar Minuten noch, und die Grenzpolizisten würden einsteigen.

Es wird gut gehen, sagte er sich, ich schaffe das!

Wieder der Blick auf die Uhr: fünf nach halb vier. Die Papiere waren geordnet: Das rote Parteibuch mit den Porträts von Stalin, Lenin, Marx und Engels lag obenauf, darunter der Paß, dann die Fahrkarte. Gut. Was sage ich? Der Satz erschien ganz deutlich vor seinen Augen. Das wird sie überzeugen, es mußte funktionieren. Oder? Helga! Die Kinder!

Ruhig, Ferdi, ruhig! Sein Herz wollte nicht aufhören zu hämmern.

Die S-Bahn kurvte um ein größeres Haus und wurde langsamer. Papa sah zwei Vopos auf dem Bahnsteig. Sie erschienen ihm wie Geier, die nur auf ihre Beute warteten. Grüne Uniformen, Stiefel, Gewehre auf dem Rücken und Pistolen am Gürtel.

Die S-Bahn stoppte. Eine Frau stieg aus. Zwanzig vor vier. Das könnte ein langer Halt werden. Die Vopos stiegen zuerst in den zweiten Wagen ein. Bis nicht jeder Fahrgast sorgfältig kontrolliert war, würde die Bahn die Station nicht verlassen. Papa kannte solche Prozeduren aus Erfahrung nur zu gut. Soweit er es übersah, waren ungefähr fünfundzwanzig Leute in der Bahn. Papa versuchte, die Polizisten nicht anzustarren, und doch warf er einen kurzen Blick auf sie. Sie zu beobachten würde ihm einen letzten Hinweis darauf geben, wie er sich präsentieren mußte.

Sie kontrollierten einen Fahrgast nach dem anderen. Immer schienen sie Fragen zu stellen, während sie jedem durchdringend in die Augen schauten!

Du darfst mit deiner Antwort auf keinen Fall zögern, nicht wegsehen, damit es ganz normal nach einer Stippvisite aussieht. Einfacher gesagt als getan! Bis jetzt nahmen sie niemanden mit. Alle Verdächtigen würden sie sowieso in Handschellen abführen. Sie brauchten etwa fünfzehn Minuten für den ersten Wagen. Sie schauten nochmals in die Runde und warfen einen letzten kontrollierenden Blick auf jeden. Dann stiegen sie aus und kamen in den zweiten Wagen.

Jetzt sind wir dran!

Die Wagentür war schon offen. Aber sie stiegen nicht ein. Stattdessen blieben sie auf dem Bahnsteig stehen und unterhielten sich. Einer ging nun zurück zu dem kleinen Häuschen und verschwand darin. Der andere wartete. Wurden sie vielleicht zum Telefon gerufen? Bekamen sie Informationen über mögliche Flüchtlinge – oder sogar über Papa? Und wenn er zurückkommt und sie gleich mich ansteuern? Das war zu viel für Papa!

Das halte ich nicht aus! Und wenn ich jetzt aussteige? Das wäre zu auffällig, sie würden mir sofort folgen. Es gibt keinen Ausweg!

Weitere vier Minuten vergingen; es war jetzt schon fast vier. Warum brauchen die so lange? Noch einmal verstrichen Minuten, dann kam der zweite Vopo zurück. Sie unterhielten sich wieder und deuteten auf die S-Bahn. Papa erstarrte. Sie kamen zum Wagen und stiegen ein.

Man hörte die schweren Schritte, ihre Stiefel stapften die Treppe rauf. Es war absolut still.

»Grenzkontrolle, Papiere bitte!«

Die Vopos sahen zunächst einem nach dem anderen in die Augen. Papa erwiderte ihren Blick, als wäre der Befehl etwas ganz Normales. Einen Augenblick später gingen sie den Gang hinter zum anderen Ende der S-Bahn, sich ständig umschauend, damit ihnen nichts entging. Sie gingen an Papa vorbei und fingen an, beim letzten Platz zu kontrollieren. Papa wollte sie nicht beobachten und dennoch riskierte er einen Blick, nachdem sie vorbeigegangen waren.

Sie mußten um die dreißig sein. Trotz des Alters waren sie routiniert und äußerst gut geschult: Sie wußten genau, wie und wonach sie suchen mußten. Die besondere Aufgabe der Grenzpolizisten erforderte eine spezielle Ausbildung.

»Sie beschützen unser Vaterland und unsere Republik, die von den Arbeitern und Bauern aufgebaut wurde, gegen kriminelle, westliche Kapitalisten und Verräter der sozialistischen Idee.«

So oder so ähnlich hatte man ihre Mission formuliert. Papa hatte das auch lernen müssen.

Die Frau ganz hinten händigte ihre Papiere aus.

89.

Mutti hielt es nicht mehr aus. Sie ging auf und ab durch das Apartment, wußte nicht, ob sie sitzen oder stehen oder vielleicht auf der Couch liegen sollte. Mir war das nicht so aufgefallen, Roland schon: Er wußte von dem Plan! Ich eben nicht. Ich dachte eigentlich nur an die Spielzeuge, die ich mit zurückbringen konnte. Ich freute mich einfach auf den Montag in der Stadt.

Die Umstände in der Wohnung mit Oma und Opa und uns fünfen wurden nicht besser, eher schlechter. Es war einfach zu wenig Platz für uns alle. Man konnte sich nirgendwo zurückziehen. Niemand konnte da glücklich sein.

Schließlich verließ Mutti das Apartment. Ich sah sie die Straße hinuntergehen. Sie trug ihren leichten Mantel. Sie wollte wohl mit ihren Gedanken allein sein. Vor allem Gedanken über die Zukunft, über Papa und die möglichen Konsequenzen dieser Reise.

Nach zwanzig Minuten wurde es dunkler, und ein paar dunkle Wolken zogen auf. Opa war Mutti mit einem Regenschirm gefolgt. Oma murmelte etwas und war offensichtlich auch nicht so zufrieden mit der ganzen Lage in der Wohnung. Sie versuchte, Chef in ihrer eigenen Wohnung zu sein, und hatte in Mutti eine starke Widersacherin.

Nach einer Stunde kamen Opa und Mutti zurück. Mutti schien etwas ruhiger und besserer Laune zu sein – vielleicht war es auch nur Wunschdenken von meiner Seite.

Der Nachmittag schien nicht zu enden; es war, als ob die Uhr stillstand. Wir verhielten uns alle ruhig und spielten ein bißchen mit Karin und Brigitte, was immer großen Spaß machte. Ich spielte normalerweise mit Brigitte, Roland mit Karin. Sie konnte schon laufen, Brigitte fiel das immer noch schwer.

Hoffentlich gab es bald etwas zu essen, ich war immer hungrig!
Und immer noch keine Nachricht von Papa!

90.

Es mußte ungefähr halb vier sein. Die zwei Polizisten hatten einen ruhigen Sonntagnachmittag, jedenfalls bis jetzt. Bald müßten sie gehen und sich um den Fall Mann kümmern.

Schmidt und sein Kollege Köhler hatten die Sonntagszeitung gelesen und tauschten ein paar Nachrichten aus, meistens über Sportereignisse. Die lokale Fußballelf hatte am Samstag das Ligaspiel gegen den Nachbarort Bendeleben verloren. Grausam.

»Ich weiß wirklich nicht, was der Typ da macht. Den nennen die Trainer? Das verdient der nicht! Hast du gesehen, was der für eine Taktik angeordnet hat? Als ob er je ein Spiel damit gewinnen wird. Eine Schande für Sondershausen!«

»Na ja, in einem hast du ja recht: Die haben schon bessere Zeiten gesehen. Vielleicht sollten sie ihn feuern!«

»Genau meine Rede seit langer Zeit! Sie hätten ihn niemals anheuern sollen! Der sollte seine Trainerlizenz zurückgeben, wenn du mich fragst!«

»Dich werden sie nicht fragen.«

Schmidt murmelte irgendetwas. Sein Kollege sah prüfend auf die Wanduhr. »Wir müssen uns fertig machen, je früher, desto besser. Laß es uns hinter uns bringen. Gebert wird erfreut sein, wenn er seinen Bericht sogar etwas früher bekommt.«

»Schon gut.« Schmidt legte die Zeitung auf den Tisch und stand auf. Er nahm seine Pistole, die auf dem Schreibtisch lag, befestigte sie am Gürtel und griff nach seiner Mütze.

»Laß uns gehen. Bis wir auf dem Weg sind, vergehen nochmal zehn Minuten. Hoffentlich ist das Auto zurück!«

Kurz darauf verließen sie das Büro und gingen in den Hinterhof, um nach dem Auto und dem Fahrer zu sehen. Das Auto war nicht da und der Fahrer auch nicht. Sie schauten in dem kleinen Büro nach und fanden den Zettel, den Schmidt geschrieben hatte. Offensichtlich war er noch nicht von seiner Fahrt zurück.

»Was sollen wir jetzt machen? Hier warten?«, fragte Köhler.

Schmidt nickte still. Er sah auf die Uhr: 15.43 Uhr. Der soll bloß pünktlich sein, dachte er. Ich möchte nicht zu spät sein!

Er wollte sich gerade hinsetzen, als er den gewohnten Lärm eines Zweitaktmotors hörte. Sekunden später kam ein Kübel um das Gebäude und fuhr

in den Hof. Schmidt trat aus dem Büro und ging geradewegs zum Auto, sein Kollege folgte ihm auf dem Fuß. Der Fahrer öffnete die Tür und stieg aus.
»Wir können sofort losfahren, Genosse«, sagte Schmidt.
»Warum?«, entgegnete der Fahrer überrascht. »Ich habe meine Schicht erledigt und geh jetzt nach Hause zu Kaffee und Kuchen!« Er grinste Schmidt an. »Und wenn du irgendwo hinfahren willst, dann besorg dir erst mal Sprit!«
Das Grinsen war nun ziemlich breit. Es war eben nicht selten, daß sie kein Benzin hatten und das Auto für einen ganzen Tag im Hof bleiben mußte, bis es wieder welches gab. Die Versorgung war eben manchmal schwierig.
»Wieviel Benzin ist denn noch drin?«, fragte Schmidt.
»Tank ist fast leer. Es reicht gerade noch für zehn oder maximal fünfzehn Kilometer.«
»Das reicht. Gib mir die Schlüssel, ich fahre!«
Der Fahrer war etwas erstaunt darüber, gab ihm aber den Schlüssel. »Du mußt dich aber eintragen im Büro und aufschreiben, wo du hinfährst. Laß den Schlüssel hier auf dem Tisch, wenn du wiederkommst.«
»Gut«, meinte Schmidt und öffnete die Fahrertür. »Komm schon, wir müssen los!«, rief er Köhler zu.
Sekunden später rollte der Kübel vom Hof und bog an der nächsten Kreuzung in die Karl-Marx-Allee ein. Wenig später erreichten sie die Edmund-König-Straße. Das Auto hielt, und Schmidt und Köhler stiegen aus. Das Gartentor war halb offen. Jemand war also dagewesen. Sie wußten von dem kleinen Trick ihrer Kollegen. Sie nahmen zwei Stufen auf einmal und standen im Hauseingang. Es war kurz vor vier.
»Wir klingeln erst bei Manns und dann bei Hendrichs, oder?«
Köhler nickte. Schmidt drückte auf den Klingelknopf. Die Glocke ertönte. Sie warteten zehn Sekunden und klingelten wieder. Keine Regung. Sie sahen einander an. Schmidt ging zum Küchenfenster und versuchte hineinzusehen. Er kam zurück und stellte fest: »Scheint niemand zu Hause zu sein. Ich fange mich jetzt wirklich an zu wundern.«
Noch ein Klingeln. Sie warteten.
»Versuch's bei Hendrichs.«
Sie drückten die Klingel: einmal, zweimal und ein drittes Mal. Jetzt hörten sie ein Geräusch – es kam von oben. Schmidt ging zwei Schritte zurück, um zum Dach zu sehen. Ein Dachfenster öffnete sich.
»Hallo, wer ist da?«, rief jemand.
Schmidt sah das Gesicht von Tante Rosa zwischen Rahmen und Fenster. Ihr wurde fast schwindelig, als sie die grünen Uniformen sah.

Sie sind da, sie sind wirklich gekommen! Was machen wir jetzt?
»Einen Moment.« Sie ging zurück in die Küche. Onkel Walter war schon von der Couch aufgesprungen.
»Sie sind hier, die Polizei! Was machen wir bloß? Wir müssen mit ihnen reden!«
Onkel Walter dachte kurz nach, während er sie anstarrte. »Ja, wir müssen mit ihnen reden, wahrscheinlich müssen wir ihnen auch eine Erklärung geben wegen Manns, ich weiß nicht!« Er drehte sich um und setzte sich. »Ich kann nur hoffen, daß er es jetzt geschafft hat. Wir können die Situation nicht mehr kontrollieren, und wir kommen auch in größte Schwierigkeiten!«
Er stand wieder auf, und beide gingen zusammen die Treppen hinunter. Sie gingen durch den Flur und öffneten die erste Tür. Gleich darauf sah man die grünen Uniformen durch das Eisblumenglas schimmern. Sie hielten inne, schauten einander an und dann öffnete Onkel Walter die Tür.
»Endlich!«, zischte Schmidt ungeduldig. »Wir müssen die Wohnung der Manns sehen. Oder ist jemand zu Hause?«
»Nein, das glaube ich nicht«, antwortete Tante Rosa.
»Wissen Sie, wo sich Herr Mann aufhält?«
»Nein, das wissen wir nicht. Aber er müßte bald zurück sein.«
Ohne Hendrichs eines weiteren Blickes zu würdigen, zwängten sich die beiden Polizisten an ihnen vorbei in den Flur.
»Haben Sie Schlüssel zu den Räumen?«
»Natürlich nicht, nein.« Tante Rosa sagte das so ruhig wie möglich, aber ihre Stimme zitterte hörbar.
»Wir müssen die Räume öffnen!« Schmidt ging zu der vermeintlichen Küchentür und drückte die Klinke. Die Tür war nicht verschlossen! Er ging hinein und sah sich um. Köhler folgte ihm, ging geradewegs zum Fenster und schaute hinaus. Schmidt öffnete sofort die Schränke. Da stand tatsächlich Geschirr und in den unteren Fächern waren ein paar Töpfe und Pfannen. Er ging zu der kleinen Speisekammer in der Ecke und warf einen prüfenden Blick hinein. Ein paar Krüge, Mehl und ein paar Gläser mit eingekochten Kirschen. Nicht gerade viel, aber wer hatte schon eine gefüllte Speisekammer in dieser Zeit! Er schloß die Tür und sah seinen Kollegen fragend an: »Wir müssen sicher sein.« Er stürmte aus der Küche.
Hendrichs standen immer noch wie versteinert im Flur.
»Ist das das Wohnzimmer? Und was ist das hier?«
Hendrichs waren zu Eis erstarrt. Das war's dann. Sie würden die Türen öffnen, und es würde nicht mehr als eine Minute dauern, bis sie herausfanden, daß Manns auf der Flucht waren.

»Ich weiß nicht, das ist wahrscheinlich ...«
Schmidt wartete die Antwort nicht ab. Er hatte bereits die Türklinke gedrückt. Die Wohnzimmertür ging auf. Sie stürmten hinein und schauten sich um. Die Möbel waren da.
Na klar, die können sie ja nicht mitgenommen haben, sagte sich Schmidt. Er ging zur Schiebetür, die vom Wohnzimmer in unser Schlafzimmer führte, und schob sie beiseite. Die Kinderbetten waren da, sogar mit Decken.
»Kontrollier das andere Zimmer!«
Köhler schob Hendrichs beiseite und öffnete die Tür zu Muttis und Papas Schlafzimmer. »Sieht in Ordnung aus!«
Schmidt kam ins Schlafzimmer und schaute sich um. Er ging zu den Schränken und öffnete eine Tür nach der anderen.
»Sehr interessant!«
Mutti hatte ein paar Kleider dagelassen sowie Socken und Unterwäsche in den Schubläden. Auch ein Jackett und Hosen von Papa hingen da, ein Mantel sowie zwei Blusen von Mutti. Aber es sah schon ein wenig leer aus. Schmidt tauschte erneut einen Bick mit seinem Kollegen. »Ich glaube, wir haben ein bißchen Arbeit vor uns!«
Sie eilten aus der Wohnung und ließen Hendrichs mit ihren fahlen Gesichtern im Flur stehen. Der Kübel sprang an und röhrte den Possenweg runter.
Schmidt fuhr wie ein Geisteskranker zurück zur Polizeiwache. Er schnitt Kurven, drückte das Gaspedal durch und ließ dabei Köhler wissen, was er dachte:
»Wir müssen Gebert sofort anrufen! Vergiss Bohnes und vergiss den Bericht. Irgendwas geht hier vor, das ist sicher!«

»Genosse, ich muß Ihnen ja nicht sagen, daß wir Alarm auslösen müssen. Geben Sie sofort eine Nachricht an alle Grenzpolizeistationen, besonders die in Berlin. Haben Sie verstanden? Das ist ein Befehl! Ich gebe auch sofort einen Suchbefehl raus! Den kriegen wir!«, war Geberts Antwort.
Es war zwanzig nach vier.
Gebert war außer sich. Die flüchten aus der Republik, und diese Idioten unternehmen nichts. Er lehnte sich zurück und versuchte, seine Gedanken zu ordnen.
Unglaublich, dachte er. Dieser Bursche versucht abzuhauen – mit der ganzen Familie! Ich wußte immer, daß der nicht echt ist, der war niemals von unserem System überzeugt. Ich habe es geahnt! Wie konnten sie seiner Frau dieses Visum geben? Ich muß unbedingt kontrollieren, wer das unterschrieben hat!

Er nahm das Telefonbuch. Es muß doch jemanden in Berlin geben, den ich anrufen kann. Der einzige Weg, den er nehmen kann, ist der von Ost- nach Westberlin. Auf allen anderen Wegen mußte er ein Visum haben, richtig?

Er durchsuchte sein Telefonregister. Da, Ostberlin, Büro der Staatssicherheit. Wo? Unter den Linden. Er wählte die Nummer. Kein Klingelton.

»Diese verdammten Telefone, die sollten sie mal reparieren!«

Er wählte wieder. Es klingelte am anderen Ende. Eine »Genossin Tabert« meldete sich.

Eine Frau, na gut. Einige waren richtig klug und schafften es bis ganz nach oben.

»Gebert, Staatssicherheit Sondershausen. Ich brauche Ihre Hilfe!«

Er teilte ihr seine Vermutungen mit und bat sie, Papa sofort zur Fahndung auszuschreiben.

»Herr Mann könnte immer noch in Ostberlin sein und versuchen, irgendwo die Grenze zu überqueren. Sie müssen ihn kriegen!«

»Verstanden, wir tun unser Möglichstes, Genosse Gebert.«

In der Leitung klickte es.

Gebert wählte erneut. »Genosse Schmidt, ich brauche den vollen Bericht in einer Stunde, das ist ein Befehl!«

Nach dem Gespräch legte Schmidt auf und seufzte. »Der will immer noch den blöden Bericht. Ich hab ihm doch schon alles am Telefon erzählt, oder?«

Sein Kollege zuckte die Schultern und zog es vor, keinen Kommentar abzugeben. Schmidt nahm zwei Blätter Papier und ein Blaupapier und rollte sie zusammengelegt in die Schreibmaschine.

Es war jetzt zwei Minuten vor halb fünf.

91.

»Warum wollen Sie in den Westen fahren?«
Der durchdringende Blick des Vopos traf die Augen des jungen Mannes. Der konnte seine Nervosität nicht wirklich verbergen. Aber allein das würde sie nicht unbedingt gleich dazu veranlassen, ihn festzunehmen. Jeder war nervös bei der Grenzkontrolle.
Aber es war ein Unterschied, ob man nervös war, weil man durch die Beamten kontrolliert wurde oder weil man fliehen wollte und etwas zu verbergen hatte. Papas Ausbildung bei der Polizei würde da helfen – hoffentlich!
Der junge Mann zögerte eine Sekunde. Nicht gut, dachte Papa.
»Ich will nur mal rüber und mich ein wenig umsehen. Und dann komme ich heute Abend zurück.«
Nicht gut, das ist schlecht. Papa wußte, daß das eine Einladung für sie war, intensiver nachzufragen. Schlecht.
»Bitte kommen Sie mit uns mit!« Einer der Vopos griff den jungen Mann am Arm und zog ihn vom Sitz hoch.
Keine Zeit jetzt für Mitleid, dachte Papa. Das hättest du nicht sagen sollen, mein Sohn! Er blieb ruhig. Der zweite Vopo legte dem jungen Mann Handschellen an.
Jetzt bin ich dran. Der Vopo schaute Papa ernst an. Papa gab ihm die Papiere mit dem Parteibuch obendrauf. Das hatte der Vopo gesehen, man sah es ihm an. Während er alles kontrollierte, stellte er ihm dieselbe Frage: »Warum wollen Sie nach Westberlin?« Er sah Papa so durchdringend an, als wollte er sein Gehirn durchleuchten.
»Ich wollte schon immer das russische Ehrenmal in Westberlin sehen, gleich hinter dem Brandenburger Tor.«
»Ich weiß, wo das ist!« Die Antwort war eiskalt. Papa zuckte fast zusammen. Der Vopo gab ihm seine Papiere zurück und drehte sich um. Es waren noch zwei Fahrgäste zu kontrollieren.
Es dauerte eine kleine Ewigkeit. Dann verließen die Vopos den Waggon mit dem jungen Mann. Die Türen schlossen sich und die S-Bahn rollte mit einem Ruck an.
Eine Minute später überquerte die Bahn die Humboldtbrücke. Die Charité und Grenzmarkierungen waren auf der rechten Seite zu sehen. Überall Markierungen! Wovor beschützen die uns eigentlich?

»Sie verlassen die Deutsche Demokratische Republik.«
Papas Kopf fiel ihm auf die Brust, und er konnte ein paar Tränen nicht vermeiden.

92.

Seine Gefühle übermannten ihn. Ich habs geschafft! Ich bin in Westberlin! Ich bin frei! Er sah aus dem Fenster und sah den Unterschied: Die Häuser waren schöner gestrichen, überall Werbung und Neonlichter, westdeutsche Autos, keine Trabbis! Volkswagen, Mercedes, BMW und Audis! Die Menschen waren gut angezogen und schienen alle in Eile. Die Straßen waren gerade und asphaltiert, ohne Löcher. Er schaute auf seine Uhr: zwanzig vor fünf. Huh, diese Kontrolle hatte eine ganze Weile gedauert. Egal, ich habs geschafft!

Er hatte es noch nicht wirklich begriffen, und es würde womöglich Monate, wenn nicht Jahre dauern, bis er diese Erfahrung vergessen würde. Nein, ich werde sie nie vergessen, mein ganzes Leben nicht! Für mich ist das unmöglich, dachte er. Am Lehrter Bahnhof werde ich aussteigen, zur Polizei gehen und ihr sagen, wer ich bin. Ich brauche auch ein Bett heute Nacht und etwas zu essen. Und ich muß so schnell wie möglich Helga anrufen! Nein, anrufen geht ja nicht, ich muß ein Telegramm schicken. Sie hat sich bestimmt schon viele Sorgen um mich gemacht.

Die S-Bahn hielt an, und Papa machte den ersten Schritt in die Freiheit! Was für ein Gefühl muß das für ihn gewesen sein! Er sprang die Treppen herunter und hielt inne: einmal tief die freie Luft einatmen! War es ein Traum? Nein, nicht mehr, es war wahr geworden!

Auf dem Weg zur Polizeistation hielt er an jedem Laden. Sie hatten so vieles zu verkaufen! Ich brauche zuerst ein paar Zigaretten! Die haben gute hier, das weiß ich. Aber Geld, ich brauche westdeutsche Mark!

In seinem Portemonnaie fand er 125 Ostmark. Das würde ihn nicht sehr weit bringen!

Trotzdem ging er in den nächsten Kiosk und kaufte sich seine ersten West-Zigaretten, ich glaube, es war eine Packung »Peter Stuyvesant«. »Der Duft der großen weiten Welt« war der Slogan. Peter Stuyvesant war ab 1647 Generaldirektor von Nieuw Nederland, einer ehemaligen niederländischen Kolonie an der US-Küste, in der auch Nieuw Amsterdam, das heutige New York, lag.

Der Bursche im Kiosk sah ihn an. »Ich nehme das Geld, aber ich muß Ihnen das Zehnfache abnehmen!«

Das war Papa egal. Eine westliche Zigarette würde jetzt wundervoll schmecken! Papa gab ihm das Geld, und kurz darauf zündete er sich eine an. Das war sie also, die neue freie Welt.

Nachdem er seine Zigarette genossen hatte, schaute er sich nach der Polizeistation um und betrat sie. Im Eingangsbereich stand eine halbhohe Holztheke. Dahinter befanden sich zwei sich gegenüberliegende Schreibtische; an einem saß ein Polizeibeamter und sortierte gerade ein paar Papiere. Ein zweiter kam herein und warf seine Mütze auf den Schreibtisch.

»So, das haben wir mal wieder. Zwei Burschen wurden ein bißchen zu frech. Zuviel Bier, wenn du mich fragst!«

»Gut. Kannst du bitte mal nach diesem Herrn dort sehen?«

Er zeigte auf Papa. Der Polizist kam an die Theke.

»Wie kann ich Ihnen helfen?«

»Ich bin gerade geflohen.«

Das war ziemlich nüchtern und geradeheraus, aber wie sollte er es sonst sagen? Papa fühlte sich nicht wohl in seiner Haut.

»Sie sind geflohen? Aus der DDR?«

»Ja.«

Nun stand auch der andere Polizist auf und kam zur Theke. Sie schauten ihn fragend an. Es war ja nicht so ungewöhnlich in diesen Tagen, sicherlich nicht. Aber trotzdem: Da kam einer rein und sagte einfach: Ich bin gerade abgehauen.

»Haben Sie Papiere, einen Reisepaß? Familie? Oder sind Sie allein?«

Es dauerte fast eine Stunde, bis alle Fragen beantwortet waren. Papa war natürlich bereit, ihnen alles zu erzählen, was sie wissen wollten. Schließlich konnte er ja auch alles beweisen, was er ihnen erzählte.

»Können Sie mir helfen, ein Telegramm zu senden? Ich muß meine Familie informieren! Meine Frau muß wissen, daß ich es geschafft habe. Sie ist mit den Kindern bei den Schwiegereltern, wie Sie ja wissen.«

»Kein Problem. Aber erst müssen Sie hier einige Papiere unterschreiben. Ein paar sind für Sie, und die anderen behalten wir für Ihre Anmeldung. Vorläufig. Die öffentlichen Stellen werden dann am Dienstag die volle Registrierung vornehmen, morgen ist ja ein Feiertag, wie Sie wahrscheinlich wissen. Pfingsten. Wir müssen Sie auch nach Berlin-Marienfelde ins Flüchtlingslager bringen. Es wurde für all die Flüchtlinge aus der DDR und aus dem Osten aufgebaut.«

Flüchtlinge? Er war ein Flüchtling? Deutsche, die nach Deutschland kamen, waren Flüchtlinge? Die Wirklichkeit ereilte ihn und zeigte ihm ganz deutlich, daß es zwei deutsche Staaten gab, mit verschiedenen Gesetzen, Kulturen und Lebensbedingungen. Und Grenzen, die man überschreiten mußte!

Papa unterzeichnete die Papiere. Der größere der beiden Polizisten gab ihm einige davon zurück.

»Ich werde Sie nach Marienfelde fahren. Ich muß nur sicherstellen, daß sie ein Bett frei haben – und etwas zu essen.«

»Und das Telegramm?«, fragte Papa.

»Das machen wir auch. Lassen Sie mich erst das Lager anrufen und nach dem Bett fragen.«

Nach einem längeren Telefonat bekam Papa die Nachricht: »Ich habe Ihnen ein Bett besorgt, Herr Mann. Wir müssen losfahren, es dauert etwa eine halbe Stunde. Die Straßenbahn fährt auch, und normalerweise tun wir das nicht. Aber es ist ziemlich ruhig heute Abend, und Sie haben ja nicht genug Geld. Sie können dort für ein paar Tage bleiben, bis alle Verwaltungsmaßnahmen erledigt sind. Wenn Sie alle Papiere haben, Pässe, Eingliederung, Registrierung und so weiter, dann fliegen Sie von hier aus nach Frankfurt und kommen ins Grenzdurchgangslager Friedland bei Gießen. Dort werden alle Flüchtlinge nochmals registriert, auch die aus den anderen östlichen Ländern. Dann fahren Sie dorthin, wohin Sie wollen oder wo Sie Verwandte haben. Wußten Sie darüber Bescheid?«

»Nein, aber von Friedland habe ich gehört. Egal, was notwendig ist, ich folge den Anweisungen. Wer zahlt eigentlich für den Flug?«

»Der Staat, keine Sorgen. Sie werden Ihnen auch ein bißchen Taschengeld geben für Sie und die Familie. Ihnen wird geholfen. Es braucht nur ein wenig Zeit.«

Papa nickte. »Können wir jetzt das Telegramm aufgeben, bitte?«

»Schon gut, wir geben es auf. Was wollen Sie denn sagen?«

93.

Es war ein ruhiger Abend im Apartment von Oma und Opa. Jeder hing seinen Gedanken nach und ging den anderen aus dem Weg, so gut das eben möglich war. Opa hörte Radio; Fernseher hatten sie ja keinen, auch kein Telefon. Ich schaute mir ein paar Zeitungen an, und Roland las in einem

Buch. Unsere zwei Kleinen schliefen schon. Mutti saß in einem Sessel und las ein Magazin – zumindest sah es so aus.

Die Türglocke klingelte. Opa und Mutti schauten auf die Uhr: zwanzig vor acht. Wer konnte das sein? Plötzlich sprang Mutti auf und war auf dem Weg zur Tür. Opa stand auch auf. Wir waren alle neugierig, wer das wohl war um diese Zeit, am Pfingstsonntagabend.

Mutti öffnete die Tür ohne zu zögern. Ein Mann stand vor der Tür. Mutti wußte nicht, wer er war – aber Opa kannte ihn. Es war der Nachbar.

»Guten Abend. Entschuldigen Sie, daß ich Sie so spät stören muß, aber der Kinderwagen kann hier nicht im Eingang stehenbleiben.«

Mutti konnte es nicht glauben. »Ist das wirklich alles, was Ihnen Sorge bereitet?« Das war wirklich zu viel für sie. Sie rannte ins Wohnzimmer zurück, zornig und den Tränen nahe. Opa stellte den Zwillingswagen ein wenig mehr zur Seite und entschuldigte sich.

»Mach dir keine Sorgen, Helga«, sagte er dann. »Er beschwert sich regelmäßig über irgendetwas. Er liebt es, die Nachbarn zu belehren.« Er setzte sich wieder in seinen Sessel neben dem Radio. »Die Nachrichten sind gleich dran. Mal sehen, wie es an den Grenzen aussieht.«

Sie berichteten ständig über die Situation dort, weil soviel passierte und soviele Leute flüchteten oder es zumindest versuchten.

Mutti nahm wieder ihr Magazin, aber sie war geistig ganz woanders. Wo war Ferdi jetzt? Hatten sie ihn erwischt? Hatte er es geschafft? Nicht noch eine Nacht, das würde sie nicht aushalten. Es war klar, daß sie packen und zurückfahren mußten, wenn ihm etwas passiert war. Das wäre äußerst unglücklich, aber sie könnten ihn dort nicht allein lassen. Sie würden ihn sofort ins Gefängnis stecken, da gab es keinen Zweifel: Republikflucht!

Keine Zukunft für meine Kinder, dachte sie. Für immer gebrandmarkt und auf der schwarzer Liste. Größte Probleme, eine Anstellung zu finden, Schwierigkeiten, Lebensmittel zu bekommen und die Kinder ordentlich zu erziehen und so weiter.

Sie war dem Nervenzusammenbruch nahe.

Es schlug zwanzig Uhr. Die Nachrichten fingen an. Alle mußten jetzt ruhig sein. Das Erste, über das sie berichteten, war die Situation an der Grenze. Es hörte sich so an, als ob mehrere Tausend an jedem Tag flüchteten. Mehrere Tausend, wie konnte das sein? Wie hatten die das gemacht? Nun gut, man konnte es natürlich immer da probieren, wo die Grenze nicht so bewacht war, zum Beispiel in Waldgegenden, während der Nacht oder eben in Berlin. Den Weg, den Papa versucht hatte. Zu dieser Zeit war mir immer noch nicht bekannt, daß wir nicht nach Sondershausen zurückwollten.

Wieder klingelte es an der Tür. Diesmal blieb Mutti sitzen und Opa ging gleich zur Tür.
»Womöglich er wieder!«, knurrte er. Er war nicht erfreut, daß er Teile der Nachrichten versäumte. Die Unterredung an der Tür war allerdings kurz und Opa kam zurück ins Wohnzimmer:
»Helga, das war der Postbote. Er hat ein Telegramm gebracht, ich glaube, es ist von Ferdi!«
Mutti sprang auf, riß es ihm aus der Hand und öffnete es:
»Ich habe es geschafft!«
Sie fing an zu weinen und sank in ihren Sessel.
Für mich war es eine eher unverständliche Nachricht, eine, auf die ich nicht vorbereitet war.

94.

Sie fuhren Papa mit dem Polizeiauto quer durch Berlin. Es war ein milder Frühlingsabend, und viele Leute gingen spazieren und schauten sich die Geschäfte an. Sie passierten das Brandenburger Tor, dann die Gedächtniskirche, gingen am Eingang zum Zoo vorbei und den Kurfürstendamm rauf – Berlins Prachtstraße.

Papa kam aus dem Staunen nicht heraus: Alles war viel besser erhalten, zumindest besser wieder aufgebaut worden und erschien nicht so dunkel und traurig wie in der DDR. Ostberlin, Leipzig oder Halle waren nicht ganz so trist – aber kein Vergleich zu dem hier! Sie fuhren ihn ein wenig im Zickzackkurs durch größere und kleinere Straßen: Charlottenburg, Schöneberg, am Flughafen Tempelhof vorbei.

Tempelhof, was für ein historischer Flughafen! Nach dem Zweiten Weltkrieg versuchten die Sowjets, Westberlin zu besetzen und zu »schlucken«. Ostberlin und das frühere Mitteldeutschland waren bereits unter ihre Verwaltung gestellt; der östliche Teil Deutschlands war an Polen gegeben worden. Nur der westliche Teil blieb als Westdeutschland erhalten. Westberlin wurde eine Insel im sowjetisch kontrollierten Teil. Die Sowjets schnitten Westberlin von allen Versorgungswegen ab und wollten es auf diese Weise in die Knie zwingen.

Westberlin war natürlich von äußerster strategischer Wichtigkeit für die anderen drei Alliierten Frankreich, Großbritannien und USA. Für diese drei gab es nur noch einen Weg, Westberlin zu retten: Auf dem Luftweg wurden zwischen Juni 1948 und Mai 1949 Lebensmittel und Medikamente eingeflogen. Um die zweihunderttausend Flüge später gaben die Sowjets auf. Dieses Ereignis war die sogenannte »Luftbrücke«. Das nach dem Krieg zwischen den Alliierten geschlossene Potsdamer Abkommen erlaubte den drei westlichen Kriegsparteien, über das sowjetisch besetzte Gebiet der späteren DDR zu fliegen. Bis zur Wiedervereinigung gab es keine Lufthansa-Flüge nach Westberlin. Die Berliner, schon immer sehr erfinderisch, wenn es um Kosenamen ging, nannten die Versorgungsflieger »Rosinenbomber«.

Papa erinnerte sich an diese Tage. Es war eine sehr harte Zeit. Jeder litt unter den Umständen: nichts zu essen, ein kalter Winter und kaum bezahlte Arbeit. Und die Winter waren streng! Er seufzte. Der Kampf für ein besseres Leben hatte niemals wirklich ein Ende – und nun gab es ein neues Kapitel!

Das Polizeiauto bog in die Marienfelder Allee ein. Auf der rechten Seite konnte man ein paar größere Häuserketten erkennen, die etwas abseits standen und u-förmig gebaut waren. Es waren alte Fabrikgebäude, die man wieder aufgebaut hatte, um täglich Tausenden von Flüchtlingen aus dem Osten Zuflucht zu gewähren. In der Mitte der Gebäude waren weiße, steinerne Treppen, die zum Eingang führten. Viele Menschen warteten dort mit ihren Koffern. Alles, was diese Leute noch haben, muß in diesen Koffern sein, dachte Papa. Uns geht es sehr ähnlich.

Dank Muttis vorrausschauendem Plan hatten wir einiges schon in vielen Päckchen nach Westdeutschland geschickt. Unser Start sollte also hoffentlich etwas einfacher sein.

Das Polizeiauto hielt vor dem Eingang an.

»Wir sind da, Herr Mann. Ich begleite Sie, damit Sie wissen, wo Sie sich einschreiben müssen. Ich habe mit den Zuständigen gesprochen, sie werden also erwartet.«

»Vielen Dank für Ihre Hilfe und vor allem für das Senden des Telegramms. Ich bin Ihnen sehr dankbar.«

»Keine Ursache, wir sind froh, daß wir helfen konnten!«

Sie stiegen aus dem VW-Käfer und gingen zusammen die Treppen hinauf. Das Gebäude war lang gezogen und hatte offensichtlich eine ganze Reihe Zimmer und Apartments. Einige Männer und Frauen standen vor dem Eingang und rauchten. Ein paar Kinder spielten mit einem Ball.

Der Polizist ging voran, durch die Tür und dann nach links und einen langen Flur entlang. Er schien den Weg genau zu kennen. An einer Tür mit dem Schild »Verwaltung« klopfte er.

»Bitte eintreten!«, rief jemand.
Sie traten ein und schlossen die Tür hinter sich. Papa war wieder nervös; von nun an würde alles für ihn neu sein.
Was werden sie mit mir machen, was werden sie sagen? Wie wird es jetzt weitergehen? Werde ich hier oder woanders schlafen? Bekomme ich etwas zu essen? Wo kann ich mich waschen? Werde ich mit anderen zusammen in einem Zimmer schlafen? Wann werde ich nach Friedland kommen? Alles unbeantwortete Fragen.
Zwei Beamte waren in dem Büro: eine jüngere Dame etwa Mitte zwanzig und ein etwa fünfzigjähriger Mann, der ihr gegenüber saß. Sie schaute auf, als sie hereinkamen, und erhob sich.
»Guten Abend. Haben Sie mich etwa vor einer Stunde angerufen?«, fragte sie den Polizisten, während sie Papa einen kurzen Blick zuwarf.
»Ja, ich habe wegen diesem Herrn hier angerufen, Herr Mann. Er ist mit der S-Bahn abgehauen, und wir haben ihn in der Polizeiwache am Lehrter Bahnhof aufgenommen.«
Sie nickte. »Familie?«
»Ja, aber die ist schon in Mönchengladbach seit Freitag, hatten glücklicherweise ein Visum. Sind bei den Großeltern. Wir haben ein Telegramm geschickt, die sollten es jetzt bekommen haben.« Er sah auf seine Uhr.
»Oder es zumindest bald bekommen. Wir haben es vor einer guten Stunde gesendet.«
Die Frau nickte erneut. »Herr Mann, darf ich bitte Ihre Papiere haben?«
Papa öffnete seine Tasche und nahm alles heraus. Er reichte ihr die Dokumente, und sie fing an, sie durchzusehen.
»Soweit alles in Ordnung, Wachtmeister. Wenn Sie wollen, können Sie wieder fahren. Den Rest erledigen wir hier.«
Die Polizisten verabschiedeten sich und verließen den Raum.
Sie wandte sich an Papa. »Ich kann Ihnen und Ihrer Familie nur alles Gute wünschen.«
»Bleibe ich jetzt hier? Wie lange wird es dauern, bis ich nach Friedland ausreisen kann?«
»Es tut mir leid, aber der Papierkram kommt zuerst dran. Sie bleiben zunächst hier, wie lange, das weiß ich jetzt noch nicht. Vielleicht zwei oder drei Tage. Wir müssen Ihre Reise organisieren, und die offiziellen Stellen müssen alles genehmigen. Setzen Sie sich auf den Stuhl da und warten Sie ab. Wir brauchen vielleicht eine halbe Stunde dafür. Den Rest machen wir am Dienstag. Morgen ist ein Feiertag, wissen Sie das? Ich weiß nicht, ob Sie den auch in der DDR hatten.«

»Ja, hatten wir auch.« Papa war traurig. Noch drei Tage und dann erst nach Friedland und dann vielleicht noch weitere drei Tage! Eine ganze Woche wird vergehen, bis ich Helga und die Kinder sehe!

Er setzte sich auf den Stuhl. Die junge Dame ging zu ihrem Kollegen und flüsterte ihm etwas zu. Er nickte, und sie kam wieder zu Papa.

»Herr Mann, Sie haben angegeben, in der DDR längere Zeit bei der Polizei gearbeitet zu haben.«

»Ja, habe ich. Nach dem Krieg war das eine sehr gute Gelegenheit für mich, Arbeit zu bekommen. Gibt es ein Problem damit?«

Papa war beunruhigt. Jetzt bin ich doch in Westdeutschland, dachte er, warum verhalten sich die offiziellen Stellen genauso wie die, die ich in der DDR nur zu gut kennengelernt habe und mit denen wir so viele Probleme hatten? Das kann nicht sein!

»Kein Problem, Herr Mann. Wir müssen nur alle Informationen genau erfassen, das ist alles.«

Papa antwortete nicht. Seine Gedanken rasten. Ich kann nur hoffen, daß sie mir das nicht anlasten! Was denken die eigentlich? Daß ich ein Spion bin?

Er war geschafft. Langsam wurde ihm bewußt, was geschehen war. Was für ein Tag! Angefangen in Sondershausen, dann nach Bad Frankenhausen, raus aus dem Bahnhof und wieder rein, die Polizei in Wanzleben, dann Magdeburg, der Zug nach Berlin, eingeschlafen in Berlin, die Vopos an der Grenze und endlich die Erleichterung, es geschafft zu haben! Er war müde, das war klar – und hungrig war er auch. Ein Bett wäre jetzt gut!

Er hörte von ganz fern eine Stimme. »Herr Mann?«

Papa schreckte hoch. »Ja?«

»Alles in Ordnung?«

»Ja, es geht.« Papa stand auf.

»Ich habe alles für Sie arrangiert. Sie bekommen ein Bett in einem Zimmer mit einem anderen Herrn im zweiten Stock. Ich zeige es Ihnen später. Sie bekommen von mir fünfzig Mark für Ihre persönlichen Ausgaben. Außerdem können Sie hier frühstücken, zu Mittag und zu Abend essen, wenn Sie wollen.« Sie schaute Papa prüfend an, um zu sehen, ob er ihr zuhörte. Ein kleines Lächeln huschte über ihr Gesicht. Sie hatte freundliche blaue Augen und legte trotz ihres jungen Alters eine ziemliche Routine an den Tag. Das war Papa von Anfang an aufgefallen.

»Ich sollte Ihnen auch sagen, daß hier ein paar Regeln zu befolgen sind. Wir möchten, daß Sie zwischen zehn Uhr abends und sechs Uhr früh anwesend sind. Wenn Sie weggehen, sagen Sie uns bitte Bescheid und teilen Sie uns mit, wann Sie wiederkommen. Manchmal gibt es weitere Fragen zu beantworten oder Papiere auszufüllen. Es kann auch sein, daß Sie ganz plötzlich nach Friedland geschickt werden sollen. Ich hoffe, Sie sind damit einverstanden?«

Papa antwortete ganz automatisch: »Ja, kein Problem. Eine Frage: Gibt es hier ein Telefon, das ich benutzen kann? Nicht heute, aber vielleicht morgen oder am Dienstag?«

»Es gibt eine Telefonzelle in dem anderen Gebäude, da, wo die Kantine ist. Sie finden es bestimmt. Sie brauchen dafür ein bißchen Kleingeld.«

»Danke.«

»Ich zeige Ihnen jetzt Ihr Zimmer und Ihr Bett.« Sie nahm einen Schlüssel von einem großen Wandbrett. »Bitte folgen Sie mir.«

Schweigend gingen sie in Richtung Eingangsbereich. Papa bemerkte, daß sie ziemlich attraktiv war in ihrer Bluse und dem engen Rock. Nicht nur er schien das so zu sehen, sondern auch die beiden jungen Männer, die gerade durch den Eingang kamen und ihr hinterherpfiffen. Sie reagierte gar nicht darauf, wahrscheinlich war sie es gewohnt.

»Das Zimmer ist im zweiten Stock, Herr Mann. Nummer 208.«

Papa folgte ihr die Treppen hoch und durch einen erneuten Flur. Alle Türen hatten Nummern: 204, 206, 208. Das ist jetzt mein Zuhause, dachte Papa. Sie klopfte an. Keine Antwort. Sie klopfte noch einmal.

»Ich komme herein!«, rief sie. Langsam öffnete sie die Tür. Das Zimmer war leer. »Herr Prock ist wohl unterwegs,« stellte sie fest. »Treten Sie ein.«

Das Zimmer war ungefähr zwölf Quadratmeter groß und rechteckig. Die Wände waren weiß gestrichen. In der Mitte der Außenwand war ein Fenster mit Gardinen. Links und rechts an den Wänden standen zwei Betten mit jeweils einem zweitürigen Schrank daneben. Es gab auch ein Waschbecken rechts neben der Tür. Der Boden war mit Linoleum ausgelegt. Das war alles.

Wenigstens habe ich ein Bett und ein Dach über dem Kopf, dachte Papa und hoffte, daß sein Zimmernachbar nicht die ganze Nacht schnarchen würde.

»Herr Prock ist gestern angekommen«, sagte die junge Frau.

Papa nickte.

»Er ist sehr nett.« Sie lächelte ihm aufmunternd zu. »Handtücher sind im Schrank. Die Toiletten sind am Ende von jedem Flur; sie haben auch zwei Duschen. Wenn Sie Wäsche waschen möchten, es gibt einen Waschraum im untersten Stock. Das Waschpulver stellen wir.« Sie sah auf ihre Armbanduhr. »Es ist jetzt fünf vor sechs. Um halb sieben gibt es Abendbrot in der Kantine. Das Abendbrot wird normalerweise kalt serviert, meistens gibt es Brot und Wurst, manchmal aber auch Suppe.«

»Ich bin Ihnen wirklich dankbar für Ihre Hilfe.« Es war mehr eine Bemerkung aus Höflichkeit; Papa war immer noch nicht ganz im Westen angekommen.

»Gern geschehen! Wenn Sie etwas brauchen, wir sind jeden Tag im Büro. Auch morgen am Feiertag. Ich bin die ganze Woche da.« Sie lächelte, drehte sich um und wollte gehen.

»Nochmals danke für alles. Entschuldigung, aber wie heißen Sie?«

»Ich bin Frau Blank. Tut mir leid, ich dachte, ich hätte es gesagt.« Sie ging und schloß die Tür hinter sich.

Papa sah sich um: Das rechte Bett war seins. Es war frisch bezogen, hatte ein schönes großes Kopfkissen und eine eingerollte Decke am Fußende. Er setzte sich darauf und wippte auf und ab. Die Federn fingen an, ein wenig zu quietschen. Es war ein Bett mit Metallrahmen, Stahlfedern und einer dünnen harten Matratze. Es erinnerte Papa an die Militärzeit.

Er stand auf und öffnete beide Türen des Schranks. Links waren drei Ablagen, rechts eine Kleiderstange mit vier Bügeln. Er hängte sein Jackett auf, öffnete seine Tasche und holte Rasierer, eine Zahnbürste und ein kleines Stück Seife heraus.

Das Wichtigste habe ich, aber ich brauche Rasierschaum, dachte er. Er legte die Sachen in eines der Fächer und stellte die Tasche in den Schrank. Dann betrachtete er sich im Spiegel über dem Waschbecken:

Du siehst furchtbar aus, aber das interessiert jetzt niemanden.

95.

Die Kantine befand sich im anderen Gebäude. Er fand sie, mußte allerdings vorher einen Mann fragen, der im Flur wartete. Sein Zimmernachbar war noch nicht zurückgekommen. Papa war es nicht so recht, daß er seine Sachen im Zimmer lassen mußte. Aber es gab ja nur zwei Zimmerschlüssel, deshalb würde Herr Prock sofort der Verdächtige sein. Hm, Herr Prock war sein Name. Papa fragte sich, wohin der wohl wollte und wie er geflohen war. Es wäre ganz interessant, das zu erfahren.

Papa nahm zumindest seinen Paß und das restliche Geld mit, viel war ja nicht übriggeblieben. Falsch, sie hatten ihm ja fünfzig Mark gegeben. Er war reich!

Er trat in die Kantine, die wie alle Kantinen gestaltet war: Stühle, Tische und die übliche Theke, an der man sein Essen bekam, nachdem man sich in einer Reihe angestellt hatte. Graue Wände, ein alter hölzerner Boden und ein paar Fenster. Keine Dekoration, nur ein gerahmter Speiseplan neben der Küchentür. Nicht gerade gemütlich. Ein paar Leute saßen schon an Tischen und aßen. Es waren nicht nur Deutsche, sondern auch Menschen aus der Tschechoslowakei, aus Rumänien und vielleicht Jugoslawien. Papa konnte nicht immer ausmachen, woher sie kamen oder welche Sprache gesprochen wurde.

Es hatte sich schon eine Reihe von etwa zwanzig Leuten gebildet. Papa beobachtete die anderen, um zu sehen, wie man sein Essen bekam und was man machen mußte. Jeder nahm ein Tablett und Besteck, eine Serviette und ein Glas.

Papa ging ans Ende der Reihe und tat das Gleiche. Die Leute waren sehr ruhig, nur hier und da fiel eine kleine Bemerkung, wahrscheinlich über das Essen. Einige waren offensichtlich schon länger hier! Ein Schild sagte einem nochmals, was es gab: kalte Wurstwaren und Brot, kein Bier, aber Wasser oder Fruchtsaft.

Jeder bekam einen Teller voll. Papa bemerkte gleich das kleine Stückchen Schokolade neben der Wurst. Seit Wochen hatte er keine mehr gegessen. Er nahm sein Tablett und schaute umher, um einen angenehmen Platz zu finden – angenehm in Hinblick auf die Tischnachbarn. Er fand einen freien Tisch und setzte sich.

Er lehnte sich auf seinem Stuhl zurück und ließ den ganzen Tag nochmals Revue passieren: Was für ein Tag! Heute Morgen noch in Sondershausen, jetzt in Westberlin. Die Zugfahrten, die Polizisten, die Fahrt mit dem Wartburg, die letzte Fahrt mit der Bahn und die Grenzkontrolle. Den Blick des Vopos werde ich wohl nie vergessen! Ich frage mich, ob sie noch mal in der Wohnung waren und nach mir gesucht haben. Eigentlich steht das außer Frage, natürlich waren sie da! Die Stasi würde sogar selbst gehen, aber zumindest die Polizei schicken. Ich hoffe nur, daß Hendrichs keine Probleme bekommen! Sie müssen uns schreiben, was passiert ist! Hauptsache, ich bin jetzt hier! Eigentlich müßte ich doch glücklich sein, oder? Es wäre zu schön, wenn ich mit Helga sprechen könnte! Heute noch wäre gut! Aber ich kann es nicht erzwingen: eins nach dem anderen! Erst mal was essen.

Sein Magen sehnte sich nach einem guten Bissen. Während er aß, beobachtete er die anderen. Familien waren da, Paare, einzelne Männer und Frauen – alle auf der Suche nach einem besseren Leben? Wahrscheinlich. Der »Westen« war das magische Wort. Alles war angeblich so viel besser dort. Aber nichts war eben perfekt. Es gab kein Paradies auf Erden.

Papa war in Gedanken versunken, als er einen Schatten auf dem Tisch bemerkte.

»Ist der Platz frei? Haben Sie etwas dagegen, wenn ich mich setze?« Papa schaute hoch: Ein großer Mann mittleren Alters stand vor ihm. Er war blond, hatte grau-blaue Augen und war mit einem schwarzweißen Pullover bekleidet.

Komisch, daß ich noch immer in Sekundenschnelle die Leute mustere, schoß es Papa durch den Kopf. Immer wieder kam die Polizeischule durch.

»Natürlich nicht, setzen Sie sich.«

Der Mann setzte sich Papa gegenüber.

»Guten Appetit!«, sagte Papa.

»Danke. Schmeckt es?«

»Ja, ich hatte Hunger, da schmeckt alles, hatte einen aufregenden Tag!«

»Ich hab den Schlüssel gesehen. Sieht so aus, als wohnen wir im selben Zimmer!«

»Sind Sie Herr Prock?«

»Ja, das bin ich. Woher wissen Sie meinen Namen?«

»Die junge Dame, Fräulein Blank von der Verwaltung, hat ihn mir gesagt, als sie mir das Zimmer zeigte. Mein Name ist übrigens Mann.«

»Oh, Fräulein Blank. Die ist nett, oder?«

»Ja, sie war sehr hilfreich.«

Herr Prock strich ein wenig Butter auf eine Scheibe Brot. »Haben Sie heute die Grenze passiert?«

»Ja, habe ich. Sie auch? Von wo aus?«

»Erfurt. Ich bin seit vier Tagen unterwegs. Habe alles zurückgelassen und muß ganz von vorn anfangen. Sie wissen, was ich meine.« Er fing an zu essen. Da war ein trauriger Unterton in seiner Stimme.

»Oh ja, das wissen wir alle«, antwortete Papa leise. »Alles in Ordnung mit Ihren Papieren?«, fragte er dann.

»Ja, aber die Verwaltung braucht ein paar Tage. Ich habe Verwandte in Westdeutschland, nahe Wiesbaden. Ein Onkel. Er und seine Frau sind gleich nach dem Krieg rübergegangen. Ich versuche, dorthin zu kommen. Ich hätte erst mal ein Dach über dem Kopf, bis ich Arbeit finde und mir eine eigene Wohnung leisten kann.«

»Warum dauert es so lange bis Sie ausgeflogen werden? Wußte Ihr Onkel, daß Sie kommen?«

»Ja, das hatte er sich schon gedacht. Ich konnte ja nichts senden, die kontrollieren ja alles, vor allem, wenn man Verwandte im Westen hat. Ich hatte ihm ein paar Hinweise gegeben. Und hier kontrollieren sie auch erst alles, bevor sie dich gehen lassen. Es gibt da noch so ein kleines Gespräch ...«

Die letzte Bemerkung weckte Papas Aufmerksamkeit. »Ein kleines Gespräch? Was meinen Sie damit?«

»Nichts Ernsthaftes. Sie wollen einfach nur wissen, was man beruflich gemacht hat und so weiter. Sie wollen nicht noch mehr Spione ins Land holen, als sie sowieso schon haben. Ich kann das verstehen.«

»Was für Fragen stellen die denn?«

»Sie haben mich gefragt, ob ich ein Angestellter oder Informant der Stasi war. Sie wissen schon. Manchmal haben die hier irgendwie eine falsche Vorstellung davon, was drüben los ist, und zu wenig Informationen sowieso. Ich kann ihnen das nicht übelnehmen.«

Während sie ihr Abendbrot aßen, schweiften Papas Gedanken immer wieder zu diesem »Verhör«. Ich habe natürlich eine politische Vergangenheit in der DDR, dachte er: Polizeidienst, Mitglied in der Partei, Teil von politischen Komitees und so weiter. Stasikontakte? Natürlich. Durch die Polizeiarbeit kenne ich auch ein paar der höheren Offiziere. Das können sie mir aber nicht anlasten!

Sie standen beide auf, rauchten zusammen eine Zigarette und gingen dann auf ihr Zimmer. Es dauerte nicht lange, bis Papa einschlief, obwohl ihm das mögliche Gespräch irgendwie Sorgen machte.

96.

Der Morgen des Pfingstmontag. Ich glaube, daß wir mit Ausnahme von Mutti, die sich auf der Couch gedreht und gewendet hatte, alle eine gute Nacht hatten.

Es war ein interessanter Abend gewesen gestern. Mutti hatte mir endlich erzählt, was es wirklich mit dieser Reise auf sich hatte und daß wir nicht zurückkehren würden.

»Warum fahren wir nicht zurück? Warum denn? Mein Fahrrad ist noch da und ein paar Spielsachen, die ich nicht mitgebracht habe!«

»Später wirst du das alles verstehen. Glaub mir, es ist besser für uns alle«, versuchte sie mich zu beruhigen. »Eines Tages hast du neue Spielsachen, und wir alle haben hoffentlich eine viel bessere Zukunft.«

Das war für mich keine ausreichende Erklärung. »Und was machen wir jetzt? Wo werden wir leben, wir haben kein Zuhause? Und ich muß doch wieder zur Schule gehen!«

Es war schwierig für mich, all das zu verstehen. Viel zu kompliziert für einen zehnjährigen Jungen. Roland schien sich damit abgefunden zu haben – und er war zumindest mental darauf vorbereitet gewesen.

Ich hatte Mutti noch viele weitere Fragen gestellt an diesem Sonntagabend, aber es half nichts. Ich habe sie bestimmt nicht versucht umzustimmen – warum sollte ich. Ich verstand damals vieles nicht in Bezug auf die politischen und sozialen Unterschiede zwischen Ost und West.

Trotzdem habe ich mich natürlich später informiert und realisiert, daß diese Entscheidung die beste war, die meine Eltern jemals getroffen haben!

Es war neun Uhr, und wir saßen alle am Frühstückstisch, Oma und Opa in der kleinen Küche, wir im Wohnzimmer. Es gab Brötchen mit Butter, etwas Marmelade und weichgekochte Eier, die wir so liebten.

»Was machen wir heute?« Ich mußte das wissen; wenigstens wollte ich einen Vorteil ziehen aus dieser unerwarteten Situation und ein paar aufregende Dinge sehen. Alle meine Spielsachen waren weg – und ich brauchte jetzt ein paar neue! Opa schaute mich strafend an, denn er konnte Unterhaltungen während des Essens nicht ausstehen. Man sollte ruhig sein beim Essen.

Ich war froh, als Oma antwortete: »Wir gehen in die Stadt! Wir werden euch eine Menge Sachen zeigen, die Ihr vermutlich noch nie gesehen habt. Die Geschäfte sind zwar geschlossen, aber ihr könnt die neuen Eindrücke genießen, und vielleicht essen wir ja auch ein Eis.«

Das klang wirklich gut, das mußte ich zugeben.

»Wann gehen wir?«

»Gleich nach dem Mittagessen«, zerstreute Oma alle meine Zweifel.

Ich war als Erster fertig zum Aufbruch. Wir mußten in zwei Gruppen gehen: Wie am Freitagabend würde Mutti mit Opa zusammen den Zwillingswagen schieben, während Roland, Oma und ich wieder mit der Straßenbahn fahren würden. Deshalb gaben wir Opa und Mutti einen Vorsprung und würden uns dann mit ihnen vor dem Hauptbahnhof treffen, wo wir am Freitag angekommen waren.

Straßenbahnen kamen mir irgendwie ungemütlich vor. Beim Einsteigen mußte man drei steile Treppen bewältigen, und sie schüttelten einen während der Fahrt, beim Bremsen und Beschleunigen vor und zurück.

Oma zahlte beim Fahrer, nachdem wir eingestiegen waren. Er hatte eine kleine Maschine an seinem Sitz hängen, die aus kleinen Metallröhren für die Münzen bestand. Er füllte die erhaltenen Münzen hinein und gab das

Wechselgeld durch das Drücken von Tasten wieder heraus. Faszinierend! Ich habe das immer beobachtet und trotzdem nie herausgefunden, wie er die Tasten drückte, damit immer das richtige Wechselgeld herauskam.

Die Straßenbahn fuhr los. Fast wäre ich hingefallen von dem Ruck und mußte mich an einem der Bügel festhalten.

»Setzt euch schnell hin, Jungs! Sonst verletzt Ihr euch!«

Es dauerte etwa zwanzig Minuten bis zum Bahnhof. Dreihundert Meter vor der Ankunft sahen wir Opa und Mutti, die den Zwillingswagen schoben.

»Du bist jetzt bestimmt sehr glücklich, daß Ferdi es geschafft hat. Wir sind es alle!« Opa startete eine Unterhaltung, als er merkte, daß Mutti etwas abwesend war.

»Es wäre einfach schrecklich gewesen, wenn er es nicht geschafft hätte!«, sagte Mutti inbrünstig. »Kannst du dir vorstellen, was für ein Leben wir gehabt hätten? Natürlich bin ich glücklich. Darauf haben wir gehofft, für uns und für unsere Kinder. An nichts anderes haben wir gedacht in den letzten zwei Jahren. Frei zu sein und daraus das Beste für uns alle zu machen. Eine gute Ausbildung, ein schönes Zuhause, eine gute Arbeit und das Schönste von allem: keine Angst zu haben. Sagen zu können, was man denkt, das Recht zu haben, zu lesen oder zu hören, wonach einem gerade zumute ist.«

Ein bißchen haben sie ja von unserem Leben in der DDR mitbekommen und trotzdem haben sie keine Vorstellung davon, was wir mitgemacht hatten, dachte Mutti.

»Weißt du einen Weg, wie wir eine Wohnung bekommen können?«, fragte sie ihren Vater. »Hast du eine Idee?«

»Ich habe mit Herrn Gillessen vom Einwohnermeldeamt gesprochen. Ich kenne ihn aus der Sudetendeutschen Landsmannschaft. Erinnerst du dich?«

Mutti nickte.

»Er hat schon Kontakt aufgenommen mit dem Flüchtlingslager in Friedland und den Zuständigen alle notwendigen Information zukommen lassen. Er hat sie vorbereitet auf Ferdis Überstellung nach Wickrath. Ihr kommt mit den Kindern in das dortige Durchgangslager. Das ist eine kleine Stadt etwa zwanzig Kilometer von hier. Übergangsweise bleibt ihr dort, bis sie eine Wohnung für euch gefunden haben.«

»Das wäre ganz toll, Vati! Danke für all deine Hilfe!« Sie griff nach seinem Arm. »Hoffentlich finden wir auch bald Arbeit für Papa, damit wir in unser neues Leben starten können!«

Als wir am Bahnhof ankamen, konnte uns Oma nicht mehr zurückhalten. Eine Leine hätte uns nicht davon abhalten können, gleich fünfmal hintereinander die Rolltreppen rauf- und runterzufahren. Als Oma endlich unten im Tunnel war, fuhren Roland und ich schon wieder auf der anderen Seite mit der Rolltreppe hinauf. Wir hatten soviel Spaß dabei! Bis vor einigen Tagen hatten wir noch nie eine Rolltreppe gesehen, und das hier war erst unsere zweite Gelegenheit, eine zu benutzen.

Und dann gab es da noch diese Busse: Einige waren grün und andere hatten diese Taxi-Farbe. Die Grünen hatten zwei lange Metallstöcke auf dem Dach, die an gespannten Drähten vorbeiglitten, die über der Straße hingen. Das waren Elektrobusse. Erstaunlich, daß diese schon zu dieser Zeit fuhren. Ich fragte mich, was wohl passieren würde, wenn der Fahrer den falschen Weg entlangfuhr. Die Drähte würden abreißen?

Eine Minute später kamen Opa und Mutti an. Zusammen gingen wir die Hindenburgstraße, die Hauptgeschäftsstraße entlang. Beim Überqueren der Straße mußten wir auf die Fußgängerampeln achten: ein rotes Symbol zum Anhalten und ein grünes zum Losgehen. Und überall diese Neonlichter: Eines empfahl in roter, blauer und gelber Farbe ein Reinigungsmittel. Dann kam der Woolworth-Laden! Unglaublich, was der für Spielsachen hatte! Es war wirklich schade, daß er heute geschlossen war!

Wir passierten Kleidungsgeschäfte, die Post, Läden für Geschenkartikel und Kaufhäuser, Banken und Schuhgeschäfte. Für mich erschien es so, als ob man in dieser Stadt wirklich alles kaufen konnte. Die Geschäfte waren gefüllt mit allen möglichen Produkten, nicht wie die in Sondershausen, die immer ziemlich leer waren. Endlich mal ein paar gute Aussichten, dachte ich!

Wir erreichten den versprochenen Eissalon! Wir setzten uns alle an einen großen Tisch. Wir brauchten Platz für den Zwillingswagen. Die Leute sahen ihn sich an – und natürlich unsere beiden Kleinen. Meistens schliefen Karin und Brigitte. Mutti hatte aber oft zwei Flaschen mit warmer Milch unter die Decke gepackt für den Fall, daß sie hungrig wurden.

An eines kann ich mich besonders gut erinnern: Das Eis schmeckte köstlich! Wir genossen das sehr, und es war das erste Mal, daß ich wieder ein kleines Lächeln auf Muttis Gesicht sah.

97.

Papa wachte auf. Die leichten Vorhänge konnten das Sonnenlicht nicht wirklich verdecken. Er starrte an die Decke.

Ich habe ziemlich gut geschlafen, dachte er. Er drehte sich zur anderen Seite und sah, daß Prock noch schlief. Wie spät war es? Er schaute auf seine Armbanduhr: zehn vor acht! Ich habe wirklich gut geschlafen! Das war aber auch nötig!

Schnell waren seine Gedanken erwacht. Der vergangene Tag zog wieder in Bildern und Szenen an ihm vorbei.

Einer der wichtigsten Tage in meinem Leben. Und das Beste daran ist sein Ausgang: geflohen und jetzt in Westberlin! Es wird eine bessere Zukunft für uns und die Kinder geben!

Er stand leise auf, zog seine Hosen und sein Hemd an. Es war verknittert, aber das war jetzt nicht zu ändern. Papa nahm ein Handtuch aus dem Schrank, wickelte es um seine Zahnpastatube und Zahnbürste und ging in den Duschraum am Ende des Flurs.

Rasieren kann ich mich später, entschloß er sich dort. Brauche erst mal Rasierseife und eine Haarbürste. Viel gibt es da nicht zu bürsten. Er mußte lächeln. Er hatte die meisten seiner Haare im Krieg verloren, weil er fast immer eine dieser Pilotenkappen getragen hatte. Mit sechsundzwanzig war schon nicht mehr viel übriggeblieben oben in der Mitte.

Ich brauche ein zweites Hemd, dachte er. Mit dem kann ich nicht noch einen Tag rumlaufen. Irgendwo da draußen muß es doch einen Laden geben. Das muß ich morgen machen: ein paar Dinge für mich einkaufen. Geld habe ich ja genug. Ich werde heute Fräulein Blank fragen.

Er ging zurück ins Zimmer und bemerkte, daß Herr Prock aufgewacht war. »Guten Morgen, Herr Prock. Haben Sie gut geschlafen?«

»Guten Morgen, Herr Mann, ja, ich glaube schon. Wie spät ist es eigentlich?« Es klang fast so, als wäre er besorgt.

»Fast halb neun. Zeit für ein gutes Frühstück«, antwortete Papa und merkte, daß sein Körper etwas Gutes zu essen brauchte – und eine Tasse starken Kaffee. »Wenn Sie wollen, kann ich warten, bis Sie fertig sind, und dann gehen wir zusammen.«

»Gut, ich brauche nur zehn Minuten.«

Papa schaute aus dem Fenster. Das Lager war umgeben von Industriegebäuden. Sonst gab es nur die große Straße zu sehen, an der das Gebäude lag, und dazu ein paar Wohnblöcke weiter unten. Ganz schön viel Verkehr herrschte da für den Morgen eines Feiertags. Leute in Sonntagsroben spazierten.

Papa setzte sich auf sein Bett und wartete darauf, daß Herr Prock zurückkam. Er hoffte, daß dieser Tag schnell vorbeigehen würde, damit er ausgeflogen werden konnte.

Ich sollte Helga einen Brief aus Berlin schreiben, überlegte er, oder wenigstens eine Postkarte!

98.

Dienstagfrüh. Endlich! Auf geht's. Papa war unruhig. Ich muß nach Friedland, die Familie registrieren und dann nach Mönchengladbach.

Er konnte es nicht erwarten. Am besten gehe ich nach dem Frühstück gleich ins Büro zu Fräulein Blank und bespreche die nächsten Schritte. Sie weiß bestimmt auch, wo ich mir meine Sachen kaufen kann.

An diesem Morgen beeilte sich Papa mit dem Frühstück und überdachte währenddessen seinen Tagesplan: erst Fräulein Blank, dann einkaufen, dann die Papiere fertig machen und dann vielleicht morgen schon nach Friedland. Es war gerade nach neun Uhr, als er an die Tür der Verwaltung klopfte.

»Kommen Sie rein!«

Er öffnete die Tür und trat ein. Fräulein Blank saß hinter ihrem Schreibtisch und auch der andere Beamte war wieder da, derselbe wie am Sonntag.

»Guten Morgen, Fräulein Blank.«

»Guten Morgen, Herr Mann. Was kann ich für Sie tun?«

»Zuerst einmal würde ich gerne wissen, wo ich mir ein paar Dinge kaufen kann, unter anderem ein neues Hemd. Und dann wollte ich nach dem Fertigstellen der Papiere fragen und wann ich nach Friedland kann.«

»Es gibt mehrere Läden in der Gegend. Einfach die Straße runter auf der linken Seite, vielleicht fünfhundert Meter von hier. Da finden Sie eine Drogerie, einen kleinen Textilladen und ein Lebensmittelgeschäft. Ich nehme an, daß Sie so etwas suchen?«

»Ja, genau. Danke. Das ist gut. Und was ist mit den Papieren und dem Flug nach Friedland?«

»Das wird wahrscheinlich noch drei bis vier Tage dauern, ich bin nicht ganz sicher, Herr Mann. Wir müssen erst noch ein paar Treffen mit den Ämtern arrangieren.«

»Geht es nicht schneller? Warum so lange? Ich denke, ich habe Ihnen alle notwendigen Informationen gegeben. Alles ist doch in Ordnung, oder?«

»Alles ist in Ordnung, Herr Mann. Nur ein paar Formalitäten. Wir müssen diesen folgen, es tut mir leid.«

Der andere Beamte stand auf und kam zum Tresen. »Fräulein Blank, ich übernehme das jetzt.«

Sie drehte sich um und ging zu ihrem Schreibtisch. Papa war ängstlich geworden. Was haben die jetzt vor?

»Herr Mann, mein Name ist Jansen. Ich bin hier der verantwortliche Beamte. Es gibt wirklich kein Problem mit Ihren Papieren und allem anderen. Aber bei Personen, die aus der DDR kommen, haben wir eine besondere Vorgehensweise, genau wie bei Bürgern aus einigen anderen Staaten.«

Staaten? Papa hatte immer angenommen, daß die Westdeutschen Ost- und Westdeutschland als einen Staat ansahen und nicht als zwei getrennte.

Herr Jansen fuhr fort: »Sie hatten eine ziemlich hohe politische Position inne. Sie waren ein Parteimitglied und lange Jahre im Polizeidienst. Unsere Sicherheitsbeamten würden sich gerne mit Ihnen über Ihre Arbeit, Ihre Erfahrungen und Aktivitäten unterhalten.«

Papa konnte es nicht glauben. Verhöre durch Sicherheitsbeamten? Kreuzverhöre? Das war ja normal da, woher ich komme, aber hier? Ich bin doch im Westen!

Herr Jansen schien seine Gedanken zu lesen: »Sie brauchen sich wirklich keine Sorgen zu machen, Herr Mann. Wie Fräulein Blank eben schon sagte: reine Formalitäten. Sobald wir das erledigt haben, sind Sie frei und können ausfliegen und zu Ihrer Familie.«

Papa hatte es immer noch nicht begriffen. Ein paar Momente brauchte er, dann hatte er sich gefangen. »Wann wird das passieren?«, fragte er. »Ich möchte so schnell wie möglich von hier weg! Können Sie mir sagen, wann die Unterredungen stattfinden werden?«

»Noch nicht, aber um die Mittagszeit sollte ich es wissen. Vielleicht könnten Sie sich zur Verfügung halten, damit wir Sie nach dem Mittagessen informieren können. Oder kommen Sie einfach nach dem Essen hierher ins Büro.«

»Ich werde hier sein!« Ohne weiteres Wort verließ Papa das Büro. Er fühlte sich zurückversetzt in alte Zeiten. Die glauben mir nicht!

Er schlenderte die Straße hinunter zum Einkaufen, aber die Verhöre gingen ihm nicht aus dem Kopf.

Die werden mich doch nicht zurückschicken, nur weil ich für die Polizei gearbeitet habe? Jeder mußte in der Partei sein, ob er wollte oder nicht. Zumindest war es Pflicht für diejenigen, die wie ich ein Polizeioffizier waren. Hoffentlich ist das bald vorbei!
Er versuchte, sich auf seinen Flug nach Frankfurt zu freuen.
Die Geschäfte hatten alles, was Papa brauchte: Rasierschaum – er sah schon wie ein Krimineller aus nach zwei Tagen –, Deo, eine kleine Schere, eine Zahnbürste und eine Haarbürste. Er mußte auch noch eine Post finden, denn eine Postkarte aus Berlin an Helga und die Kinder wäre toll. Ich sollte ihnen erzählen, was hier los war und wann ich nach Mönchengladbach kommen kann. Er fragte die Dame im Laden. Die Post war nur hundert Meter entfernt. Er kaufte eine Karte, schrieb sie noch in der Post, kaufte eine Marke und warf sie in den Briefkasten. Das war ein gutes Gefühl! Morgen oder zumindest am Donnerstag werden sie wissen, wie es mir geht.
Als Nächstes standen Hemd und ein paar Socken auf dem Zettel. Papa war nicht gerade der größte Einkäufer. Mutti machte das sonst immer für ihn.
Also, das erste blaue Hemd mit langen Ärmeln kaufe ich, dachte er, während er den Laden betrat. Das Problem war nur, daß sie mehrere hatten! Welches sollte er kaufen? Oder besser: Welches würde Helga für ihn aussuchen? Nach kurzer Überlegung kaufte er das mit den feinen roten Streifen.
Mit den Socken würde es einfacher sein, einfach schwarz und fertig. Der Laden hatte sogar verschiedene schwarze! Er griff nach den erstbesten, zahlte alles an der Kasse und verließ das Geschäft.
Es hätte so ein wunderbarer Tag werden können, wenn da nicht diese Unterredung gewesen wäre.
Ich bin kein Verbrecher! Sie werden mich nicht zurückschicken, da bin ich sicher. Alles, was ich gemacht habe, war, ihren Regeln zu folgen. Ich habe keinen umgebracht, nichts getan, was sie beunruhigen sollte.
Papa hatte ein ruhiges Gewissen. Aber so ganz ohne war das alles nicht. Was beunruhigte die Verantwortlichen hier nur so?
Er stieß auf ein kleines Café und entschied sich, Platz zu nehmen für eine Tasse Kaffee und eine Zigarette. Es war jetzt um elf Uhr und bis zum Mittagessen war noch eine Stunde Zeit. Eine hübsche Serviererin kam, und er gab seine Bestellung auf.
Während er rauchte und seinen Kaffee trank, kam seine Zuversicht zurück. Alles würde gut werden.
Allein hier zu sitzen und die neue Umgebung zu beobachten, war schon prima! Die Fußgänger waren sehr gut gekleidet, und die Autos waren

schöner – und die Luft war besser! Die Luftverschmutzung in der DDR war furchtbar. Man mußte unwillkürlich immer husten, und es roch ständig nach Öl. Hier gab es nur Viertaktmotoren, die die Luft nicht so sehr verpesteten! Auch aus den Schornsteinen der Fabriken hier quollen nicht diese schwarzen oder dunkelgelben Fahnen, die das Atmen erschwerten. Die Leute schienen besserer Stimmung zu sein. Hatten sie weniger Sorgen? Vielleicht.

Papa hatte richtig Freude an dieser kleinen Pause. Es war das erste Mal, daß er ein wenig entspannen konnte. Die Serviererin kam, und er zahlte. Es war jetzt kurz nach halb zwölf, Zeit, zur Unterkunft zurückzugehen und sich ein wenig frisch zu machen.

Herr Prock war nicht im Zimmer. Papa rasierte sich, machte sich frisch, zog sein neues Hemd an und legte alles andere weg in den Schrank.

Ich könnte mein schmutziges Hemd und die Socken waschen, dachte er. Wer weiß, wann ich dazu wieder Gelegenheit habe.

Er ging in den Keller und suchte die Waschküche. Eine ältere Frau wusch ihre Wäsche. Sie war gerade dabei, die Maschine zu laden. Das ist gut, dachte Papa. Sie weiß, wie das geht.

»Entschuldigung, können Sie mir bitte sagen, wie man die andere Maschine anschaltet? Ich kenne mich mit Waschmaschinen nicht so aus!«

Die Untertreibung des Jahres! Er hätte noch nicht einmal den Knopf zum Einschalten gefunden. Niemals in seinem ganzen Leben würde er wissen, wie man eine Waschmaschine bedient! Hausfrauen waren darin eben die Experten.

»Was möchten Sie denn waschen? Nur das Hemd und die Socken?«

»Ja, das wäre heute alles.«

»Geben Sie es her, ich stecke es mit in meine Wäsche.«

Papa hatte gar keine Zeit zu reagieren, sie hatte schon nach seinen Sachen gegriffen und sie in die Waschmaschine geworfen.

»Und wie bekomme ich sie wieder?« Papa klang leicht besorgt.

»Die braucht 'ne Stunde. Kommen Sie dann zurück und ich gebe Ihnen Ihre Sachen.«

»Danke«, murmelte Papa. Jetzt ist es eh zu spät, dachte er. Hoffentlich kriege ich meine Sachen zurück.

»Wo kann ich denn mein Hemd und meine Socken zum Trocknen aufhängen?«

»Im anderen Keller ist eine Wäscheleine. Sie können die Sachen mit Wäscheklammern aufhängen oder sich einen Ihrer Kleiderbügel vom Zimmer holen.«

»Danke noch mal, ich komme gleich nach dem Mittagessen wieder.«
Das war keine schlechte Idee, das Hemd auf einen Bügel aufzuhängen. Darauf wäre ich nie gekommen, dachte er. Frauen scheinen doch einen Sinn fürs Praktische zu haben!

Er hielt sich heute nicht lange mit dem Essen auf. Er wollte pünktlich sein für das, was da auf ihn zukommen würde. Und vorher mußte er ja noch sein Hemd und seine Socken abholen.
Es gab Schnitzel, Kartoffeln und Bohnen. Herr Prock tauchte nicht auf – vielleicht war er schon entlassen worden? Ich werde mal in der Verwaltung fragen, dachte Papa, Fräulein Blank wird es wissen.
Das Schnitzel schmeckte wirklich gut. Über das Essen konnte man nichts sagen hier. Auch der Nachtisch war gut: Pfirsiche.
In diesem Moment kam Herr Prock in die Kantine und winkte Papa zu. Er holte ein Tablett und sein Essen und setzte sich zu Papa.
»Alles in Ordnung? Wie sieht's aus bei Ihnen?«
Während er anfing zu essen, erzählte ihm Papa von seiner kleinen Einkaufstour am Morgen und der angesetzten Unterredung.
»Das ist okay«, sagte Herr Prock kauend. »Solange Sie nichts zu verbergen haben, sollte das gut gehen. Jede noch so kleine Information hilft den Verantwortlichen hier zu verstehen, was in der DDR wirklich los ist. Man muß das akzeptieren. Es gibt für die keine besseren Informanten als uns.«
Irgendwo hatte er natürlich recht, mußte Papa zugeben. Trotzdem wäre es ihm lieber gewesen, wenn er es schon hinter sich hätte.
Er aß sein Dessert auf. »Wissen Sie schon, wann Sie hier wegkommen?«
»Oh ja, ich werde schon heute Nachmittag gehen. Es wird auch langsam Zeit! Sie fliegen mich am Abend aus, und mein Onkel holt mich am Flughafen ab. Es ist nicht so weit von Wiesbaden nach Frankfurt und er kommt mit seinem kleinen VW Käfer. Ich bin glücklich.«
»Das freut mich wirklich für Sie. Vielleicht sollten wir unsere Adressen austauschen und in Kontakt bleiben? Ich weiß allerdings noch nicht, wo wir letztendlich landen werden, aber es sollte irgendwo in oder um Mönchengladbach sein. Die Schwiegereltern leben da.«
»Wo ist das?«
»Nicht zu weit weg von Köln und Düsseldorf.«
»Einverstanden!«, antwortete Prock. »Ich lasse einen Zettel im Zimmer mit der Adresse von meinem Onkel. Für eine gewisse Zeit bin ich dort erreichbar.«
»Ich wünsche Ihnen herzlichst alles Gute für Ihr neues Leben! Hoffentlich kann ich auch bald meines beginnen.«

»Werden Sie! Die Zeit arbeitet für Sie. Sie werden auch bald im Flugzeug nach Frankfurt sitzen. Ihnen auch alles Gute, und hoffentlich hören wir voneinander!«

Sie standen auf und schüttelten sich die Hände. Dann ging Papa auf sein Zimmer; Herr Prock weiter zur Verwaltung. Papa nahm einen Bügel aus dem Schrank, ging in den Waschkeller und kümmerte sich um seine Wäsche. Danach überfiel ihn wieder Nervosität. Auf seiner Uhr war es kurz vor eins. In ein paar Minuten wußte er hoffentlich, was auf ihn zukam.

Papa klopfte an die Tür und trat in das Büro ein. Fräulein Blank war nicht da, aber Herr Jansen saß hinter seinem Schreibtisch. Er stand auf.

»Guten Tag, Herr Mann. Wie geht es Ihnen?«

Er war auffallend freundlich. Warum? Der versucht doch, irgendwas zu verbergen, oder? Papa kannte die psychologischen Versteckspiele in solchen Situationen. Sie versuchen, dich zu beruhigen – weil sie etwas hinter dem Rücken verstecken!

»Es geht mir gut. Gibt es etwas Neues in Bezug auf die Unterredung? Gibt es einen Termin?«

»Ja, wir haben einen Anruf vom BND bekommen. Sie würden sich gerne mit Ihnen unterhalten. Noch einmal, machen Sie sich keine Sorgen, es sind nur ein paar Fragen.«

Papa war erstaunt: der BND? Der Bundesnachrichtendienst. Den hatte Prock mit keinem Wort erwähnt!

»Der BND? Was wollen die denn von mir? Ich habe nichts getan, was die interessieren sollte!«

Jansen wiederholte, daß es nur eine Routine sei und daß er ihm nichts anderes sagen könne.

»Wann?«, fragte Papa unwirsch.

»Heute Nachmittag. Sie kommen um halb drei und holen Sie ab.«

Sie holen mich ab! Als ob ich ins Gefängnis oder in Untersuchungshaft käme, schoß es Papa durch den Kopf.

»Ich werde um halb drei in der Eingangshalle warten«, antwortete er fast kühl, drehte sich auf dem Absatz um und verließ das Büro. Er war wieder durcheinander.

Der BND. Warum senden sie nicht gleich die CIA, das FBI oder den MI5! Er wußte über all diese Organisationen und deren Abkürzungen Bescheid durch die Schulungen bei der Polizei. Sie hatten nicht zu viele Informationen rausgegeben, aber genug, um zu wissen, wie sie arbeiteten und mit welchen Methoden.

Papa ging auf sein Zimmer. Prock war nicht da. Vielleicht war er ja schon weg. Richtig: Da lag der Zettel mit der Adresse auf seinem Bett.

»Ich wünschte, ich könnte heute auch ausfliegen!« Papa seufzte.

Er legte sich auf das Bett und starrte an die Decke. Das könnte ein interessanter Nachmittag werden!

99.

Jemand klopfte an die Tür. Papa war eingeschlafen, wenigstens hatte er gedöst. Er sah auf die Uhr: gleich halb drei. Es klopfte wieder und eine Stimme rief: »Herr Mann, sind Sie da?«

Papa sprang aus dem Bett und prüfte kurz sein Aussehen im Spiegel. »Ja, einen Moment bitte.«

Sekunden später öffnete er die Tür. Es war Fräulein Blank.

»Es tut mir leid, Herr Mann, aber die Herren warten unten am Eingang auf Sie. Ich werde Ihnen sagen, daß es noch eine Minute dauert, ja?«

Papa nickte stumm und schaute sich noch einmal prüfend im Spiegel an. Wo ist die Haarbürste? Es wird nicht viel helfen, aber zumindest sehe ich dann einigermaßen gepflegt aus.

Er putzte schnell seine Zähne und nahm sein Jackett. Das neue Hemd – jetzt bemerkte er, daß es eigentlich nicht zum Jackett paßte. Das Einkaufen überließ er in Zukunft besser Helga!

Er zog die Tür zu, schloß ab und ging nach unten. Da standen sie: zwei Burschen in dunklen Anzügen, weißen Hemden und Krawatten. Wie im Film. Einer war ein wenig größer als Papa, der andere war so groß wie er. Sie hatten ungefähr Papas Alter und nicht gerade einen freundlichen Gesichtsausdruck. Wichtigtuer vielleicht, vielleicht aber auch nicht.

»Herr Mann?«

»Ja.«

»Wir sollen Sie abholen. Ich bin Herr Grode, und das ist mein Kollege Herr Praus. Wir haben einen Wagen draußen, bitte folgen Sie uns.«

Papa sagte nichts. Das war wirklich ein bißchen zu viel, oder nicht? Er fühlte sich wie ein Verbrecher. Aber er konnte ja nichts dagegen machen.

Er folgte den Männern zum Auto. Eine Opel-Limousine. Papa setzte sich mit Grode nach hinten, Praus saß vorne beim Fahrer. Sie fuhren los Richtung Stadt.

Zumindest sah Papa noch einmal ein bißchen was von Berlin. Schöne Stadt! Monumente und große Gebäude, breite Straßen und Geschäfte. Die kleineren Straßen waren von Wohn- und Apartmenthäusern gesäumt. Und überall standen blühende Bäume! Es war ja Frühling.

Das Auto fuhr über einen langen Boulevard, bog dann in eine Nebenstraße ein und verlangsamte seine Fahrt, als sie sich einem Gebäude mit großem Eisentor und hohem Zaun näherten. Das Tor öffnete sich von allein, aber eine Schranke hinderte sie an der Fahrt in den Hof. Ein Wachmann stand vor dem kleinen Häuschen daneben. Als er den Wagen sah, wurde die Schranke sofort geöffnet. Der Opel hielt vor dem Eingangsportal.

»Bitte folgen Sie uns einfach, Herr Mann«

Praus und Grode gingen voran durch eine Tür mit zwei Flügeln und vergitterten Fenstern. Ein paar Stufen rauf und links einen Korridor entlang. Praus öffnete eine Tür und hielt sie auf.

»Bitte warten Sie hier, Herr Mann.« Sie schlossen die Tür hinter ihm und verschwanden.

Papa stand in einem kleinen Raum mit einem Tisch und drei Stühlen. Das Fenster war von außen vergittert und gab ihm das Gefühl, im Gefängnis zu sein. Angst stellte sich ein angesichts dessen, was da auf ihn zukam.

Ist es eine Überreaktion von mir? Was wollen die eigentlich von mir? Papa setzte sich nicht, sondern lief im Zimmer auf und ab.

Es kam ihm vor wie eine Ewigkeit, bis die Tür aufging.

»Herr Mann? Würden Sie bitte mitkommen?«

Es war Praus. Papa folgte ihm durch den Flur in ein größeres Büro. Es hatte zwei von Gardinen umrandete Fenster. Ein großer Schreibtisch stand da und neben der Tür an der Wand befanden sich zwei große Aktenschränke. Ein einzelner Stuhl war vor dem Schreibtisch platziert. Hinter dem Schreibtisch saßen zwei Beamte in dunklen Anzügen. Vor einem lagen einige geöffnete Aktenordner, vor dem anderen lag ein leerer Notizblock.

Als Papa eintrat, standen sie auf und begrüßten ihn:

»Nehmen Sie bitte Platz, Herr Mann.«

Die ganze Szene war nicht gerade dazu angetan, Papa zu beruhigen. Es sah eher wie in den Tagen seiner Polizeiarbeit aus, als er Verdächtige verhörte.

Praus war im Zimmer geblieben, Grode gegangen. Praus hatte sich gegen die Wand zwischen den beiden Fenstern gelehnt, die Arme über der Brust gekreuzt und wartete auf den Beginn der Befragung.

»Herr Mann, danke, daß Sie gekommen sind. Sie kennen ja schon Herrn Praus. Mein Name ist Kunze, und neben mir sitzt Herr Hausmann. Wir können uns sehr gut vorstellen, daß diese Situation nicht sehr angenehm für Sie ist, aber ich versichere Ihnen, daß Sie sich keinerlei Sorgen machen müssen. Wir wissen natürlich, daß Sie gerade erst geflüchtet sind, und wir wissen von Ihrer Familie und Ihrer Absicht, in Westdeutschland zu bleiben. Wir wissen auch über Ihre Arbeit bei der Polizei in Sondershausen Bescheid und Ihre Einbindung bei anderen offiziellen Stellen in der DDR, besonders bei der Staatssicherheit. Wenn es Ihnen nichts ausmacht, würden wir Ihnen gerne ein paar Fragen gerade zu dieser Angelegenheit stellen.«

Er machte eine Pause und schaute Papa an. Dieser antwortete nicht; es war tatsächlich eine ernste Befragung. Es war fast so, als ob sich eine Schlinge um seinen Hals zuzog. Einbindung bei der Stasi? Ich kenne ein paar Leute da, aber ich bin doch keiner ihrer Agenten!

»Lassen Sie uns zunächst Ihre Personalien durchgehen, nur damit alles in Ordnung ist.«

Herr Hausmann begann, Papa Fragen zu Name, Herkunft, Adresse, Anstellungen und weitere Familiendaten zu stellen. Dann wollte er Auskunft über Mutti, uns Kinder, unsere Visa und darüber, wie wir zu Oma und Opa gekommen waren.

Das war einfach. Papa erzählte ihnen alles über seine und unsere Flucht. Er hatte sich jetzt an die Situation im Zimmer gewöhnt und etwas beruhigt. Bestimmt war das aber der einfachere Teil der Befragung.

»Danke, Herr Mann, auch für die Einzelheiten, wir begrüßen Ihre Offenheit.«

Während Papa erzählte, hatte Herr Hausmann alles sorgfältig mitgeschrieben; keiner der drei hatten Papa unterbrochen.

»Wir müssen jetzt mit Ihnen über Ihre Zeit bei der Polizei und Ihre Kontakte zur Staatssicherheit sprechen. Lassen Sie uns mit Ihrer Zeit bei der Polizei beginnen. Bitte erzählen Sie uns genau, was Sie gemacht haben, nennen Sie Ihren Dienstgrad und Ihre Aufgaben. Wir würden gerne auch die Namen von Vorgesetzten und Kollegen erfahren.«

Papa fing mit der Rekrutierung an, beschrieb seinen Aufstieg, die Schulungen und Weiterbildungen sowie die Beförderung innerhalb der Polizeiorganisation. Er erzählte von seinen täglichen Aufgaben und gab klar zu verstehen, daß er das politische System der DDR ebenso haßte wie die dortigen Lebensumstände.

»Für meine Familie und mich war es einfach nicht länger akzeptabel. Wir machten uns Sorgen über unser Familienleben und wollten besonders für unsere Kinder eine bessere Ausbildung und eine sichere Zukunft. Das müßten Sie doch verstehen, oder nicht?« Papas Aussage klang wie eine Beschwerde über diese Befragung, die aus seiner Sicht überflüssig war. Die Reaktion kam sofort.

»Wir können uns vorstellen, wie Ihnen zumute ist, Herr Mann«, sagte Hausmann ernst. »Aber Sie müssen uns auch zugestehen, daß wir für uns und unseren Staat sorgen müssen und darauf zu achten haben, wen wir in unser Land lassen und wen nicht.« Der ernsthafte Unterton war nicht zu überhören. »Wir können Sie hier nur um Ihre Kooperation bitten.«

Papa entgegnete nichts. Die zwei Beamten hinter dem Schreibtisch wechselten einen Blick und Hausmann deutete auf etwas auf seinem Notizblock. Kunze nickte. Er wandte sich an Papa.

»Während Ihrer Tätigkeit bei der Polizei hatten Sie offensichtlich Kontakte zur Staatssicherheit. Warum haben Sie mit ihr zusammengearbeitet? Und haben Sie zu irgendeiner Zeit für die Staatssicherheit als geheimer Informant gearbeitet?«

Papa schluckte. Also doch. Jetzt wird es ernst. Aber ich habe nichts zu verbergen! Ich war gegen das System, ich habe es nicht unterstützt – ausgenommen, wenn ich durch meine Arbeit dazu gezwungen war. Manchmal mußte ich an Verhören von politisch Verdächtigen teilnehmen. Aber ich wollte das gar nicht. Ich war ja immer der gleichen Meinung wie die, die da verhört wurden.

»Zunächst einmal war ich kein Agent der Staatssicherheit. Ich habe niemals für sie gearbeitet. Ganz im Gegenteil mußte ich immer sehr, sehr vorsichtig sein, damit ich meine wahre Einstellung zum System nicht zeigte. Meine Familie und ich mußten unsere Aussagen immer sehr gut abwägen. Sogar bei Verwandten und Freunden vermieden wir, über Politik zu reden. Es war einfach viel zu gefährlich. Ohne es zu wollen, hätten sie etwas Negatives sagen können, was zwangsläufig zu Untersuchungen und Nachforschungen führen konnte.« Papa hielt inne. Er wollte dieser Aussage damit ein großes Gewicht geben. Sie müssen verstehen, daß ich mit denen nicht kooperiert habe, dachte er.

Hausmann sah ihn unverwandt an. »Wann immer Sie mit der Stasi zusammengearbeitet haben, wurden Sie dazu gezwungen, sagen Sie. Es war in Ihrer täglichen Arbeit unumgänglich?«

»Wie ich schon sagte«, fuhr Papa fort, »ich mußte mit der Staatssicherheit zusammenarbeiten. Zum Beispiel beauftragten sie uns bei der Polizei, bestimmte Personen zu überprüfen und entsprechende Berichte zu schreiben. Folglich mußten wir das tun, obwohl der eine oder andere es haßte. Es hätte ein Nachbar sein können oder ein Freund, stellen Sie sich das mal vor! Mir war es jedenfalls zuwider. Es war genau dieser Teil meiner Arbeit, der mich immer wieder in Kontakt mit der Staatssicherheit brachte. Einer der Gründe, warum ich die Polizei verlassen habe, war die Art und Weise, wie Sie mich behandelten nach meinem Mißgeschick während der Schulung in Aschersleben. Der andere war sicherlich der, daß ich es nicht mehr ausgehalten habe in dieser Situation. Meine persönliche Meinung war die gegenteilige von der, die ich offiziell haben mußte.«

Papas Aussagen waren emotional geworden. Alles, was er hinter sich gelassen hatte, kam ihm wieder ins Gedächtnis. All diese Jahre, in der er einen Anzug trug, der ihm nicht paßte, wenn man so will.

»Was ist in Aschersleben passiert?«, fragte Kunze.

Papa erzählte ihnen die Geschichte: wie die Polizei ihn behandelt und versucht hatte, seine Position zu schwächen und ihm dadurch keinen anderen Ausweg ließ, als zu kündigen. Die Beamten hörten ihm aufmerksam zu.

»Ich kann mir gut vorstellen, daß das eine sehr schwierige Entscheidung für Sie war: keine Arbeit und eine sechsköpfige Familie.«

Papa mußte sich zurückhalten, damit er nicht laut wurde – die hatten hier nicht die leiseste Ahnung.

»Ja, natürlich war das sehr schwierig! Durch Freunde habe ich meine neue Arbeit gefunden. Von da an war es für uns klar, daß wir fliehen werden. Warum meine Frau dieses Visum bekommen hat und mit allen vier Kindern in den Westen reisen durfte, ist für mich immer noch ein Rätsel.«

Die Männer sahen ihn schweigend an. Papa dachte an die Diskussionen, die er an vielen Abenden mit Mutti hatte. Die Entscheidung, die sie endlich fällten. Den Plan und die Ausführung, das Senden der Pakete mit persönlichen Dingen an Verwandte und Freunde. Die Angst, entdeckt zu werden. Das »Auf Wiedersehen« in Erfurt, obwohl sie nicht wußten, unter welchen Umständen sie sich wiedersehen würden. Die Beamten schienen jetzt zu verstehen, was sie durchgemacht hatten – vielleicht fühlten sie es. Aber wenn man es nicht selbst erlebt hatte, konnte man es nicht wirklich erfassen.

»An welchen politischen Ereignissen haben Sie teilgenommen, und was war dabei Ihre Aufgabe?«, fragte Kunze jetzt.

Natürlich war das jetzt die konsequente Frage. Westdeutschland war in dieser Zeit sehr vorsichtig bei der Einreise von Leuten, die subversive Kräfte sein könnten. Die Gefahr durch solcherlei Personen war vielleicht nicht so zwingend, aber man mußte sich ja nicht Probleme aufhalsen, die vermieden werden konnten.

Papa erzählte zuerst vom 17. Juni 1953, der kleinen Revolution in der DDR. Die damaligen Lebens- und Arbeitsbedingungen waren so schlecht, daß die Arbeiter und Bauern und Gruppen von Regimegegnern auf die Straße gingen und gegen die Regierung protestierten. Die Regierung schaltete die Rote Armee ein, die mit ihren Panzern den Aufstand niederschlug. Ähnlich wie in Ungarn 1956.

»Ich wurde dazu gerufen, um die Sicherheit an diesem Tag zu gewährleisten. Die gesamte Polizeieinheit wurde benötigt. Die ereignisreichsten Orte waren sicherlich Berlin, Leipzig und Halle, nicht so sehr Sondershausen. Meine Teilnahme war dadurch eher passiv.«

»Sie sind Parteimitglied der SED, richtig?«

»Ja, als Offizier der Polizei mußte man Mitglied sein.«

»Und Sie waren nicht Mitglied, weil Sie etwa mit der Philosophie oder der Doktrin sympathisierten?«

»Natürlich nicht!«

Wie oft muß ich denen eigentlich noch erzählen, daß ich gegen den Kommunismus und Sozialismus war, jedenfalls gegen das, was die DDR daraus machte!

»Können Sie uns Namen von Stasi-Offizieren nennen, mit denen Sie gearbeitet haben?«

Eine einfache Frage, aber trotzdem schwierig. Papa wollte nicht unkooperativ sein, indem er ihnen keine Namen nannte. Auf der anderen Seite: Würden sie ihm das ankreiden?

»Welche Konsequenzen wird diese Anhörung für mich und meine Familie haben?«

Papa hatte das Gefühl, daß es an der Zeit war, selbst Fragen zu stellen, bevor er noch weitere Hinweise gab. Wenn sie wie er ehrlich waren – und das erschien ihm so –, dann würden sie seine Frage ohne Wenn und Aber beantworten.

»Wir glauben nicht, Herr Mann, daß es irgendwelche für Sie gibt.«

»Ja oder nein?«

»Nein, Sie brauchen keine Angst zu haben, Herr Mann. Das ist nur für unseren internen Gebrauch.«

Womöglich war es auch schwer für die BND-Mitarbeiter zuzugeben, daß sie wenig Ahnung hatten darüber, wie es in der DDR zuging.

Papa überlegte. Kann ich ihnen trauen? Ich kenne ja ein paar Namen, und wenn ich ihnen die gebe, lassen sie mich dann gehen? Auf der anderen Seite hat die Stasi in Westdeutschland wahrscheinlich keine Handhabe gegen mich – hoffentlich.

Papa nannte ihnen ein paar Namen von Leuten der lokalen Staatssicherheit, mit denen er gearbeitet hatte, allen voran Gebert. Sie schrieben die Namen auf. Papa hatte kein gutes Gefühl bei der ganzen Sache, aber es blieb ihm nichts anderes übrig, als mit ihnen zu kooperieren. Und er wollte es endlich hinter sich bringen und zu seiner Helga und den Kindern – es wurde jetzt langsam Zeit!

Hausmann und Kunze warfen sich einen Blick zu und nickten unmerklich. »Gut, Herr Mann. Danke für Ihre Aussagen und Ihre Kooperation! Wir schätzen das sehr. Sollten Sie keine weiteren Fragen haben, dann wird Sie Herr Praus wieder zurückfahren in Ihre Unterkunft.« Sie standen auf.

»Ja, ich habe noch eine Frage an Sie«, entgegnete Papa.

Die Beamten sahen sich an und setzten sich wieder.

»Was ist Ihre Frage, Herr Mann?«

»Wird das die erste und letzte Befragung sein?«

Kunze zögerte kurz und sagte dann: »Soweit es uns angeht, ja.«

»Wer wird noch mit mir reden wollen?«

»Wir sind uns da nicht ganz sicher. Wir sitzen hier auf einer Insel, Herr Mann. Wir sind in Westberlin, abgesichert durch die Alliierten Frankreich, USA und Großbritannien. Manchmal sind die auch daran interessiert, mit ehemaligen DDR-Offizieren zu sprechen.«

»Wann werde ich darüber informiert?«

»Das sollte ziemlich bald passieren.«

Hausmann und Kunze standen wieder auf.

»Noch mal vielen Dank, Herr Mann. Alles Gute für Sie und Ihre Familie!«

Es hatte keinen Sinn, weitere Fragen zu stellen. Sie würden ihm ohnehin nicht alles erzählen, was sie wußten. Papa war einfach froh, daß es vorüber war. Er drehte sich zur Tür und verließ den Raum, gefolgt von Praus. Schweigend liefen sie den Flur entlang. Papa fühlte sich leer und erschöpft. Ganz offensichtlich gab es auch in Westdeutschland Geheimdienste. Der Unterschied war, daß man hier nahezu alles sagen konnte und diese Institutionen für eine freie Gesellschaft standen.

Der Wagen wartete draußen, um Papa zurückzubringen. Praus fuhr nicht mit und verabschiedete sich. Während der Fahrt zurück zum Durchgangslager, ging er in Gedanken nochmal das Verhör durch. Es erschien ihm nicht so, als ob es irgendeinen negativen Einfluß auf die Zukunft hatte. Und es gab wohl auch nicht die leiseste Absicht, ihn eventuell zurückzusenden. Eigentlich hatte er das sowieso nie wirklich angenommen – aber trotzdem war es schön, daß das jetzt ganz klar bestätigt worden war. Nur die Bemerkung von Kunze über die Alliierten hinterließ ein leicht ungutes Gefühl. Wollten die ihn wirklich auch befragen?

Ich hatte doch nie etwas mit internationalen Sachen zu tun, dachte Papa. Ich hoffe nur, daß das jetzt alles schnell vorbeigeht, damit ich endlich ausfliegen kann! Morgen früh werde ich als Allererstes den Beamten in der Verwaltung fragen.

Nach dem Abendessen ging Papa gleich ins Bett. Sein letzter Gedanke vor dem Einschlafen galt Helga und den Kindern.

Vielleicht noch drei oder vier Tage, bis ich sie wiedersehe!

100.

Am Dienstagmorgen verließen Opa und Mutti die Wohnung.
»Wir müssen zum Einwohnermeldeamt der Stadt und werden sehen, daß wir euch alle anmelden.«
»Kann ich mitgehen?« Meine Gedanken waren natürlich bei den Geschäften und den Spielsachen, die ich heute womöglich nicht zu Gesicht bekommen sollte. Die Läden waren heute ja offen! Bei Oma zu Hause zu bleiben würde mit Sicherheit nicht so aufregend sein.
»Nein, du mußt bei Roland und Oma bleiben, bis wir zurück sind. Das ist eine wichtige Angelegenheit für uns. Ich muß mit Opa dahin. Spiel so lange ein bißchen mit Karin und Brigitte.«
Mutti und Opa fuhren mit der Straßenbahn in die Stadt. Am Hauptbahnhof kreuzten sie den Busbahnhof und gingen zum »Haus Westland«. Das Gebäude hieß so. Zum einen war es das Rathaus, zum anderen diente es den öffentlichen Ämtern als Sitz und damit Abteilungen des öffentlichen Dienstes, zum Beispiel dem Paßamt, dem Einwohnermeldeamt, dem Bauamt und einigen mehr. Sie gingen durch die Glastüren und steuerten geradewegs den Aufzug an. Er wußte genau, wo das Büro von Herrn Gillessen vom Einwohnermeldeamt war. Er hatte ihn schon vorab besucht und ihn für uns um Hilfe gebeten.
Sie fuhren in den vierten Stock und klopften an die Tür mit der Aufschrift »Herr Gillessen, Einwohnermeldeamt«.
Wenn man in einer Stadt wohnt, muß man eben angemeldet sein. Spätestens nach drei Monaten. Eine feste Adresse war auch Voraussetzung für die Erteilung eines Personalausweises oder eines Reisepasses. Eine gute Regel, denn man wußte, wo sich eine Person aufhielt.
Als sie eintraten, stand Herr Gillessen auf.
»Guten Morgen, Franz!«, sagte Opa.
»Guten Morgen, Emilian!« Sie schüttelten sich die Hände.
»Das ist meine Tochter Helga Mann – Herr Gillessen.«

Mutti reichte ihm ebenfalls die Hand.
»Setzt euch, bitte. Ich hole noch einen Stuhl.«
Er griff nach einem zweiten Stuhl und plazierte ihn neben dem anderen vor seinem Schreibtisch.
»Ich bin froh, Sie hier zu sehen, Frau Mann. Ich habe schon von Ihrer Flucht gehört. Wo ist Ihr Mann jetzt?«
»Er hat es Sonntagabend nach Westberlin geschafft. Ich bin so glücklich!«
»Das ist ja toll, ich bin sehr froh für Sie alle.«
Opa fügte hinzu: »Er wird in zwei bis drei Tagen in Friedland sein, nehmen wir an. Wir sprachen ja schon darüber, daß wir versuchen sollten, daß sie einen Platz in Wickrath bekommen. Hast du schon irgendetwas erreicht, seit wir letztes Mal gesprochen haben?«
»Keine Sorge, Emilian. Ich habe mit dem Durchgangslager in Wickrath Kontakt aufgenommen, in dem viele Flüchtlinge aus der DDR vorübergehend leben. Es war nicht ganz einfach, aber ich habe ein Zimmer für die Familie bekommen.«
»Oh, ich danke Ihnen vielmals«, rief Mutti erleichtert.
»Ich danke dir auch, Franz!«, sagte Opa. » Wann können wir sie dorthin bringen?«
»Ich brauche noch die endgültige Bestätigung von den dortigen Verwaltern, aber die sollte ich morgen haben. Wann denkst du, ist dein Schwiegersohn hier?«
»Wie gesagt, in zwei bis drei Tagen sollte er in Friedland sein, wo er vielleicht nochmal zwei Tage ist. Also könnte er womöglich Ende dieser Woche hier sein.«
Herr Gillessen dachte nach, man konnte es in seinem Gesicht lesen. »Es könnte etwas länger dauern, bis zu etwa zehn Tagen ab heute. Das wäre Mitte bis Ende nächster Woche. Ich werde mal sehen, was ich tun kann. Vielleicht rufst du mich am Donnerstag einfach an. Dann sollte ich Bescheid wissen.«
Mutti dachte an die belastende Situation in der kleinen Wohnung. Wenn Papa dazukam, würden sie acht Personen sein! Ihre Eltern waren ja sehr hilfreich, aber sie konnten es wahrscheinlich auch nicht erwarten, bis sie wieder ihr eigenes Leben führen konnten. Von Opa würde man nie ein Wort hören, er war eigentlich immer irgendwie zufrieden. Aber Mutti und Oma konnten sich sehr leicht auf die Füße treten! Mehr als einmal in der Vergangenheit hatte es bereits zwischen ihnen gekracht.
Mutti wollte außerdem wissen, ob es irgendeine materielle oder finanzi-

elle Unterstützung geben würde, damit wir in unser neues Leben starten konnten. Bevor sie fragen konnte, hatte Herr Gillessen wohl ihre Gedanken gelesen und beantwortete ihre Frage.

»Frau Mann, Sie wissen womöglich, daß wir Sie auch mit Geld unterstützen werden und natürlich auch bei der Suche nach Ihrem ersten Zuhause nach der Zeit im Durchgangslager in Wickrath. Es gibt auch Betten, andere Möbel und Haushaltsgegenstände wie Geschirr als Starthilfe. Aber das ist im Augenblick noch nicht so wichtig. Darf ich fragen, ob Ihr Mann eine Idee hat, wo er Arbeit finden könnte? Was macht er beruflich?«

Mutti erzählte ihm kurz von der Geschäftsbeziehung zwischen der Firma in Göllingen, für die Papa gearbeitet hatte, und der Firma in der Nachbarstadt Rheydt. Durch diese Beziehung hatte Papa gehofft, dort eine Anstellung zu finden. Zumindest war es so geplant, daß er sich da zuerst bewerben würde.

»Das ist sehr gut!« Herr Gillessen war begeistert. »Je früher, desto besser. Es gibt genug Arbeit, aber natürlich sollte sie auch zu Ihrem Mann und seiner Berufserfahrung passen.« Er sah Opa und Mutti an. »Gibt es sonst noch Fragen?«

»Nein, den Rest können wir später besprechen«, antwortete Opa für sie beide.

Mutti nickte. Sie war glücklich, daß es endlich vorwärtsging.

Sie standen auf, dankten Herrn Gillessen für seine Unterstützung und verließen das Büro.

»Alles wird gut werden, Helga, ich hab es dir ja gesagt!«, sagte Opa lächelnd.

Ich denke, daß alle Beteiligten froh waren, daß wir das Apartment bald verlassen würden.

Noch ein paar Tage, nicht einfach, aber machbar, dachte Mutti bei sich. Hoffentlich ist bei Ferdi alles in Ordnung, und er kommt bald!

101.

Mittwochmorgen, acht Uhr. Papa wachte auf. Er sah zum Bett von Herrn Prock, aber es war leer. Natürlich, dachte Papa, der ist ja schon weg! Das Zimmer habe ich jetzt alleine.
Eine halbe Stunde später betrat er die Kantine.
Das ist jetzt mein drittes Frühstück, dachte er und hoffte, daß es nicht allzu viele mehr werden würden. Er aß immer dasselbe: Brötchen und Marmelade – Papa liebte Marmelade, immer und überall –, ein weiches Ei und diesen guten Kaffee. Es war nun Routine.
Er mußte an die Befragung durch den BND denken. Nach dem Frühstück würde er Fräulein Blank fragen, ob es irgendetwas Neues gebe. Sie sollte das doch wissen.
Die Kantine schien immer voller zu werden. Mehr und mehr Menschen flohen offensichtlich aus der DDR, lediglich mit ein paar Koffern oder Taschen voller persönlicher Sachen, alles andere hatten sie zurückgelassen. Freiheit war eben wichtiger!
Nach dem Frühstück ging er zum Büro der Verwaltung. Fräulein Blank telefonierte gerade und nickte Papa zu. Nachdem sie das Gespräch beendet hatte, stand sie auf und kam auf ihn zu. »Guten Morgen, Herr Mann. Was kann ich heute für Sie tun? Waren Sie schon bei der Befragung?«
»Ja, gestern. Haben Sie etwas von anderen geplanten Befragungen gehört, die mich betreffen?«
»Lassen Sie mich kurz meinen Kollegen fragen.« Sie ging zu ihm und flüsterte etwas, das Papa nicht verstehen konnte. Als sie zurückkam, hatte sie eine Überraschung bereit: »Ja, Herr Mann. Es wird noch ein weiteres Gespräch geben morgen, mit den Amerikanern. Es wäre also besser, wenn Sie morgen den ganzen Tag hier wären. Es könnte schon sehr früh am Tag stattfinden.«
Papa wurde blaß. Die Amerikaner? Also die CIA! Was in aller Welt habe ich mit der zu tun?
»Alles in Ordnung, Herr Mann?« Fräulein Blank sah ihn besorgt an.
Papa brauchte ein paar Sekunden. »Alles in Ordnung, danke, Fräulein Blank. Wann wird es stattfinden?«
»Wie gesagt, wahrscheinlich morgen früh.«
Papa holte tief Luft. »Ich werde morgen früh kommen und mich bei Ihnen melden.« Er verließ das Büro und ging geradewegs in sein Zimmer. Er legte

sich auf das Bett und fragte sich, was die Amerikaner von ihm wollten. Was könnte ich gemacht haben, daß sie ein solches Interesse zeigen? Die haben ihre Spione überall und sich sicherlich gut unterrichtet. Aber wie Kunze schon gesagt hat, es gibt womöglich besondere Dinge, die sie gerne von mir erfahren würden.

Papa verbrachte den restlichen Tag damit, über die anstehende Befragung zu grübeln. Selbst der schöne Spaziergang am Nachmittag, die Pause in dem Café an der Straße, die zwei Zigaretten und die lächelnde Serviererin konnten ihn nicht wirklich ablenken.

Er schlief unruhig in dieser Nacht – was würde ihn am nächsten Tag erwarten?

102.

Lautes Gerede war im Flur zu hören. Ein paar Leute diskutierten über irgendetwas und weckten Papa auf. Seine Armbanduhr zeigte fünf nach halb acht. Er rieb sich die Augen, und sein erster Gedanke galt wieder der Befragung durch die CIA. Er stand auf, ging zur Tür und lauschte der Unterhaltung eine Weile. Nachdem er sicher war, daß sie belanglos war, machte er sich fertig und ging frühstücken. Er aß reichlich, denn er wollte sicher sein, daß er genug im Magen hatte, falls das mit der CIA über die Mittagspause dauerte. Er saß allein in einer Ecke des Frühstücksraumes, damit er in Ruhe überlegen konnte. Er war sich sicher, daß die Amerikaner keine spezifischen Verdachtsmomente hatten, sondern ihn wieder zu seinen Kontakten zur Stasi befragen würden. Diese verdammte Stasi! Immer machten die Probleme! Ob man nun einer ihrer Spitzel war oder nicht, ob man ein ganz normaler Bürger war oder ein Offizier, egal, wo man in der DDR-Gesellschaft stand: Die Staatssicherheit war immer allgegenwärtig und kreiste wie ein Damoklesschwert über jedem.

Er erhob sich und ging auf sein Zimmer, putzte sich die Zähne und kontrollierte die Garderobe. Er sammelte alle seine Papiere und legte sie auf das Bett. Dann verspürte er Lust auf eine Zigarette, verließ das Zimmer und ging auf den Platz vor dem Gebäude. Wieder so ein schöner Tag: ein paar Wolken und nicht zu warm. Ein paar andere Flüchtlinge hatten wohl die gleiche Idee gehabt wie er: Sie standen herum und rauchten.

Papa beobachtete die Straße. Die CIA-Agenten kamen wahrscheinlich in einer dieser schwarzen amerikanischen Limousinen, in einem dieser sechs Meter langen Monster. Er hatte noch nie eine gesehen, aber während eines Trainings waren sie erwähnt worden.

Er dachte an seine Familie. Wenn ich das heute hinter mich gebracht habe und wenn es keine weiteren Unterredungen gibt, dann könnte ich schon morgen fliegen oder spätestens Freitag! Helga! Ich freue mich so, sie und die Kinder zu sehen!

Er rauchte zu Ende, ging wieder zurück auf sein Zimmer, legte sich auf das Bett und starrte an die Decke. So viele Dinge waren in den letzten fünf Tagen passiert: Helga und die Kinder fuhren weg, die Gespräche mit Bohnes, das Versteckspielen, die Polizei, die ihn verfolgte, die Fahrt nach Berlin, der Übergang in den Westen mit der Grenzkontrolle, das Telegramm, das BND-Gespräch und jetzt das mit der CIA. Was würde noch alles passieren? Wie würde die Zukunft aussehen?

Er döste, als jemand an die Tür klopfte.

»Herr Mann?« Es war Fräulein Blank.

Papa schwindelte ein wenig, aber er stand auf. Ein kurzer Blick in den Spiegel, und er öffnete die Tür.

»Die Amerikaner warten auf Sie in der Eingangshalle unten. Alles in Ordnung?« Sie schaute ihn mitfühlend an.

»Ja, danke. Ich hab mich ein bißchen ausgeruht.«

»Kommen Sie? Die warten nicht gerne.«

»Zwei Sekunden, ich nehme nur mein Jackett, die Papiere und das Geld.«

Papa griff schnell nach allem und folgte ihr die Treppen hinunter.

Es war niemals schwierig, Agenten zu erkennen. Zumindest hatte Papa damit keine Probleme, obwohl sie natürlich meistens ganz normal gekleidet waren. Agenten hatten trotz allem immer ein gewisses Verhalten und Aussehen. Die zwei Herren – einer lehnte an der Wand – waren da nicht anders. Dunkle Hosen und schwarze polierte Schuhe, weiße Hemden und Jacketts, amerikanischer Stil, genau wie die beiden dünnen Schlipse um den Hals. Als Papa und Fräulein Blank sich näherten, drehten sie sich um. Es schien so, als ob sie mehr an Fräulein Blank als an ihm interessiert waren. Fräulein Blank sah heute besonders attraktiv aus mit ihrer rosa Bluse, dem kurzen Rock und den hohen Absätzen.

»Sergeant, das ist Herr Mann«, sagte Fräulein Blank. »Wenn ich Ihnen noch helfen kann, lassen Sie es mich wissen.« Sie drehte sich um und ging den Flur hinunter zu ihrem Büro, während zumindest zwei Augenpaare jeden ihrer Schritte verfolgten.

»Herr Mann, ich bin Sergeant Hunt und das ist Sergeant Long«, sagte nun der eine. »Schön, Sie kennenzulernen. Wir fahren in unser Büro. Das Gespräch findet um dreizehn Uhr statt. Haben Sie schon zu Mittag gegessen, oder wollen Sie sich noch etwas zu essen holen?«

Papa schüttelte den Kopf: »Nein danke, ich hatte ein gutes Frühstück.«

»Gut, dann lassen Sie uns gehen!«

Hunts Deutsch hatte einen kräftigen amerikanischen Akzent, seine Grammatik war entsetzlich. Dennoch wünschte sich Papa, er würde so gut Englisch sprechen wie Hunt Deutsch.

Long hatte noch kein Wort gesprochen. Hunt machte eine Kehrtwendung und ging zur Straße, wo ein schwarzer, unheimlich langer Wagen auf sie wartete. Der Fahrer lehnte gegen die Tür und rauchte eine Zigarette. Als er sie kommen sah, warf er die Zigarette auf den Boden und trat sie aus. Er stieg ins Auto und startete den Motor.

Hunt saß vorne beim Fahrer, Papa und Long saßen hinten. Das Auto war ziemlich geräumig, man konnte die Beine ausstrecken.

Kein Vergleich zu unseren Kübeln, dachte Papa.

»Wohin fahren wir?«, fragte er vorsichtig, auch wenn er sich kaum Hoffnung auf eine Antwort machte.

»Unser Büro liegt im Zentrum. Wissen Sie, wo der Checkpoint Charlie ist?«, war Hunts Gegenfrage.

»Nein, nicht genau.«

»Er liegt zwischen Zimmer- und Kochstraße«, sagte Long. Es waren seine ersten Worte. Sein Deutsch war schlecht, es war eher die Aneinanderreihung von Wörtern als ein Satz. Er hatte auch einen anderen Akzent als Hunt, aber Papa hatte natürlich keine Ahnung, welcher es war.

Irgendwie war das Ganze ziemlich unwirklich: Ich fahre in einem Auto der CIA durch Westberlin, fast wie ein Staatsmann. Ich bin frei – hoffentlich –, und ich werde, nachdem das alles vorbei ist, ein ganz neues Leben beginnen! Nur: Was wollen die von mir?

Sie brauchten etwa eine halbe Stunde. Das Gebäude, in dem die CIA untergebracht war, war eine Art Villa mit einem kleinen Vorgarten, fast wie eine Botschaft. Irgendwie hatte Papa die Fahrt genossen. Es gab viel zu sehen, viele neue Eindrücke hatte er gewonnen. Was für eine Stadt dieses Berlin war! Vibrierend und voll Energie!

Der Wagen hielt, und sie stiegen aus. Hunt führte sie durch das Tor und zu einem hölzernen Portal. Er öffnete die eine Seite der Doppeltür, und Papa und Long folgten ihm in eine große Halle mit altem Marmorfußboden und einer geschwungenen Treppe, die nach oben in den ersten Stock führte. Links war die Anmeldung; eine Dame saß hinter der

Theke. Sie sah so aus wie die Frauen, die Papa schon in Trainingsfilmen über die Amerikaner gesehen hatte; die Polizei hatte ein paar davon. Sie hatte schulterlange blonde Haare und einen kurvenreichen Körper, sie trug eine enge Bluse, einen Rock und war geschminkt. Sie nannten das Make-up, daran konnte er sich erinnern. Ob Helga das auch jemals machen würde?

Hunt sprach Englisch mit ihr, doch nur die Worte »yes« und »no« waren Papa geläufig. Das half nichts. Sie nahm den Hörer ab und wählte eine Nummer.

»Yes, okay, first floor, 218.« Sie legte auf. »Sergeant Hunt, you heard it, first floor, room two-eighteen. They need another ten minutes but you can go up already and wait.«

Sie stiegen in den ersten Stock und hielten vor dem Zimmer mit der Nummer 218.

»Ein paar Minuten noch, Herr Mann.«

Papa nickte. Seine Nervosität kam zurück. Da stand ein Name an der Tür und der Titel: Lieutenant Marvey. Offensichtlich ein Rang höher.

»Darf man hier rauchen?«, fragte Papa.

»Kein Problem, Herr Mann. Aber sobald wir eintreten, hören Sie bitte auf. Da ist ein Aschenbecher auf der Fensterbank, sehen Sie den?«

Er zeigte zum nächsten Fenster. Papa zündete sich seine Zigarette an und nahm einen tiefen Zug. Er schaute aus dem Fenster und sah die Umrisse des Reichstages in der Ferne, das alte deutsche Parlamentsgebäude. Und daneben, ein bißchen von Bäumen verdeckt, das Brandenburger Tor mit der Quadriga, dem vierspännigen römischen Kampfwagen.

Alles, was wir jemals wollten, war, daß wir frei sind, dachte er, daß wir unsere Meinung sagen können, daß wir lernen, was wir wirklich wollen, und daß wir unseren Lebensstandard verbessern. Es sieht fast so aus, als wären wir jetzt am Ziel!

»Herr Mann? Tut mir leid, aber wir sollen reinkommen.«

Papa war für einen Augenblick in Gedanken versunken gewesen. Den Ruf hinter der geschlossenen Tür hatte er nicht gehört. Sie betraten zusammen das Zimmer.

Es war ein ziemlich großes, schönes Büro. Ein ausladender Schreibtisch mit einer Tischlampe, ein Beistellschrank und ein halbhoher Wandschrank. Ein paar Bilder und eines von John F. Kennedy, dem damaligen US-Präsidenten. Papa hatte ihn auf Zeitungsbildern gesehen. Neben dem Bild die amerikanische Flagge: »Stars and Stripes« nannten sie diese. Vor dem Schreibtisch standen zwei Stühle nebeneinander. Die Fenster waren geöffnet, und eine leichte Brise wehte durch den Raum und ließ die Gardinen etwas flattern.

Der Mann hinter dem Schreibtisch war älter als die beiden Sergeants, vielleicht um die fünfzig. Er trug einen braunen Anzug. Sein Übergewicht zeigte sich auch in seinem dicken Gesicht. Nichtsdestotrotz, seine Augen waren wach und sehr aufmerksam. Er schien sich auf eine interessante Unterredung zu freuen.

Er erhob sich ganz kurz von seinem Stuhl und begrüßte Papa:
»Bitte nehmen Sie Platz, Herr Mann.« Er wartete, bis sich Papa gesetzt hatte. Die zwei Agenten lehnten sich gegen das Fensterbrett.

Komisch, wie sich das alles ähnelt, dachte Papa. Kein großer Unterschied zwischen dem BND und der CIA!

»Mein Name ist Lieutenant Marvey. Meine zwei Assistenten Hunt und Long kennen Sie ja schon. Wir arbeiten für die CIA, ich denke, daß Sie von unserer Organisation gehört haben.« Er machte eine Pause. Sein Akzent war anders als der der anderen beiden, aber wenigstens klarer. Auch seine Grammatik und sein Verständnis der deutschen Sprache schienen besser zu sein. Vielleicht wurden die höheren Beamten ja besser geschult. Da war ganz sicher eine gewisse Ernsthaftigkeit in seinen Sätzen, und das wollte er wohl auch klar machen. Papa hatte das auch verstanden. Er hatte ja oft genug diesen Befragungen beigewohnt. Natürlich ging es nun um seine Zukunft und die seiner Familie.

»Darf ich Ihnen einen Kaffee anbieten, Herr Mann? Ich würde es begrüßen, wenn Sie nicht rauchen. Danke.«

»Ein Kaffee wäre gut, wenn möglich mit Milch bitte.«

Marvey schaute zu Hunt und Long – sie nickten. Marvey nahm den Hörer ab und bestellte vier Kaffees. Dann begann er die Unterredung.

»Wir können die Formalitäten übergehen. Wir wissen bereits alles über Ihre Identität und die Ihrer Familie sowie über die Ihrer Verwandten und Freunde. Der BND hat uns diese Informationen gegeben. Wir würden gerne gleich auf die Dinge zu sprechen kommen, die für uns von größerem Interesse sind. Wir werden Ihnen ein paar Fragen zu Ihrer Zeit in der DDR stellen. Offensichtlich sind Sie erst am Sonntag von dort geflohen. Bitte erzählen Sie uns ausführlich, wie Sie das gemacht haben und wie es Ihre Familie in den Westen geschafft hat.«

Na gut, dachte Papa, dieselben Fragen, dieselbe lange Geschichte. Papa fing an zu erzählen, wurde aber unterbrochen, als die »Marilyn Monroe« von der Anmeldung die Tür öffnete und den Kaffee brachte. Der Kaffee war heiß – und die beiden Agenten hatten auch das andere heiße Objekt im

Visier. Sie verließ das Zimmer mit einer eleganten Drehung und wußte, daß sie damit Eindruck gemacht hatte.

Papa goß die Milch in den Kaffee, rührte ihn um und nahm einen Schluck. Der schmeckte recht gut. Dann fuhr er fort und erzählte ihnen, wie sie alles geplant und durchgeführt hatten. Er verschwieg auch nicht seine Polizeitätigkeit und das Mißgeschick während seiner letzten Schulung in Aschersleben, das die Entscheidung zur Kündigung und zur Flucht ausgelöst hatte. Die anderen hörten aufmerksam zu und unterbrachen ihn nicht. Papa endete seine Ausführung mit einem Seufzer: »Ich bin sehr froh, daß wir es geschafft haben!«

»Sehr gut. Wir danken Ihnen für diese Informationen«, sagte Marvey. »Wir wissen, daß Sie während Ihrer Zeit bei der Polizei auch mit der Staatssicherheit zusammengearbeitet haben, richtig?«

»Ja.«

»In welcher Funktion hatten Sie mit ihr Kontakt? Als Informant oder als informeller Mitarbeiter?«

»Weder noch. Ich mußte einfach mit ihr zusammenarbeiten bei bestimmten Verbrechen oder anderen Vergehen.«

»Warum war die Staatssicherheit in die tägliche Arbeit der Polizei involviert? Das ist doch ungewöhnlich, oder?«

»Sie war nicht immer involviert; nur wenn Vergehen politisch motiviert zu sein schienen, war das der Fall.«

Die Situation war heikel, denn es könnte so aussehen, als habe Papa die Stasi bei der Verfolgung politischer Gegner unterstützt.

»Herr Mann, wenn es sich um Kriminelle basierend auf den Gesetzen der DDR handelte und es sich herausstellte, daß es nur um politisches Versagen ging im Sinne der DDR-Gesetze, haben Sie dann bei der Anklage und dem Prozess mitgearbeitet? Oder haben Sie unterstützend bei Verhören mitgewirkt?«

Papa mußte jetzt erst einmal überlegen. Eigentlich müßte er mit Ja antworten, aber andererseits nicht. Er konnte sich an einen Fall erinnern, bei dem er einen Kerl in Untersuchungshaft genommen hatte, der in einen Laden eingebrochen war. Während seiner Vernehmung stellte sich heraus, daß sein Motiv ein Protest gegen das System und die mangelnde Versorgung gewesen war. Solcherlei Berichte gingen auch an die Stasi-Büros. Was konnte man dagegen tun?

»Haben Sie meine Frage verstanden, Herr Mann?«

»Ja, habe ich, Herr Marvey.« Papa zögerte. »Nein, ich war nicht involviert, wenn es ein rein politischer Fall war. Ich verstehe, daß Sie herausfinden wollen, ob ich wirklich mit der Staatssicherheit zusammengearbeitet habe oder ein Informant war.« Papa sah ihm dabei direkt und mit Überzeugung in die Augen, um seiner Aussage mehr Gewicht zu geben.

Marvey aber zeigte keine Reaktion, es war nicht zu ergründen, was in seinem Kopf vorging.

»Lassen Sie mich das wiederholen: Ich war weder informeller Mitarbeiter der Staatssicherheit noch ein Informant! In meiner Stellung als höherer Polizeibeamter war ich in viele Fälle involviert, Vergehen, Betrug, Einbruch und Verbrechen. Ich konnte mir nicht aussuchen, ob ich mich damit befassen wollte oder nicht. Deshalb kam es eben auch vor, daß ich Fälle mit politischem Hintergrund bearbeitet habe. Aber sobald das klar war, wurde der Fall gänzlich an die Staatssicherheit übergeben.«

Marvey warf Hunt und Long einen Blick zu, der so viel zu sagen schien wie: Das haben wir alles schon einmal gehört.

Sie hatten Zweifel. Es war eben schwer zu verstehen, wie ein Staat wie die DDR agierte. Es war eben eine Diktatur, und die Aktivitäten und Aktionen der Offiziellen spiegelten das wider. So einfach war das.

»Sie waren ein hoher Offizier«, fuhr Marvey fort, »welche Kontakte hatten Sie auf lokaler, regionaler und landesweiter Ebene? Wir würden gerne wissen, wie die Staatssicherheit organisiert ist und zu welchem Zeitpunkt man Sie als Polizeioffizier zur Unterstützung in die Ermittlungen eingeschaltet hat.«

Papa dachte kurz über seine Antwort nach, da er ihnen nicht noch weitere Hinweise auf eine Zusammenarbeit geben wollte. Er war ja auch nur mit den lokalen Behörden in Sondershausen verbunden gewesen und selten mit denen in Erfurt. Das war auch nicht gelogen! Und wer war hier eigentlich derjenige, der abgehauen war, weil er es nicht mehr ausgehalten hat? War das nicht Beweis genug, daß er die Staatssicherheit nicht unterstützen wollte?

Papa erklärte ihnen alles, was er wußte, und machte nochmals klar, daß er nur zwangsläufig zusammengearbeitet habe. Papa hatte keine andere Wahl. Ich erinnere mich, daß wir als Kinder immer ganz ruhig und ohne irgendetwas zu sagen an dem Büro der Staatssicherheit in Sondershausen vorbeigingen. Wir drehten noch nicht einmal den Kopf, um in die Fenster zu schauen!

Papa haßte die ganze Politik der DDR und die Behörden, die sie vertraten und dadurch das Leben so erschwerten. Genau darum war er jetzt hier im Westen, endlich!

Marvey, Hunt und Long hörten Papa zu. Alles, was er sagte, mußten sie so oder so ähnlich schon öfter gehört haben. Es gab sicherlich auch noch viele andere Offiziere, die geflohen waren und die vom BND und der CIA befragt worden waren. Der schwierige Teil dabei war sicherlich herauszufinden, wer wirklich gegen das Regime war und wer es unterstützt hatte und als Spion in den Westen kam.

Marvey schwieg eine Weile und konzentrierte sich auf die vor ihm liegenden Papiere. Dann sah er Hunt und Long an. »Sergeants, irgendwelche Fragen?« Sie sahen sich an und sagten etwas auf Englisch. Marvey nickte.

»Herr Mann, wir haben da noch eine Frage. Es geht uns um Ihre Mitgliedschaft in der SED. Ist es richtig, daß Sie gleich, nachdem Sie in Sondershausen angekommen waren, in die Partei eingetreten sind? Warum haben Sie das gemacht? Soweit wir wissen, gab es dazu keine Veranlassung?«

»Zum Zeitpunkt meiner Einschreibung als Mitglied der SED gab es tatsächlich keine Notwendigkeit, das ist wahr, zumal ich das auch nicht wirklich wollte. Aber Sie müssen wissen, daß ich mich zu diesem Zeitpunkt bereits für eine Stelle bei der Polizei beworben hatte und die Chance, diese Stelle zu bekommen, mit einem Parteibuch größer war. Das ist die einfache Erklärung dafür, ich mußte es machen. Zu guter Letzt war diese Anstellung wichtig für mich, damit ich eine Familie gründen konnte.«

»Warum sind Sie nicht sofort geflohen? Zu diesem Zeitpunkt wäre es doch bestimmt einfacher gewesen, oder?«

»Vielleicht ein wenig einfacher. Wie Sie wahrscheinlich wissen, Herr Marvey, sind die meisten unserer Verwandten in dieser Zeit geflohen. Das war sehr gefährlich und mußte in der Nacht passieren. Ich hatte eine gut bezahlte Anstellung bei der Polizei in Aussicht und eine werdende Familie. Wir haben uns damals eben entschieden, nicht zu flüchten. Und zu diesem Zeitpunkt war auch nicht abzusehen, daß sich die DDR so negativ entwickeln würde. Und in Westdeutschland waren die Umstände auch schlecht zu dieser Zeit.«

Papa nahm einen Schluck von seinem Kaffee, der jetzt fast kalt war. Es war fast symbolisch für die Befragung, denn die heiße Phase war vorbei. Der Leutnant schien jetzt befriedigt zu sein mit dem, was er gehört hatte, obwohl Leute von Geheimdiensten niemals voll und ganz ihrem Gegenüber trauen. Papa wußte das sehr gut aus eigener Erfahrung.

»Wann fliegen Sie nach Frankfurt aus, Herr Mann?«

»Ich hoffe, morgen. Warum fragen Sie?« Jetzt kamen bei Papa Zweifel auf, daß die Unterredung vorbei war.

»Wir haben da noch ein paar ganz spezifische Fragen, die den Staatssicherheitsdienst betreffen. Allerdings glaube ich nicht, daß Sie diese beantworten können.«

War das ein Trick? Er hatte doch schon erklärt, daß er niemanden außerhalb der lokalen Organisation kannte.

»Ich kann mich nur wiederholen, wenn ich sage, daß ich ausschließlich Mitarbeiter der Staatssicherheit in Sondershausen kenne. Ich kann Ihnen da nicht weiterhelfen.«

Marvey nickte, als ob er sagen wollte: Ich habe Ihnen zugehört, aber ich glaube Ihnen trotzdem nicht ganz. Er sah wieder auf seine Adjutanten und winkte mit der Hand: »Ich denke, ihr könnt Herrn Mann jetzt zurückbringen. Oder gibt es noch Fragen?«

Sie verneinten auf Englisch. Marvey stand auf. Er schien ein wenig enttäuscht. Vielleicht war die Information, die ich ihm gegeben habe, nicht gut genug, dachte Papa. Vielleicht hat er mehr erwartet. Tut mir leid, Herr Marvey, das ist alles, was ich weiß.

Papa stand auf. »Auf Wiedersehen, Herr Marvey.«

Die zwei Agenten murmelten etwas auf Englisch. Es war Papa egal. Er war einfach froh, daß es vorbei war. Endlich kann ich ausfliegen. Vielleicht morgen schon. Nur noch wenige Tage und ich sehe Helga und die Kinder!

Sie fuhren ihn zurück zum Lager. Es war zwanzig vor drei. Es war kein sehr langes Verhör gewesen, aber irgendwie nervend.

Ich brauche noch einen Kaffee, dachte er, und dann gehe ich zu Fräulein Blank und frage sie nach den nächsten Schritten. Jetzt müßte sie ja noch im Büro sein.

Die Sonne schien noch, als er ein paar Stunden später zum Abendbrot ging. Das Essen war nicht so gut, aber Papa hatte sich heute hungrig geredet. Fräulein Blank würde sich morgen um seinen Flug kümmern! Sie hatte es ihm heute Nachmittag versprochen, und zwar für Freitag.

Morgen schreibe ich Helga noch eine Postkarte! Gleich nach dem Frühstück!

103.

Mittwoch. Die Post kam immer morgens gegen halb zehn. Postboten sind meistens pünktlich. Heute geschah etwas Aufregendes! Opa hatte eine Postkarte in der Hand, als er in die Küche kam. Oma und Mutti spülten gerade das Geschirr.

»Ferdi hat eine Karte geschrieben!«

Mutti ließ fast den Teller fallen, den sie gerade abtrocknete. Sie riß Opa die Karte aus der Hand. Wir hatten das mitbekommen und standen gleich darauf in der Küchentür. Mutti las die Karte laut vor:
»Liebe Helga, wie du weißt, habe ich es geschafft! Ich bin jetzt im Lager untergebracht und versuche, nach Frankfurt auszufliegen. Hoffentlich geschieht das bald. Ich liebe dich. Viele Grüße an alle! Ferdi.«
Mutti fing an zu weinen – vor Glück –, und Opa nahm sie in seine Arme.
»Wann kommt Papa?«, fragte ich aufgeregt.
»Er könnte in drei oder vier Tagen hier sein, aber er hat nichts Genaues gesagt. Wahrscheinlich wußte er es noch gar nicht.« Mutti schluchzte. Sie sah auf die Karte und las sie noch einmal. »Noch ein paar Tage, hoffentlich bald!«, sagte sie zu sich selbst. »Papa muß erst nach Frankfurt und dann nach Friedland, um uns anzumelden und einen Platz in Wickrath zu bekommen.« Sie hielt inne. »Vati, müssen wir zu Herrn Gillessen gehen, oder hat er alles arrangiert?«
»Ich bin nicht sicher. Vielleicht sollten wir noch einmal zu ihm gehen, jetzt wo wir wissen, daß Ferdi bald kommt.«
Mutti nickte. »Laß uns morgen gehen und ihn fragen. Er hat ja auch etwas von Donnerstag gesagt. Wir brauchen dieses Zimmer dort, bis wir ein anständiges Zuhause gefunden haben.«

Sie gingen Donnerstagmorgen auf das Amt und machten klar, daß wir während der nächsten Woche nach Wickrath umziehen könnten – sobald Papa da war.
Das wird eine solche Erleichterung sein, sagte sich Mutti. Sie war fix und fertig.
Das Einzige, was sie jetzt nicht gebrauchen konnte, war der Besuch von Omas Bruder und dessen Frau, die im vierzig Kilometer entfernten Jülich lebten. Onkel Walter hatte eine kleine Fabrik für das Recycling von Textilien und Wolle. Sie wollten Roland für ein paar Tage mitnehmen, damit es in der Wohnung nicht so eng war. Sie würden ihn dann nach Wickrath bringen, sobald wir dort waren. Mutti mochte das gar nicht, da sie Roland als Hilfe brauchte. Er war immerhin dreizehn, und Mutti verließ sich darauf, daß er uns beaufsichtigte oder beim Tragen der Sachen half. Nun ja, Oma und Opa hatten das entschieden, und sie mußte sich einverstanden erklären. Bald würde sie wieder ihr eigener Herr sein – sie konnte es nicht erwarten, bis es soweit war!

104.

Am Donnerstagmorgen war Papa der Erste im Verwaltungsbüro. Fräulein Blank hatte ihm gesagt, daß es noch einen Tag dauern würde; die Planung für seinen Flug nach Frankfurt konnte nicht so schnell arrangiert werden: nach Frankfurt am Freitag und dann mit dem Zug nach Gießen, die Nachbarstadt von Friedland. Dort war das Durchgangslager für alle Flüchtlinge und Heimkehrer nach Westdeutschland.

Friedland war mittlerweile ziemlich bekannt: Jeder hatte schon einmal davon gehört und Bilder davon gesehen, wie Tausende Menschen, überwiegend aus der DDR, aber auch aus anderen Ostblockstaaten, dort ankamen. In Friedland bekam man seine endgültige Einbürgerung und Papiere, damit man dann in die Gegend seiner Wahl ziehen konnte oder dorthin, wo Verwandte wohnten. Manchmal wurde diese Wahl auch durch die Berufe der Einwanderer bestimmt: Die Leute gingen dorthin, wo sie gebraucht wurden und beste Aussichten auf eine Anstellung hatten. Arbeit zu finden war eigentlich kein Problem: Westdeutschland hatte das sogenannte »Wirtschaftswunder« gestartet. Wachstum war gegeben und neben den Flüchtlingen aus der DDR kamen auch Menschen aus ganz anderen Ländern als Gastarbeiter auf bestimmte Zeit: Sie alle halfen, Deutschland nach dem Zweiten Weltkrieg wieder aufzubauen. Viele von ihnen blieben dann für immer.

Wenigstens wußte Papa jetzt, daß er nur noch einen Tag in Berlin verbringen würde. Keine Befragungen mehr, keine Sorgen mehr wegen der Behörden oder der Geheimdienste, keine Zweifel mehr, wann er denn endlich gehen und ausfliegen könnte.

Am Freitagmorgen früh um 10.38 Uhr hob die Air-France-Maschine vom Flughafen Tempelhof in Richtung Frankfurt am Main ab. Papa mußte während des Flugs einer alten Dame Mut zusprechen, die wohl etwas Angst hatte. Aber das war nun wirklich kein Problem mehr – besonders, wenn man in die Freiheit flog!

105.

In Friedland blieb Papa weniger lang, als zu erwarten war: drei Nächte in einem Lager mit Tausenden von Menschen, die einfach nur in die Freiheit wollten. Die meisten waren Deutsche aus der DDR. Alle sahen im Westen den freien Teil der Welt. Es gab Tage, an denen über zwölftausend Flüchtlinge allein aus der DDR ankamen und alles hinter sich gelassen hatten. Sie kamen nachts über ungesicherte Grenzabschnitte, über Nachbarländer des Ostblocks oder eben über Berlin wie Papa oder mit Tagesvisa.

Die Behörden in Friedland hatten schon alle Informationen über Papa und seine Familie und darüber, daß wir in Mönchengladbach nahe Muttis Eltern bleiben wollten. Das Durchgangswohnheim in Wickrath würde etwa sechs bis acht Wochen unser Zuhause sein. Opas Freund Gillessen hatte das ja alles für uns geplant. Und alles würde gut gehen!

Papa bekam seine Papiere, und alles war organisiert für uns. Samstag und Sonntag mußte er dort bleiben und dann am Montag mit dem Zug zu uns fahren.

Friedland war damals wirklich ein absolut überfülltes Lager und würde es für mehrere Jahre auch bleiben. Heute ist es ein Denkmal.

106.

Es war der vierte Juni. Wir hatten unseren Papa zurück, die Wohnung von Oma und Opa verlassen und waren in das Durchgangslager in Wickrath gezogen – mit dem bißchen Hausrat, den wir hatten. Dort teilten sie uns ein Zimmer zu mit fünf Eisenbetten, einem Tisch und vier Stühlen. Wir hatten auch den Luxus eines kleinen Balkons, den wir als Abstellplatz und »Kühlschrank« benutzten: Die Tage waren schon warm, aber die Nächte noch kühl. Egal, wir waren glücklich. Endlich waren wir aus dieser beklemmenden Lage mit Oma und Opa befreit. Das darf man nicht falsch verstehen. Wir waren ihnen sehr, sehr dankbar für ihre Hilfe – auch für die, die uns von ihnen in der Zukunft noch zuteil wurde. Aber es war nicht mehr auszuhalten dort – mit acht Personen in einer Zweizimmerwohnung. Alle waren erleichtert, als wir nach Wickrath zogen, das war klar.

Wir mußten Toiletten, Bad und Küche mit anderen Familien, so um die zwanzig Leute, teilen. Mit dem Wäschewaschen war es auch so. Mutti aber war und ist immer noch ein Meister, wenn es ums Improvisieren geht. Sie brauchte nur einen Tag, um aus dem Zimmer ein neues »Zuhause« für uns zu machen, mit Kissen, Decken, ein paar Bildern und anderen kleinen Gegenständen. Wir hatten auch ein bißchen Geld bekommen und konnten Lebensmittel und andere notwendige Dinge kaufen. Dort feierte ich auch meinen zehnten Geburtstag. In Westdeutschland war der 17. Juni ein Feiertag: »Tag der deutschen Einheit« nannten sie ihn im Gedenken an den Aufstand an meinem zweiten Geburtstag in der DDR 1953. Das blieb auch so für viele Jahre: Mein Geburtstag war ein Feiertag!

Papa war damit beschäftigt, sich nach Arbeit umzusehen; uns steckte man für die kurze Zeit in die lokale Grundschule. Was für ein Unterschied das war! Die Kinder waren so anders als die der DDR. Irgendwie »erwachsener«, aber in Bezug auf die Schule waren sie »hinterher«. Roland und auch ich wußten eigentlich schon viel mehr als diese Kinder in unserem Alter. Es wäre für uns möglich gewesen, zumindest eine ganze Klasse zu überspringen! Nur hatten sie schöne Uhren, Spielzeuge und bessere Kleidung. Wir sahen in unserer gebrauchten Kleidung richtig arm aus!

Das Leben stand jetzt ein wenig still. Einiges war nur vorübergehend, das wußten wir. Das war nicht unsere letzte Bleibe. Wir hätten eben gerne unsere eigenen vier Wände gehabt, wo auch immer das sein würde. Aber zuerst brauchte Papa Arbeit und Lohn, damit wir versorgt waren.

Es gab ja die Geschäftsverbindung zwischen der Firma in Göllingen und der in Rheydt. Man glaubt es kaum, wie uns diese Beziehung helfen würde! Papa ging hin und gab seine Bewerbung ab. Ein paar Tage später hatte er einen Vorstellungstermin! Wir waren natürlich nervös: Wie würde es ausgehen? Einige Tage danach kam der Postbote mit der Zusage! Er hatte Arbeit bekommen in der Materialplanung! Doch unsere Freude darüber währte nur kurz ...

Das Leben hat seine eigenen Gesetze und Herausforderungen, und manchmal ist das Schicksal so grausam, daß man glaubt, nicht damit fertig zu werden und daß das Leben nicht mehr lebenswert ist.

Brigitte wurde krank. Mutti war eine ausgebildete Säuglingsschwester und versuchte zu verstehen, was sie denn so krank machte. Brigitte hatte wohl Schmerzen in der Bauchgegend, und sie schrie die meiste Zeit. Ihr Bauch war auch etwas aufgebläht. Mutti und Papa gingen zu einem Arzt, und Mutti wies auf die Symptome hin: Es könnte nach ihrer Meinung eine Blinddarmentzündung sein.

»Ich glaube das nicht«, sagte der Arzt. »Ich glaube, es wird weggehen. Wir geben ihr ein Medikament für den Magen, und es wird ihr bald besser gehen.«

Mutti war unzufrieden damit. »Aber was ist mit der Blinddarmentzündung? Was, wenn er platzt? Das kann ihr Tod sein, Sie wissen das!« Mutti wurde laut – aber sie wurde nicht gehört. Nichts gegen Ärzte, ich denke, sie machen im Allgemeinen großartige Arbeit – meistens. Aber sie machen auch Fehler! Muttis Meinung wurde nicht gehört – und es macht mich traurig, daß meine kleine Schwester ja auch nichts sagen konnte, um zu helfen. Heutzutage würde das wahrscheinlich nicht passieren mit all den modernen diagnostischen Hilfsmitteln und Methoden.

Es war der grausamste Tag für meine Familie, als sich herausstellte, daß sie Brigitte nach dem Blinddarmdurchbruch nicht mehr retten konnten und sie starb. Ich kann es in Worten nicht ausdrücken, wie furchtbar es für uns war.

Und noch dazu in unserer Situation! Der Start in unsere neue Zukunft verlangte ein großes Opfer von uns. Wir mußten all unser Kräfte und unseren Mut zusammennehmen, um diesen Schicksalsschlag zu überwinden. Ich werde nie vergessen, wie wir bei der Beerdigung am Grab standen und der kleine weiße Sarg in die Erde gelassen wurde.

Wir glauben immer noch, daß der Doktor dafür verantwortlich ist, weil er zu lange gewartet hatte. Aber es macht Brigitte nicht wieder lebendig. Und so schwierig es auch war, wir mußten nach vorne schauen und uns auf unsere Zukunft konzentrieren.

Als wir später in Mönchengladbach wohnten, fuhren wir regelmäßig zu ihrem Grab. Wir hatten zunächst kein Auto und brauchten mit Bus und Straßenbahn fünf Stunden hin und zurück. Das war egal, wir fuhren immer hin, um sie zu sehen!

107.

Es war der 13. August. Ein wunderschöner, sonniger Sonntagmorgen mit blauem Himmel: ein Tag zum Ausruhen.

Wir waren in eine neue Wohnung gezogen, die uns die Behörde zugewiesen hatte. Sie lag etwa zwei Kilometer außerhalb des Stadtzentrums von Mönchengladbach in einer Straße mit Wohnblöcken, von denen jeder aus zweimal sechs Wohnungen bestand.

Aber jede Wohnung war für zwei Familien zu dieser Zeit! Die vielen Tausend Menschen brauchten Wohnungen, und Westdeutschland war ja selbst immer noch in einer Phase des Aufbaus nach dem Zweiten Weltkrieg. Also mußten wir uns mit zwei Räumen in einer fünfundsiebzig Quadratmeter großen Wohnung begnügen, während die anderen zwei Räume von einer anderen Familie belegt waren. Das Problem war, daß sie keine Flüchtlinge waren und nicht gerade erfreut waren, »ihre« Wohnung mit uns zu teilen. Es gab auch kein Bad, da jede Familie eine Küche brauchte; das eigentliche Bad war als Küche umfunktioniert worden für die andere Familie – und die Toilette war für alle da! Nicht gerade eine große Verbesserung zu unserem Zimmer im Durchgangslager Wickrath und trotzdem ein Schritt vorwärts, ob man es glaubt oder nicht. Und wir wußten ja auch, daß die Behörden versuchten, der einen oder anderen Familie so schnell als möglich ihre eigene Wohnung zu verschaffen. Es gab also Licht am Ende des Tunnels!

Wir waren gerade eine Woche eingezogen, als ich von meiner Kur zurückkam. Man hatte mich mit anderen Kindern zu einer dreiwöchigen Kur geschickt, weil ich oft krank gewesen war in der Vergangenheit. Mutti und Papa dachten, daß mich das ein wenig aufpäppelt.

Aber um es kurz zu machen: Das war nicht schön für mich. Unter anderem, weil ich mich wie im Gefängnis fühlte und Tag und Nacht von den Schwestern beobachtet wurde. Und dann dieser genaue Zeitplan für Frühstück, Mittagessen und Abendessen und Schlafengehen! Man kann sich vorstellen, daß ich sehr glücklich war, als ich die Kur verließ und endlich zurück zu meiner Familie konnte! Ich war äußerst glücklich! Beim Umzug von Wickrath nach Mönchengladbach am 8. August war ich also nicht dabei.

Papa hatte noch nicht angefangen zu arbeiten; wir hatten dadurch ein paar Tage, um uns an unser neues Zuhause zu gewöhnen. Das Wohnzimmer war auch gleichzeitig Schlafzimmer für meine Eltern, das andere Zimmer war unser Zimmer. Die kleine Küche war kaum möbliert, und wir mußten uns ein paar gebrauchte Möbelstücke besorgen. Die Betten hatten alle diesen Rohrrahmen aus Metall wie beim Militär. Durch die Hilfe von Oma und Opa gelangten wir an die notwendigsten Dinge für das tägliche Leben. Brigitte war gerade einmal vier Wochen tot, und die Trauer hing wie eine dunkle schwarze Wolke über uns. Wir hatten wenigstens ein altes Röhrenradio und natürlich die tägliche Zeitung, um uns zu informieren, was so los war.

Sonntags schickte mich Papa immer nach der Zeitung und seinen Zigaretten zu einem Kiosk in der Nähe. Papa gab mir zwei Mark. Und dafür bekam man ein Päckchen Zigaretten, eine Zeitung und noch Geld zurück! Das waren noch Zeiten! Papa rauchte immer noch! Dieser westliche Tabak schmeckte soviel besser! Vielleicht war es auch nur das Papier, in das sie eingerollt waren. Es gab da eine Zeitung am Sonntag, die »Bild am Sonntag«. Die gibt es auch noch heute. Das war nicht gerade die mit den intelligentesten Kommentaren und Berichten, es war typische Boulevardpresse: große Bilder, große Überschriften, alles etwas reißerisch formuliert, Sportteil.

Diesen Sonntag werde ich nie vergessen. Ich trug meine neuen Hosen und ein weißes Hemd und ging zum Kiosk. Der alte Herr darin war Mitte fünfzig. Wie sich doch die Ansicht ändert, wenn man älter wird: Er war wahrscheinlich jünger, als ich jetzt bin. Er kannte mich jetzt schon und grüßte mich freundlich.

»Guten Morgen! Eine Peter Stuyvesant und eine ›Bild am Sonntag‹ bitte«, lautete meine Bestellung.

Er lächelte, drehte sich um und nahm die Zigaretten von einem Regal hinter sich und die oberste Zeitung vom Stapel auf dem Tisch. »Bitte schön, junger Mann«, antwortete er und gab mir die Sachen.

Ich bezahlte und bekam das Wechselgeld. Ich wünschte einen schönen Sonntag und ging. Ich war gerade zehn Jahre alt. Auf dem Rückweg fing ich an, die Zeitung zu lesen. Sie hatte auf der ersten Seite eine große Überschrift und ein großes Bild: »Panzer in Berlin!« Ich sah mir das Bild genauer an und bemerkte, daß es zwei russische Panzer zeigte, die ich ja kannte, und Soldaten; aber es waren deutsche Soldaten! Das Bild zeigte eine Baustelle, sie bauten irgendetwas!

Ich las weiter und blieb stehen, bis ich den ganzen Artikel gelesen hatte. Sie fingen an, eine Mauer zu bauen! Zementblock auf Zementblock, und davor einen Stacheldraht – alles überwacht durch herumstehende Vopos! Sicherlich habe ich nicht gleich verstanden, worum es eigentlich ging und was der Zweck der Sache war – aber es sah beängstigend aus.

Es war der Tag, an dem sie begannen, die Berliner Mauer zu bauen! Als ich nach Hause kam, war der erste Kommentar von Mutti und Papa: »Wir wußten, daß sie irgendwas vorhatten. Es war wirklich höchste Zeit für uns abzuhauen!«

Mutti und Papa umarmten sich und Mutti hatte Tränen in den Augen.

Warum nur mußten wir einen solch hohen Preis zahlen für unsere neue Freiheit, indem wir Brigitte verloren? Es wäre alles so perfekt gewesen für uns hier in Westdeutschland!

Nachwort

Nach über vierzehn Monaten verließ uns die andere Familie, und wir hatten endlich die ganze Wohnung für uns. Jetzt hatten wir auch ein neues Bad, ein Wohnzimmer, ein Schlafzimmer für die Eltern und je eines für Roland und für mich und Karin. Ach ja, und einen kleinen Balkon hatten wir auch. Solange Karin klein war, schlief sie bei Papa und Mutti in deren Schlafzimmer, und wir hatten jeder ein kleines Zimmer von elf Quadratmetern. Ich wohnte da, bis ich meine Hochschule beendet hatte!

Die vierzehn Monate waren hart und nicht ohne kleine Kämpfe und Wortgefechte zwischen unseren »Nachbarn« und uns. Nachbarn? Man möge sich vorstellen, man tritt in eine Wohnung mit einem sechs Meter langen Flur, und die drei Zimmer gleich links und rechts sind die eigenen – nur die Mitbewohner mußten jedes Mal da durchlaufen, da sie die anderen drei Zimmer am Ende des Flures hatten! Und man hörte alles und sah alles, man mußte ruhig sein, man fühlte sich immer beobachtet – und wenn man auf die Toilette mußte, ging man an ihren Zimmern vorbei. Achtundsiebzig Quadratmeter sind nicht gerade viel für acht Personen. Die Situation mit Oma und Opa war schon eng, aber das hier? Wenigstens konnten wir uns zurückziehen und die Türen schließen.

Und da war ja noch der Zwillingswagen, den wir den ganzen Weg mit den zwei Kleinen mitgenommen hatten. Mutti hatte wirklich Angst um ihn während der Grenzkontrolle und der ganzen Fahrt. Das hatte natürlich einen Grund!

An einigen dieser langen Abende in Sondershausen hatten Mutti und Papa die Seitenwände des Wagens fein säuberlich geöffnet. Sie waren aus ziemlich billigem Karton gemacht: Zwei waren parallel wie ein Sandwich montiert mit einem Zwischenraum von etwa zwei Zentimetern und einem Band aus Plastik als Abschluß obendrauf. Mutti und Papa hatten diese vorsichtig geöffnet und Papas sämtliche Briefmarken hineingeschoben – jede einzelne war in Watte gepackt. Sie mußten sie alle aus den Alben nehmen und schoben sie Stück für Stück in den Schlitz! Dann schlossen sie die Öffnung wieder mit dem Plastikband. Als wir in Mönchengladbach wohnten, brauchten wir Wochen, um sie alle wieder herauszuholen, zu reinigen und zu sortieren. Es war nicht einfach für Papa, aber wir mußten sie letztendlich verkaufen! Sie hatten einigen Wert: zwei damalige Monatsgehälter.

Wir wurden alle mehr und mehr heimisch und gewöhnten uns an den neuen Lebensstil. Meine Eltern wollten immer, daß wir eine gute Ausbildung erhielten und uns dadurch eine bessere Basis für unser eigenes Leben schafften. Papa hatte diese Chance nicht gehabt, weil er von der Schule gleich in den Krieg mußte. Er wäre sehr gerne ein Ingenieur geworden!

Roland und ich besuchten weiterführende Schulen und absolvierten Lehren. Dann besuchten wir die Fachhochschulen und machten unsere Ingenieurausbildungen. Karin war eher kreativ und machte eine Floristenausbildung.

Rolands spezielles Interesse galt immer Autos und Maschinen aller Art, Sportwagen im Besonderen: Im späteren Leben baute er sich sogar einen Chevy Cobra.

Bei mir war das nicht ganz so, obwohl ich meine ersten Autos auch oft selbst reparierte – gerade mein erster Mercedes Diesel brauchte viel Liebe und Pflege und ließ mich selten im Stich während meiner Studentenzeit. Ich liebe Limousinen, je größer je besser – und Autofahren macht mir heute noch Spaß!

Meine Interessen waren ein wenig anders ausgerichtet als die meines Bruders: Ich spielte oft Schach mit Papa, stundenlang – während Roland seinen ersten Go-Kart zusammenschweißte, der einen Motorradmotor hatte. Ich muß zugeben, daß es viel Spaß machte, den zu fahren. Ich erinnere mich, daß er mit etwa sechzig Stundenkilometern unsere Straße runterraste. Das ist heute unvorstellbar: zu viele Autos, zu viel Verkehr – und zu viele Polizisten.

Ich interessierte mich auch für Fußball. Papa war schon in Sondershausen ein Fan gewesen, und wir gingen fast zu jedem Spiel des lokalen Teams in Mönchengladbach. Sie kamen dann endlich auch in die Bundesliga und spielten gegen einige ganz große internationale Mannschaften. Ich habe viele sehr gute Erinnerungen an diese Zeit und besonders an die, die ich mit Papa beim Fußball verbrachte. Das Team von Borussia Mönchengladbach ist immer noch meine Lieblingsmannschaft!

Mutti hat sich nie wirklich verändert – und wird sich auch nicht verändern! Sie ist und bleibt die liebevollste Mutter, die ich kenne. Sie hat viele Opfer in ihrem Leben erbracht – so wie Papa auch –, um die Familie zusammenzuhalten und uns ein richtiges Zuhause zu geben! Es gibt nichts, was sie nicht für die Familie tun würde! Alle unsere Freundinnen, die Roland und ich nach Hause brachten, waren immer herzlich willkommen und wurden immer so behandelt, als könnten »sie« ja diejenigen fürs Leben sein. Dasselbe galt natürlich auch für Karin: Ihre Freunde wurden zuvorkommend behandelt, und sie waren gleich Teil der Familie. Mutti verdiente sich immer etwas Geld nebenbei und gab es natürlich für die Familie aus – nicht für sich!

Manchmal saßen wir zusammen und fragten uns: Was wäre gewesen, wenn? Was wäre uns passiert, wenn Papa und Mutti nicht den Mut gehabt hätten, die Flucht vorzubereiten und durchzuführen? Wenn wir nicht den Willen gehabt hätten, uns eine bessere Zukunft zu gestalten? Die Barrikaden waren groß und schienen unüberwindlich. Der endgültige Fall der Berliner Mauer im Jahre 1989 und die Wiedervereinigung wären für uns zu spät gekommen. Vielleicht nicht zu spät, aber wir hätten sicherlich nicht das alles erreicht in unserem Leben und nicht diesen überdurchschnittlichen Lebensstandard oder unsere beruflichen Erfolge, die natürlich auch unser eigener Verdienst sind.

Die Flucht war das Schlüsselereignis in unser aller Leben.

Wir haben alle geheiratet, Karin, Roland und ich. Es brauchte zwei Anläufe für mich, bis ich jemand »Besonderen« gefunden hatte. Daß meiner ersten Ehe leider kein Glück beschieden war, lag wahrscheinlich daran, daß ich schon in den frühen Tagen meiner Karriere viel gereist bin und immer nach Fortschritt, der nächsten Verbesserung gesucht habe.

Meine internationale Tätigkeit im Bereich Verkauf und Marketing brachte mich in viele fremde Länder, und eine unglaubliche Begebenheit half mir, auf der anderen Seite der Welt meine liebe Frau zu finden, die Liebe meines Lebens.

Aber das ist eine andere aufregende Geschichte.